J. KENNER

closer *to you*

Von J. Kenner sind im Diana Verlag erschienen:

Dir verfallen (Stark 1)
Dir ergeben (Stark 2)
Dich erfüllen (Stark 3)
Dich befreien (Stark 4)
Dir gehören (Stark 5)
Dir vertrauen (Stark 6)

Wanted (1): Lass dich verführen
Wanted (2): Lass dich fesseln
Wanted (3): Lass dich fallen

Closer to you (1): Folge mir
Closer to you (2): Spüre mich
Closer to you (3): Erkenne mich

J. KENNER

closer *to you*

ERKENNE MICH

ROMAN

Aus dem amerikanischen Englisch von Janine Malz

DIANA

Der Verlag weist ausdrücklich darauf hin, dass im Text enthaltene externe Links vom Verlag nur bis zum Zeitpunkt der Buchveröffentlichung eingesehen werden konnten. Auf spätere Veränderungen hat der Verlag keinerlei Einfluss. Eine Haftung des Verlags ist daher ausgeschlossen.

MIX
Papier aus verantwortungsvollen Quellen
FSC® C014496

Verlagsgruppe Random House FSC®-N001967.

Deutsche Erstausgabe 05/2016

Die Originalausgabe erschien 2015 unter dem Titel *Under My Skin* bei Bantam Books, an imprint of Random House, a division of Penguin Random House LLC, New York
This translation published by arrangement with Bantam Books, an imprint of Random House, a division of Penguin Random House LLC

Neumarkter Straße 28, 81673 München
Redaktion: Babette Mock
Umschlaggestaltung: t.mutzenbach design, München
Umschlagmotiv: © Wojciech Zwolinski/Arcangel Images
Satz: Christine Roithner Verlagsservice, Breitenaich
Druck und Bindung: GGP Media GmbH, Pößneck
Printed in Germany

ISBN 978-3-453-35889-8

www.diana-verlag.de

Besuchen Sie uns auch auf www.herzenszeilen.de
Dieses Buch ist auch als E-Book lieferbar

1

Diese Minuten zwischen Schlaf und Wachsein haben etwas Friedvolles. Dieser sanfte Übergang vom einen in den anderen Zustand ist wie ein Geschenk des Himmels, so voller Wärme und Geborgenheit.

Ich befinde mich in einer Traumwelt, und im Moment fühle ich mich hier sicher. Geborgen. Wie gern würde ich einfach hierbleiben, in seinen Armen.

Aber oft ist es nur ein kurzer Weg vom Traum zum Albtraum, und während ich langsam durch die dunklen Gänge des Schlafs wandle, streckt die Angst ihre langen Finger nach mir aus. Mein Puls schlägt höher, und mein Atem geht flach. Ich kuschle mich näher an ihn heran, um seine Haut zu spüren, doch er ist nicht da, und ich setze mich schweißgebadet kerzengerade im Bett auf. Mein Herz pocht heftig gegen meine Brust.

Jackson.

Ich bin wach. Wach, allein und orientierungslos, und sofort steigt Panik in mir auf. Ich habe Angst, doch ich erinnere mich nicht mehr, weshalb.

Viel zu bald schon kehren mit dem Wachsein die Erinnerungen zurück, und ich wünschte, ich könnte in diesen Zustand des Vergessens zurückkehren, denn nichts, was mein Hirn an furchtbaren Albträumen fabriziert, ist nur annähernd so schrecklich wie die Wirklichkeit, die mich jetzt kalt und unerbittlich einholt.

Eine Wirklichkeit, in der die Welt um mich herum zusammenbricht.

Eine Wirklichkeit, in der der Mann, den ich liebe, unter Mordverdacht steht.

Seufzend lege ich eine Hand an meine Wange, und während ich den Schleier des Schlafs abstreife, nehmen meine Erinnerungen allmählich schärfere Konturen an. Er hatte mir einen sanften Kuss auf die Wange gedrückt, bevor er unseren warmen Kokon verlassen und an die kühle Morgenluft getreten war. Und ich hatte mich gefreut, bleiben zu können, gemütlich eingekuschelt in die Decken, an denen immer noch sein Geruch haftete und die seine Körperwärme abstrahlten.

Nun aber wünschte ich, ich wäre mit ihm aufgestanden, denn ich will nicht allein sein. Allein sein ist der Moment, in dem die Panik wieder in mir hochkriecht.

Allein sein ist der Moment, in dem ich mir sicher bin, dass ich ihn verlieren werde.

Allein sein ist der Moment, vor dem ich mich fürchte.

Doch just in der Sekunde, ich der ich das denke, wird mein Alleinsein jäh beendet. Die Schlafzimmertür fliegt auf und ein kleiner dunkelhaariger Sonnenschein mit blauen Augen kommt hereingerannt, springt zu mir aufs Bett und hüpft mit einer solchen Energie auf der Matratze herum, dass ich nicht anders kann als lachen. »Sylvie! Sylvie! Ich habe mit Onkel Jackson Toast gemacht!«

»Toast? Wirklich?« Es kostet mich Überwindung, aber ich schaffe es, heiter und fröhlich zu klingen und mir nicht anmerken zu lassen, dass die Angst immer noch an mir klebt wie Spinnweben. Ich gebe Ronnie eine kurze, feste Umarmung, doch ich bin abgelenkt. Denn meine ganze Aufmerksamkeit richtet sich jetzt auf den Mann, der in der Tür steht.

Ich betrachte ihn, wie er lässig dasteht, ein Holztablett in der Hand. Sein rabenschwarzes Haar ist noch vom Schlaf zerwühlt, und er trägt einen Zweitagebart. Er steckt in einer Flanell-Schlafanzughose und einem hellgrauen T-Shirt. Mit anderen Worten: Einfach ein Mann, der gerade aufgewacht ist und im Moment an nichts weiter denkt als an das Frühstück und die Nachrichten, die die Zeitung unter seinem Arm füllen.

Aber für mich ist er so viel mehr als das. Er ist Macht und Zärtlichkeit, Stärke und Kontrolle. Er ist der Mann, der meine Tage mit Farbe füllt und meine Nächte mit Licht.

Jackson Steele. Der Mann, den ich liebe. Der Mann, den ich einst törichterweise verlassen wollte. Der Mann, der mich zurückholte, meine Dämonen vertrieb und dabei mein Herz eroberte.

Aber eben diese Dämonen haben uns in diese Situation gebracht.

Denn Robert Cabot Reed war einer dieser Dämonen. Und jetzt ist Reed tot. Jemand hatte sich in sein Haus in Beverly Hills geschlichen und ihm den Kopf mit einem Dekogegenstand aus geschnitztem Elfenbein eingeschlagen.

Und ich fürchte, dass dieser Jemand Jackson war, und dass er bald den Preis dafür zahlen muss.

Als wir gestern am späten Nachmittag in Santa Fe eintrafen, waren wir beide unbeschwert, glücklich und frohen Mutes. Jackson hatte geplant, das Wochenende mit Ronnie zu verbringen und dann am Montag bei Gericht einen Termin zur Verhandlung seines Antrags auf Zuerkennung der rechtlichen Vaterschaft zu vereinbaren, damit er vor dem Gesetz als Vater von Ronnie anerkannt wird. Dieser Plan wurde jedoch jäh zerstört, als wir am Flughafen von Kriminalpolizisten empfangen wurden, die Jackson darüber informierten, dass die Polizei von Beverly Hills nach ihm sucht, weil er in Zusammenhang mit dem Mord an Reed vernommen werden soll.

Aus einem Nachmittag, der als fröhliches, entspanntes Wiedersehen geplant war, wurde so plötzlich ein hektisches Durcheinander, bei dem die Anwälte zwischen New Mexico und Kalifornien hin- und hertelefonierten und nach einigen Diskussionen einen Deal mit den Behörden aushandelten.

Am Ende erhielt Jackson die Erlaubnis, das Wochenende in Santa Fe zu verbringen, unter der Bedingung, dass er sich am Montagmorgen sofort bei der Polizeidirektion in Beverly Hills melden müsse. Eigentlich hätte Jackson noch viel mehr Zeit aushandeln können – solange die Polizei keinen Haftbefehl gegen ihn in der Hand hatte, waren ihre Möglichkeiten begrenzt –, aber sein Anwalt hatte ihm klugerweise davon abgeraten. Schließlich gewinnt man weder das Vertrauen der Polizei noch der Öffentlichkeit, wenn man derartige Spielchen spielt. Denn auch wenn wir nicht wissen, welche stichhaltigen Beweise die Polizei hat, gibt es jede Menge Motive, die für Jackson als Täter sprechen.

Motive.

Das Wort klingt eigentlich viel zu neutral für ein so mieses, dreckiges Arschloch wie Reed.

Dieser Mann hat mich nicht nur als Vierzehnjährige missbraucht und traumatisiert, sondern uns auch zuletzt damit gedroht, dass er einige der abscheulichen Fotos, die er damals von mir gemacht hat, veröffentlichen würde, wenn ich Jackson nicht davon überzeugen würde, sich dem Film, den Reed plante, nicht weiter in die Quere zu stellen. Ein Film, der bislang wohlgehütete Geheimnisse um die kleine Ronnie und ihre Familie offenlegen – und das Kind in den Mittelpunkt eines ziemlich hässlichen öffentlichen Skandals rücken – würde.

Wollte Jackson den Film verhindern? Definitiv.

Wollte er mich davor bewahren, diese Fotos überall im Internet verbreitet zu sehen? Auf jeden Fall.

Wollte er Reed für all das bestrafen, was er mir in meiner Jugend angetan hatte? Absolut.

Hat Jackson Reed ermordet?

Was das betrifft – darauf weiß ich wirklich keine Antwort.

Mehr noch, ich darf es nicht wissen. Laut Jacksons Anwalt Charles Maynard ist es sehr wahrscheinlich, dass man auch mich befragen wird. Und als Freundin ohne den Status einer Ehefrau oder Angehörigen darf ich nicht die Aussage verweigern. Deshalb war es Charles wichtig, dass ich ganz ehrlich antworten kann, wenn ich sage, dass Jacksons Anwälte ihm verboten haben, darüber zu sprechen, und dass er mir gegenüber keinerlei Aussage dazu getroffen hat, ob er Reed ermordet hat oder nicht. Nicht Ja, nicht Nein, nicht Vielleicht. Einfach nichts.

Nichts.

Ich weiß natürlich, was das heißt. Nichts ist gleichbedeutend mit *Wahrscheinlich.*

Nichts ist gleichbedeutend mit *Auf diese Weise kann ich ihn nicht vor Gericht belasten.*

Nichts ist gleichbedeutend mit *Dadurch versuchen wir das Schlimmste zu vermeiden.*

Allein der Gedanke lässt mich erzittern, und ich setze mich im Bett auf, mein Kissen fest im Arm, meinen Rücken am Kopfteil angelehnt, während der Mann, den ich liebe, das Tablett und die Zeitung auf dem kleinen Tisch unter dem Fenster abstellt, an dem immer noch keine Gardinen hängen.

Es ist nur eine kleine Aufgabe, aber er führt sie mit einer solch selbstverständlichen Präzision aus wie so vieles, was er im Leben anpackt. Jackson ist kein Mann, der die Dinge als gegeben hinnimmt, und er ist kein Mann, der eine Verletzung ungesühnt lässt. Er ist ein Mann, der das, was er liebt, verteidigt, und ich weiß mit absoluter Sicherheit, dass das, was er am meisten auf dieser Welt liebt, ich und seine kleine Tochter sind.

Ich weiß, dass er morden würde, um uns zu beschützen, und dieser Gedanke lässt mich wohlig erschauern. Doch dieses Gefühl wird durch meine Furcht und Sorge getrübt. Denn Jackson würde sogar noch weiter gehen und sich selbst opfern, wenn es unserem Schutz dient. Und ich habe schreckliche Angst, dass er genau das getan hat.

Und ehrlich gesagt weiß ich nicht, ob ich mit der Schuld leben könnte, sollte er hinter Gittern landen.

Er kommt herüber, setzt sich auf die Bettkante und wird sofort von dem dreijährigen Wirbelwind bestürmt, der gekitzelt werden will. Lächelnd kommt er ihrem Wunsch nach und sieht mich dann mit seinen eisblauen Augen an.

Ich greife nach seiner Hand und nehme sie in meine. Wie oft habe ich in den Stunden seit unserer Ankunft schon nach den passenden Worten gesucht, um ihn aufzumuntern. Aber es gibt keine passenden Worte. Ich kann einfach nur mein Bestes tun und für ihn da sein.

»Steht irgendwas über dich drin?«, frage ich und nicke zu der Zeitung auf dem Tisch hinüber.

»Nein, aber da das nur eine Lokalzeitung für Santa Fe ist, hatte ich das auch nicht erwartet.«

Ich runzle die Stirn. »Soll ich nachschauen?« Damit meine ich nicht die Lokalzeitung, und das weiß er auch. Ich biete vielmehr an, im Internet die einschlägigen Gossip-Websiten zu durchforsten, insbesondere die aus unserer Gegend, die sich auf L. A., Beverly Hills und Schlagzeilen rund um Prominente konzentrieren.

Er schüttelt den Kopf. Er hatte mir gestern gesagt, dass er sich seine Zeit mit Ronnie durch nichts und niemanden verderben lassen will, und das verstehe ich. Aber die Mordanklage hängt wie eine dunkle Wolke über uns – und den Klatsch und Tratsch zu kennen heißt, auf das Schlimmste vorbereitet zu sein.

Dieses Argument hatte ich bereits gestern Abend angeführt, und ich öffne schon den Mund, um mich zu wiederholen, als er mir einen Finger auf die Lippen legt. »Ich habe heute Morgen nachgeschaut«, sagt er. »Und nichts gefunden.«

»Wirklich?«

»Wirklich«, versichert er mir, drückt meine Hand und hält Ronnie seine andere Hand hin. »Ich habe auf meinem Tablet nachgeschaut, während die junge Dame hier Toast gemacht hat. Stimmt's?«, fragt er Ronnie, die auf seinen Schoß klettert. »Stimmt's?«, wiederholt er und kitzelt sie solange, bis sie »Ja! Ja!« kreischt, auch wenn sie ganz offensichtlich keine Ahnung hat, wovon er redet.

»Deine Zeugin scheint mir etwas befangen zu sein.« Ich muss mir ein Lächeln verkneifen, denn es rührt mich, wie natürlich er in seine Vaterrolle gefunden hat und diese ausfüllt.

»Mag sein. Aber die Aussage entspricht der Wahrheit.« Er gibt Ronnie einen Kuss auf den Haaransatz und drückt sie mit einer solch herzerwärmenden Zuneigung an sich, dass es mich schier innerlich zerreißt.

»Du solltest ein bisschen zur Omi rausgehen«, sagt Jackson zu der Kleinen. »Fred fragt sich bestimmt schon, wo du bleibst.«

Bei der Erwähnung des Welpen weiten sich ihre blauen Augen, die Jacksons so sehr ähneln. »Kommst du mit?«

»Klar«, verspricht er. »Aber erst will ich mich ein bisschen mit Syl unterhalten, während sie ihren Kaffee austrinkt, und dann komm ich zu dir, ja?«

»Und dein Toast?«, fragt sie mich mit ernster Miene.

»Den esse ich gleich, der ist bestimmt superlecker.«

»Yup«, bestätigt sie und schießt wie eine Rakete aus dem Zimmer.

Ich beobachte Jackson, wie er seine Tochter dabei beobachtet, wie sie nach draußen rennt, und als er sich zurückdreht und mich dabei erwischt, lächelt er verlegen. »Es ist manchmal immer noch schwer zu begreifen. Dass sie meine Tochter ist, meine ich.«

Ich denke an die dunklen Haare und blauen Augen des Mädchens. Ihre Intelligenz gepaart mit einer lebhaften Art und einem starken Willen. »Ich finde, das liegt auf der Hand.«

Ich hatte gehofft, ihm damit ein Lächeln zu entlocken, doch er sieht nach wie vor traurig aus.

»Hast du wirklich nichts gefunden?«

»Wirklich nicht. Ehrenwort.« Ich sehe offenbar wenig überzeugt aus, denn er fährt fort. »Die Polizei veröffentlicht vorerst keine Namen. Nicht solange kein Haftbefehl erlassen wurde. Oder bevor sich die Sache so lang hinzieht, dass sie an die Presse gehen müssen, damit es nicht anderweitig durchsickert.«

»Und das weißt du aufgrund deiner umfangreichen Erfahrungen in der kriminellen Unterwelt?«

»Jahrelange Erfahrung im Krimi-Schauen«, korrigiert er mich. »Aber du weißt, dass ich recht habe.«

Ich nicke, denn das klingt logisch. Außerdem kennt die Polizei noch nicht alle Fakten. Soweit mir bekannt ist, wissen sie nur, dass Jackson den Film verhindern wollte. Von Ronnies Existenz und der Erpressung ahnen sie nichts.

Das beruhigt mich jedoch keinesfalls. Denn falls – nein, vielmehr *wenn* – das ans Licht kommt, wird es noch schlechter für Jackson aussehen.

»Alles okay mit dir?« Das ist natürlich eine blöde Frage.

Er schüttelt leicht den Kopf. »Nein«, gibt er zu. Er streicht mit den Fingern leicht über meine Wange und betrachtet mich. Ich beobachte, wie sein anfangs verlorener Blick schon bald einem Ausdruck wachsender Leidenschaft und Begierde weicht, der mir gilt und keine Frage beinhaltet, nicht um Erlaubnis bittet.

Stattdessen legt er mir einfach eine Hand in den Nacken und zieht mich zu sich, um meinen Mund mit seinem zu bedecken.

Ohne zu zögern öffne ich mich ihm, und zwar nicht nur meine Lippen, sondern mit dem gesamten Körper. Ich bin ganz und gar sein und will ihm geben, was auch immer er braucht.

Er intensiviert den Kuss, erforscht mich mit seiner Zunge und drängt mit seinem Mund heiß und fordernd gegen meinen.

Wir haben gestern Abend nicht miteinander geschlafen, weil wir von der Reise und all den aufwühlenden Ereignissen zu erschöpft gewesen waren. Außerdem waren wir zu sehr damit beschäftigt, die Familie zu begrüßen und Zeit mit Ronnie zu verbringen.

Das ist teilweise der Grund, weshalb ich jede Sekunde auf mehr warte. Auf den Druck seiner Hände auf meinen Brüsten. Auf ein heftiges Keuchen, wenn er mich auf der Matratze nach hinten drückt, um daraufhin aufzustehen, die Tür zu schließen und den Riegel vorzuschieben. Auf das Absenken der Matratze, wenn er zurückkommt, und das Geräusch von reißendem Stoff, wenn er mir mein Höschen herunterzieht.

Ich erwarte jeden Augenblick, dass ich sein Körpergewicht auf mir spüre. Dass er mir sein T-Shirt, das ich statt eines Schlafanzugs trage, über den Kopf zieht und mir damit meine Handgelenke fesselt.

Ich stelle mir vor, wie sich meine Innenschenkel anspannen, wenn er grob meine Beine auseinanderschiebt, und wie es kurz brennt, wenn er mit einem Ruck hart in mich stößt und sich dann der wilden Leidenschaft hingibt, die er so sehr gebraucht hat. Nach der er sich so sehr gesehnt hat.

All das erwarte ich, weil ich ihn kenne. Weil ich weiß, dass um ihn herum gerade alles außer Kontrolle gerät und Jackson ein Mann ist, der nicht nur die Kontrolle braucht, sondern sie auch aktiv übernimmt. Er ist kein Mann, der sich einfach geschlagen gibt und sich dem Schicksal ergibt. Sondern ein Mann, der kämpft. Der gewinnt. Der sich *nimmt*, was er braucht.

Ich lebe mein Bedürfnis nach Kontrolle beim Sex aus.

Das hatte er mir einst gesagt und es seither viele Male unter Beweis gestellt.

Doch anders als ich erwartet hatte, tritt all das nicht ein.

Angst macht sich in mir breit, als er sich von mir löst und aufsteht. Ohne mir in die Augen zu sehen, dreht er sich um, geht zum Fenster hinüber und fährt sich mit den Fingern durchs Haar.

»Jackson?«

Er reagiert nicht. Sondern steht einfach da, den Rücken zu mir gewandt und mit hängenden Schultern. Ich bin mir sicher, dass er mich nicht gehört hat. Wie auch? Er ist gerade meilenweit entfernt, und nicht bloß ein paar Schritte über den Holzfußboden.

Vor ihm auf dem Tisch steht immer noch völlig unangetastet mein Frühstück. Er schiebt das Tablett beiseite und öffnet die Gardinen, um das Morgenlicht hereinzulassen.

Wir befinden uns im Haus von Betty Wiseman, Ronnies Urgroßmutter mütterlicherseits. Die Familie ist vermögend, doch dieses Haus hier in New Mexico ist nur ein kleines Ferienhaus mit »gerade einmal« 460 Quadratmetern. Jackson und ich übernachten in einem der Gästezimmer, das auf den hinteren Teil des Grundstücks blickt. Der Ausblick gestern Abend bei unserer Ankunft war einfach atemberaubend – das sanft ansteigende, felsige Gelände am Fuße der Berge, das in den schönsten Herbstfarben leuchtet. Die grünen Gräser und Tannenwälder. Die unzähligen Rot- und Braunschattierungen der Blätter und Steine. Und natürlich der Himmel, der so weit und leuchtend blau ist, dass man das Gefühl hat, dass er die ganze Seele erfüllt.

Doch vom Bett aus, wo ich immer noch steif, verlegen und ein wenig beängstigt sitze, sehe ich nur einen kleinen Teil der überdachten Terrasse und einer Seite des Hauses. Jackson hingegen kann den traumhaften Panoramablick genießen. Wir nehmen völlig unterschiedliche Blickwinkel ein, und allein dieser kleine Umstand macht mir zu schaffen.

Ich lecke mir über die Lippen und fühle mich plötzlich weit von ihm entfernt, machtlos und verloren. Und ja, auch ein wenig wütend. Denn ich will ihn nicht leiden sehen, verdammt – nicht, wenn ich ihn trösten kann.

Aber genau da liegt das Problem. Genau das ist meine größte Angst. Nicht, dass ich ihn nicht trösten kann, sondern dass er das lieber mit sich selbst ausmachen will.

Egal.

Ich werfe die Decke beiseite und gehe zu ihm, nur mit seinem T-Shirt bekleidet, in dem ich geschlafen habe. Ich lege ihm von hinten meine Arme um die Taille, sodass ich eng an ihn geschmiegt mit der Wange an seinen Rücken stehe. Ich atme seinen Duft ein; er riecht nach Mann, Moschus und einem Anflug von Weichspüler. Nach Sauberkeit, vielleicht sogar ein wenig nach Häuslichkeit. Aber an Jackson ist dieser Geruch gleichzeitig sehr, sehr sexy.

Meine Hände liegen auf seiner Taille, und es wäre ein Leichtes, sie nach unten gleiten zu lassen. Ihn zu streicheln und zu spüren, wie er hart wird. Ihn zu necken und zu liebkosen. Ihn zu erregen und zu befriedigen.

Ihn so heiß und hart zu machen, dass er nichts anderes will als mich, an nichts anderes denken kann als an mich. Ihn so lange zu reizen, bis er mich in einer wilden Explosion seiner Leidenschaft hochhebt und aufs Bett wirft, die uns nicht nur völlig ausbrennt, sondern mit ihrem Feuer, ihrer Hitze auch die Schatten vertreibt, die sich zwischen uns gedrängt haben.

Aber eigentlich will ich das gar nicht. Was ich will und was ich wirklich brauche, ist, dass Jackson zu mir kommt. Dass er mich, wie er es zuvor getan hat, benutzt, um seine Wunden zu lindern und sich wieder vollständig zu fühlen.

Deshalb lasse ich meine Hand nicht nach unten zu seinem Schwanz gleiten, sondern halte ihn einfach fest umschlungen. Diesen Mann, den ich liebe und brauche. Und entgegen aller Hoffnung wünsche ich mir sehnlichst, dass er sich mir nicht entzieht.

Es vergeht eine Sekunde, dann noch eine. Ich höre den Hund im Garten hinterm Haus bellen und das hohe quietschende Lachen von Ronnie, gefolgt von den tieferen Stimmen ihrer Urgroßmutter und Stella, der Haushälterin, die jetzt als Kindermädchen fungiert.

Jackson ist vollkommen regungslos, aber dann legt er

seine Hände auf meine, sodass er mich, die ich ihn von hinten umarme, festhält. Ich schließe die Augen und genieße die Kraft, die in seiner Berührung liegt. Doch dann zieht er meine Hände sanft auseinander und befreit sich aus meiner Umarmung.

Ich schlinge die Arme fest um den Körper, wie um den plötzlichen Wärmeverlust auszugleichen. Doch es nützt nichts. Ich friere bis auf die Knochen und fühle mich verloren, wütend und ängstlich. Und wahnsinnig allein.

Er geht ein paar Schritte, setzt sich auf die Bettkante und reibt sich übers Gesicht. Als er zu mir hochschaut, sieht er so müde aus, dass all meine Wut und Unsicherheit verflogen ist und ich ihn nur noch trösten will. Ich gehe zu ihm, knie mich vor ihm hin und lege ihm meine Hände auf die Knie.

Sein Lächeln, wenn auch zittrig, wärmt mich innerlich, und als er mir mit dem Daumen über die Wange streicht, möchte ich weinen vor Erleichterung.

»Oh Syl«, sagt er schließlich. »Ich bin ein nervliches Wrack.«

»Ein bisschen«, sage ich und entlocke ihm ein schwaches Lächeln. »Aber du kriegst das hin. *Wir* kriegen das hin.«

»Ich wollte doch nur meine Tochter nach Hause holen.«

Irgendetwas an dem, was er sagt, macht mich stutzig. Doch ich brauche einen Moment, um herauszufinden, was. »Wolltest?«, wiederhole ich.

»Ich habe gleich heute Morgen Amy angerufen.«

»Oh.« Amy Brantley ist seine Anwältin für Familienrecht in Santa Fe. Sie war es, die seinen Antrag zur Feststellung der Vaterschaft und Zuerkennung der rechtlichen Elternschaft eingereicht hat. Und auch wenn ich sie nie persönlich getroffen habe, weiß ich, dass sie sobald wie möglich die Anhörung anberaumen wird. »Und was hat sie gesagt? Wann meldet ihr den Termin bei Gericht an?«

Ein Schatten huscht über sein Gesicht. »Vorerst gar nicht. Wir warten noch.«

»Warten? Aber …« Ich hole Luft und versuche meine Gedanken zu ordnen, als mir klar wird, dass ich das hätte ahnen müssen. Denn ich weiß, was das bedeutet. Dass er davon ausgeht, dass er nicht da sein wird, um sich um sie zu kümmern.

»O Gott, Jackson.« Ohne es zu wollen, ist meine Stimme voller Furcht und Panik.

»Nein«, sagt er und wiederholt das Wort mit Nachdruck. »*Nein.* Ich gebe nicht auf. Ich gebe nicht nach. Ganz sicher nicht. Aber ich will auch keine Risiken eingehen, was meine Kleine betrifft. Was, wenn der schlimmste Fall eintritt und ich tatsächlich im Gefängnis lande? Megan mag momentan ihr gesetzlicher Vormund sein, aber sobald ich als rechtlicher Vater anerkannt bin, verliert sie das Sorgerecht. Würde das kalifornische Gericht Ronnie trotzdem zurück nach New Mexico schicken? Zu Megan? Ihrem früheren Vormund, die sich aufgrund ihrer diversen psychischen Probleme in eine Klinik begeben hat? Oder zu Betty? Ihrer betagten Urgroßmutter? Vielleicht. Aber wahrscheinlicher ist es, dass sie in eine Pflegefamilie käme. Das kann ich nicht riskieren. Und das werde ich nicht riskieren.«

Ich will etwas einwenden. Ihn daran erinnern, wie viel ihm daran liegt. Ihn bestärken, dass wir das gemeinsam schaffen. Aber ich fürchte, dass all diese Worte ihm das Ausmaß dessen, was er verliert, nur noch schmerzlicher bewusst machen. Deshalb sage ich nur: »Es tut mir leid.«

»Mir auch.«

Ich will mich in seine Arme schmiegen und ihn festhalten.

Ich will mich in ihm verlieren. Ich will seinen Duft einatmen und in seiner Nähe all meine Ängste vergessen.

Doch er sucht keine Nähe, und ich bringe es nicht über mich, mich durch diese dunkle Wolke hindurch in seine Arme zu begeben. Denn was, wenn er mich zurückweist?

Stattdessen stehe ich auf und zwinge mich zu lächeln. »Also gut, wie lautet der Plan? Du musst morgen früh in Beverly Hills sein, richtig? Wann sollen wir also losfahren?«

»Heute Nachmittag«, antwortet er. »Ich möchte erst persönlich mit Charles und dem neuen Anwalt reden, bevor ich mich morgen in die Höhle des Löwen begebe«, fügt er hinzu und meint damit Charles Maynard, seinen Anwalt in Los Angeles, und den neuen, herausragenden Strafverteidiger, den Charles beauftragt hat.

»Hast du Grayson und Darryl Bescheid gegeben?«, frage ich. Grayson Leeds ist der erste Pilot der Stark-International-Flotte, und als Damien Jackson angeboten hatte, einen der kleineren Privatjets auszuleihen, schloss dieses Angebot auch die Dienste von Grayson als Pilot und von Darryl, einem neuen Crew-Mitglied, als Co-Pilot, ein. Ursprünglich sollten die beiden Männer nur den zweistündigen Flug übernehmen, uns in New Mexico absetzen und nach Kalifornien zurückfliegen. Doch als die Polizei auftauchte und Jackson mitteilte, dass er am Montagmorgen für eine Befragung nach Beverly Hills kommen müsse, waren sie geblieben und wurden ebenfalls in Gästezimmern im Haus der Familie Wiseman untergebracht.

»Ich habe ihnen gerade Bescheid gesagt«, sagt Jackson. »Sie sind jederzeit startklar. Ich hatte geplant, dass wir direkt nach dem Mittag losfliegen.«

»Dann solltest du nicht hier drin hocken.« Ich blicke zum Fenster und biete ihm meine Hand an, um ihm vom Bett hochzuhelfen. »Sondern Zeit mit deiner Tochter verbringen.« Ich streiche ihm über die Wange und genieße das kratzige Gefühl seiner Bartstoppeln an meiner Haut. »Heute bleibt euch zwar nicht mehr viel Zeit, aber das ist okay, denn du wirst später noch viel Zeit mit ihr verbringen können.«

Im ersten Moment denke ich, dass er etwas einwenden wird, doch er nickt. »Kommst du mit raus?«

»Ich gehe erst duschen und ziehe mir etwas über. Außerdem«, füge ich hinzu und hebe den mittlerweile kalten Toast hoch, »kann ich nicht rausgehen, ehe ich nicht meinen superleckeren Toast gegessen habe.«

Er lacht tatsächlich ein wenig, und ich bin stolz auf mich, auch wenn der Witz eher mittelmäßig war.

Ich sehe ihm nach, als er rausgeht, und schließe die Tür hinter ihm, bevor ich zum Fenster zurückkehre und darauf warte, ihn im Garten zu sehen. Es dauert ein paar Minuten, bevor er auftaucht, und ich sehe, wie er Ronnie ruft, die mit dem Welpen sofort auf ihn zugerannt kommt. Als er sie hochhebt und umherwirbelt, strahlt er über das ganze Gesicht.

Der Anblick versetzt meinem Herzen einen Stich. Denn ich weiß, dass dieses Glück nur von kurzer Dauer ist. Und ich fürchte, dass alles noch schlimmer wird, bevor es wieder besser wird.

Mehr noch, ich fürchte, dass es gar nicht mehr besser wird.

Als ich gerade aus der Dusche steige, klingelt mein Handy. Da mir die Nummer unbekannt ist, lasse ich fast die Mailbox rangehen, nehme aber dann doch ab, für den Fall, dass meine beste Freundin Cass vom Telefon einer Freundin aus anruft. Womöglich ist es auch Charles, der von einer anderen Kanzlei aus anruft, oder mein Chef Damien Stark, der von einem Hotel aus anruft, weil er gerade einen Spontantrip mit seiner Frau Nikki unternimmt.

Aber natürlich ist es keiner von ihnen.

Die Stimme am anderen Ende der Leitung gehört meinem Vater.

»Sylvia, Liebes, wir müssen reden.«

Seine liebevolle Anrede und sein freundlicher Ton lassen mich irritiert zusammenfahren. Als ob es ihn kümmern würde. Als ob er sich einen Scheiß um mich kümmern würde.

Ich weiß es besser.

Ich weiß, dass er nur anruft, weil Jackson ihn gezwungen hat, sich mit einer Wahrheit zu konfrontieren, die er seit meinem vierzehnten Lebensjahr ignoriert hat – dass Robert Cabot Reed mein Leben zerstört hat und dass mein Vater mich diesem Arschloch auf dem Silbertablett ausgeliefert und dann weggeschaut hat.

»Sylvia. Sylvia, sprich doch mit mir«, bittet er mich.

»Das ist gerade kein guter Zeitpunkt.« Meine Stimme klingt gepresst, und ich bringe die Worte nur mit Mühe heraus.

»Ich habe dir zig Mal auf die Mailbox gesprochen, und du hast mich nie zurückgerufen.«

»Und deshalb dachtest du, du trickst mich aus, indem du von einer anderen Nummer aus anrufst?«

»Welche Wahl hatte ich denn? Ich muss mit dir reden.«

»*Du* musst?« Die Worte hängen schwer und dunkel über uns, sind sie doch Ausdruck der ganzen Misere meiner Kindheit.

»Wir müssen«, korrigiert er. »*Wir* müssen reden. Über Reed. Über das, was passiert ist. Über diese Fotos, mit denen er euch erpresst.«

»Ich kann nicht.« Ich schüttele den Kopf und wünschte,

ich könnte einfach alles ausblenden, was er sagt. Einfach die Erinnerungen zurückdrängen, die er heraufbeschwört. Aber es hilft nichts. Der Boden unter meinen Füßen beginnt zu wanken, und ich klammere mich an den Waschtisch.

»Du kannst mich nicht ignorieren.«

Doch. Kann ich. Aber ich bringe die Worte nicht heraus. Nicht jetzt. Nicht, wenn sich mir der Hals zuschnürt, das Bad in einem grauen Schleier verschwindet und unter mir der Boden nachgibt, während diese furchtbaren Erinnerungen mich zu überrollen drohen.

»Wir müssen reden, Sylvia. Bitte.« Seine Stimme dringt wie aus weiter Ferne zu mir, wie Lärm, der nichts mit mir zu tun hat. Und ich halte diesen Lärm nicht länger aus.

Ich kann nicht. Ich kann nicht. Ich kann nicht.

Ich weiß nicht, ob ich die Worte tatsächlich ausspreche oder sie nur in meinem Kopf schreie. Irgendwie gelingt es mir jedoch, noch rechtzeitig auf die richtige Taste zu hauen und den Anruf zu beenden, bevor mir das Handy aus der Hand fällt. Meine Knie geben nach, und plötzlich sitze ich mit herangezogenen Beinen auf dem Boden. Ich presse meine Augen fest zu und wiege mich vor und zurück, während ich gegen die Panik und die Erinnerungen ankämpfe, die in mir aufsteigen und mich aufzufressen drohen.

Ich hasse das – diese Furcht. Dieses Gefühl des Verlorenseins. Des Kontrollverlusts.

Dieses ohne jegliche Vorwarnung plötzlich mit alten Ängsten und Erinnerungen konfrontiert sein.

Wenn ich gewusst hätte, dass er es ist, hätte ich mich innerlich darauf vorbereiten können. Mich dafür wappnen können.

Hättest du das wirklich? Oder hättest du dich einfach vor seinen Worten, seiner Stimme versteckt?

Die Wahrheit wiegt schwer in meiner Brust, denn ja, ich hätte mich versteckt. Wenn ich die Wahl hätte, würde ich mich den Rest meines Lebens vor meinem Vater verstecken.

Ich hole tief Luft und versuche mich zu beruhigen. Es ist vorbei, und er ist weit weg. Ich kann das wieder in den Griff kriegen.

Mehr noch, ich *muss* das wieder in den Griff kriegen.

Es ist nicht einmal eine Woche her, seit Jackson meinem Vater erzählt hat, was Robert Cabot Reed mir angetan hat. Nicht, dass mein Vater nicht ohnehin schon etwas geahnt hätte. Er war schließlich derjenige, der mich mit vierzehn an Reed vermittelt hat. Der als Gegenleistung für meine Dienste exorbitant hohe Summen von Reed kassiert hat, angeblich für meine Modeltätigkeit, aber damit war es natürlich nicht getan.

Und schließlich war es mein Vater gewesen, der mein Flehen, nicht mehr zu den Fotoshootings gehen zu müssen, ignoriert hatte.

Mit anderen Worten, er wusste, was in dem Fotostudio hinter verschlossener Türe vor sich ging, hatte es sich aber nie eingestanden. Bis zu jenem Tag, an dem Jackson ihn zwang, sich nicht nur der Vergangenheit zu stellen, sondern auch der Gegenwart. Einer Gegenwart, in der Reed mich damit erpresste, dass er diese widerwärtigen intimen Fotos von mir an die Presse weitergeben würde, wenn ich Jackson nicht dazu bewegte, sich nicht länger dem Film in den Weg zu stellen.

Seit jenem Abend hat mein Vater mehrfach versucht mich anzurufen, und ich habe ihn jedes Mal ignoriert. Doch so wie ich ihn kenne, wird er nicht aufgeben. Was mich betrifft, so hat er in jenem Moment aufgehört mein Vater zu sein, als er mich damals zu Reeds Studio fuhr. Und wenn er jetzt anruft und sich entschuldigen oder gar um Vergebung bitten will, ist er bei mir an der falschen Adresse.

Ich schüttele die Arme aus und klatsche mir leicht auf beide Wangen, wie man das bei einem traumatisierten Opfer macht. Und letzten Endes bin ich genau das.

Ich muss mich zusammenreißen, denn ich kann nicht zulassen, dass Jackson mich so sieht. Nicht, weil ich befürchte, dass er mich nicht trösten würde, sondern gerade weil ich weiß, dass er das tun wird. Er würde eher seine eigenen Probleme und Sorgen hintanstellen, als meine zu ignorieren. Vielmehr noch, er würde meinen Schmerz so sehr empfinden wie seinen eigenen, und das kann ich ihm nicht aufbürden. Nicht jetzt. Nicht heute.

Und auch wenn ich weiß, dass es die richtige Entscheidung ist, ihm diesen Anruf zu verschweigen, kann ich mich nicht gegen das Gefühl erwehren, als ob dieses Schweigen der erste Schritt auf einem dunklen Pfad ist, der mich immer weiter von Jackson wegführt. Und wenn ich nicht darum kämpfe, ihn an meiner Seite zu behalten, werde ich ihn an die Schatten verlieren.

2

»Miss Brooks?«

Graysons Stimme bohrt sich durch die Watte, die meinen Kopf zu füllen scheint, und ich setze mich hastig auf, während Panik in mir aufsteigt und mein Herz wild in meiner Brust zu schlagen beginnt. »Was ist los?«, frage ich. »Ist alles okay? Wieso sind Sie hier? Sollten Sie nicht die Maschine fliegen?«

Ich bin kein großer Fan vom Fliegen – genauer gesagt beunruhigt es mich zutiefst, wenn ich darüber nachdenke, dass ich in einem gigantischen Stahlkanister durch die Lüfte schwebe. Das Einzige, was ich daran mag, ist der Moment nach der Landung, wenn ich feststelle, dass ich auf wundersame Weise überlebt habe. Als Grayson uns vorgewarnt hatte, dass es über New Mexico und Arizona Stürme geben würde, hatte ich deshalb auf Drängen von ihm und Jackson Pillen gegen Reiseübelkeit genommen. Normalerweise werde ich davon nur ein bisschen schläfrig. Aber zum Mittagessen hatte Stella eine Karaffe mit Sangria herausgebracht, und da ich vom Herumtoben draußen im Garten mit Jackson und Ronnie ins Schwitzen geraten war, hatte ich mehr Gläser getrunken als gut für mich war.

Was heißt, dass ich bereits angetrunken war, als wir an Bord gingen, und sobald die Pillen zu wirken begannen, bin ich weggedöst. Dass ich jetzt so abrupt aus dem Schlaf gerissen wurde, hat meine Flugangst erneut geweckt.

»Keine Sorge, alles ist okay, alles ist gut.« Jacksons Stimme ist sanft und beruhigend, und ich versuche mich zu entspannen. Jackson zieht mich zu sich, und als ich dankbar näher rücke, denke ich, dass Fliegen vielleicht doch gar nicht so übel ist, wenn es bedeutet, dass ich mich sicher und geborgen an Jackson schmiegen kann, der seinen Arm um meine Schultern legt.

Ich seufze und genieße seine Nähe. Ich habe ihn noch nicht darauf angesprochen, dass etwas zwischen uns nicht stimmt, und mich stattdessen wie ein Schiffbrüchiger verzweifelt an jede noch so subtile Verbindung zwischen uns geklammert. Jede Berührung unserer Finger. Jeden Druck seiner Hände auf meinem Rücken, während er mir den Weg wies. Jeden sanften Blick, jedes liebevolle Lächeln.

Doch das kann nicht darüber hinwegtäuschen, dass etwas zwischen uns steht. Jackson und ich haben immer zusammengepasst, wie Puzzleteile, die sich perfekt ineinanderfügen. Aber jetzt fühlt es sich so an, als ob jemand die Teile verbogen hätte und sie sich nicht mehr ineinanderstecken ließen, und dieses Gefühl macht mich wahnsinnig. Ich glaube, ich halte das nicht mehr lange aus, und dann werde ich ihn damit konfrontieren. Ich werde ihn packen und ihn fragen, wieso er plötzlich so weit weg von mir ist – und ich kann nur hoffen, dass er sich dadurch nicht noch weiter von mir entfernt.

Doch jetzt ist nicht der rechte Moment dafür. Denn im Moment möchte ich einfach nur wissen, wieso der Pilot vor mir hockt, statt im Cockpit zu sitzen, wo er hingehört.

»Ganz im Ernst, wieso sitzen Sie nicht hinter dem Steuer oder dem Knüppel oder wie auch immer das heißt?«, frage ich deshalb mit zu Schlitzen verengten Augen an Grayson gewandt.

»Darryl hat alles unter Kontrolle«, versichert mir Grayson. »Und es tut mir leid, Sie wecken zu müssen, aber da ist ein Satelliten-Anruf für Sie.«

»Damien?«

»Trent«, antwortet Jackson. »Ich hatte angeboten, mich darum zu kümmern, aber er besteht darauf, mit dir zu sprechen.«

Das ist merkwürdig, und sofort wächst meine Besorgnis, doch ich sage mir, dass das keine große Sache sein muss. Ich selbst rufe Damien dauernd an, wenn er mit dem Flugzeug unterwegs ist. Letztlich ist es nur eine weitere Form der Kommunikation. Wahrscheinlich braucht er nur eine Telefonnummer, die Rachel nicht finden kann. Oder er will, dass ich bei einem seiner Projekte einspringe, weil sich zwei Termine überschneiden. Irgendetwas ganz Banales, das sich problemlos regeln lässt.

Irgendetwas, das keine Krise bedeutet. Denn ehrlich gesagt ist das Maß an Krisenerträglichkeit bei mir bereits voll.

Grayson kehrt mit einem Headset für mich zurück, das ich aufsetze, und dann warte ich, bis er wieder im Cockpit ist und den Anruf durchstellt.

Ein paar Sekunden später höre ich Trent Leiter am anderen Ende der Leitung. »Sitzt du?«

»Trent, ich bin im Flugzeug. Was dachtest du denn?«

»Sorry. Sorry.« Er klingt nervös. Da Trent sonst nicht leicht aus der Fassung zu bringen ist, macht mich das unruhig, sodass ich aufstehe und in der Kabine auf und ab gehe.

Was?, formt Jackson mit dem Mund.

Aber ich zucke nur mit den Schultern. »Verdammt, Trent. Was ist los?«

»Oh Mann«, sagt er, und ich kann ihn beinahe vor mir sehen, wie er die Schultern sacken lässt. Trent sieht nicht schlecht aus, ist aber auch nicht der Typ Mann, der einen Raum mit seiner Präsenz füllt, sobald er ihn betritt. Vielmehr besitzt er einen jungenhaften Charme, mit dem er die

Kunden überrascht und für sich einnimmt, wenn er sie mit in Sportbars und zu Basketballspielen nimmt und bei ein paar Bier über die aktuellen Spielerstatistiken plaudert.

Die Tatsache, dass ich ihm anhören kann, wie unangenehm ihm dieser Anruf ist, bedeutet, dass er schlechte Neuigkeiten überbringt. Mehr noch, ich bin mir sicher, dass es um das Resort geht, und die Vorstellung, dass ich einfach nur bei einer Ortsbegehung in Century City irgendeinem Investor die Hand tätscheln soll, ist gerade geplatzt wie eine Seifenblase.

Und deshalb hält es mich nicht länger auf meinem Platz. *»Trent«*, setze ich noch einmal nachdrücklich nach.

»Es ist raus«, sagt er. »Ein verfluchtes Leck und schon ist es überall.«

Ich bleibe kurz vor der Cockpit-Tür stehen und mache auf dem Absatz kehrt, sodass ich nun Jacksons Augen begegne. Offenbar beunruhigt durch meinen Gesichtsausdruck beginnt er aufzustehen, doch ich schüttele den Kopf. »Was?«, frage ich mit angespannter Stimme. »Was ist raus?«

»Es gab diesen Artikel in der *The Business Round-Up*«, sagt er. Die *Business Round-Up* ist eine kleine Lokalzeitung, die den innerstädtischen Bereich von L. A. abdeckt. »Ich weiß nicht, wie sie an die Geschichte herangekommen sind, jedenfalls war der Artikel heute Morgen auf ihrer Website. Ein paar Stunden später haben die Boulevardblätter davon Wind bekommen, und jetzt steht es so ziemlich überall.«

»Was steht überall? Jetzt spuck es endlich aus, Trent.« Aber noch während ich spreche, eile ich zurück zu meinem Sitzplatz und krame in meiner Tasche nach meinem Tablet, damit ich selbst einen Blick auf die Website der *Round-Up* werfen kann. Während ich noch versuche eine Internetverbindung herzustellen, fällt mir ein, dass wir Grayson gesagt hatten, dass er das WLAN nicht extra einschalten müsse, da wir ja ohnehin nur ein paar Stunden unterwegs sein und früh genug mit der Realität konfrontiert werden würden.

»In dem Artikel steht, dass sich die Investoren erneut Sorgen machen, nachdem sie bereits wegen des Lost Tides nervös waren«, berichtet er und meint damit ein konkurrierendes Resort, das in Santa Barbara entsteht, nur wenige Stunden von meinem Resort auf Santa Cortez entfernt. Dieses Projekt ist mir ein Dorn im Auge, denn die Projektleitung hält die Details weiterhin unter Verschluss, da sie offenbar plant, aus der Eröffnung ein großes PR-Event zu machen. Aber nach allem, was durchgesickert ist, weiß ich, dass dieses Resort von meiner Idee für das Cortez-Resort inspiriert ist. Und ehrlich gesagt kotzt mich das an.

Trent räuspert sich und fährt fort. »Und jetzt sagen die Investoren, wenn der Architekt des Resort at Cortez unter Mordverdacht steht, überlegen sie es sich noch einmal, ob sie wirklich in das Projekt investieren wollen.«

»Fuck.«

Ich kann mich nicht erinnern, mich hingesetzt zu haben, aber nun sitze ich, und Jackson hat sich mit sorgenvoller Miene nach vorn gelehnt.

Sag es mir, fordert er stumm.

Und dieses Mal komme ich seiner Aufforderung nach. »Es ist raus«, flüstere ich. »Die Presse weiß, dass du unter Mordverdacht stehst.« Dann wende ich mich wieder Trent zu. »Wie konnte das geschehen?«

»Ich vermute, dass irgendein hartnäckiger Reporter einen Informanten bei der Polizeidirektion von Beverly Hills hat. Wenn man an Celebrity-Gossip heranwill, ist das der ideale Ort, um ein paar Geldscheine zu zücken und auszutesten, wessen Gehaltstüte eine Aufstockung gebrauchen kann.«

»Scheiße.« Ich hole Luft und versuche ruhig zu bleiben. Neben mir sieht Jackson so aus, als könnte er mühelos seine Faust durch die Flugzeughülle rammen. Ich nehme rasch seine Hand in meine und drücke sie fest. Alles, was ich will, ist, dieses Telefonat beenden. Das verdammte Headset quer durch die Kabine schleudern und auf Jacksons Schoß klettern. Mich an ihm festhalten, von ihm festgehalten werden, und einfach nur atmen.

Aber eigentlich will ich so viel mehr. Ich will seinen Mund auf meinem. Seine Hände auf mir spüren. Ich will, dass er mir hilft zu vergessen. Meine Ängste zu vertreiben.

Und ich will dasselbe für ihn tun.

Aber dies hier ist nicht der richtige Ort dafür – ein kleiner Privatjet mit einer dünnen Tür zwischen der Kabine mit gerade einmal acht Sitzplätzen und dem Cockpit.

Doch ehrlich gesagt fürchte ich mich noch mehr davor, dass Jackson mich zurückweisen könnte. Mit einer sanften Berührung und einem Kuss. Aber nichtsdestoweniger unmissverständlich und schmerzvoll.

Frustriert stehe ich auf, als Trent zaghaft fragt: »Syl? Bist du noch dran?«

»Ja, ich bin noch dran. Weiß Damien Bescheid?«

»Er weiß es.«

Als der Name seines Halbbruders fällt, steht Jackson ebenfalls auf, streicht mir über die Schulter, wie um mir wortlos Beistand zu leisten, und geht nach hinten. Nicht so sehr, weil er Bewegungsdrang verspürt, sondern weil er gerade implodiert. Es ist, als ob er all seine Wut und Energie in sich hineinsaugen würde, und ich weiß, dass er seiner Wut Luft machen, dass er – ebenso wie ich – explodieren muss. Und so sehr ich diese Explosion fürchte, so sehr freue ich mich darauf, wenn wir erst einmal dieses verdammte Flugzeug verlassen haben.

»Und?«, hake ich nach. »Was meint Damien dazu?«

»Er macht sich Sorgen«, sagt Trent. »Und er hat allen Grund dazu. Die Investoren ziehen sich zurück, und du steckst in der Patsche. Also betreibt er jetzt Schadensbegrenzung.«

»Wie?«

»Dallas ist gerade in der Stadt – die *Round-Up* hat ihn kontaktiert.«

Dallas Sykes ist einer der Hauptinvestoren des Resorts. Als Erbe eines Kaufhaus-Imperiums mit dem Image eines Bad Boy steht er bereits seit seiner Kindheit im Fokus der Öffentlichkeit. Ob Schlägereien, ausschweifende Partys oder rasante Autofahrten – jede Nachricht, die ihn auch nur im Entferntesten streift, verbreitet sich innerhalb kürzester Zeit wie ein Lauffeuer, und es vergeht kein Tag, an dem die Boulevardpresse nicht über seine zahlreichen Liebesaffären berichtet.

»Ich sollte Damien anrufen«, sage ich.

»Brauchst du nicht. Er ist bereits dabei, Sykes mit der üblichen Wir-können-alles-in-Ruhe-bei-einem-Drink-besprechen-Taktik zu besänftigen. Ich habe ihm gesagt, dass ich dich anrufen würde.«

»Ist Aiden in der Nähe?«

»Ich war es, der den Artikel entdeckt hat«, fährt mich Trent pikiert an, und ich zucke zusammen.

»Sorry, ich meinte das nicht so.« Ich verstehe, weshalb er so gereizt reagiert. Trent ist für Südkalifornien zuständig, und das Resort at Cortez fällt damit eigentlich in seinen Zuständigkeitsbereich. Aber da die Idee für das Resort von mir stammt, hat Damien mich als Projektmanagerin eingesetzt – und ich bin wiederum Aiden Ward, dem Vizepräsidenten von Stark Real Estate Development, unterstellt, sodass Trent völlig übergangen wird.

»Ich bin dir echt dankbar dafür, dass du mich vorwarnst.«

»Ja, klar, ich dachte mir, du solltest Bescheid wissen. Immerhin steht das Resort bereits auf wackligen Füßen, und es würde mir leidtun, wenn du das Resort nur wegen so einem Blödsinn verlieren würdest.«

Das Resort verlieren.

Das Resort verlieren?

Mit Schrecken stelle ich fest, dass ich die ganze Zeit über blind war. Ich war gedanklich so sehr mit der Möglichkeit beschäftigt, dass Jackson hinter Gittern landen könnte, dass ich kein bisschen daran gedacht habe, dass mir das Resort allein deshalb entgleiten könnte, weil Jackson unter Mordverdacht steht.

Kalte Furcht ergreift mich. Ich habe alles Menschenmögliche getan, um dieses Projekt ins Rollen zu bringen. Ich habe meine ganze Kraft hineingesteckt und mein Herz dafür riskiert.

Ich schüttele energisch den Kopf. »Ich werde das Resort auf gar keinen Fall verlieren. Das ist keine Option.« Trotzdem kann ich mich nicht gegen meine wachsende Angst erwehren. Denn ich habe keinerlei Kontrolle über die Berichterstattung, und wenn die Investoren der Meinung sind, dass Jackson Gift für das Projekt ist, werden alle meine Bemühungen umsonst gewesen sein.

»Ich wollte auch gar nicht …«, setzt Trent an.

»Nein.« Das Wort platzt förmlich aus mir heraus vor Panik.

»Syl.« Jacksons Stimme ist sanft und fest. »Sag ihm, dass du auflegen musst. Wir sind bald in L. A. Du wirst das Resort nicht verlieren. Denk nicht einmal darüber nach.«

Am Headset höre ich Trent, der sich räuspert. »Syl?«

»Ich muss auflegen«, sage ich mechanisch.

»Ähm, ja, da ist noch eine Sache. Nicht nur die *Round-Up* hat darüber berichtet. Sie waren nur die ersten.«

»Ich weiß, das sagtest du bereits.«

»Ja, aber ich meine, die anderen haben nicht nur das mit dem Mordverdacht aufgegriffen, sondern spekulieren auch über die Motive und allen möglichen Mist.«

Mein Magen verkrampft sich, und ich greife instinktiv nach Jacksons Hand. »Die Motive?«

»Der Film. Der tätliche Angriff. Das Naheliegende eben«, sagt er, und ich kann beinahe hören, wie unangenehm ihm das alles ist. Neben mir hat Jackson mit der linken Hand mein Tablet aus dem Netz am Vordersitz gefischt. Er tippt darauf und flucht, als sich nichts tut.

»Am besten liest du es selbst, sobald ihr gelandet seid. Ich soll dir auch von Damien ausrichten, dass er das alles heute Abend bei eurem Meeting besprechen wird.«

»Okay. Sicher. Klar.«

»Alles in Ordnung mit dir?«

Nein. Ganz und gar nicht. »Danke, es geht schon. Es wird schon gehen. Danke, dass du dich hinter mich stellst.«

Es entsteht eine kurze Pause, ehe er mit leiser Stimme getroffen erwidert: »Was dachtest du denn, Sylvia? Dass ich dich den Wölfen zum Fraß vorwerfen würde?«

»Ich, nein …«, beginne ich. Doch es ist zu spät, denn er hat bereits aufgelegt.

»Was hat er gesagt?«, fragt mich Jackson, und ich erzähle ihm von dem Artikel in der *Round-Up* und der Sache mit Dallas.

»Fuck«, flucht er, und ich nicke. »Und was ist mit dem Rest? Du hast gesagt, dass über die möglichen Motive spekuliert wird.«

»Alles, was ich weiß, ist, dass der Film und der tätliche Angriff erwähnt wurden. Mehr hat Trent nicht gesagt. Das, und dass die Geschichte überall weiterverbreitet wird.« Ich lege eine Hand auf sein Bein. »Wir kriegen das hin«, sage ich. »Das Resort. Den Prozess. Alles.«

Ich wünschte, er würde diese Worte wiederholen. Seine Hand auf meine legen und sanft meine Finger drücken. Ich wünschte, er würde seinen Arm um mich legen und mich sanft zu sich heranziehen und mir versichern, dass wir das gemeinsam durchstehen, egal, was geschieht. Ich wünschte, ich würde mich ihm näher fühlen, doch offenbar spielen meine Wünsche keine Rolle, denn als Jackson den Kopf hebt und mich ansieht, ist es, als würde ich durch das falsche Ende eines Teleskops blicken, und alles, was nah sein sollte, erscheint plötzlich weit, weit weg.

»Jackson?«, flüstere ich mit flehender Stimme. Einen Augenblick lang verhallt meine Frage ungehört. Er sitzt einfach da, steif und distanziert, mit versteinertem Gesichtsausdruck und Augen so kalt wie ewiges Eis. Ich spüre, wie ein Anflug von Panik in mir aufsteigt und umklammere fest die Armlehnen. Er hat nichts gesagt oder getan, und dennoch weiß ich mit untrüglicher Sicherheit, dass sich Jackson unaufhaltsam von mir entfernt. Und ich weiß weder weshalb, noch wie ich das aufhalten kann.

Ich will erneut seinen Namen rufen, doch da lässt er die Schultern sacken und entspannt sich. Er sieht mich an und sofort durchflutet mich Erleichterung, denn das Eis in seinen Augen ist geschmolzen.

Er fährt sich mit den Fingern durchs Haar, während er sich nach vorne beugt, um seine Ellenbogen auf den Knien und seinen Kopf auf den Händen abzustützen. »Verdammt, Syl, ich habe echt Scheiße gebaut.«

Ich erstarre ein wenig, als mich eine mögliche Bedeutung seiner Worte wie ein Schlag ins Gesicht trifft. *Heißt das, er hat Reed umgebracht?*

Und falls ja, was bedeutet das für uns?

Ich strecke meine Hand aus, um sie ihm auf die Schulter zu legen, weil ich den Körperkontakt in diesem Moment so sehr brauche wie die Luft zum Atmen.

Doch so weit komme ich nicht.

Denn im nächsten Augenblick entfährt mir ein Schrei, und ich umklammere die Armlehnen, als der Blechvogel, in dem wir fliegen, mit einem Mal auf und ab hüpft wie auf einem Trampolin, und ich sehe, wie meine Handtasche, die eben noch auf dem Boden neben meinen Füßen lag, wie bei einer Akrobatiknummer durch die Luft saust, gegen die Decke kracht und, begleitet von meinen schrillen Schreien, wieder zu Boden fällt.

Ein knackendes Geräusch durchbricht meine Schreie. Es ist die Funksprechanlage, aus der Graysons Stimme ertönt: »Sorry wegen der Turbulenzen«, entschuldigt er sich, während das Flugzeug sich wieder stabilisiert. »Wir sind beim Landeanflug in ein riesiges Luftloch geraten, aber es besteht kein Grund zur Sorge. Wir werden in zirka fünfzehn Minuten sicheren Boden erreichen.«

Als er zu Ende gesprochen hat, schnappe ich nach Luft und merke erst jetzt, dass ich den Atem angehalten hatte. Ich versuche die Armlehne loszulassen, aber meine Hand ist wie festgeeist. Ich stehe nach dieser Nahtoderfahrung immer noch so sehr unter Schock, dass ich völlig verwirrt bin. Doch dann kehrt mein Verstand zurück und mit ihm die Erkenntnis, dass Jackson meine Hand festhält. Sein Daumen streicht sanft über die Rückseite meines Handgelenks, und er redet leise auf mich ein. »Schon gut, Syl. Alles ist gut.«

Ich ziehe zitternd Luft ein und bin ganz erfüllt von Erleichterung und Hoffnung. »Alles ist gut«, wiederholt er, als ich meinen Kopf zu ihm drehe. Er hebt meine Hand zu seinen Lippen und küsst zärtlich meine Finger. »Jetzt ist es schon besser.«

Ich seufze und nicke, während mein Herz immer noch wild in meiner Brust schlägt.

Er tröstet mich, und Gott weiß, wie sehr ich das brauche.

Aber das heißt nicht, dass ich ihm glaube.

3

»Hast du Mr. Stark gehört?« Ich surfe in den sozialen Medien, während ich mit Rachel Peters, Damiens Wochenendassistentin, telefoniere. Gleichzeitig laufe ich über die Rollbahn vor Hangar J, einem der privaten Hangars von Stark International auf dem nördlichen Flugfeld des Flughafens von Santa Monica.

Der Firma gehören insgesamt zehn Hangars sowie die Gemeinschaftsunterkunft, wie wir das große, unscheinbare Gebäude nennen, das die Crew-Büros, eine Küche und einen Essbereich, eine gut sortierte Bar für die ankommenden Passagiere und die Crew, einen großen Freizeitbereich mit einem Billardtisch und einem überdimensionalen Fernseher sowie zwei Schlafzimmer beherbergt, die der Crew bei Bedarf zur Verfügung stehen.

Jetzt steuere ich auf das Gebäude zu, nur wenige Minuten nach Jackson, der sich mit der Aussicht auf einen Drink bereits mit Darryl auf den Weg gemacht hatte. »Es ist gleich Happy Hour«, hatte Darryl gesagt. »Und ehrlich gesagt sehen Sie aus, als könnten Sie einen Drink vertragen.«

Da ich vorher unbedingt noch diesen Anruf tätigen musste, hatte ich versprochen nachzukommen, war aber nur langsam vorangekommen, weil ich nebenher allerlei Dinge erledigte. Ich wollte die Zeit nutzen und die sozialen Medien checken, bevor ich mit Jackson rede. Denn ich glaube, wir sollten auf den Sturm vorbereitet sein, der über uns hinwegfegen wird.

»Ich habe noch nichts von ihm gehört«, antwortet Rachel auf meine Frage.

Durch meine Arbeit am Resort at Cortez bin ich so sehr eingespannt, dass Rachel mich nun immer häufiger als geplant über das Wochenende hinaus auch in der Woche an Damiens Empfang vertreten muss. Aber sie macht ihre Sache gut, und Damien hat bereits deutlich gemacht, dass ich sie gründlich einlernen soll, damit sie eines Tages, falls ich eine Vollzeitstelle als Projektmanagerin in der Immobilienabteilung bekomme, meinen Aufgabenbereich übernehmen kann.

Da das ganz klar mein Ziel ist, gebe ich mir größte Mühe, sie einzuarbeiten. Und die wichtigste Grundregel, die Rachel lernen muss, ist die, dass man nicht Damiens Assistentin sein kann, ohne immer auch Ohren und Augen offen zu halten, was sich sonst so in der Firma tut. Jedenfalls nicht, wenn man seinen Job behalten möchte.

Deshalb kitzle ich jetzt mehr aus ihr heraus: »Du hast nichts von ihm gehört, aber …«

»*Aber*«, nimmt sie meinen Gedanken auf, »Dallas hat vor ungefähr einer Viertelstunde angerufen und mich gebeten, die Suite im Century Plaza für ihn zu reservieren.«

»Und was sagt uns das?« Ich weiß, was es mir sagt, und ich hoffe, dass Rachel es auch weiß.

»Dass er nicht abspringt. Zumindest noch nicht. Und selbst wenn er darüber nachdenkt, sich aus dem Projekt zurückzuziehen, hat er darüber noch nicht mit Mr. Stark gesprochen. Aber ehrlich gesagt glaube ich nicht, dass er das vorhat. Mr. Stark wäre sicher mächtig sauer, wenn Sykes erst seine Gastfreundschaft in Anspruch nimmt und dann seine Investitionen abzieht. Und selbst ein Mann wie Dallas Sykes möchte es sich nicht mit einem Damien Stark verscherzen.«

»Nicht schlecht«, lobe ich sie. »Was noch?«

»Na ja, der Rest ist reine Spekulation. Vielleicht lehne ich mich da etwas zu weit aus dem Fenster.«

»Das ist Teil des Jobs, Rachel. Eine unterwürfige Assistentin, die von Mr. Stark immer genaue Anweisungen braucht, was sie zu tun hat, ist ihm keine große Hilfe.«

»Eben. Also, ich glaube, Dallas ist nicht unbedingt ein guter Indikator. Dafür, wie sich die anderen Investoren verhalten werden, meine ich.« Sie klingt ein wenig zaghaft und unsicher.

»Okay«, sage ich und verkneife mir ein Lächeln, als mir einfällt, wie nervös ich selbst war, als ich Damiens persönliche Assistentin wurde. »Und wieso?«

»Na ja, er ist einfach so unberechenbar. Typ Hollywood-Bad-Boy, wenn du weißt, was ich meine? Was heißt, dass die anderen Investoren unter Umständen trotzdem abspringen, besonders in Anbetracht dessen, was heute passiert ist. Was heißt, dass wir immer noch am Arsch sind.«

Ich lache laut über ihre abschließende Beurteilung der Gesamtsituation und höre, wie sie am anderen Ende der Leitung scharf Luft einzieht.

»So hätte ich das natürlich nie gegenüber Mr. Stark formuliert.«

»Schon okay«, beruhige ich sie. »Ich versteh's.« Und ehrlich gesagt fasst *»am Arsch«* die Sache ziemlich gut zusammen.

Ich habe meine Ohrstöpsel drin, damit ich während des Telefonats nebenher im Internet surfen kann. Und obwohl ich nicht heruntergescrollt habe, um mir die Artikel durchzulesen, habe ich genug gesehen, um zu wissen, dass Trent recht hatte. Die Seiten sind voll von dem Mist. Überall wird gemunkelt, dass die Investoren kurz davor sind abzuspringen und es nur eine Frage der Zeit ist, bis das Projekt gestorben ist. Und ich bin mir sicher, dass Jackson es mittlerweile ebenfalls gesehen hat.

»Soll ich dir Nigels Stellungnahme schicken?«

»Nigel?«, wiederhole ich. Ich kenne nur einen Nigel. Und zwar jenen Freund von Damien, der im Pentagon arbeitet und uns vor ein paar Monaten sehr geholfen hat, als Stark Vacation Properties die Insel Santa Cortez erworben hat, um darauf das Resort zu errichten.

»Nigel Galway?«

»Die Stellungnahme zu den Landminen.«

Ich bleibe abrupt mitten auf der Landebahn stehen. »Rachel, was um Himmels willen meinst du?«

»Hat Trent dir das nicht erzählt?«

»Trent hat mir von den Enthüllungen über Jackson erzählt. Von den Spekulationen über sein Tatmotiv. Falls du eine metaphorische Landmine meinst, bin ich im Bilde. Aber falls nicht, würde ich gerne wissen, was zum Teufel eigentlich los ist.« Ich spreche ganz langsam und deutlich.

Mein Magen hat sich verkrampft, und mir bricht der Schweiß aus, denn ich habe ein ungutes Gefühl, dass ich weiß, worauf sie hinauswill – und das gefällt mir ganz und gar nicht.

»Sämtliche Investoren haben eine E-Mail erhalten, in der steht, dass Santa Cortez übersät ist mit Landminen. Infolge der Militärübungen auf der Insel.«

»Verdammter Mist. *Verfluchte Scheiße noch mal.*« Ich fluche vor mich hin und hole tief Luft. »Und Nigel hat eine Stellungnahme geschrieben?«

»Aiden und Damien haben mit ihm vor ungefähr einer Stunde gesprochen – ich verstehe nicht, weshalb Trent dir nichts davon gesagt hat. Wahrscheinlich dachte er, die Sache sei ja ohnehin schon geklärt. Denn das ist sie. Klar, das Ganze hat Staub aufgewirbelt, aber im Grunde …«

»Jetzt mal der Reihe nach, Rachel. Kannst du mir bitte endlich mal verraten, was eigentlich passiert ist?«

Und dann erzählt sie es mir. Endlich. Offenbar wurde den Investoren eine heimliche Kopie eines Pentagon-Memos zugespielt, in dem der Vorschlag erörtert wird, auf der Insel Santa Cortez, die damals noch als militärisches Übungsgelände der Navy diente, Landminen zu vergraben. Dieser Vorschlag wurde jedoch abgelehnt, sodass auf der Insel nie Landminen vergraben wurden, was Nigel nochmals in einer Stellungnahme schwarz auf weiß versichert, die Damien an die Investoren weitergeleitet hat.

Alles in allem ein kleiner Vorfall, der sich schnell klären ließ. Ein kleiner Vorfall, der jedoch für ein größeres Problem steht: Irgendjemand versucht nach wie vor meinem Resort zu schaden. Und dieser Jemand scheint gar nicht daran zu denken, damit aufzuhören.

Ungefähr seit dem Zeitpunkt, als Jackson zum Team stieß, wurde das Resort at Cortez von merkwürdigen Vorfällen erschüttert. Aufnahmen der Sicherheitskameras wurden der Presse zugespielt. Interne E-Mails wurden in Umlauf gebracht. Alles zumeist nur kleinere Ärgernisse, aber ärgerlich genug, dass sie meine Zeit in Anspruch genommen und die Investoren verunsichert haben.

Ich dachte, das sei jetzt vorbei.

Offenbar habe ich mich getäuscht.

Ich bitte Rachel, mir Nigels Stellungnahme weiterzuleiten, und nachdem ich den Anruf beendet habe, lege ich einen Schritt zu. Zum einen, weil ich überschüssige Energie loswerden will, und zum anderen, weil ich dringend Jackson sprechen muss.

Sobald ich durch die Türen der Gemeinschaftsunterkunft trete, mache ich Halt und scanne mit den Augen alles nach ihm ab. Der Raum ist praktisch leer – zufälligerweise weiß ich, dass wir heute der einzige Flug sind, der auf dem Gelände landet, und das Personal arbeitet sonntags normalerweise nicht –, deshalb gehe ich davon aus, dass ich ihn auf Anhieb entdecke. Doch während Darryl sich an der Bar einen kühlen Drink genehmigt, fehlt von Jackson jede Spur.

»Ist er auf der Toilette?«

Als ich mich ihm nähere, sieht Darryl hoch. Er wirkt mit seiner hageren Gestalt und seinen hohlen Wangen älter als achtundzwanzig. Ich weiß jedoch, dass der Eindruck täuscht. Man muss nur in seine wachen grauen Augen blicken, um zu erkennen, dass Darryl ein aufgeweckter, kompetenter junger Mann ist, und ich gehe stark davon aus, dass er eines Tages Grayson ablösen wird.

»Er ist gerade weggefahren und hat mich gebeten, dich heimzufahren. Er meinte, er müsse noch ein paar Dinge vor seinem Meeting heute Abend erledigen.« Er macht eine Pause und kneift die Augen zusammen, während er mein Gesicht studiert. »Ich hoffe, das ist kein Problem?«

Verfluchte Scheiße, ja, das ist ein Problem, aber ich entgegne lediglich: »Keine Sorge. Ich werde einen der Firmenwagen nehmen. Ich muss auf dem Weg auch noch ein paar Dinge erledigen.«

Am liebsten möchte ich losrennen, aber ich will ihm nicht zeigen, dass ich mir Sorgen mache. Deshalb gehe ich ruhig hinter die Bar zum Kühlschrank und nehme eine Flasche Perrier heraus. Dann hänge ich mir meine Tote Bag über die Schulter, schnappe mir den Rollkoffer, den Darryl neben dem Seiteneingang abgestellt hat, und verlasse langsam den Raum.

Sobald ich jedoch draußen bin, renne ich beinahe um die Ecke zur Rückseite des Gebäudes, wo die Autos in einer

Reihe geparkt stehen, die Stark International seinen Kunden, Investoren, Beratern und sonstigen Geschäftspartnern zur Verfügung stellt, die am Flughafen eintreffen. Es verstößt zwar eindeutig gegen die Unternehmensrichtlinien, wenn ich einen Firmenwagen für private Zwecke nutze, aber das ist mir im Moment ziemlich egal.

Seit wir in Santa Fe von der Kripo empfangen wurden, spielt Jackson dieses emotionale Versteckspiel mit mir, und jetzt ist er sogar noch einen Schritt weiter gegangen.

Tja, Pech für ihn, denn leider habe ich keine Lust, bei diesem Spiel mitzuspielen.

An der Gebäudeseite ist ein Schließfach montiert, in das ich den Code eingebe und die Schlüssel für einen knallgelben Mustang herausnehme. Ich eile hinüber zum Wagen, starte ihn und genieße, wie der Motor schnurrt, als ich zurücksetze. Das Auto hat deutlich mehr Power als mein fünf Jahre alter Nissan, und ich hoffe, dass er genug PS hat, um Jackson einzuholen.

Solange er noch auf dem Flughafengelände ist, kann er nicht allzu viel Gas geben, aber ich bin mehr als bereit, die Regeln zu brechen und genau das zu tun. Ich hoffe nur, dass er noch nicht die Schranken passiert hat, denn draußen auf den öffentlichen Straßen finde ich ihn nie. Aber so lange kann er noch nicht weg sein, oder doch?

Ich weiß, dass es eine Straße gibt, die sich durch diesen von Stark betriebenen Teil des Flughafens windet, und ich bin mir sicher, dass Jackson diesen Weg genommen hat. Aber ich kenne eine Abkürzung durch die Servicezufahrtsstraße, die hinter den Stark-Hangars verläuft, und mit etwas Glück passe ich ihn an Hangar C ab, wo sich die Hauptstraße und die Zufahrtsstraße kreuzen.

Ich bin nicht sicher, was genau ich dann eigentlich vorhabe, aber ich werde ihm bestimmt nicht den ganzen Weg hinterherfahren, wohin er auch immer flüchten mag. Denn ich weiß ganz genau, dass er nicht nach Hause fährt. Er muss kämpfen. Er muss Dampf ablassen. Er muss die Welt in die Knie zwingen, bis seine Welt wieder in Ordnung ist.

Was er offenbar nicht braucht, bin ich, und bei dem Gedanken daran, dass er nicht nur vor mir davonläuft, sondern sich heimlich zur Hintertür hinausgeschlichen hat, möchte ich mich am liebsten ganz klein zusammenrollen und weinen. Zum Glück ist meine Wut stärker, ich bin auf 180. Ich kann mich später noch beruhigen, aber im Moment will ich nur eins: ihn finden, ihn schütteln und ihm sagen, dass er sich endlich mal wieder einkriegen soll. Denn momentan hat er genug Probleme am Hals, und ich gehöre definitiv nicht dazu.

Während ich über all das nachgedacht habe, habe ich mich so sehr hineingesteigert, dass ich fast 145 km/h fahre, was auf dem Flughafengelände strengstens verboten ist.

Doch ich drücke noch stärker aufs Gas und beobachte, wie der Tacho steigt. Über mögliche Risiken mache ich mir keine Sorgen – dieser Bereich des Flughafens dient vorrangig der Lagerung von Flugzeugen und Ersatzteilen, und selbst unter der Woche sind hier nur wenige Leute unterwegs. Aber selbst wenn es vor Menschen nur so wimmeln würde, würde ich mit Vollgas über die Straße brettern. Denn in diesem Augenblick sind mir Regeln völlig egal. Mein Regelverstoß wird belohnt, als ich an einer Reihe von Flugzeugen vorbeifahre, die hinter Hangar D auf der Landebahn festgemacht sind. Sie befinden sich zu meiner rechten Seite, und direkt dahinter sehe ich einen schwarzen Schatten aufblitzen: Jacksons Porsche.

Ich bin fast auf gleicher Höhe wie er und nehme den Fuß

kaum vom Gaspedal, als ich Hangar C erreiche und scharf nach rechts abbiege, um auf die Nordseite des Gebäudes zu gelangen, damit ich in dem Moment, wenn er den Hangar passiert, quer zu ihm zum Stehen komme.

Ich halte das Lenkrad fest umklammert, als ob ich das Auto damit dazu bewegen könnte, schneller zu fahren. Und in dem Augenblick, als ich hinter dem Hangar hervorkomme und Jacksons Porsche zu meiner Rechten erblicke, steige ich in die Bremsen, sodass ich mitten in seinem Weg zum Stehen komme und gerade noch genug Platz für ihn zum Abbremsen ist.

Ich zucke zusammen, als seine Reifen auf dem Asphalt quietschen, und mir wird viel zu spät klar, dass das ein böses Ende nehmen könnte, falls er in mich hineinfährt. Nicht nur ich könnte Schaden nehmen, sondern auch sein Porsche.

Und darüber wäre Jackson alles andere als begeistert.

Es ist jedoch nicht der Porsche, um den ich mir Sorgen machen muss. Jackson ist nur wenige Zentimeter vor meinem Mustang zum Stehen gekommen und so schnell ausgestiegen und zu meiner Fahrertür gelaufen, dass mir der Atem stockt. Plötzlich schlägt er mit der Hand so fest auf das Autodach, dass ich hochschrecke und eine Sekunde lang habe ich das dringende Bedürfnis, die Türen zu verriegeln und in der Sicherheit des Autos sitzen zu bleiben.

Aber in diesem Augenblick geht es nicht um Sicherheit.

Sondern darum, endlich zu diesem Dickschädel vorzudringen.

»Was zum Teufel soll das?«, brüllt er mich an, als ich aus dem Mustang springe.

Aber statt ihm eine Antwort zu geben, überrasche ich uns beide, indem ich aushole und ihm eine saftige Ohrfeige verpasse.

4

»Spinnst du?«

»Du willst kämpfen?«, frage ich wütend. Meine Haut glüht. Ich weiß, dass ich mich auf gefährlichem Terrain bewege, aber jetzt gibt es kein Zurück mehr. »Du willst auf etwas einschlagen? Deinen ganzen Frust rauslassen? Ich habe es dir schon einmal gesagt, Jackson, und ich habe es ernst gemeint. Ich gebe dir, was auch immer du brauchst.«

»Ich will allein sein.«

»Schwachsinn«, fahre ich ihn an und hebe die Hand, um ihm erneut eine zu verpassen. Doch er packt mein Handgelenk und dreht es um, sodass er mich im Griff hat und mich zwingt, die Seiten zu wechseln. Jetzt steht er mit dem Rücken gegen das Auto gelehnt, während ich keinerlei Halt habe, außer Jacksons Hand, die mich festhält.

Dann gibt er mich frei und kommt langsam auf mich zu, schleicht sich an mich heran. Seine Augen glühen. Wild. Und sein Gesicht ist voller harter Linien und Kanten, gereizt und gefährlich. Der kupferne Schimmer in seinem schwarzen Haar leuchtet auf wie Feuer und steht in scharfem Kontrast zu dem harten Blau seiner Augen.

Ich lecke mir über die Lippen und schlucke, während ich einen Schritt zurück mache, und noch einen und noch einen, während er immer weiter auf mich zukommt.

»Was für ein Spiel spielst du da, Syl?« Seine Stimme ist angespannt wie Drahtseil.

»Deins.« Ich ziehe Luft ein. »Verdammt, Jackson. Dachtest du, ich würde es nicht bemerken? Hast du wirklich gedacht, du kannst mich einfach von dir wegstoßen? Sag es mir«, fordere ich ihn auf. »Rede mit mir. Und wenn du das schon nicht tun willst, dann fick mich. Denn wir hatten einen Deal, und ich lasse nicht zu, dass du dich allein aus dem Staub machst, um irgendjemanden zusammenzuschlagen.«

»*Tu das nicht.*« Er macht einen Satz auf mich zu, dass ich aufschrecke und versuche, noch einen Schritt nach hinten zu gehen. Doch ich sitze in der Falle. Der Mustang war dicht neben dem Hangar zum Stehen gekommen, und mittlerweile haben wir die Blechfassade des Gebäudes erreicht.

Jetzt drückt er mich mit aller Kraft gegen die Wand. Die Wucht des Aufpralls hallt in meinem Körper wider, und ich stehe wie unter Strom. Vor Begierde. Doch hier geht es nicht um Sex – noch nicht. Sondern um Kommunikation. Darum, zu ihm durchzudringen. Denn ich habe Angst, fürchterliche Angst, den Mann zu verlieren, der so hart gekämpft hat, um mich zurückzuerobern.

Wir sind durchs Feuer gegangen, er und ich, und ich ertrage den Gedanken nicht, dass ausgerechnet Robert Cabot Reed all das zerstört.

Ich atme schwer, ebenso wie Jackson, der seine Arme zu beiden Seiten von mir an der Wand abgestützt hat, sodass ich ihm ausgeliefert bin. Und in diesem Augenblick wird mir bewusst, dass völlig ungewiss ist, wie diese Situation endet. Dass ich womöglich einen Fehler begangen habe, denn ich weiß, dass Jackson manchmal einfach auf irgendetwas einhauen muss, und ich habe ein klein wenig die Befürchtung, dass dieses Etwas diesmal ich sein könnte.

Ich beobachte in seinem Gesicht, wie er sich zwingt durchzuatmen. Wie er sich verzweifelt an das Gefühl von Kontrolle klammert wie an eine Rettungsleine. »Fordere mich nicht heraus, Syl. Nicht heute. Nicht jetzt.«

»Zum Teufel damit, Jackson. Wir hatten einen Deal. Du willst davonlaufen und kämpfen? Du willst dich an irgendetwas abreagieren? Dafür musst du nicht in den Boxring steigen, weißt du noch? Du musst einfach nur zu mir kommen.«

»Nicht heute.« Sein Kiefer ist so angespannt wie seine Stimme. Er versucht es zurückzuhalten, doch ich bin entschlossen, es aus ihm herauszuholen. Ihn zur Explosion zu zwingen. Ihn dazu zu bringen, alles herauszulassen, sich Luft zu machen und endlich – *endlich* – den ganzen Scheiß aufzuarbeiten, der sich in ihm aufgestaut hat.

»Warum nicht, Jackson? Warum nicht heute?«

»Weil ich nicht davonlaufe, um mich zu prügeln, verdammt. Sondern weil ich vor dir davonlaufe.«

Seine Worte schneiden durch mich hindurch wie ein Messer, kalt und unerwartet. Meine Augen brennen, und ich muss den Blick abwenden und hektisch blinzeln, damit er nicht sieht, wie sehr er mich verletzt hat. Denn Jackson Steele ist der letzte Mensch auf der Welt, der mich verletzen würde. Das würde er nie tun. Er ist mein strahlender Held. Mein Ritter. Mein Beschützer.

Und in diesem Moment trifft mich die Erkenntnis so hart und unerbittlich wie die Ohrfeige, die ich ihm verpasst habe. Ich habe es verstanden. Ich weiß, was los ist.

Ich drehe mein Gesicht zu ihm, um ihn anzusehen, auch wenn er meinem Blick ausweicht. Ich hebe eine Hand, und als ich sie über seine Wange wölbe, spüre ich, wie unter meiner Handfläche ein Muskel zuckt und sein Kiefer sich anspannt. Er gibt sich größte Mühe, seine Gefühle zurückzuhalten, während ich das Einzige tue, von dem ich glaube, dass es ihn dazu bringen kann loszulassen.

»Du bist ein solcher Dummkopf«, sage ich sanft. »Ich

habe dich einmal gezwungen mich zu verlassen, weil ich mich schützen wollte. Ich lasse nicht zu, dass du mich jetzt verlässt, nur weil du glaubst, du müsstest dasselbe tun.«

»Ich bin der Dummkopf?« In seiner leisen Stimme schwingt etwas Bedrohliches mit. »Du hast einen Mann am Hals, der ein Kind hat. Einen Mann, der vielleicht bald hinter Gittern landet. Einen Mann, wegen dem das Projekt, das dir mehr als alles andere auf der Welt bedeutet, scheitert, weil dein Architekt in den Knast wandert.«

»Du täuschst dich. Das, was mir mehr als alles auf der Welt bedeutet, bist du.«

Er zuckt ein klein wenig zusammen, und ich fahre fort.

»Du hast Angst. Glaubst du, das wüsste ich nicht? Verdammt, Jackson, ich habe selbst furchtbare Angst. Der Gedanke, dich womöglich zu verlieren, ist unerträglich, und ich verfluche das Universum dafür, dass es dich mir wegnehmen will. Und ich würde es nicht überleben, wenn du mich jetzt verlässt.«

Nun sieht er mich an. Seine blauen Augen durchbohren meine, und ich kann in ihn hineinblicken und sehen, was in seinem Innersten vorgeht. Frustration. Wut. Verlangen. Und verflucht noch mal, ich kann nicht einfach dastehen und darauf warten, dass er eine Entscheidung trifft.

Ich stürze auf ihn zu.

Der Kuss ist wild und hart. Ein sinnlicher Zweikampf, den ich gewinnen will. Indem ich ihn mit meiner Zunge locke. Ihn mit meinen Zähnen quäle. Zuerst sind seine Lippen noch hart und voller Widerstand. Doch dann kippt es, und sein Kuss wird fordernd, leidenschaftlich. Und das Wissen, dass ich einen kleinen Sieg errungen habe, erfüllt meinen gesamten Körper mit einer wilden Begierde, die ich zu stillen gedenke.

Ich schiebe eine Hand hinter seinen Kopf und ziehe ihn dichter zu mir heran, weil ich den Kuss vertiefen will. Ich will ihn. Ich will seinen Widerstand brechen. Ich will das durchbrechen, was zwischen uns stand. Diese eisige Barriere, durch die ich nicht zu ihm hindurchkam.

Aber jetzt dringe ich zu ihm hindurch, und dieses Wissen hat mehr Macht als jedes Aphrodisiakum.

Als er jetzt seinen Kopf zurückzieht, schreie ich beinahe auf vor Protest. Doch dann sehe ich sein Gesicht. Die Hitze und das feurige Verlangen. Ich sehe auch Gefahr, doch ich fürchte sie nicht, im Gegenteil.

»Jackson«, flüstere ich, und diesmal reicht allein dieses eine Wort.

Er stößt mich grob nach hinten, gegen die gewellte Metallwand. »Ist es das, was du willst?«, raunt er. »Willst du gefickt werden? Benutzt werden? Weil du hier bist und ich es in diesem Moment brauche?«

Seine Worte sind barsch und sollen mich zurückschrecken lassen. Aber ich weiß, was er mir in Wirklichkeit sagen will – *Weil ich dich brauche*. Und bei Gott, ich brauche ihn ebenso sehr.

Ich sehe ihm tief in die Augen. »Ja. Oh bitte, ja.«

Erleichtert und erregt beobachte ich, wie eine wachsende Hitze das Eis in seinen Augen dahinschmelzen lässt. Ich bin feucht vor Verlangen. Nicht nur weil meine Haut so hochempfindlich ist, dass sich jede Berührung direkt zwischen meinen Schenkeln bemerkbar zu machen scheint, sondern auch weil es mich anmacht zu wissen, dass er mich derart braucht. Dass er mich besitzen muss. Dass er mich benutzen muss, um sein Gleichgewicht wiederzufinden.

Er presst seinen Mund hart auf meinen, und ich spüre, wie seine Zunge fordert, nimmt, meinen Mund regelrecht *fickt*, bis er sich kurz darauf zurückzieht und meine Unterlippe sanft durch seine Zähne zieht.

Ich kann seinen Atem hören, der wild und schnell geht wie mein eigener Atem. Und als er mein T-Shirt hochschiebt und den Haken vorne an meinem BH aufreißt, keuche ich auf vor Überraschung und Freude, aber auch weil mein Körper mittlerweile nach mehr begehrt.

Die Luft ist kühl, sodass meine Nippel noch härter werden. Hauchzart, beinahe unmerklich, streicht er mit der Fingerspitze über eine Brustwarze.

Aber, oh mein Gott, was allein das mit mir macht. Es ist, als ob er mich mit elektrischem Draht berührt hätte und der Impuls direkt zu meiner Klit hinuntergeleitet würde. Ich explodiere, als der Orgasmus mich wild und heftig und völlig unerwartet durchzuckt.

Offenbar hatte ich meine Augen geschlossen, ohne es selbst zu merken, und als ich sie jetzt öffne, sehe ich Jackson, der mich mit einem hungrigen Gesichtsausdruck beobachtet. *Ja*, denke ich. *Mehr*.

Nur diese beiden Worte, denn momentan kann ich keinen klaren Gedanken fassen, und als er mich auffordert, mich umzudrehen, ist mein Gehirn nicht imstande, seine Worte zu verarbeiten, sodass er mich mit den Händen umdreht.

»Beug dich nach vorn«, sagt er, während er mit flinken Fingern den Knopf meiner Jeans öffnet. »Hände an die Wand.« Er steht dicht hinter mir, und ich spüre wie sich sein Schwanz gegen seine Jeans und meinen Hintern presst.

Er öffnet meinen Reißverschluss und zieht mit beiden Händen meine Hose herunter. Für einen kurzen Moment lüftet sich der Schleier, der meine Sinne umnebelt, und mir wird schlagartig bewusst, wo wir uns befinden. Aber ehrlich gesagt, ist es mir völlig egal. Wir sind größtenteils durch die beiden Autos verdeckt, und dieser Bereich des Geländes ist ohnehin einsam und verlassen, da der Hangar nur als Lager dient.

Vor allem aber braucht er es. Ich brauche es. Und ich werde ihn nicht aufhalten – und damit riskieren, dass er irgendeinen Boxring aufsucht oder wer weiß wohin verschwindet, wenn ich so nah dran bin, ihn zurückzubekommen.

Meine Jeans und mein Slip sind bis knapp über meine Knie heruntergeschoben, und ich stehe nach vorn gebeugt mit hochgeschobenem T-Shirt und offenem BH da, sodass meine Brüste bloßliegen. Ich bin feucht, verdammt feucht, und als er seine Hand zwischen meine Beine und über meine Klit gleiten lässt, erzittere ich vor Wollust.

Ich höre seinen Reißverschluss und fühle kurz darauf seine Penisspitze an meinem Po. Ich wimmere und versuche meine Beine weiter zu spreizen, doch die Jeans gibt nicht nach. Ich fühle mich wild. Schamlos. Und wenn er nicht gerade die Zügel in der Hand hätte, würde ich mich ohne mit der Wimper zu zucken ausziehen und ihn direkt auf dem Asphalt ficken.

»Du brauchst das hier genauso sehr wie ich«, flüstert er. Es ist keine Frage, sondern vielmehr eine Feststellung. Ein Ausdruck des Erstaunens. Der Verbundenheit.

»Ja«, stöhne ich. »O Gott, ja.«

»Du hast mir ins Gesicht geschlagen.« Nun schlägt er einen autoritären Ton an, und ich erschauere in Vorfreude, allein schon die Hitze und Macht in seiner Stimme erregt mich.

Mag sein, dass ich das Ganze begonnen habe, aber nun wünsche ich mir nichts mehr, als dass Jackson es zu Ende bringt. Ich will mich in seinen Befehlen verlieren. Mich dem Gefühl von Unterwerfung hingeben, das mich so sehr erregt und feucht macht. Und vor allem weiß ich, dass wenn wir das hinter uns lassen wollen, er die Kontrolle übernehmen muss.

Und Gott sei Dank tut er genau das.

»Ungezogenes Mädchen«, neckt er mich und gibt mir einen leichten Klaps auf den Hintern. »Wirklich ungezogen«, wiederholt er und gibt mir diesmal einen festeren Klaps, und noch einen und noch einen.

Die Mischung aus Schmerz und Lust lässt mich aufkeuchen, und ich stöhne lüstern, als seine Hand besänftigend über meinen Po streichelt und Sekunden später erneut zwischen meine Schenkel gleitet und er seinen Finger grob in mich stößt.

Sofort ziehen sich meine Muskeln zusammen, fordern mehr – und glücklicherweise kommt Jackson diesem Wunsch nach. Ich spüre wie seine Penisspitze gegen mich drückt. Seine Hände sind auf meiner Hüfte, und er hält mich fest, während er in mich dringt. Zunächst sanft, und dann immer härter, bis er wie ein Kolben in mich hämmert, wild und kraftvoll.

Ich muss mir auf die Unterlippe beißen, um nicht aufzuschreien, doch ich kann nicht mehr an mich halten, als er sich weiter über mich lehnt und mit der einen Hand meine Brust umklammert und mit der anderen meinen Kitzler reibt. Ich habe meine Arme fest gegen die Wand gestemmt, sodass mein Körper kaum nachgibt, während er wieder und wieder in mich rammt, immer härter und schneller. Während er mich benutzt und mich gleichzeitig befriedigt.

Ich gehe völlig in dem Gefühl auf, von ihm berührt und durchdrungen zu werden. Von ihm gebraucht zu werden.

Meine Ängste sind wie weggefegt, nachdem er mich im Sturm genommen hat. *Er braucht mich.* Und o Gott, wie sehr ich ihn brauche.

Ich kann spüren, wie die Anspannung in seinem Körper wächst, wie er sich auf die nahende Explosion vorbereitet. Seine Finger haben sich schmerzhaft um meine Brust geklammert, und ich stöhne vor Lust, während es sich so anfühlt, als ob glühende Drähte von meiner Brust bis zu meiner Klit führen. Ich bin heiß und geil und bereit. Und als er mich auffordert mit ihm zu kommen, unterwerfe ich mich selbst diesem Befehl, und nur Sekunden später reißt mich diese wundervolle zerstörerische Kraft in Stücke.

Ich kann mich nicht erinnern, wie ich meine Hände von der Wand genommen habe und zu Boden gesunken bin. Ich weiß nur, dass ich jetzt an ihn geschmiegt dasitze, mit hochgezogener, aber nicht zugeknöpfter Jeans. Mit glühender, auf so wunderbare Weise hochempfindlicher Haut.

»Gott sei Dank gibt es dich.« Seine Stimme ist tief und rau. »Gott sei Dank bist du besser darin zu kämpfen als ich.«

Ich muss lächeln, doch als ich spreche, ist es mein voller Ernst. »Ich werde nie aufhören, um dich zu kämpfen. Das musst du dir ein für alle Mal merken.«

»Ich glaube, es ist dir gelungen, mir das einzuhämmern.«

Jetzt geht mein Lächeln in ein Lachen über. »Ich glaube, das mit dem Einhämmern hast du erledigt«, sage ich und bringe ihn ebenfalls zum Lachen.

Er zieht seine Arme fester um mich zusammen, und ich weiß, wir sollten aufstehen. Wir sitzen auf dem harten Betonboden, während ein Geruch von Motoröl und Benzin in der Luft liegt und das Dröhnen der Flugzeuge in der Ferne zu hören ist. Aber weder er noch ich wollen uns bewegen. Noch nicht. Also sitzen wir einfach eng umschlungen da.

Mit geschlossenen Augen war ich gerade dabei abzudriften, als mich seine Stimme zurückholt. »Ich war dort«, sagt er, und ich versteife mich in seinen Armen. »Ich war in seinem Haus in jener Nacht, als er ermordet wurde.« Er erzählt das in einem so trockenen, neutralen Ton, als ob er gerade über das Wetter reden würde.

Ich öffne die Augen und schlucke, weil ich nicht weiß, was ich sagen soll. Weil ich nicht weiß, ob ich mehr hören will.

»Ich habe es Charles bereits gesagt. Man wird Beweise finden. Fingerabdrücke. Bilder der Überwachungskamera. Was weiß ich. Aber sie werden sie finden.« Er drückt mir einen Kuss auf die Kopfmitte. »Und ich bin der Meinung, was auch immer die Polizei weiß, du sollst es vor ihr wissen.«

»In Ordnung.« Es hat keinen Zweck, ihm zu widersprechen. Da bin ich mir sicher. Also setze ich mich auf dem Boden auf, damit ich ihn ansehen kann. »Wieso warst du dort?«

»Warum wohl? Um ihm zu drohen. Um ihm zu sagen, dass er es mit mir zu tun bekommt, wenn er mir nicht die Fotos gibt.«

»Wirst du das der Polizei erzählen?«

Sein Lächeln ist so sanft, dass mein Herz dahinschmilzt. »Nein. Wenn überhaupt, erzähle ich ihnen, dass es um den Film ging. Aber was die Bilder angeht – und seine Drohung dir gegenüber –, bewahre ich Stillschweigen. Versprochen.«

Er hält mich bereits fest umschlungen, doch jetzt schlinge ich meine Arme um mich selbst, weil ich für das, was ich gleich sagen werde, Kraft brauche. Ich hole tief Luft und nehme meinen ganzen Mut zusammen: »Wirst du die Aussage verweigern? Weil, falls nicht, musst du alles offenlegen,

Jackson. Wenn du irgendetwas verschweigst und es kommt raus, bist du erledigt.«

»Süße, es wird mich sowieso den Kopf kosten, und das wissen wir beide genau.«

»*Nein.*« Ich packe ihn am Arm. »Du wirst freigesprochen.«

Er macht ein Geräusch, irgendwo zwischen einem Lachen und einem spöttischen Schnauben. »Wir können versuchen daran zu glauben, Baby. Aber wir beide wissen, dass es nicht so kommen wird.«

»Es muss aber«, sage ich trotzig. Und noch ehe ich mich bremsen kann, höre ich, wie ich ihm die Frage stelle, die für mich Tabu ist. »Hast du ihn umgebracht?«

»Was macht das für einen Unterschied?«, entgegnet er. »Die Rechtsprechung ist unberechenbar. Das weißt du genauso gut wie ich.«

Ein Anflug von Angst beschleicht mich, nicht weil ich befürchte, dass Jackson Reed ermordet hat, sondern weil ich weiß, dass er recht hat. Falls er ihn getötet hat, wird ihn die Justiz zur Rechenschaft ziehen, selbst wenn Reed ein Monster war. Und falls er Reed nicht getötet hat, spielt das keine Rolle. Dann wandert er unschuldig in den Knast und wird allein für seinen abgrundtiefen Hass bestraft.

»Würde das irgendetwas ändern?«, fragt er mich. »Wenn ich ihn ermordet hätte, würde das irgendetwas zwischen uns ändern?«

»Nein.« Ich sage das mit aller Entschiedenheit, damit er weiß, dass es mir ernst ist. Dass es sogar einen winzigen Teil in mir gibt, der hofft – vielleicht sogar glaubt –, dass er es getan hat. Und der zugegebenermaßen geschmeichelt und glücklich ist in dem Wissen, dass Jackson töten würde, um mich zu beschützen.

Er schließt die Augen – nur einen Moment lang –, aber ich kann sehen, wie etwas von seiner Anspannung von ihm abfällt. Und als er mir wieder in die Augen blickt, sehe ich darin eine Verletzlichkeit, die er nur selten zeigt.

»Ich habe Angst.« Seine Stimme ist so leise, dass ich mich anstrengen muss ihn zu verstehen, obwohl er direkt vor mir steht. »Und das ist kein Gefühl, das mir behagt. Aber in den letzten Wochen ist es mir immer vertrauter geworden. Ich habe Angst, alles zu verlieren. Dich. Ronnie. Meine Freiheit.«

Seine Stimme ist voller Schmerz und Verzweiflung, was ich gut verstehen kann. Schließlich ist völlig unklar, was mit seiner Tochter wird. Was mit ihm wird. Und für einen Mann, der immer alles unter Kontrolle haben will, ist diese Ungewissheit besonders schwer zu ertragen.

»Ich weiß, dass ich alles aushalten kann. Da bin ich mir sicher. Aber das heißt nicht, dass es mir keine Angst einjagt, nicht zu wissen, was passieren wird. Und ich will nicht, dass du mir dabei zusehen musst, wie ich all diesen Mist mit mir herumschleppe.«

»Du kannst mich nicht einfach so wegen der Ermittlungen aus deinem Leben verbannen. Außer natürlich, du möchtest eine weitere Ohrfeige riskieren.«

Ich ernte ein schiefes Lächeln. »Ich weiß«, sagt er. »Aber ich meine nicht nur den Mord. Sondern auch Ronnie. Ich will nicht, dass du siehst, wie ich kläglich scheitere.«

»Scheitern?« Ich denke daran, wie liebevoll und erstaunlich natürlich er mit ihr umgeht – und bin aufrichtig verdattert.

»Was weiß ich schon, was einen guten Vater ausmacht? Meiner war in dieser Hinsicht ganz sicher kein Vorbild.«

»Du bist ein umwerfender Vater«, sage ich, und auch

wenn ich das völlig ernst meine, verstehe ich, was er meint. Genau aus diesem Grund waren Kinder für mich nie ein Thema. Mein Verhältnis zu meinen eigenen Eltern ist so gestört, dass ich mich frage, ob ich eine gute Mutter abgeben würde.

»Sie ist es, die umwerfend ist«, entgegnet er. »Aber das meine ich nicht einmal. Ich habe das Gefühl, als ob jede Entscheidung wie ein Test ist, und eine einzige falsche Antwort könnte immensen Schaden in Ronnies Leben anrichten. Soll ich die Vaterrolle übernehmen? Oder lieber weiterhin ihr Onkel bleiben? Oder soll ich sie bei Betty lassen? An jeder Weggabelung gibt es unzählige Wahlmöglichkeiten, und danach kommen immer neue Abzweigungen und Entscheidungen. Und ich habe nicht die leiseste Ahnung, ob ich dem richtigen Pfad folge.«

»Und du denkst, nur weil du dich damit schwertust, macht dich das zu einem schlechten Vater? Im Gegenteil. Jackson, die Tatsache, dass dich diese Fragen so sehr beschäftigen – dass sie dich regelrecht auffressen – und dass du bei jeder Entscheidung darüber nachdenkst, was das Beste für Ronnie ist, das macht dich zu einem guter Vater. Du und ich wissen das besser als alle anderen.« Ich schenke ihm ein kleines Lächeln und drücke ihm einen Kuss auf die Wange. »Nebenbei bemerkt ist das auch ziemlich sexy.«

Er lacht zwar nicht, doch sein Gesicht entspannt sich ein wenig. »Du tust das Richtige für Ronnie«, bekräftige ich. »Du hast immer ihr Bestes im Blick, weil du willst, dass es ihr gut geht. Weil du sie liebst. Sie bei Betty zu lassen ist kein Fehler, sondern eine Entscheidung, und zwar die richtige.«

»Vielleicht. Aber das heißt nicht, dass ich nicht andere Fehler begangen habe. Und ich habe Angst, dass ich schon sehr bald dafür zahlen muss. Und dass Ronnie ebenfalls dafür zahlen muss. Und Syl.« Er fährt mit den Fingern durch mein Haar und nimmt meinen Hinterkopf in beide Hände, um mir tief in die Augen zu blicken. »Ich habe Angst, dass auch du dafür zahlen musst. Dass du das bereits tust.«

»Nein.« Ich schleudere das Wort hervor, als ob ich mit purer Willenskraft die Schatten in seinen Augen vertreiben könnte. »Denk nicht einmal daran, Jackson. Ich werde nicht zulassen, dass du in Melancholie verfällst. Ronnie braucht dich, und ich auch. Ich liebe dich, und ich bin bereit jeden Preis zu zahlen, um mit dir zusammen sein zu können.«

Er sieht mich an, als ob er meine Worte in sich aufnimmt. Sie nach ihrem Wahrheitsgehalt abwiegt. Er sieht mich so lange an, dass ich versucht bin etwas zu sagen, doch dann kommt er mir zuvor.

»Als wir zusammen in Santa Fe waren …« Er bricht ab.

»Was?«

Ich sehe etwas wie Schmerz in seinem Gesicht aufflackern. »Ich weiß, dass ich ein echter Arsch war. Der Grund war Ronnie. Das heißt, eigentlich die gesamte Situation. Aber ich glaube, es war vor allem wegen ihr.«

»Oh.« Ein eisiger Schauer läuft mir über den Rücken, und ich erstarre, weil ich ziemlich sicher glaube zu wissen, worauf er hinauswill. Ich bin nicht ihre Mutter. Ich habe keine Ahnung davon, was es heißt, ein Kind zu haben. Und im Augenblick muss sich Jackson auf zwei Dinge konzentrieren: darauf freigesprochen zu werden und Ronnie ein Vater zu sein. Was heißt, dass er keine Zeit hat, sich auf mich zu konzentrieren.

»Jedenfalls habe ich mich dabei erwischt, wie ich dachte, dass es gut und irgendwie tröstlich wäre, Ronnie bei dir in Sicherheit zu wissen, falls der Ernstfall eintritt.«

Ich runzle die Stirn, denn jetzt bin ich ernstlich verwirrt. »Und das macht dich zu einem Arsch?«

Sein Mundwinkel zieht sich leicht nach oben. »Hast du mir nicht zugehört? Du hast gerade erst herausgefunden, dass ich ein Kind habe. Ein Kind, mit dem du kaum Zeit verbracht hast. Und trotzdem hast du in meiner Vorstellung bereits die Lücke ausgefüllt, die ich hinterlasse, wenn ich im Knast sitze. Tante Syl, die für sie da ist. Sich um sie kümmert. Sie beschützt. Süße, ich habe dich praktisch schon in der Mutterrolle gesehen.«

Von meinen Gefühlen überwältigt schnürt sich meine Brust zusammen. Er hat sich nicht von mir zurückgezogen, weil er mich nicht wollte. Ganz im Gegenteil.

»Ich weiß, das war egoistisch von mir und unrealistisch …«

Ich kann nicht anders. Ich breche in Tränen aus.

»O Gott, Syl. Oh, Scheiße.« Jackson wollte sich am liebsten selbst in den Hintern treten. Was hatte er sich eigentlich dabei gedacht?

Ganz einfach. Er wollte sie. Für immer. Für den Rest seines Lebens. *Er* wollte sie. Und hatte dabei nicht eine Sekunde lang darüber nachgedacht, was *sie* eigentlich wollte.

»Es tut mir leid«, fügte er schnell an. »Ich hätte es dir nicht erzählen sollen. Oh Mann, ich hätte einfach die Klappe halten sollen. Das ist auch der Grund, weshalb sie jetzt bei Betty ist, schließlich kann ich nicht von dir verlangen …«

»Du bist ein solcher Dummkopf …«

Ihre Stimme war tränenerstickt, und eine Sekunde lang war sich Jackson sicher, dass er sich verhört hatte.

»Hast du eine Vorstellung davon, was mir das bedeutet?

Dass du mir so sehr vertraust? Dass du mir das anvertraust, was dir auf dieser Welt am teuersten ist?«

Ein wenig verdattert starrte er sie an. Hatte er richtig gehört? Wusste sie, was sie da sagte?

»Ich habe keine Ahnung, was es heißt, die Ersatzmama zu spielen«, fuhr sie fort. »Aber ich liebe dich, Jackson – das sind keine leeren Worte, und ich meine das auch ganz sicher nicht nur für den Moment.« Sie strich ihm über die Wange. »Was auch immer du brauchst, erinnerst du dich? Auch das waren keine leeren Worte. Ich werde immer zu dir stehen, in guten wie in schlechten Zeiten. Wir schaffen das. Und zwar gemeinsam.«

Er antwortete nicht. Noch nicht. Er wollte sie einfach nur ansehen. Ihren Geruch einatmen und ihre Worte in sich aufsaugen. Denn es waren unglaublich berührende Worte.

In guten wie in schlechten Zeiten …

Eines Tages, dachte er. Eines Tages würde sie diese Worte erneut aussprechen, und er würde ihr einen Ring an den Finger stecken.

Aber zuerst mussten sie mit all dem fertigwerden, das ihnen noch bevorstand.

5 Unser Ziel – das Büro von Bender, Twain & McGuire – verteilt sich auf drei Stockwerke in 2049 Century Park East, einem der zwei legendären dreieckigen Türme der Century Plaza Towers in Century City. Die Türme ragen hoch über uns in den Abendhimmel, während Jackson seinen geliebten schwarzen Porsche über den Santa Monica Boulevard lenkt, um auf direktem Wege von meiner Wohnung zu unserem Ziel zu gelangen.

Ich habe diese Türme immer geliebt – diese eleganten, klaren Linien und das sanfte Schimmern der Aluminiumfassade, die vor dem blauen Himmel Kaliforniens regelrecht zu leuchten scheint. Doch auch nach Einbruch der Dunkelheit bieten die beiden Türme ein imposantes Bild und stehen symbolisch für die Macht und das Prestige dieser Gegend und der Menschen, die hier leben und arbeiten.

»Ihn hätte ich gerne einmal getroffen«, sagt Jackson und deutet auf die Türme.

»Ihn? Du meinst Yamasaki?«

Jackson grinst. »Eigentlich hätte ich mir denken können, dass du ihn kennst. Neben Frank Lloyd Wright ist Minoru Yamasaki eine der Persönlichkeiten, die ich jedes Mal nenne, wenn die Frage aufkommt.«

»Du meinst: Welche berühmte Person – ob tot oder lebendig – würdest du gerne einmal treffen?«

»Genau. Wright starb, bevor ich geboren wurde, und als Yamasaki starb, war ich ungefähr vier Jahre alt. Zu dieser

Zeit habe ich noch mit Legos gespielt, aber ich glaube, selbst wenn ich damals schon geahnt hätte, dass ich später einmal Architekt werden will, wäre er meiner Einladung vermutlich nicht gefolgt.«

Ich muss lächeln. »Vermutlich nicht, nein. Aber er steht auch auf meiner Liste. Seine Gebäude strahlen etwas Erhabenes aus, wenn du weißt, was ich meine?« Minoru Yamasaki hat zwar den Originalentwurf für die Türme in Century City angefertigt, berühmt ist er aber als Architekt des World Trade Centers.

Als wir an einer Ampel halten, dreht Jackson seinen Kopf zu mir. »Ich habe dir noch gar keine Architektur-Stadtführung durch L. A. gegeben. Das sollten wir bald nachholen. Vielleicht nächstes Wochenende.«

»Hör auf damit«, fahre ich ihn barscher an als beabsichtigt. »Versuch nicht, davon abzulenken, was los ist. Tu nicht so, als ob alles in Ordnung wäre. Ob es dir gefällt oder nicht, das ist nun mal momentan die Realität.«

»Syl …« Die Ampel schaltet um, aber er fährt nicht los.

»Ich meine es ernst«, sage ich, während es hinter uns hupt. Ich drehe mich um, um zu sehen, welcher Vollidiot in dem Cabrio sitzt, und erblicke eine aufgetakelte, völlig unbekümmert aussehende Blondine, und drehe mich noch entnervter zu Jackson zurück. »Fahr«, sage ich, dabei rollt er bereits los.

Dann sitzen wir eine Weile einfach schweigend nebeneinander, während Jackson beide Hände am Lenkrad hat. Es liegt eine merkwürdige Spannung in der Luft, und jegliches Gefühl von Normalität, das noch wenige Minuten zuvor zwischen uns herrschte, ist völlig verschwunden.

Gut so.

Denn das hier ist nicht normal. Nichts ist normal. Und

das müssen wir uns bewusst machen. Wir müssen dagegen ankämpfen.

Aber verflixt noch mal, wie sollen wir gegen Beweise ankämpfen? Gegen die Polizei? Gegen eine schreckliche Realität, die immer näher rückt?

»Glaubst du, ich wüsste nicht, was auf dem Spiel steht?« Jacksons Stimme ist ruhig, aber bestimmt.

»Ich glaube, dass du mir die Sache erleichtern willst«, sage ich. »Und das kannst du nicht. Nicht so.« Ich streife meine Ballerinas von den Füßen, ziehe die Beine nach oben auf den Sitz, lege das Kinn auf die Knie und schlinge meine Arme um mich. »Du musst dich daran halten, was sie sagen, Jackson. Evelyn. Die Anwälte. Ich meine es ernst. Hör auf sie.«

»Verdammt, Syl.« Ich höre die Rage in seiner Stimme. »Glaubst du, ich bezahle all die Leute, um dann ihre Ratschläge zu ignorieren?«

»Das nicht, aber manchmal geht dein Temperament mit dir durch.« Ich weiß, dass ich ihn nicht weiter reizen sollte, aber irgendwie kann ich meinen Mund nicht halten. »Das kannst du dir jetzt nicht mehr erlauben. Die Medien halten bereits Gericht über dich. Du musst vorsichtig sein. Du musst klug sein.«

Er drosselt das Tempo, um rechts abzubiegen, und genau in dem Moment, als ich zu ihm hinübersehe, wird sein Gesicht von den Straßenlaternen erhellt. Es ist voller harter Linien. Voller harter Kanten. »Ich weiß«, sagt er lediglich. Ganz ohne Widerspruch, ohne Vorwurf. Und allein diese knappe Bestätigung lässt mich vor Erleichterung aufatmen.

»Es ist nur …« Ich hole Luft und spucke es aus. »Ich weiß nicht, ob du ihn umgebracht hast oder nicht, Jackson. Ich weiß es nicht, weil du es mir nicht gesagt hast, und das ist völlig okay, denn ich verstehe, weshalb Charles dir verboten hat darüber zu reden. Aber unabhängig davon, ob du es warst oder nicht, weiß ich, dass du es gewesen sein könntest. Ja, dass du wahrscheinlich sogar Mordgedanken hattest. Und wenn ich das erkenne, …«

Meine Stimme versagt, und ich muss tief einatmen und noch einmal von vorn beginnen. »Wenn ich das erkenne, was wird dann die Jury erkennen?«

Aus meinen Worten spricht Angst, und ich bin mir sicher, dass er sie heraushört. Trotzdem greift er nicht nach meiner Hand; versucht nicht, mich zu trösten, und dafür bin ich dankbar. Denn im Moment brauche ich klare Fakten. Keine leeren Phrasen.

»Du kennst mich«, sagt er schlicht. »Du weißt, dass ich alles tun würde, um dich zu beschützen. Um Ronnie zu beschützen.« Er zieht langsam Luft ein. »Aber die Jury wird das nicht erkennen. Denn das verbirgt sich tief in meinem Herzen. Und mein Herz gehört nur dir.« Er streckt seinen Arm aus und streichelt mir über die Wange. »Alles wird gut.«

»Glaubst du das wirklich?«

»Ich muss daran glauben.«

Die Tiefgarage ist riesig, doch Jackson hat Glück und kann sich einen der Gästeparkplätze in der Nähe der Aufzüge sichern. Während wir hinübergehen, schaue ich noch einmal auf mein Smartphone. Nicht, dass es mir Spaß machen würde, mir den ganzen Schwachsinn durchzulesen, der in den sozialen Netzwerken verbreitet wird, aber ich kann es auch nicht einfach ignorieren. Wenn wir über die Gesamtstrategie für Jacksons Verteidigung reden, wird es auch um den Umgang mit den Medien gehen. Außerdem ist es nicht nur in Jacksons Interesse, wenn ich mich über die Berichterstattung auf dem Laufenden halte, sondern auch im Interesse des Resorts. Mag sein, dass Dallas Sykes weiterhin an Bord ist, aber bei den anderen Investoren bin ich mir nicht so sicher, und falls die negativen Schlagzeilen überhandnehmen, könnte es gut sein, dass sie das Handtuch werfen.

Zum Großteil ist das, was ich im Internet finde, immer dasselbe: Spekulationen über den tätlichen Angriff und den Film sowie allgemeiner Klatsch und Tratsch.

Doch als wir gerade in den Fahrstuhl steigen, entdecke ich einen Tweet, der mich – im wahrsten Sinne des Wortes – umhaut, sodass ich mich an Jackson festhalten muss.

»Alles okay mit dir? – Oh, Scheiße«, sagt er, als er mein Gesicht sieht. »Was ist jetzt schon wieder?«

Am liebsten würde ich es ihm gar nicht zeigen, aber es lässt sich nicht vermeiden. Ich reiche ihm mein Handy und versuche, nicht aus Angst vor seiner Reaktion zurückzuweichen.

»Verfluchte Scheiße.«

Ich zucke unweigerlich zusammen und blicke dann hinüber auf das Display, obwohl sich die wenigen Zeilen bereits in mein Gedächtnis eingebrannt haben: *Damien Starks Halbbruder Jackson Steele soll zum Mord an Robert Cabot Reed verhört werden #Schmutzig #Skandal #Stark #Steele*

»Ja«, sage ich grimmig. »Das bringt es so ziemlich auf den Punkt.«

Darunter ist auch ein Link, auf den Jackson jetzt klickt, aber natürlich haben wir hier keinen Empfang. Und es ist auch egal. Denn wenn es einen Tweet gibt, gibt es Tausende, und uns beiden ist klar, dass sich die Presse auf die Tatsache stürzen wird, dass Jackson Steele und Damien Stark Brüder sind. Und dass beide Männer bereits einmal in einen Mordfall verwickelt waren.

»Wie zum Teufel haben die das rausgekriegt?« Er wendet seine Aufmerksamkeit jetzt mir zu. »Es ist ja nicht so, als ob es auf meiner Website irgendeine Verbindung zu Damien gäbe. Wenn dieser Hurensohn das ausgeplaudert hat …«

»Nein«, sage ich bestimmt. »Das würde er nie tun. Nicht ohne dir vorher Bescheid zu sagen. Niemals.« Doch noch während ich das sage, komme ich ins Grübeln. Ich glaube wirklich nicht, dass Damien dieses Geheimnis hinterrücks ausplaudern würde, aber was, wenn Evelyn ihm geraten hat, der Presse zuvorzukommen? Was, wenn sie ihn gedrängt hat, damit an die Öffentlichkeit zu gehen, während Jackson noch im Flieger saß?

Ich weiß es nicht und behalte deshalb meine Bedenken lieber für mich, insbesondere, da Jackson gerade extrem unter Druck steht. Als wir jetzt hochfahren und ich neben ihm stehe, fühle ich eine seltsame Mischung aus Erleichterung und Mitleid. Mitleid deshalb, weil die Medien schon wieder etwas aus seinem Privatleben an die Öffentlichkeit gezerrt haben. Und Erleichterung deshalb, weil diesmal nicht ich der Grund dafür bin, dass er so angespannt ist.

Als sich die Fahrstuhltüren in der fünfundzwanzigsten Etage öffnen, werden wir von einer attraktiven Blondine begrüßt, die sich als Kanzleiassistentin vorstellt und uns den Weg weist. Obwohl es fast acht Uhr an einem Sonntagabend ist, ist über die Hälfte der Büros, an denen wir vorübergehen, mit jungen Anwälten besetzt, die im Schein ihrer Computerbildschirme dasitzen und arbeiten. Und auch an den Schreibtischen in der Mitte der Etage sitzen Assistentinnen und Sekretärinnen, während das Klick-Klack ihrer eifrig tippenden Finger durch die Räume hallt und eine überaus geschäftige Atmosphäre erzeugt.

Bender Twain ist eine der besten Anwaltskanzleien des

Landes, und die Tatsache, dass hier selbst so spät an einem Sonntagabend noch gearbeitet wird, erklärt auch, weshalb.

Charles' Büro ist zwar nicht ganz so groß wie Damiens, aber sehr geräumig und bietet reichlich Platz für seinen Schreibtisch, einen großen ovalen Konferenztisch, eine Couch, auf der jetzt zwei Männer um die zwanzig sitzen, sowie mehrere bequeme Stühle. Nicht zu vergessen die Bücherregale, die bis oben hin voll sind mit Rechtsbüchern, historischen Romanen und Akten.

Wir sind die Letzten, die eintreffen, und noch ehe ich mir einen Überblick über den Raum und die anwesenden Personen verschaffen kann, geht Jackson an mir vorbei, immer noch mit meinem Handy in der Hand. »Was zur Hölle soll das?« Er stürmt schnurstracks auf Damien zu und scheint alle anderen im Raum völlig ausgeblendet zu haben.

Damien steht neben dem Konferenztisch und würdigt das Handy, das Jackson ihm entgegenstreckt, kaum eines Blickes. Doch er hat den Kopf gehoben und sieht Jackson mit kühlem, ruhigem Blick ins Gesicht. »Ich habe kein Wort darüber verloren«, sagt er gefasst. »Glauben Sie mir. Ich gewöhne mich langsam an den Gedanken, dass ich einen Bruder habe, aber ich war noch längst nicht bereit, das öffentlich zu machen.«

Damien wirft einen Blick zu Evelyn hinüber, die am Tisch sitzt und eine aufgeschlagene Mappe vor sich liegen hat. »Wir hatten überlegt, wie wir diese Neuigkeit am besten verkünden, und ich war nicht sonderlich begeistert, dass mir jemand zuvorgekommen ist.« Er lächelt beinahe. »Ich dachte erst, Sie stecken dahinter, aber Ihrer Reaktion entnehme ich, dass Sie davon genauso überrascht wurden wie ich.«

»Ich war es nicht«, bekräftigt Jackson, und als ich sehe,

wie sich seine Haltung etwas entspannt, weiß ich, dass er Damien glaubt.

»Und, wie halten Sie sich bis jetzt?«, fragt Damien.

»Prima.« Jacksons Antwort klingt abgehackt.

»Unsinn. Sie haben Angst«, widerspricht Damien. »Und falls nicht, sind Sie nicht so klug wie ich dachte, denn Sie haben allen Grund dazu.«

Ich stehe wie angewurzelt neben Jackson, und trotz meiner Ermahnung auf dem Weg hierher, dass wir uns der Realität stellen müssen, dreht sich mir bei Damiens Worten derart der Magen um, dass ich fürchte, mich gleich übergeben zu müssen.

»Falls Sie es getan haben«, fährt Damien fort, »haben Sie Angst, dass es jemand herausfindet. Und falls Sie es nicht getan haben, haben Sie noch größere Angst davor, dass Sie im Gefängnis landen und demnächst nur noch mit festem Griff um die Seife und dem Hintern an der Wand duschen gehen können, bloß weil Sie sich mit dem falschen Kerl angelegt haben, der zu allem Überfluss plötzlich tot aufgefunden wurde. Eine ziemlich verfahrene Situation.« Damien, der zunächst recht barsch war, schlägt nun einen versöhnlicheren Ton an. »Und genau deshalb sind wir alle hier. Um dafür zu sorgen, dass Sie nicht am Ende als der Dumme dastehen.«

Jackson sieht mich kurz an, und ich sehe die Erleichterung in seinen Augen. Dann wendet er sich Charles zu, der auf ihn zukommt. Er stand bis eben noch am Fenster neben einer Frau, deren Gesicht mir irgendwie bekannt vorkommt.

»Zunächst einmal möchte ich Sie mit den Anwesenden bekannt machen«, sagt Charles. »Damien und Evelyn muss ich Ihnen natürlich nicht mehr vorstellen, und meine

Assistentin Natalie haben Sie gerade kennengelernt. Diese beiden Herren sind Jurastudenten der UCLA«, deutet er auf das Sofa und nennt uns die Namen der beiden Praktikanten. »Und das ist Harriet Frederick«, fügt er hinzu, und ich muss mir ein Raunen verkneifen, als er auf die Frau deutet, mit der er zuvor ins Gespräch vertieft war.

Harriet Frederick ist eine der bekanntesten Strafverteidigerinnen in ganz Kalifornien, wahrscheinlich sogar im ganzen Land. Sie macht einen selbstbewussten Eindruck und ist akkurat gekleidet, hat aber dennoch einen gewissen legeren Sonntagslook. Ihr langes Haar hat sie im Nacken zurückgesteckt, und sie trägt kaum Make-up. Soweit ich das sehen kann, braucht sie auch nicht viel. Sie wirkt kompetent und klug, und selbst wenn sie nur eine Praktikantin wäre, wäre ich froh, sie im Team zu haben.

Aber ich freue mich umso mehr, als ich Harriet Frederick aus der Presse kenne und weiß, dass sie ein paarmal mit Charles von den USA aus Rechtsbeistand leistete, als Damien in Deutschland vor Gericht stand und ihm ein örtlicher Verteidiger zur Seite gestellt wurde. Ich wusste, dass Charles für diesen Fall noch jemand anderen an Bord holen würde – denn auch wenn es ihm mühelos gelungen war, Jackson nach seinem tätlichen Angriff auf Reed auf Kaution freizubekommen, ist sein Fachgebiet eigentlich Gesellschaftsrecht, nicht Strafrecht. Aber ich hätte nie damit gerechnet, dass wir jemanden wie Harriet kriegen würden, und meine Erleichterung darüber ist groß. Tatsächlich schöpfe ich allmählich etwas Hoffnung.

Jetzt durchmisst sie mit selbstbewusstem Schritt den Raum, um Jackson die Hand zu schütteln. »Mr. Stark hat recht. In Anbetracht Ihrer Lage ist es nur verständlich, dass Sie nervös sind, aber wenn Sie auf mich hören – und ehrlich zu mir sind –, stehen unsere Chancen besser, Ihnen eine Haftstrafe zu ersparen.«

Ich lecke mir über die Lippen und bin zutiefst beunruhigt. Nicht wegen dem, was sie sagt, sondern wegen dem, was ich bereits wusste. Dass es keine Garantie gibt. Denn sie mag zwar eine der berühmtesten und renommiertesten Strafverteidigerinnen des Landes sein, doch selbst eine Harriet Frederick kann nicht garantieren, dass der Mann, den ich liebe, nicht am Ende doch im Knast landet.

»Wir werden eine Änderung des Gerichtsstands beantragen, doch dem Antrag wird nicht stattgegeben werden. Was heißt, dass die Jury aus dieser Gemeinde kommt, und diese Gemeinde liebt Hollywood-Filme und Stars – und dazu gehört auch Reed. Was heißt, dass Sie sich von Ihrer besten Seite präsentieren müssen, Mr. Steele.«

»Ich verstehe.«

Sie mustert ihn von oben bis unten und nickt dann, wie ich hoffe, billigend. »Das werden wir dann ja sehen.« Sie deutet zum Tisch. »Was halten Sie davon, wenn wir uns alle hinsetzen und anfangen?« Alle außer Harriet nehmen Platz. »Es ist etwas unglücklich, dass uns jemand zuvorgekommen ist, was die Enthüllung über Ihr Verwandtschaftsverhältnis betrifft, aber letztlich ist das nur insofern relevant, als Ihre Person insgesamt relevant ist. Und in einem so öffentlichkeitswirksamen Mordprozess wie Ihrem ist Ihre Person leider äußerst relevant.«

Ich sehe wie Jackson die Augenbrauen hochzieht und versuche seinem Blick zu begegnen, um herauszufinden, was er denkt, aber er ist voll und ganz auf Harriet konzentriert.

»Damien und Evelyn hatten einen Plan erarbeitet, wie wir einer Enthüllung zuvorkommen. Nun brauchen wir einen Plan, wie wir wieder Herr der Lage werden.«

Evelyn nickt. »Ich werde mir noch heute Abend etwas einfallen lassen. Ich schätze, diese Aasgeier werden morgen vor dem Stark Tower lauern, vor allem aber vor dem Polizeirevier von Beverly Hills.«

»Wir werden Jackson morgen durch die Hintertür hinein- und hinausbringen«, sagt Harriet. »Kein Kontakt zur Presse. Denn auch wenn sich die Medien auf den Fall stürzen werden, müssen wir unser Hauptaugenmerk immer auf die Beweislage richten und wie sich diese der Jury darstellt.«

Als sie jetzt Jackson mit verschränkten Armen eingehend betrachtet, sieht sie aus wie eine Stylistin in einer noblen Boutique. »Sie werden morgen keine Aussage machen. Sie werden keine Fragen beantworten. Ich antworte für Sie. Und Sie berufen sich auf Ihr Recht, die Aussage zu verweigern.«

»Aber kommt das nicht einem Schuldeingeständnis gleich?«, frage ich.

Sie dreht sich mit einem kleinen Kopfschütteln zu mir um. »Immer noch besser, als wenn er zugibt, in Reeds Haus gewesen zu sein. Oder noch schlimmer, wenn er es verheimlicht und die Spurensicherung seine Fingerabdrücke findet. Wir halten uns bedeckt, vielleicht findet es die Polizei ja nie heraus. Es wird schwer, Jackson den Mord an Reed nachzuweisen, wenn sie nicht beweisen können, dass er am Tatort war.«

Ich nicke, denn alles, was sie sagt, klingt einleuchtend – selbst dass das Verweigern der Aussage einen Angeklagten nicht automatisch schuldig erscheinen lässt –, und dennoch macht es mir Angst, weil ich weiß, dass die Medien genau das denken werden und es wilde Spekulationen geben wird.

»Sylvia«, sagt Harriet sanft. Offenbar habe ich auf den Tisch gestarrt und sehe jetzt zu ihr hoch. »Was den Prozess angeht, ist er in den Augen der Anklage bereits schuldig. Dass er die Aussage verweigert, ändert nichts daran. Aber wie er in der Öffentlichkeit auftritt, kann etwas daran ändern. Deshalb ist es so wichtig, dass er zugänglich und sympathisch wirkt. Und«, fügt sie mit einem kurzen Blick zu Jackson hinzu, »nicht die Beherrschung verliert.«

»Das wird er ganz sicher nicht«, springt Evelyn ihm beiseite. Evelyn Dodge ist eine echte Institution in Hollywood und ein PR-Profi. Ich bin unglaublich froh, dass sie Jackson zur Seite steht. Und noch mehr darüber, dass sie eine echte Freundin ist.

Sie deutet auf Charles und Harriet. »Wir haben in den letzten Stunden eine Strategie erarbeitet, die im Kern darin besteht, dass Sie liebenswürdig und charmant auftreten.« Sie hebt eine Augenbraue. »Ich nehme an, das kriegen Sie hin.«

Jackson lächelt beinahe. »Ich werde mir Mühe geben.«

»Meiden Sie die Presseleute und winken Sie ab, wenn sie Ihnen zu nahe kommen – das ist völlig legitim. Aber wenn Sie etwas kommentieren, sind Sie charmant. Zugänglich. Sympathisch.«

»Bin ich das?«, entgegnet Jackson, woraufhin Damien auf der anderen Seite des Tisches leise auflacht.

Evelyn hebt missbilligend eine Augenbraue und erinnert mich an eine Mutter, die ihre Kinder zur Ordnung ruft, und bei diesem Gedanken muss ich lächeln.

»Sie haben ihn geschlagen – es ist in Ordnung, wenn Sie das zugeben, das können wir schlecht abstreiten. Aber was den Rest betrifft, schieben Sie alles auf Harriet und Charles. Diese verdammten Anwälte haben Ihnen verboten sich zu äußern, sonst hätten Sie längst ausgepackt. Als würden Sie mit Ihren besten Freunden sprechen. Verstanden?«

»Verstanden«, sagt Jackson.

»Sie sind für ihr Temperament berüchtigt, junger Mann«, sagt sie erneut und sieht ihm fest in die Augen. »Halten Sie es im Zaum. Falls nicht, ist der Prozess gelaufen. Verstanden?«

Sein Kiefer spannt sich an, und ich weiß, dass er sich einen Kommentar verkneifen muss. Denn natürlich hat er verstanden. Deshalb antwortet er lediglich mit »Ja, Ma'am.«

Und dieses »Ma'am« bricht das Eis. Evelyn reißt den Kopf zurück und bricht in schallendes Gelächter aus. »Gute Güte, Jackson, ich wollte Sie nicht verärgern.« Sie zieht entschuldigend eine Schulter hoch. »Das hier allerdings – dürfte bei Ihnen für Unmut sorgen.«

Mit diesen Worten zieht sie ein Foto aus ihrer Mappe und schiebt es über den Tisch.

Ich ziehe scharf Luft ein, als Jackson im gleichen Moment äußerst entschieden »Auf gar keinen Fall« sagt.

Es ist ein Foto von Ronnie.

»Wir müssen der Presse zuvorkommen«, sagt Harriet sanft. »Sie ist ein Teil Ihres Lebens. Und ehrlich gesagt liebt die Presse nichts mehr als einen alleinerziehenden Vater, der für sein Kind kämpft. Sie wollen, dass die Öffentlichkeit Sie liebt? Dann zeigen Sie Ihnen, wie viel Ihnen dieses kleine Mädchen bedeutet.«

Jackson legt wortlos seine Hände auf das Foto, als ob er seine Tochter allein dadurch vor all dem beschützen könne.

Einen Augenblick lang sagt niemand in der Runde etwas. Dann steht Damien auf, umrundet den Tisch und lehnt sich neben Jackson gegen die Tischplatte. »Es wird herauskommen.« Seine Stimme ist bestimmt, aber sanft. »Und wenn es herauskommt, wird jeder sofort die Verbindung zwischen Ihrer Tochter und dem Film erkennen – und dann ist völlig klar, weshalb Sie den Film verhindern wollten. Wenn Sie es von vornherein offenlegen, können wir das Medieninteresse eindämmen. Warten Sie damit, wird es Sie kalt erwischen.«

»Ich werde meine Tochter nicht den Wölfen zum Fraß vorwerfen.« Er ist so angespannt, dass ich befürchte, ein einziges falsches Wort von einem aus der Runde könnte ihn zum Explodieren bringen. »Nicht, solange es nicht unbedingt notwendig ist.«

»Jackson …«

Doch Evelyn unterbricht Damiens Einwand. »Schon gut, wir können es versuchen.« Sie sieht zu Harriet hinüber, die beinahe unmerklich nickt, und wendet sich wieder Jackson zu. »Aber Sie müssen sich immer vor Augen halten, was der Preis dafür ist, okay? Und in diesem Fall ist das Ihre Freiheit. Die Möglichkeit, Ihre kleine Tochter aufwachsen zu sehen.«

Jackson sagt nichts, betrachtet Evelyn aber mit Interesse.

»Wir werden vorerst nach Ihren Regeln spielen, aber das kann sich ändern. Ich muss sehen, welches Klima in den Medien vorherrscht. Ob sie sich für Sie erwärmen können oder ob das Eis in Ihren Augen sich auf sie überträgt. Wenn die Stimmung zu eisig ist, müssen wir Ihr Image vielleicht mit einem kleinen süßen Mädchen aufpolieren. Haben Sie verstanden?«

Er hat seinen Kiefer angespannt und mit einer Hand die Tischplatte fest umklammert, doch er antwortet nur: »Ja.«

Evelyn nickt zufrieden.

»Was genau *wird* morgen passieren?«, platze ich heraus, ebenso sehr aus dem Wunsch heraus, nicht im Ungewissen gelassen zu werden, wie aus dem Bedürfnis, das Thema zu wechseln. »Wird man ihn festnehmen? Kann Jackson auf

Kaution raus?« Ich kann die Panik in meiner Stimme hören und bin gerührt, als Jackson seine Hand von Ronnies Foto nimmt, um meine zu halten.

»Es ist möglich, dass man ihn festnimmt«, sagt Harriet so nüchtern, als ob sie über die Regenwahrscheinlichkeit sprechen würde. »Normalerweise würde ich in einem medienwirksamen Fall wie diesem nicht davon ausgehen, aber Jackson hat sowohl den Drehbuchschreiber als auch Reed angegriffen, auch wenn wir nicht wissen, ob die Polizei Kenntnis von diesem ersten Vorfall hat. Und er hat Reed am Tag seiner Ermordung in seinem Haus aufgesucht. Vielleicht weiß die Staatsanwaltschaft davon nichts. Aber vielleicht auch doch. Vielleicht werden sie das morgen verkünden. Und vielleicht werden sie daraufhin seine Verhaftung anordnen.«

Jackson sieht etwas betroffen aus, nickt aber.

Mein Mund ist vollkommen trocken, und obwohl ich Jacksons Hand fest umklammert halte, kann ich seine Finger nicht spüren. Ich brauche ein paar Anläufe, ehe ich sprechen kann. »Sie sagten, normalerweise würden Sie nicht davon ausgehen. Wieso nicht?«

»In der Regel will die Polizei nicht übereilt handeln, denn sobald sie jemanden festgenommen haben, läuft die Uhr. Und besonders in einem Fall, der so viel öffentliches Interesse erregt, wollen sie sichergehen, dass sie all ihre Schäfchen im Trockenen haben.«

»Aber wollen sie in diesem Fall ihre Schäfchen nicht auch ins Trockene bringen?«

Harriet sieht mich unverwandt an, und obwohl mich ihre Zurückhaltung wahnsinnig macht, muss ich zugeben, dass ich sie auch dafür respektiere. »Ich fürchte, die Schäfchen sind bereits im Trockenen.«

»Hätten wir nicht davon erfahren? Ich dachte, die Polizei muss ihre Beweise offenlegen.« Offenbar kann ich nicht meine Klappe halten, aber ich will die Gründe verstehen. »Oder machen sie das nur im Fernsehen so?«

Diesmal lächelt Harriet tatsächlich ein klein wenig. »Doch, sie legen die Beweise vor. Aber noch nicht jetzt. Und ganz sicher nicht vor der Verhaftung.«

»Oh.« Endlich habe ich es kapiert. Sie befürchtet, dass man Jackson morgen mit Pauken und Trompeten die Beweise präsentieren und ihn dann als krönenden Abschluss der Show in Handschellen abführen wird.

O Gott.

»Falls der Ernstfall eintritt, werden wir natürlich eine Freilassung auf Kaution beantragen«, sagt Charles. »Aber bis dahin hoffen wir einfach, dass das nicht nötig sein wird.«

Unser Treffen dauert noch fast zwei weitere Stunden, in denen wir über so viele Details und Pläne sprechen, dass mir am Ende der Kopf raucht. Selbst ich habe Anweisungen bekommen. Genau wie Jackson soll ich mich gegenüber der Presse höflich und charmant verhalten. Aber ich habe den zusätzlichen Vorteil, dass ich angeben kann, dass Jackson am Abend der Tat gemeinsam mit mir bei einer Party war. Allerdings fand die Halloween-Party direkt auf der anderen Seite des Hügels in Studio City statt, und jeder Reporter, der sein Geld wert ist, wird wissen, dass Jackson problemlos von Reeds Haus zur Party hätte fahren können.

Doch diesen Teil der Geschichte werde ich unterschlagen.

Und was die Investoren betrifft, so kann ich ihnen versichern, dass Jackson bei mir war, und gleich darauf noch einmal auf sein außerordentliches Talent verweisen – ganz zu schweigen davon, dass ein bisschen Presserummel dem Besucherandrang in der Eröffnungswoche des Resorts nicht schaden dürfte.

Charles will mit dem Gericht vereinbaren, dass Jackson vorerst seinen Sozialdienst einstellen darf. »Aber wir wollen keine Aufmerksamkeit darauf lenken, dass Sie nach Ihrem tätlichen Angriff auf Reed so leicht davongekommen sind. Wir wollen nicht den Anschein einer Sonderbehandlung erwecken. Natürlich wird es herauskommen«, fügt er zynisch hinzu, »aber wir müssen es ja nicht an die große Glocke hängen.«

Harriet hatte sich hingesetzt, steht jetzt aber wieder auf. »Ich denke, damit hätten wir alles abgedeckt, bis auf das Motiv. So wie sich die Lage darstellt, kann die Anklage entweder ausgehend vom Film argumentieren oder ausgehend von dem tätlichen Angriff – und das Film-Motiv tritt stärker in den Vordergrund, sobald die Medien von Ronnie erfahren. Allerdings«, fügt sie schnell hinzu, »bin ich bereit, diese Frage noch aufzuschieben, solange Sie sich der möglichen negativen Konsequenzen bewusst sind.«

»Wie ich bereits sagte, das bin ich«, erwidert Jackson.

Ich runzle die Stirn, als mir auffällt, was sie damit außerdem sagen wollte. »Werden sie wirklich glauben, Jackson hätte Reed ermordet, nur um eine Zivilklage zu verhindern? Sieht außer mir noch irgendjemand den Widerspruch?«

»Glauben Sie mir«, sagt Harriet. »Menschen morden aus den dümmsten Gründen. Die Polizei weiß das, und sie werden nicht lockerlassen. Und wer weiß, was sie herausfinden, wenn sie in verschiedene Richtungen ermitteln.« Sie sieht Jackson streng an. »Deshalb: Wenn es irgendein anderes Tatmotiv gibt, muss ich es jetzt wissen. Wenn später überraschend etwas herauskommt, von dem ich nichts wusste, kann das unsere gesamte Strategie ruinieren. Deshalb muss ich das von Ihnen ganz klar wissen.«

Ich sitze völlig regungslos da, aber ich habe Angst, dass jeder im Raum mein Herz hören kann, das wild in meiner Brust schlägt. Ich sehe nicht zu Jackson hinüber, doch ich weiß, dass er gerade dasselbe denkt wie ich. *Die Fotos von mir.* Reed hatte damit gedroht, sie zu veröffentlichen, falls ich Jackson nicht davon überzeugen würde, dem Film zuzustimmen.

Ja, das ist definitiv ein Tatmotiv.

Aber Jackson sagt lediglich: »Das ist alles. Sonst nichts.«

Ohne es zu merken, hatte ich den Atem angehalten, und atme nun aus. *Er beschützt mich immer noch.* Selbst wenn ihn dieses Geheimnis hinter Gittern bringen könnte.

Bin ich wirklich so feige, dass ich das zulasse?

»In Ordnung«, sagt Harriet. »Dann kommen wir jetzt zu …«

»Da gibt es noch etwas.« Ich flüstere so leise, dass man meine Worte kaum hört. Ich habe meine Augen auf den Tisch gerichtet, nicht auf Jackson.

»Entschuldigung, Sylvia, was haben Sie gesagt?« Ich sehe hoch zu Charles, der mich durchdringend ansieht. »Ich habe Sie nicht gehört.«

Ich hole tief Luft und balle meine Hände zu Fäusten.

»Sylvia.« Jacksons Stimme ist hart. Ermahnend.

Ich sehe ihn an und hoffe, dass er die Entschuldigung in meinen Augen ablesen kann. Dann wende ich mich wieder Harriet und Charles zu.

»Er hat mich erpresst.« Nun flüstere ich nicht mehr, sondern sage es geradeheraus. »Reed. Er hatte Fotos. Ich habe früher für ihn gemodelt und, na ja, einige waren freizügig. Ich, ich wollte nicht, dass irgendjemand sie zu sehen bekommt. Ich …« Ich schlucke. »Ich glaube, das könnte ich nicht ertragen.«

Harriet legt ganz langsam ihre Notizen auf dem Tisch ab. »Ich verstehe.«

Ich drehe mich gerade so weit um, dass ich Jackson sehe, der leicht mit dem Kopf schüttelt und mich mit leidendem Blick ansieht. Doch ich fahre fort. »Er hat gedroht, dass er die Bilder veröffentlichen würde, falls ich Jackson nicht dazu bringen würde, seinen Widerstand gegen den Film aufzugeben.«

Charles und Harriet tauschen Blicke aus.

»Gut«, sagt Harriet. »Sie haben recht. Das ist definitiv ein Tatmotiv.«

Ich schlucke, weil ich weiß, dass sie recht hat.

»Haben Sie die Fotos?«, fragt Charles.

»Nein«, schaltet sich Jackson entschieden ein. »Wir haben die Bilder verbrannt, die er ihr geschickt hat.« Das ist zwar gelogen, aber letztendlich wohl auch egal – und da ich auf gar keinen Fall möchte, dass irgendjemand die Fotos zu Gesicht bekommt, werde ich mich hüten, das richtigzustellen.

»Also gibt es vermutlich noch weitere Abzüge?«, erkundigt sich Harriet. »Außer Reeds Mörder hat sie mitgenommen.«

Ich erschaudere, nicke aber.

»Weiß sonst noch jemand davon?«, fragt sie.

»Nein«, platze ich heraus, noch ehe Jackson meinen Vater oder Cass erwähnen kann. Ich habe den Anwälten von der Erpressung erzählt, damit Jackson nicht in Schwierigkeiten gerät, aber ich könnte den Gedanken nicht ertragen, auch noch meinen Dad in die ganze Sache mit hineinzuziehen. »Und bitte, bitte, das darf niemals diesen Raum verlassen.«

Diesmal suche ich den Blickkontakt mit Damien, der mir mit einem kurzen Nicken signalisiert, dass er versteht, worum ich bitte und weshalb es mir so wichtig ist, diese Angelegenheit geheim zu halten, selbst vor Nikki.

Als sie jetzt spricht, ist Harriets Stimme sanft. »Das ist keine Information, die wir preisgeben müssen. Und mit etwas Glück hat Reed die restlichen Abzüge verbrannt und in seinem Garten unter einem Rosenstrauch vergraben, wo sie niemand findet. Aber danke, dass Sie uns das erzählt haben. Das hilft uns sehr bei Jacksons Verteidigung.«

Ich nicke. Ich weiß. Ich hätte sonst auch keinen Grund gehabt, dieses Geheimnis preiszugeben.

Den Rest der Zeit klären wir nur noch einige organisatorische Fragen, und nachdem Jackson mit Harriet vereinbart hat, wann sie sich morgen treffen, um gemeinsam zum Polizeirevier zu fahren, verabschieden er und ich uns von der Runde.

Als wir zum Empfangsbereich zurücklaufen, merke ich, dass Jackson angespannt ist, und dass er meine Hand nicht nimmt, zeigt mir, dass ich der Grund für seine Anspannung bin, nicht das Meeting an sich.

Ich seufze und als ich sicher bin, dass niemand uns hören kann, sage ich vorsichtig: »Ich musste es tun.«

»Musstest du überhaupt nicht.« In seiner Stimme höre ich eine gewisse Härte. Vielleicht ist es Wut. Vielleicht Schmerz. Da bin ich mir nicht sicher. »Ich hatte dir gesagt, ich würde dein Geheimnis niemals verraten.«

»Jackson …«

Er wirbelt zu mir herum. »Nein, verdammte Scheiße, Syl. Du hättest damit warten sollen. Vielleicht wäre es nie herausgekommen. Und falls die Polizei irgendwann die Originale gefunden hätte, hätten wir es eben zugegeben.«

»Ich will nicht der Grund dafür sein, dass das Ganze schlecht für dich ausgeht, Jackson. Begreifst du das nicht? Ich bin unglaublich gerührt, dass du mich beschützen willst, aber jetzt ist es an mir, dich zu beschützen.«

»Fuck.« Er hat sich ruckartig umgedreht, und erst als er mit der Faust gegen seine eigene Handfläche schlägt, merke ich, dass er nach etwas gesucht hat, auf das er einschlagen kann.

»Jacks…«, setze ich an, doch ich komme nicht weiter, als er mich plötzlich zu sich zerrt, seinen Mund hart auf meinen presst und mich am Handgelenk hinter meinem Rücken festhält, sodass mein Arm von der Verrenkung schmerzt. Dann zieht er mich näher an sich, sodass wir dicht an dicht stehen.

Ich spüre ihn hart und heiß an meinem Körper. Das ist kein leidenschaftlicher Kuss. Sondern ein fordernder, ein verlangender Kuss. Er zieht keuchend seinen Kopf zurück, und seine Augen sehen mich hart und durchdringend an. Und als er spricht, schwingt in seiner Stimme Gefahr mit. »Glaubst du, ich wüsste nicht, was dir das abverlangt? Allein daran zu denken, was er dir angetan hat? Was du aufgegeben hast, als du ihnen davon erzählt hast?«

Ich presse meine Lippen aufeinander und nicke, denn es war wirklich schwer. Aber es wäre mir noch viel schwerer gefallen, bevor Jackson in mein Leben trat. Und genau das sage ich ihm auch. »Durch dich bin ich stärker geworden, Jackson. Begreifst du das nicht? Ich konnte nur darüber sprechen, weil es dich gibt. Weil ich weiß, wenn es ganz schlimm wird – wenn die Albträume wiederkehren –, bist du für mich da und hilfst mir, meine Dämonen zu bekämpfen.«

Meine Stimme klingt belegt, und ich halte die Tränen nur mit Mühe zurück. »Was das Aufgeben betrifft: Ich müsste noch viel mehr aufgeben, wenn ich dich verlieren würde. Und ich werde alles daransetzen, dass das nicht passiert.«

»Du solltest mich nicht beschützen müssen.« Er hält mich immer noch fest, aber seine Stimme hat ihre Schärfe verloren. »Ich habe dich da mit reingezogen.«

Ich schüttele bloß den Kopf. Ich atme schwer, so erregt bin ich durch die knisternde Spannung zwischen uns. Durch sein leidenschaftliches Bedürfnis, mich zu beschützen. Und zugegebenermaßen auch durch den harten Druck seines Körpers, der sich verführerisch an meinen presst.

Schließlich zwinge ich mich, etwas zu sagen. »Wir stehen das gemeinsam durch, Jackson. Mir ist genauso sehr wie dir daran gelegen, dass du nicht in den Knast wanderst. Denn ich liebe dich, verflucht noch mal, und ich kann den Gedanken nicht ertragen, dich zu verlieren. Und außerdem musst du mein verdammtes Resort fertigstellen.«

Ich starre ihn mit völlig ernster Miene an, und dieser Arsch bricht doch tatsächlich in Lachen aus.

»Oh, Baby.« Er lässt meinen Arm los, und diesmal küsst er mich so zärtlich, dass mir die Knie weich werden.

»Ich will mich nicht geschlagen geben«, sage ich. »Und ich will dich nicht verlieren. Deshalb, ja. Wenn ich dir irgendwie helfen kann, werde ich es tun. Und wenn du dich darüber aufregst, tut es mir echt leid.«

Wir sind mittlerweile im Empfangsbereich und blicken durch eine Fensterwand auf die blinkenden Lichter der Stadt und das dahinter liegende Meer.

Er sieht mich an. Sein Blick ist sanft. Ruhig. Er nickt. Nur ganz leicht, doch ich sehe die Entschuldigung darin.

Seufzend gehe ich zum Fenster und lege meine Handfläche an das Fensterglas. Von hier aus ist die Linie, die die Stadt von den unergründlichen Tiefen des Ozeans trennt, unschwer auszumachen. Doch dahinter erkenne ich nur schwach die blinkenden Lichter von Catalina Island. Und irgendwo dahinter liegt, unsichtbar, Santa Cortez.

Jackson stellt sich hinter mich und greift ganz vorsichtig um mich herum, um seine Hand auf meine zu legen. »Wir werden das Resort nicht verlieren.«

Ich möchte ihm glauben, aber ehrlich gesagt habe ich Angst. Angst, dass ich meine Insel verliere. Dass ich ihn verliere. Dass mir alles, wofür ich so hart gearbeitet habe – und was mir so viel bedeutet – einfach entrissen wird.

Aber allein das Wissen, dass er mich versteht – dass er in meinem Gesicht meine Gedanken ablesen kann –, tröstet mich.

Wir fahren schweigend und Händchen haltend mit dem Aufzug nach unten. Ich bin erschöpft, körperlich wie geistig. Es war ein extrem langer und extrem anstrengender Tag. Und das Meeting am Ende des Tages hat es nicht unbedingt einfacher gemacht. Ich habe keinerlei Gewissheit. Keinen einzigen Anhaltspunkt dafür, was passieren wird.

Ich drehe mich zu ihm um, auch wenn ich weiß, dass er mir womöglich keine Antwort geben wird. Auch wenn ich weiß, dass ich die Frage gar nicht erst stellen sollte. Aber in dieser Situation brauche ich einfach irgendetwas, an das ich mich halten kann. Etwas Gutes, an das ich mich klammern kann. Etwas Schlechtes, gegen das ich ankämpfen kann. *Irgendwas*. Denn diese Ungewissheit bringt mich um.

»Ich muss es einfach wissen«, sage ich schließlich. »Hast du ihn ermordet?«

Jackson sieht mich an, und zum ersten Mal vermag ich nicht in seinen Augen zu lesen. Einen Moment lang fürchte ich, dass er meine Frage abschmettern wird. Dass er sich auf die Regeln und die strikte Anweisung seiner Anwälte berufen wird. Doch dann seufzt er und schüttelt lediglich den Kopf.

»Ich wollte ihn umbringen. Bei Gott, ich wollte es so sehr, dass ich es regelrecht schmecken konnte.« Er holt tief Luft und fährt sich mit den Fingern durchs Haar. »Aber nein«, sagt er schließlich, ohne mir jedoch direkt in die Augen zu sehen. »Ich habe es nicht getan.«

Ich nicke, aber ich fühle mich nicht besser. Im Gegenteil, ich fühle mich merkwürdig enttäuscht, als ob Jackson auf absurde Weise irgendwie versagt hätte, indem er Reed nicht getötet hat. Mehr noch, ich bin nicht einmal sicher, ob ich es ihm abnehme.

Letztlich ist es jedoch egal, und ich erschauere, als ich nachdenke und den wahren Grund für meine Angst erkenne: Es ist die Tatsache, dass selbst Jackson, der immer alles unter Kontrolle haben will, hilflos ist. Denn ob schuldig oder unschuldig, spielt im Grunde keine Rolle. Letztlich ist nicht die Wahrheit entscheidend. Sondern die Beweise und Motive und das Urteil der Richter und der Jury. Zwölf Menschen, die ihre jeweilige Meinung, ihren jeweiligen Standpunkt vertreten. Und so sehr ich auch an unser Rechtssystem glauben möchte, so schwer fällt es mir doch.

6 Ich spiele gerade auf dem Smartphone herum, als wir vom Century Park East auf den Santa Monica Boulevard abbiegen. Ich bin so vertieft, dass ich erst hochschaue, als wir kurz danach erneut abbiegen, denn sofern er nicht aufgrund eines Staus eine Abkürzung nimmt, sollte er eigentlich immer geradeaus bis zur 405 und hinunter zum Jachthafen fahren.

Doch vor uns erblicke ich keine lange Autoschlange. Und dennoch fährt Jackson immer weiter von der Küste weg und immer tiefer nach Beverly Hills hinein.

»Nehmen wir die Panoramaroute?«

»So ähnlich.« Er hat den Blick fest auf die Straße geheftet, und auch wenn das an sich nicht ungewöhnlich ist, merke ich, wie mir ein kalter Schauer über den Rücken läuft und sich meine Nackenhaare aufstellen.

Ich will ihn gerade fragen, was genau er vorhat, als wir links abbiegen und ich am Ende der Häuserreihe ein vertrautes Gebäude erblicke, das meine Frage auf furchtbare, beunruhigende Weise beantwortet.

»Verflucht, Jackson, was zum Henker soll das?«, frage ich. »Was, wenn uns irgendjemand sieht?«

»Ich wollte nur einen Blick darauf werfen.« Er hält das Lenkrad so fest umklammert, dass seine Knöchel weiß hervortreten.

Aufmerksam betrachte ich sein Profil. Sein Kiefer ist fest angespannt, doch ein Muskel unter der Wange zuckt nervös. Offensichtlich kann er nur mit Mühe seine Gefühle zurückhalten – all die Angst, die Wut, alles. Und verdammt noch mal, das ist nicht der richtige Ort für ihn.

»Jackson, ich meine es ernst. Wir sollten schnellstmöglich von hier verschwinden.«

»Ist es ein Verbrechen, am Haus eines Toten vorbeizufahren? Eines Toten, der in meinem Leben herumgepfuscht hat? Der meine Freundin bedroht hat? Der mir selbst jetzt noch das Leben schwer macht, nun, da er unter der Erde ist?«

»Ein Verbrechen?«, wiederhole ich mit erhobener Stimme. »Gute Frage. Ist Dummheit ein Verbrechen?«

Sein Kopf schnellt herum, und als er mir jetzt direkt in die Augen sieht, funkeln seine Augen bedrohlich.

Doch anstatt nachzugeben, setze ich mich weiter auf, denn ich weiß, dass ich recht habe. »Es ist kein Verbrechen, aber ausgerechnet hier vorbeizufahren, wenn du unter Verdacht stehst, diesen Mann getötet zu haben, ist so dumm, dass es förmlich nach Strafe schreit. Insbesondere, da wir wissen, dass du am Tag seiner Ermordung hier warst – und dass man dich womöglich morgen verhaftet.« Vor lauter Angst versagt mir meine Stimme ein wenig.

»Entweder man verhaftet mich morgen oder man verhaftet mich nicht«, stellt er trocken fest. »Ob ich heute hier vorbeifahre, ändert nichts daran.«

Er hat recht. Ich weiß, dass er recht hat. Aber das ändert nichts an der Tatsache, dass ich ihm am liebsten eine Ohrfeige verpassen möchte. Ihm Vernunft einprügeln möchte. Vielleicht möchte ich auch einfach losschreien und ausflippen, denn im Moment läuft nichts so, wie ich es mir wünsche, und ich hasse das Gefühl, im Lichtkegel der Scheinwerfer auf einem Bahngleis zu stehen, während der Zug unaufhaltsam auf mich zurast. Ich zwinge mich durchzuatmen. Einfach nur zu atmen und nicht die Nerven zu verlieren, und sei es nur, um für Jackson stark zu sein.

Schließlich schaltet Jackson in den ersten Gang und fährt los. Zunächst sagt er nichts, doch nach ein paar Häuserblocks fährt er an die Seite und seufzt tief, während er seine ganze Aufmerksamkeit auf das Haus richtet, das nun direkt vor uns am Ende der Sackgasse liegt.

»Sie sind an der Sache dran«, sage ich sanft. »Harriets Team wird herausfinden, wer es wirklich getan hat.«

Jacksons Hände umklammern das Lenkrad. »Ich weiß. Falls ihr Team andere Verdächtige mit plausiblem Tatmotiv vorweisen kann, wird das berechtigte Zweifel an der Anklage aufwerfen. Es ist nur …« Doch er beendet den Satz nicht. Stattdessen lehnt er sich mit einem Kopfschütteln zurück, und als er die Augen schließt, sieht er unglaublich erschöpft aus.

Mein Magen verkrampft sich vor Angst. »Jackson …« Aber genau wie er führe ich meinen Gedanken nicht zu Ende. Was soll ich auch sagen? *Befürchtest du, dass sie keinen anderen Verdächtigen finden, weil du es warst?* Oder vielleicht: *Ich hoffe, du hast ihn umgebracht, denn dieser Dreckskerl hatte es nicht anders verdient, aber gleichzeitig habe ich schreckliche Angst, dich zu verlieren?*

»Jackson«, beginne ich erneut, doch dann fehlen mir wieder die Worte. Diesmal nimmt er meine Hand. »Baby, schon okay. Mit *mir* ist alles okay.« Er zögert und hält die Augen fest auf mich gerichtet, als ob er meine Stimmung abschätzt. »Ich finde es nur unerträglich, dass ich tatenlos zusehen muss. Verflucht noch mal«, fährt er fort, und ein kleines Lächeln umspielt seine Mundwinkel, »vielleicht sollte ich selbst Nachforschungen anstellen. Dann hätte ich wenigstens das Gefühl, irgendetwas tun zu können. Und wer weiß, vielleicht würde ich bei meinen Recherchen auf den einen oder anderen Verdächtigen stoßen.«

»Das verstehe ich«, sage ich. »Das verstehe ich nur allzu gut, und ich weiß, dass es dich wahnsinnig macht, dass es nicht in deiner Hand liegt. Aber du musst vorsichtig sein, Jackson. Du magst zwar aussehen wie ein Filmstar, aber das hier ist kein Film, und du kannst nicht Sherlock-Holmes-mäßig in der Gegend herumschleichen.«

»Ich schleiche nicht«, erwidert er mit einem Anflug von einem Lächeln, und mir wird sofort leichter ums Herz, denn die dunkle Wolke über ihm scheint sich verzogen zu haben. »Aber du stolzierst auch nicht herum. Ich würde sagen, das ist auch gut so.«

»Ich würde beides sofort tun, wenn es die Polizei dazu bringen würde, jemand anderen ins Visier zu nehmen.«

Ich will ihn gerade ermahnen, dass er nicht immer alles unter Kontrolle haben kann, und dass er die Angelegenheit seinen Anwälten überlassen muss, doch die Worte verhallen in meinem Kopf. Denn immerhin reden wir hier von Jackson, und wenn er nicht in der Lage ist, alles unter Kontrolle zu haben, wer dann? Und ehrlich gesagt, wenn meine Freiheit auf dem Spiel stehen würde, würde ich auch nicht stillsitzen und Däumchen drehen.

»Also das mit dem Herumschleichen und Herumstolzieren können wir auf keinen Fall riskieren«, sage ich betont heiter. »Soll ich mit Ryan reden?« Ich schätze, falls uns irgendjemand bei unserer Ermittlung auf eigene Faust helfen kann, dann der Sicherheitschef von Stark International.

Aber Jackson schüttelt den Kopf. »Nein. Ich mache das schon.«

Ich studiere sein Gesicht. »Willst du einen eigenen Privatdetektiv engagieren?«

»Ehrlich gesagt hatte ich daran gedacht, einen brüderlichen Rat einzuholen.«

»Wirklich?« Ich kann die Überraschung in meiner Stimme nicht verbergen.

»Der Mann weiß, wie man an Informationen herankommt.« Er wirft mir einen Blick von der Seite zu. »Und er weiß, wie man sich gegen eine Mordanklage zur Wehr setzt. Oder zumindest wen man bezahlen muss, um zu erreichen, was man will.«

»Dann ist es am Ende vielleicht doch gar nicht so schlecht, ihn zu kennen?«

»Na ja, du respektierst ihn. Dann kann er so verkehrt nicht sein«, entgegnet er trocken, aber mit einem Grinsen, und ich weiß, er meint es ernst. Zumindest größtenteils.

Als Jackson auf die Autobahn auffährt, lehne ich mich wieder in meinem Sitz zurück. Jackson und Damien werden vielleicht nie so ein enges Verhältnis haben wie ich mit meinem Bruder Ethan, aber zumindest haben sie ihre erbitterte Feindschaft und das gegenseitige Misstrauen hinter sich gelassen. Andererseits, wenn man bedenkt, was beide mit ihrem Vater durchmachen mussten, ist es auch denkbar, dass diese traumatischen Kindheitserfahrungen sie zusammenschweißen. Damit wären sie Ethan und mir einen großen Schritt voraus, denn so sehr ich meinen Bruder auch liebe, habe ich ihm dennoch immer verschwiegen, durch welche Hölle ich als Jugendliche gehen musste. Nicht nur, weil ich kein Mitleid will, sondern auch, damit er sich nicht schuldig fühlt.

Ethan weiß, dass ich gemodelt habe und dass wir das Geld, das ich verdiente, für die Medikamente brauchten, die ihm das Leben retteten. Aber er weiß weder, wie viel diese Behandlungen kosteten, noch was genau mein Vater an Reed verkaufte. Nicht nur mein Abbild, sondern mich. Um mich zu fotografieren, mich zu berühren. Mich zu benutzen.

Und obwohl jede Minute eine Qual für mich war – und ich meinen Vater anbettelte, nicht mehr hingehen zu müssen –, habe ich nie das getan, was jederzeit in meiner Macht stand. Ich bin nie weggelaufen. Weil ich wusste, dass wir das Geld brauchten. Dass ich, auch wenn ich Schreckliches durchmachte, dazu beitrug, das Leben meines Bruders zu retten.

Ich rutsche unruhig auf meinem Sitz hin und her, denn nun sehe ich meinen Vater vor meinem geistigen Auge vor mir, und das ist so ziemlich der letzte Mensch, an den ich denken möchte. Ich hatte ihn aus meinem Kopf verdrängt, nachdem er mich in Santa Fe angerufen hatte, und es gefällt mir ganz und gar nicht, dass ich mich jetzt wieder an ihn erinnere.

»Verdammt«, murmelt Jackson und eine Sekunde lang denke ich tatsächlich, dass er meine Gedanken kommentiert.

Doch dann setzt mein Verstand wieder ein, und ich bin absurderweise dankbar für die Ablenkung. »Was?«

»Ich habe ganz vergessen, Ronnie vor dem Schlafengehen anzurufen, und jetzt ist es dort fast elf Uhr.« Er knallt mit der Handfläche gegen das Lenkrad. »Scheiße. So viel zum Thema ›Vater des Jahres‹.«

»Schreib doch Betty eine SMS«, schlage ich vor. »Sag ihr, sie soll nicht ans Telefon gehen, wenn du anrufst, und sobald ihre Mailbox rangeht, hinterlässt du eine Nachricht für Ronnie, die sie ihr morgen früh vorspielen kann.«

Jackson hält an der Straße, die in den Jachthafen einbiegt, in dem sein Boot liegt, und dreht sich zu mir um.

Sein eindringlicher Blick macht mich nervös. »Was denn?«

»Vielleicht solltest du ›Vater des Jahres‹ werden. Die Idee ist genial.«

Ein vergnügtes Lachen sprudelt aus mir heraus. »Ich freue mich, wenn ich dich mit meinem Rat beglücken konnte.«

Er legt eine Hand auf mein Bein und fährt ganz langsam über den Jeansstoff. »Das machst du wirklich, wirklich gut.«

Meine Haut kribbelt immer noch ob des sinnlichen Untertons in seiner Stimme und der Hitze seiner Berührung, als wir uns dem Eingang des Jachthafens nähern. Der Eingang wird von einem Wachhäuschen und einem Tor markiert, das hoch- und herunterfährt, um den Anliegern und ihren Gästen Zugang zum Hafen zu gewähren. Allerdings habe ich es in all der Zeit nicht ein einziges Mal unten gesehen, und normalerweise winkt uns der Wachmann, der in dem kleinen Häuschen sitzt, einfach durch.

Heute jedoch ist das Tor heruntergelassen – und der Grund dafür ist leicht zu erkennen. Dutzende Reporter säumen die Einfahrt – einige haben es sich sogar auf Campingstühlen oder auf dem Boden bequem gemacht, als ob sie bereits seit Stunden warten würden. Doch sobald sich Jacksons Porsche nähert, springen sie auf und strömen auf uns zu, wie ein Schwarm Bienen, der sich auf ein Ziel stürzt.

»*Fuck*«, entfährt es Jackson, und ich kann innerlich nur zustimmen, auch wenn wir beide damit rechnen mussten.

»Jackson, wie lange wissen Sie bereits, dass Damien Stark Ihr Halbbruder ist?«

»Haben Sie den Prozess Ihres Bruders in Deutschland verfolgt?«

»Sylvia, wussten Sie, dass Ihr Chef und Ihr Freund miteinander verwandt sind?«

»Wie ist der aktuelle Stand bei dem Fletcher-Film, Jackson? Ist der Film vom Tisch, nun, da Reed tot ist?«

Jackson kämpft sich mit dem Wagen Zentimeter für Zentimeter weiter durch, auch wenn ich das Gefühl nicht loswerde, dass er am liebsten Gas geben und über den einen oder anderen Fuß rollen würde. Schließlich hat er das Wachhäuschen erreicht und fährt das Fenster herunter, um mit dem Wachmann zu reden.

»Wie lange geht das schon so, Charles?«

»Ein paar Stunden, Mr. Steele. Die Grundstücksverwalter haben bereits zusätzliches Wachpersonal angefordert. Wir halten Ihnen diese Paparazzi vom Hals.«

»Ich werde für das Extra-Personal aufkommen.« Jackson klingt angespannt.

»Nun, das ist Ihre Entscheidung, Sir. Wir haben jedenfalls die Überwachungskameras eingeschaltet, und heute Abend werden ein paar zusätzliche Sicherheitsleute über das Gelände patrouillieren. Aber zur Sicherheit sollten Sie trotzdem das Tor zu Ihrem Anlegeplatz und die Türen der *Veronica* abschließen.«

»Das werde ich. Danke, Charlie. Und Entschuldigung.«

»Nicht Ihre Schuld, Mr. Steele«, erwidert der Wachmann loyal, auch wenn ich an Jacksons Gesicht ablesen kann, dass er da anderer Meinung ist.

Den ganzen restlichen Weg bis zu seinem Parkplatz vor seinem Boot hält seine Anspannung an, und sobald er den Motor abgestellt hat, dreht er sich zu mir. Ich schüttele den Kopf und lege ihm einen Finger auf die Lippen. Ich weiß nicht, ob er die Reporter verfluchen oder sich für sie entschuldigen wollte, aber ich will weder das eine noch das andere hören. Ich will, dass er alles um sich herum vergisst. Deshalb lehne ich mich nach vorne und lege eine Hand auf seinen Oberschenkel, nur Zentimeter von seinem Schwanz entfernt, um ihm zu signalisieren, dass die Paparazzi gerade das Letzte sind, was mich interessiert.

Er sagt nichts, doch ich kann die Veränderung in seiner Haltung spüren. Eine andere Form von Anspannung. Und als ich mir verführerisch mit den Zähnen leicht auf die Lippen beiße, sehe ich, wie die Begierde in seinen Augen wächst.

»Was genau tun Sie da, Miss Brooks?«

»Ich? Ich denke nur nach.«

»Worüber?«

»Über einen Mann, den ich kenne.«

Er hebt eine Augenbraue. »Aha?«

»Mmh-mmh. Er ist unglaublich gut aussehend. Unfassbar sexy. Und eine einzige Berührung von ihm ist Magie pur.«

Sein Mundwinkel zuckt, und ein triumphales Hochgefühl durchströmt mich. »Ich glaube, ich werde eifersüchtig.«

Ich gleite mit meiner Hand höher, sodass mein kleiner Finger nur ganz leicht seinen härter werdenden Schwanz streift. »Das war ein ziemlich anstrengender Tag. Was hältst du davon, wenn wir reingehen, uns ausziehen und alles um uns herum vergessen?«

Seine Augen lodern wie blaue Flammen. »Ich finde, das ist eine hervorragende Idee.«

Die Hitze in seiner Stimme bringt mich genau an den richtigen Stellen in Wallung.

Nur widerwillig rücke ich von ihm ab und öffne meine Tür. »In diesem Fall würde ich Sie bitten, mir zu folgen, Mister.« Nachdem wir beide aus dem Auto gestiegen sind, führe ich ihn an der Hand durch das Tor hinunter zur Anlegestelle seines Boots. Dort ist eine kleine Landungsbrücke festgemacht, die zu einer Tür auf Deck führt. Ich bin mittlerweile oft genug hier gewesen und kenne mich aus, sodass ich vorangehe und ihm den Weg weise.

Da es manchmal etwas glitschig ist, betrete ich vorsichtig das Deck, lasse den Blick über die vertraute Fläche schweifen und schreie auf, als ich einen Mann entdecke.

Noch ehe mein Schrei verhallt ist, hat sich Jackson schützend vor mich gestellt.

Ich atme schwer, mein Puls rast und mein ganzer Körper ist auf Flucht eingestellt. Doch das sind nur die Nachwirkungen des ersten Schocks. Dann ist meine Angst auch schon verflogen.

Denn bei dem Mann handelt es sich nicht um einen Paparazzi. Es handelt sich nicht einmal im engeren Sinne um einen Eindringling. Zumindest nicht die Art, die ich erwartet hätte.

Andererseits ist diese Art vielleicht viel gefährlicher.

Denn der Eindringling ist Jeremiah Stark.

7

Jackson starrte seinen Vater an und versuchte sich einzureden, dass er sicher nur ein Hirngespinst war. Ein unheilvoller Wiedergänger. Aber nicht Jeremiah Stark.

Nicht hier.

Nicht heute.

»Wurde auch langsam Zeit, Junge. Ich wollte schon aufgeben.«

Jackson rührte sich nicht von der Stelle und sagte kein Wort. Stattdessen stand er einfach weiter schützend vor Sylvia.

Es kostete Jackson enorme Willenskraft, mit beiden Füßen fest auf dem Boden und den Händen in die Seiten gestemmt stehen zu bleiben. Denn in diesem Augenblick wollte er Jeremiah am liebsten an die Gurgel gehen.

Als er sicher war, dass er sich so weit im Griff hatte, dass er nicht gleich auf seinen Vater losging, stellte er sich neben Sylvia, damit er seinen Arm um ihre Hüfte schlingen und sie zu sich heranziehen konnte. Er wusste, dass es so aussehen würde, als ob er sie tröstete. Doch das war eine Illusion. Denn in Wirklichkeit war er es, der ihre Nähe brauchte. Der sich an ihr festhalten, bei ihr Halt suchen musste. Denn er stand schon den ganzen Tag unter enormer Anspannung und war kurz davor zu explodieren.

Er blickte seinen Vater herausfordernd an. »Würdest du mir bitte erklären, wie du verdammt noch mal auf mein Boot kommst?«

»Ein Kinderspiel«, sagte Jeremiah. Er hielt sein Handy

hoch. »Überall im Netz kursieren gerade Fotos von mir und meinen Söhnen. Ich habe einfach eins dem Wachmann gezeigt und ihm gesagt, dass ich dringend mit meinem Sohn reden müsse, und schon hat er mich durchgelassen. Es überrascht mich, dass du mein Auto draußen nicht bemerkt hast.«

»Ich würde ja sagen, ich werde das nächste Mal darauf achten, aber es wird kein nächstes Mal geben. Verschwinde sofort von meinem Boot, *Dad*.«

»Wir müssen reden«, beharrte Jeremiah.

»Wir müssen gar nichts. Du musst jetzt gehen.«

»Vor allem muss ich meinem Sohn klarmachen, dass er sich nicht wie der letzte Dummkopf anstellen darf.«

»Dein Sohn? Ist es das, was ich heute für dich bin? So richtig sicher war ich mir da nie.« Sein ganzes Leben lang war er den Launen eines Vaters ausgeliefert, dessen ganze Aufmerksamkeit seiner anderen Familie galt: Damiens Familie. Jackson musste zeit seines Lebens die Identität seines Vaters geheim halten, denn Gott bewahre, die Öffentlichkeit durfte natürlich niemals erfahren, dass Tennis-Superstar Damien Stark noch einen unehelichen Halbbruder hatte.

All die Jahre hegte Jackson einen Groll gegen Damien und projizierte all den Ärger und Frust, der eigentlich seinem manipulativen, narzisstischen Vater gelten sollte, auf einen Bruder, den er gar nicht kannte. Einen Bruder, der immer alles zu bekommen schien, und zwar auf Jacksons Kosten. Einen Bruder, der, wie er allmählich erfuhr, ebenfalls unter seinem Vater gelitten hatte, und zwar auf ganz brutale Art und Weise.

Aus all diesen Gründen war Jackson nicht geneigt, den braven Sohn zu spielen, nur weil sich Jeremiah eben einmal als fürsorglicher Vater ausgab. Wie Jackson selbst gerade bitter erfahren musste, gehörte zum Vatersein mehr als nur die biologische Vaterschaft.

»Ich habe alles getan, damit es dir an nichts fehlt im Leben, und jetzt wirfst du das alles einfach weg. Miss Brooks«, wendete sich Jeremiah Stark ohne Vorwarnung plötzlich an Sylvia, »Sie sollten hineingehen. Ich muss ein paar Dinge mit Jackson bereden.«

»Ich gehe nirgendwohin«, verkündete Sylvia mit solch kühner Entschlossenheit, dass Jackson sich ein Grinsen verkneifen musste. Er hatte ganz vergessen, dass die beiden sich natürlich kannten. Jeremiah Stark hat zwar kein enges Verhältnis zu Damien, gehört aber zu jener Sorte Mensch, die sich trotzdem überall einmischen. Und das konnte nur heißen, dass sie bereits mehr als einmal das zweifelhafte Vergnügen hatte, ihm zu begegnen.

»Wie Sie wollen«, erwiderte Jeremiah. »Ich gehe sowieso gleich. Doch vorher werde ich sagen, was ich zu sagen habe. Junge, es gibt nur einen Weg, wie du den Schaden von dir abwenden kannst: Du musst dich öffentlich für den Film aussprechen.«

Diese Worte, so völlig unerwartet, trafen Jackson wie ein Schlag ins Gesicht.

»Was zum Teufel reden Sie da?« Es war Sylvia, die die Frage stellte, während Jackson immer noch von der Absurdität seines Vorschlags wie vor den Kopf getroffen war. »Welchen Grund hätte er, das zu tun?«

»Das Tatmotiv«, erwiderte Jeremiah. »Oder glauben Sie, ich möchte dabei zusehen, wie einer meiner Söhne hinter Gittern landet? Du musst bei dieser Sache clever vorgehen, Sohn. Du musst dafür sorgen, dass jegliche Motive, die man gegen dich in der Hand hat, entkräftet werden.«

»Dieser Film wird nur über meine Leiche gedreht.« Als

es um die Frage ging, Film oder Erpressung, hatte er sich dafür entschieden, Sylvia zu schützen. Dafür, seinen Widerstand gegen den Film aufzugeben und seine kleine Tochter stattdessen mit all seiner Liebe und Zuwendung zu beschützen. Ihr Geborgenheit und Sicherheit zu geben und sie so gut wie möglich aus dem Rampenlicht herauszuhalten.

Doch durch Reeds Tod hatte sich das Problem mit der Erpressung von allein gelöst und die Frage Entweder-Oder stellte sich nicht mehr. Nun würde Jackson mit aller Kraft darum kämpfen, Ronnie vor einem Leben im Blitzlichtgewitter zu bewahren.

Verflucht, er würde sogar aus dem Gefängnis heraus weiterkämpfen, wenn es darauf ankam, aber unter keinen Umständen würde er einfach dasitzen und dabei zusehen, wie ein Film in die Kinos kommt, der die ganze Tragödie rund um seine kleine Tochter thematisiert.

»Dann bist du ein größerer Dummkopf als ich dachte«, sagte Jeremiah. »Denn der Film wird so oder so gedreht, ob du willst oder nicht. Glaubst du wirklich, es stünde in deiner Macht, ihn zu verhindern? Da irrst du dich gewaltig. Nun, da alle Welt weiß, dass du Damiens Bruder bist, ist das Interesse nur noch größer. Selbst wenn du so lange Ärger machst, bis man das Drehbuch in eine fiktive Geschichte umschreibt – und wenn schon. Es werden dennoch alle erfahren, und man wird sich das Maul zerreißen.«

Sylvia drückte seine Hand, um ihm Kraft zu spenden. Und verdammt, alles was er wollte, war, dass sein Vater endlich verschwand und er die Frau seines Herzens in seine Arme schließen konnte. Er wollte alles vergessen. Die Paparazzi. Die Presse. Den Mann, der vor ihm stand. Denn in diesem Augenblick wollte er nichts mehr als Sylvia. Sie hart herannehmen, ihren Körper gegen seinen biegen. Er sehnte sich danach, sie zu spüren, und das Verlangen, sie bis ans Äußerste zu bringen – ihre Lust auszureizen –, ergriff heftig und fordernd von ihm Besitz.

Sein Puls schnellte höher, als er sich vorstellte, wie er das wachsende Verlangen in ihren Augen beobachten würde, in dem Wissen, dass er es war, der sie dazu brachte. Dass, wenngleich ihm sonst alles zu entgleiten schien, er zumindest die Kontrolle über diese Frau besaß – ihren Körper, ihre Lust, ihre Befriedigung.

So vieles um ihn herum lief aus dem Ruder und war nicht mehr aufzuhalten. Sein Vater. Der Mord an Reed. Selbst die Sabotage am Resort. Sein ganzes Leben war in einen Wirbelsturm geraten, und Syl ruhte als Auge in seiner Mitte. Deshalb brauchte er sie.

Verflucht, er verzehrte sich regelrecht nach ihr. Und es machte ihn rasend, dass er sie nicht gleich hier, gleich jetzt nehmen konnte, weil sein Vater immer noch vor ihnen stand und munter weiterredete. »Sag einfach, dass der Film deine volle Unterstützung hat, und schon ist das Tatmotiv hinfällig. Warum solltest du schließlich jemanden umbringen, wenn dir der Film doch egal ist, nicht wahr?«

»Du solltest jetzt gehen«, sagte Jackson abweisend. »Wir gehen rein. Du bist hier nicht erwünscht.«

»Ich versuche nur, auf dich achtzugeben.«

»Ach, ist es das, was du hier tust?«

»Herrgott noch mal, Sohn …«

»Sohn? Bist du dir da sicher? Denn soweit ich das beurteilen kann, war ich nie dein Sohn. Ich war lediglich der unerwünschte Bastard, der in der hintersten Ecke versteckt wurde. Der kleine Junge, von dem niemand erfahren durfte. Kaum auszudenken, was passiert wäre, wenn du durch Mom oder mich in einen Skandal verwickelt worden wärst und dein Goldesel mit einem Mal keine Dukaten mehr gespuckt hätte.«

Er hörte die Wut in seiner Stimme – die über Jahrzehnte erduldete Verletzung – und wünschte sich, er hätte geschwiegen. Das Letzte, was er wollte, war, sich vor diesem Mann verletzlich zu zeigen.

»Ich habe nur versucht, für dich und deine Mutter zu sorgen.« Sein Vater war eigentlich ein attraktiver Mann mit dem Charme eines gealterten Filmstars. Aber in diesem Moment hatte er ein hochrotes Gesicht und sah völlig aufgelöst aus.

Doch was er sagte, waren faule Ausreden, und der abschätzige Blick, den Jackson ihm zuwarf, signalisierte ihm genau das.

»Ich habe dafür gesorgt, dass immer Geld da war«, fuhr Jeremiah fort. »Dass ihr immer zu Essen hattet.«

»Genau. Du bist ein wahrer Heiliger.« Neben ihm zuckte Syl leicht zusammen. Beinahe unmerklich, aber er wusste, was sie dachte. Dass sie in diesem Moment nicht Jeremiah vor sich sah, sondern ihren eigenen Vater, und verwundert stellte Jackson fest, wie ähnlich sich die beiden Männer doch waren, die ihre Kinder wie Bauern beim Schach geopfert hatten.

»Jackson …«

»Wieso warst du bei der Premiere meines Films?« Bei dieser scheinbar aus dem Nichts kommenden Frage erstarb der Protest seines Vaters, und er wich einen Schritt zurück.

»Du weißt ganz genau, dass ich zusammen mit Michael im Vorstand des National Historic and Architectural Project sitze«, sagte er. Michael Prado war der Regisseur, der den Dokumentarfilm *Stone and Steele* über Jackson und seine Arbeit an einem Museum in Amsterdam gedreht hatte. Der

Film hatte vor nicht allzu langer Zeit im Chinese Theater Premiere gefeiert. Jener Abend hatte sich in Jacksons Erinnerung eingebrannt, und zwar nicht nur wegen des Films und weil sein Vater bei der Premiere aufgetaucht war, sondern weil er an jenem Abend die ersten Schritte unternommen hatte, um Sylvia zurückzugewinnen. Wenn es nach ihm ginge, würde er diesen Tag deshalb mit größter Freude zum Feiertag erklären.

»Aber selbst wenn nicht, wäre ich trotzdem gekommen«, fügte Jeremiah hinzu, als Jackson weiterhin schwieg. »Ich wollte den Erfolg meines Sohns feiern.«

Nach einer Weile begann sein Vater von einem Fuß auf den anderen zu treten, als ob er nicht wisse, was er als Nächstes sagen sollte. Als ihm offenbar nichts mehr einfiel, fragte Jackson ganz beiläufig: »Kanntest du Reed?«

Jeremiahs Mundwinkel verzogen sich nach unten. »Was soll die Frage?«

»Ich hätte einfach gerne eine Antwort darauf.«

»Nein. Nicht wirklich. Ich habe ihn ein- oder zweimal getroffen.«

»Weswegen?«

»Was zum Teufel soll das? Wird das ein Kreuzverhör?«

»Vielleicht. Du scheinst ja unheimlich an dem Film interessiert zu sein.«

»Ich bin daran interessiert, dir den Arsch zu retten«, fauchte Jeremiah zurück.

»Ich passe schon selbst auf meinen Arsch auf, danke.« Er zog Sylvia dichter zu sich heran. »Und jetzt wird es wirklich höchste Zeit, dass du gehst. Du hast unsere Gastfreundschaft bereits mehr als überstrapaziert.«

»Jackson, bitte. Ich bin dein Vater.«

»Ich würde vorschlagen, du sagst das nicht noch einmal.«

Einen Moment lang sah es so aus, als würde Jeremiah widersprechen wollen, und Jackson spürte, wie es in ihm brodelte. Verdammt, insgeheim hoffte er sogar, dass er versuchen würde zu bleiben, sich mit ihm anlegen würde. *Gib mir nur einen Grund. Nur einen einzigen Grund.*

Deshalb war Jackson regelrecht enttäuscht – auch wenn er sich widerstrebend eingestehen musste, dass es wohl besser so war –, als Jeremiah sich umdrehte und den Rückzug antrat. Doch nach ein paar Schritten hielt er inne und drehte sich noch einmal zu Jackson und Sylvia um. »Du hättest Damien nie erzählen dürfen, dass ihr Brüder seid, aber wahrscheinlich ist es gut, dass du es ihm gesagt hast, bevor es eh herauskam. So war es weniger schmerzhaft für euch beide.«

»Glaubst du wirklich, ich nehme dir ab, dass es dich kümmert, was das Beste für uns ist? Dir ging es immer nur um dich. Um niemanden sonst.«

»Das ist nicht wahr.«

»Ich weiß nicht, was du im Schilde führst, alter Mann, aber ich weiß, dass du irgendetwas vorhast. Und egal, welches Spielchen du hier treibst, ich werde nicht darauf hereinfallen.«

»Keine Spielchen. Ich bin dein Vater. Ich mache mir Sorgen.« Er atmete tief ein, steckte die Hände in seine Manteltaschen und einen Moment lang sah er unglaublich müde aus und viel älter als etwas über sechzig. »Ich weiß, dass wir nicht das beste Verhältnis hatten. Aber du bist mir wichtig. Ich bin schließlich dein Vater.«

»Das ist nur ein Wort«, sagte Jackson. »Und im Augenblick fühlt es sich ziemlich leer an.«

8

Ich beobachte, wie Jackson seinem Vater nachsieht, der in die Nacht verschwindet.

Mein ganzer Körper ist ermattet, und ich merke, dass ich mich keine Sekunde lang entspannt habe, seit wir bei unserer Ankunft lauter Paparazzi vorgefunden haben, die vor dem Eingang des Jachthafens campierten.

Genauer gesagt, habe ich mich nicht mehr entspannt, seit wir Charles' Büro verlassen haben. Seit wir Santa Fe verlassen haben. Seit uns die Kripobeamten die Nachricht von Reeds Ermordung überbracht haben.

Nun sind es nur noch ein paar Stunden, bis Jackson das Polizeirevier von Beverly Hills betritt. Und ich habe schreckliche Angst, dass er es nicht wieder verlassen wird.

Verflucht noch mal, vielleicht sollte ich Jeremiah und diesen gottverdammten Aasgeiern von Reportern danken, denn immerhin habe ich ein paar Minuten lang meine Angst vergessen und war stattdessen einfach nur wütend. Auf die Paparazzi. Auf Jeremiah. Auf meinen eigenen Vater.

Ich hole tief Luft. Ich will jetzt weder an seinen noch an meinen Vater denken. Das Einzige, was ich will, ist Jackson, doch der steht immer noch mit dem Rücken zu mir gewandt und blickt auf den nun verwaisten Kai.

»Jackson?«, frage ich vorsichtig mit sanfter Stimme.

Obwohl der Zorn aus seinem Gesicht weicht, als er sich zu mir umdreht, sehe ich, dass es unter der Oberfläche noch brodelt. »Ich wusste, dass wir es früher oder später mit der Presse zu tun bekommen würden, aber er hatte kein Recht hierherzukommen. Einfach unangekündigt hereinzuschneien und uns zu belästigen.«

»Nein, das stimmt. Aber jetzt ist er weg.« Ich spreche ganz sanft, denn ich will ihn beruhigen.

Er fährt sich mit den Fingern durchs Haar und seufzt. Er sieht so müde aus, dass ich ihn am liebsten einfach in die Arme nehmen und festhalten möchte. Doch stattdessen nehme ich seine Hand ganz vorsichtig in meine.

»Du bist erschöpft und musst morgen früh raus, um zum Polizeirevier zu fahren.« Ich gehe los und ziehe ihn sanft an der Hand hinter mir her. »Komm, du musst jetzt schlafen.«

Ich führe ihn unter Deck in den Bereich, der ihm als Büro dient, und gehe auf die Tür zu, die zu seiner Kabine führt.

Da zieht mich Jackson zurück. »Nein«, fordert er grob, und als ich mich zu ihm umdrehe, sehe ich wildes Verlangen in seinen Augen. Eigentlich hätte ich es wissen müssen. Was Jackson jetzt braucht, ist nicht Schlaf. Nicht, wenn die Welt über uns zusammenbricht.

Er zieht mich mit einem Ruck zu sich, sodass ich gar keine andere Chance habe, als auf ihn zuzustolpern, und als ich gegen ihn pralle, geht mein Atem schwer, und mein gesamter Körper zittert vor Verlangen.

»Wie soll ich schlafen, wenn das vielleicht unsere letzte gemeinsame Nacht ist? Wenn das Schafott schon bereitsteht und mir morgen früh der Kopf abgeschlagen wird?«

»Nicht«, flehe ich ihn an. Ich weiß, wie es um uns bestellt ist, aber ich will es nicht hören.

»Was nicht? Soll ich dich nicht berühren? Dich nicht begehren?« Seine Lippen streifen verführerisch über mein Ohr, während er mich absichtlich missversteht und flüstert: »Soll ich mir nicht heute alles von dir nehmen, was ich brauche, um mich morgen daran festzuhalten, und übermorgen und überübermorgen?«

»Bitte, Jackson. Ich will das nicht hören …«

»Was, die Wahrheit?« Er zieht seinen Kopf zurück, um mir direkt in die Augen zu blicken, und ich schaue beschämt weg, weil er damit ins Schwarze getroffen hat. »Ich fliehe nicht vor der Realität, Baby, und das solltest du auch nicht.« Er fährt mit der Fingerspitze über meine Ohrmuschel und dann langsam meinen Hals hinunter. »Ich brauche dich, Sylvia. Ich brauche dich immer. Aber heute Abend – wenn du mich heute Abend zurückweisen würdest …«

»Was dann?« Mein gesamter Körper ist ganz weich vor Erregung, und ich bin bereit, alles zu tun, was er will.

Sein Mundwinkel zieht sich zu einem langsamen Lächeln hoch, und ich sehe ein gefährliches Funkeln in seinen Augen. »Ich würde mir einfach nehmen, was ich will, und wie ich es will.« Mit einem heftigen Ruck rammt er mein Becken gegen seins. Er ist steinhart und hält mit einer Hand meinen Hintern fest, sodass ich mich keinen Zentimeter bewegen, ihm nicht entkommen kann, während seine andere Hand sich grob über meine Brust wölbt und er seinen Mund hart auf meinen presst.

Es ist ein stürmischer Angriff, der mir mit seiner Heftigkeit, seiner Leidenschaft und seiner Macht schier den Atem raubt. »Oh, ja«, stöhne ich, während mein Körper mit seinem verschmilzt und mich die Erregung wie Stromschläge durchfährt. Mein gesamter Körper ist wie elektrisiert und vibriert vor Begierde.

»Sag mir, dass du es willst«, flüstert er, als er den Kuss unterbricht. »Dich meinem Willen zu beugen. Deine Lust vollkommen in meine Hände zu geben. Und mir zu dienen.«

Mit jedem Wort werde ich feuchter, und meine Brüste sind schmerzhaft prall in meinem BH. Am liebsten möchte ich meine Hüften langsam und rhythmisch kreisen lassen, um mir etwas Befriedigung zu verschaffen. Aber ich tue es nicht, sondern zwinge mich stillzuhalten.

»Sag es mir, Sylvia«, wiederholt er. »Sag mir, dass ich dich nehmen darf. Wann immer und wie auch immer ich möchte.«

Ich hebe den Kopf und blicke ihm in die Augen. »Nein«, flüstere ich, und ein wilde, verbotene Hitze durchströmt mich, die mein Höschen ganz feucht und meine Nippel so sensibel macht, dass selbst die geringste Bewegung beim Atmen mich beinahe um den Verstand bringt.

Einen Moment lang sieht er mich mit völlig ausdruckslosen Augen an, und die einzige Gefühlsregung, die ich in seinem Gesicht ablesen kann, ist das Muskelzucken in seiner Wange.

Im nächsten Moment hat er mit beiden Händen meine Brüste gepackt und knetet sie, bis er mit Daumen und Zeigefinger meine Brustwarzen findet und sie durch den Stoff meiner Bluse und meines BHs hindurch zwirbelt. »Ich werde dich so richtig hart durchficken«, raunt er mir zu, während mich ausgehend von seinen Fingern heftige Stromschläge durchzucken.

Im Bruchteil einer Sekunde hat er seinen Mund auf meinen gepresst, und ich ringe japsend nach Luft, als er sich weiter vorarbeitet und mit den Lippen meinen Hals hinunter über meine Bluse zu meinen harten Nippeln fährt.

Ich versuche verzweifelt aufrecht stehen zu bleiben, auch wenn mir gerade ein wenig schwindlig zumute ist. Er sinkt auf die Knie und legt den Kopf in den Nacken, um mir ins

Gesicht zu sehen. Und auch wenn er vor mir kniet, ist völlig klar, wer hier das Kommando hat. »Zieh dich aus.«

Ich schüttele den Kopf.

Seine Augenbraue hebt sich nur leicht. »Zieh dich aus.« Diesmal betont er jedes Wort einzeln.

Ich lecke mir über die Lippen. »Nein.«

Sein Mundwinkel zuckt, als er langsam aufsteht. »Nein?«

Herausfordernd begegne ich seinem Blick. »Ich dachte, du nimmst dir, was du willst.«

»Das werde ich«, antwortet er. »Aber was ich will, ist deinen Gehorsam.«

»Oh.«

Ich sehe einen Anflug von Triumph in seinen Augen aufblitzen, ehe er weggeht. »Die Entscheidung, wie du dieses Spiel spielen willst, liegt ganz bei dir, Süße. Aber sei dir darüber klar, dass ich nur nach meinen Regeln zu spielen bereit bin.«

Er ist beinahe bei den Stufen, die zurück aufs Deck führen, als ich ihn rufe. Die Augenbrauen hochgezogen, dreht er sich mit einem fragenden Gesichtsausdruck zu mir um.

Ich schlüpfe aus meinen Ballerinas. Und während er noch langsam zu mir zurückkommt, schäle ich mich aus meiner Jeans und ziehe meinen Slip gleich mit aus. Er bückt sich und hebt ihn mit der Fingerspitze vom Boden hoch. »Spitze. Sehr schön.«

»Freut mich, dass es deine Zustimmung findet«, hauche ich. Jetzt stehe ich nur noch in einem T-Shirt und meinem BH da. Das Fenster zum Meer steht offen, und die kühle Nachtluft streift meine ohnehin schon extrem feuchte Muschi, bis ich kurz davor bin zu kommen, bis ich nur noch auf den letzten Stoß warte, der mich über den Punkt bringt, und ich wünsche ihn mir so sehnlich, dass ich nicht weiß, ob ich diese Anspannung noch länger aushalte.

»Das brauchst du nicht mehr«, sagt er, und ich brauche ein paar Sekunden, bis ich begreife, dass er mein Höschen meint.

»Ich … Was?«

»Ab sofort trägst du kein Höschen mehr.« Er begegnet meinem Blick. »Wenn ich an dich denke, möchte ich dich in deiner Blöße vor mir sehen. Aber die Kette trägst du weiterhin. Bis ich dir anderweitige Anweisungen gebe.«

»Oh.« Ein wohliger Schauer durchfährt mich. Die Halskette, die er meint, hat einen kleinen Anhänger, der sich erst bei genauerem Hinsehen als Vibrator entpuppt. Ein originelles, stilvolles und überaus wirkungsvolles Geschenk, das ich allerdings nicht mehr getragen habe, seit wir nach Santa Fe geflogen sind.

»Ja«, sage ich nickend und korrigiere ich mich schnell, als ich sehe, wie er eine Augenbraue hochzieht. »Ja, Sir.«

»Braves Mädchen. Aber du bist immer noch nicht nackt.«

»Oh. Stimmt.« Ich ziehe rasch mein Shirt aus, werfe es auf den Boden und lasse meinen BH darauf fallen.

»Du bist so wunderschön.« Er zieht mit der Fingerspitze die Kurven meiner Hüfte nach. »Es ist ein seltenes Vergnügen, etwas von solcher Schönheit berühren zu dürfen.« Während er spricht, gleitet sein Finger nach oben, ganz zart nur und dennoch überaus machtvoll. Dann beschreibt sein Finger eine Linie unter meinen Brüsten. Die Berührung ist so leicht wie der Flügelschlag eines Schmetterlings und dennoch so intensiv, dass mich kleine Blitze durchzucken.

Ich wimmere, als er plötzlich seine Hand wegzieht und den Hautkontakt unterbricht.

»In Museen gibt es ganz klare Regeln. Und die besagen, dass man etwas so Schönes nicht berühren darf.«

Er beugt sich zu mir, um mir ins Ohr zu flüstern. Er berührt mich nicht, doch als er spricht, fühlt sich sein Atem an wie eine Liebkosung. »Aber diese Regeln gelten nicht für den Eigentümer. Deshalb will ich eines von dir wissen, Sylvia: Bist du mein?«

»Ja. Oh mein Gott, ja!«

»Berühren«, wiederholt er, als ob ich nichts gesagt hätte. »Erkunden. Streicheln.« Wie um seine Worte zu illustrieren, gleitet er mit dem Finger sanft über meinen Körper. Meine Arme. Meine Schultern. Meinen Nacken.

Keine der Stellen, die er erkundet, ist besonders sinnlich, und dennoch befeuert er mit jeder Berührung meine Sinne, sodass es sich anfühlt, als ob von seinen Fingerspitzen elektrische Impulse direkt bis hinunter in meine Körpermitte ausgehen, die mich noch feuchter und furchtbar ungeduldig machen.

Er kniet sich erneut vor mich und hält mich diesmal an der Hüfte fest. Dann sieht er zu mir hoch, und die Begierde und Leidenschaft, die ich in seinen Augen erblicke, macht mich ganz verlegen.

Er lehnt sich nach vorn, presst seinen Mund auf meinen Bauch und wandert Kuss um Kuss nach unten, den schmalen Streifen meiner Schambehaarung entlang, bis hinunter zu der zarten Haut am Übergang zu meinen Oberschenkeln. Ich habe mittlerweile alles um mich herum vergessen und bin in eine andere Welt abgedriftet, in der ich aus kaum mehr zu bestehen scheine als Lust und Verlangen. Und als er beginnt, mit seiner Zunge sanft über meine Klit zu lecken, biege ich genüsslich den Rücken durch, während es sich so anfühlt, als ob glühende Drähte meinen Körper durchziehen, die sich in meiner Scham bündeln.

Ich stehe kurz davor, nur Zentimeter vom Rand entfernt, und alles, was ich brauche, ist ein kleiner Schubs, der mich über die Klippe trägt. Ein Lecken seiner Zunge. Ein Streicheln seines Fingers. In diesem Augenblick beherrscht mich nur noch eins: mein verzweifeltes Begehren.

Doch Jackson verweigert sich mir.

Er nimmt seine Hände von meiner Hüfte und löst seine Lippen von meiner Haut. Dann steht er langsam auf und sein süffisantes Grinsen zeigt mir, dass er genau weiß, was er mir damit antut.

»Geh runter«, fordert er mich mit einer Stimme auf, die allerlei ausgefallene Vergnügungen verspricht. »Leg dich aufs Bett – Beine gespreizt, Augen geschlossen.«

Schnell eile ich hinunter in die Kabine. Einmal drehe ich mich um, um zu sehen, ob er mir folgt. Als er nicht da ist, zögere ich kurz, aber nur eine Sekunde. Denn ich weiß: Das hier ist ein Spiel. Ein Spiel, das wir beide brauchen. Um uns ineinander zu verlieren. Um zu vergessen, was auf uns zukommt. Und ja, auch um etwas zu haben, an dem wir später festhalten können.

Ich lege mich mit weit gespreizten Beinen und geschlossenen Augen aufs Bett und gebe mich meinen Fantasien hin. Ich weiß, dass ihm das gefällt. Wenn ich auf ihn warte. Wenn ich feucht und bereit für ihn bin. Wenn ich weit geöffnet daliege, damit er mich nach Herzenslust benutzen kann.

Und die Wahrheit ist, mir gefällt es auch. Die wachsende Erregung, die ich empfinde, wenn ich nackt und feucht und offen daliege. Der sanfte Windhauch auf meiner Haut. Das Knacken und Knarzen des Boots, das dafür sorgt, dass mein

Körper permanent unter Strom steht, weil ich nicht weiß, ob das Geräusch vom Boot stammt oder von seinen sich nähernden Schritten.

Aber am meisten gefällt mir das Gefühl, mich seinen Befehlen zu unterwerfen. Mich völlig hinzugeben, in dem Wissen, dass er mich bis ans Äußerste bringt, mich aber auch immer wieder sicher zurückbringt.

Ich habe keine Ahnung, wie viel Zeit verstrichen ist, als ich plötzlich einen Lufthauch wahrnehme, und als ich meinen Kopf zur Seite drehe, streift mein Ohr seine Lippen.

»Wunderschön.«

Das ist alles, was er sagt, doch es liegt eine solche Inbrunst in diesem einen Wort, dass mich sofort ein Zittern erfasst, als ob ein Schwarm elektrischer Schmetterlinge zwischen meinen Beinen landet, deren federleichte Berührung mich bis an den Rand bringen, aber doch nicht ganz darüber.

Ich rieche Minze in seinem Atem, was ich merkwürdig finde, denn Jackson lutscht normalerweise keine Minzbonbons und kaut auch keine Kaugummis. Doch ich frage nicht nach, weil ich weiß, dass ich im Augenblick nicht sprechen darf. Meine Neugier wird jedoch schon bald gestillt, als er ohne jegliche Vorwarnung seine Hände höher schiebt, um meine Beine weiter auseinanderzuspreizen, und seinen Mund über meine Klitoris gleiten lässt.

Oh. mein. Gott.

Was er mit seiner Zunge anstellt, ist unglaublich, aber das ist es nicht, was mir den Verstand raubt. Es ist die Minze. Eisig und heiß zugleich, erregend und betörend, und beinahe ein wenig schmerzhaft.

Ich winde mich in dem Versuch, mich diesem Ansturm auf die Sinne zu entziehen, der mich schier zu überwältigen droht, doch Jackson hält mich fest. Ich kann nirgendwohin.

Ich kann mich nur dem Vergnügen hingeben. Dem Schmerz. Dieser fulminanten, feurigen Hitzewelle, die mich immer höher und über den Punkt trägt, bis ich mit gewölbtem Rücken daliege, meine Hände fest um meine Brüste gekrallt, während Jacksons Zunge mir den letzten Rest gibt.

Erst als ich nicht mehr zittere, atme ich endlich ein, doch mir bleibt keine Verschnaufpause, denn schon packt mich Jackson bei den Hüften und zieht mich auf dem Bett nach unten, sodass mein Hintern an der Bettkante liegt. Er hebt mich an und dringt hart in mich hinein.

Das Gefühl ist so sensationell, dass ich dahinschmelze. Das Gefühl, rangenommen zu werden. Hart gefickt zu werden.

Und als ich meine Hand nach unten gleiten lasse, um meine hochempfindliche Klit zu streicheln, höre ich Jacksons leises Stöhnen, den es sichtlich anmacht, während er immer und immer wieder in mich stößt.

Ich spüre, wie die Anspannung in ihm wächst, und meine Muskeln schließen sich fest um ihn, um die Explosion noch stärker werden zu lassen. Noch gewaltiger. Noch wilder.

Und als er schließlich in mir explodiert, ist es, als ob mein Körper versucht, noch die letzten Wogen der Lust in mir festzuhalten, die uns beide erschüttert haben.

Sobald wir uns genug erholt haben, um uns wieder bewegen zu können, sagt er mir, dass ich meine Augen wieder öffnen darf, und als ich es tue, sehe ich ihn, wie er mich mit einem strahlenden, zufriedenen Gesichtsausdruck anlächelt. Erschöpft kriecht er auf dem Bett nach oben und streckt mir seine Hand hin, damit ich es ihm gleichtue.

Doch ich nehme eine andere Route und wandere Kuss für Kuss über seinen Körper nach oben. Seine Wade. Sein Knie. Seinen strammen, muskulösen Oberschenkel.

Da sehe ich sein neues Tattoo, das ihm Cass direkt neben dem Schambein eingestochen hat – meine Initalien, SB – und küsse es zärtlich. Dann lecke ich einmal über die ganze Länge seines halb steifen Schwanzes, sodass er leise stöhnt.

Grinsend sehe ich hoch, als ich auf dem Nachttisch die Dose mit den Minzbonbons entdecke.

Ich will schon danach greifen, doch er lacht und zieht mich an beiden Händen über seinen Körper hinweg nach oben, bis ich auf ihm liege, die Arme um seine Hüften geschlungen.

»Das ist nicht fair. Ich wollte sie kosten.«

»Und ich will dich festhalten.«

Er rollt zur Seite, sodass wir in der Löffelchenstellung aneinandergeschmiegt daliegen, und streicht mit der Fingerspitze ganz leicht über meine Schulter und meinen Arm hinunter, während ich allmählich abdrifte.

Ich bin kurz davor einzuschlafen, als die Worte aus mir herausplatzen. Ich weiß nicht, was mich dazu bewegt, es ihm zu erzählen – vielleicht weil ich will, dass Jackson weiß, dass wir nicht nur den Geist von Jeremiah ausgetrieben haben, sondern auch den meines Vaters.

»Mein Vater hat mich angerufen.«

Ich flüstere, doch ich weiß, dass er mich gehört hat, als sich sein Arm beinahe unmerklich fester um mich schließt. »Wann?«

»In Santa Fe. Du warst mit Ronnie draußen, und ich kam gerade aus der Dusche.«

»Warum hast du mir das nicht schon eher erzählt? Warte mal«, wendet er sofort ein. »Ich weiß, warum. Ich war so ein Arsch.«

Ich rolle herum, damit ich ihn ansehen kann. »Nein, warst du nicht«, sage ich und küsse ihn sanft. »Du hast nur versucht mich zu beschützen. Wenn auch auf ziemlich törichte Art und Weise«, füge ich hinzu und ernte ein kleines Lächeln. »Ich habe darüber nachgedacht, es dir zu erzählen, aber dann habe ich es doch nicht getan, weil du schon genug mit Ronnie und der Nachricht von Reeds Tod um die Ohren hattest.«

Er lächelt ironisch. »Dann hast du also auch versucht mich zu beschützen. Na, wenn wir mal kein gutes Paar abgeben.«

Mein Lächeln ist aufrichtig. »Finde ich auch.«

Er streichelt weiter meine Schulter, und ich seufze, einfach weil es sich so gut anfühlt. Doch nach ein paar Sekunden komme ich stirnrunzelnd nach oben und stütze mich auf meinen Ellenbogen auf. »Warum wollte Jeremiah eigentlich nicht, dass jemand von der Verbindung zwischen dir und Damien erfährt? Ich meine, es leuchtet mir ein, warum er das damals nicht wollte, als er noch der kleine Goldjunge war, der die Cornflakes-Packungen zierte. Aber heute?«

Jackson schüttelt den Kopf. »Keine Ahnung. Aber ehrlich gesagt frage ich mich, ob nicht vielleicht er es war, der es der Presse gesteckt hat.«

»Du meinst, er hat sich ein wenig zu vehement echauffiert?«

»So was in die Richtung, ja.«

»Aber warum?«

»Weiß nicht«, gesteht Jackson. »Und ehrlich gesagt möchte ich im Augenblick nicht darüber nachdenken.« Er zieht mich dicht an sich heran, und ich vergrabe meinen Kopf an seiner Brust. »Sylvia, morgen auf dem …«

»Ich will nicht über morgen reden. Bitte. Können wir das Thema wechseln?«

Es herrscht einen Moment lang Schweigen, ehe er sagt: »Na gut. Aber es wird passieren, ob wir wollen oder nicht.«

Das weiß ich. Natürlich. Aber ich möchte mich noch ein paar Stunden der Illusion hingeben, dass alles in Ordnung ist.

Und wer weiß, vielleicht, wenn ich es mir nur fest genug wünsche und ich Jackson fest genug halte, wird meine Vorstellung vielleicht Realität.

9

Was Polizeireviere anbetrifft, ist die Wache in Beverly Hills wohl kaum zu toppen. Ich bin zwar keine Expertin, aber ich habe genug Polizeiserien gesehen, um zu wissen, dass die meisten hässliche graue Wände haben, die vermutlich einmal weiß gewesen waren; Schalter, die so verdreckt sind, dass man fast nicht mehr hindurchsehen kann; und Pinnwände, die übersät sind mit lauter vergilbten und zerknitterten Aushängen.

Nicht so auf dieser Wache. Ich sitze auf einer polierten Holzbank in einem langen Gang, dessen Boden zwar nicht mit Travertinsteinen gefliest ist, aber schön sauber glänzt. Überhaupt ist hier alles sauber und gepflegt, angefangen beim Gebäude bis hin zu den Menschen, die hier arbeiten. Und im Augenblick konzentriere ich mich viel zu sehr auf all diese eigentlich unwichtigen Details. Denn indem ich beobachte, wie das Licht, das durch das Fenster hereinfällt, geometrische Muster auf die gegenüberliegende Wand wirft, versuche ich mich selbst von der Tatsache abzulenken, dass Jackson bereits seit fast einer Stunde mit Harriet und den beiden Kripobeamten in dem Befragungsraum verschwunden ist.

Sie sind bereits seit heute früh um acht hier, während ich später eingetroffen bin, weil Jackson meinte, ich solle nicht früher kommen. »Du darfst sowieso nicht in den Befragungsraum, das heißt, du sitzt ganz allein draußen und machst dir nur Sorgen. Geh lieber zur Arbeit. Tu irgendwas. Denk nicht daran. Und ehe du es dich versiehst, bin ich wieder bei dir.«

Das klang theoretisch nach einem guten Plan, und als Jackson mich auf dem Weg nach Beverly Hills bei meiner Wohnung abgesetzt hat, war ich noch völlig davon überzeugt. Aber dann beschloss mein Auto, dass es andere Pläne hatte, und noch ehe ich wusste wie mir geschah, stand ich auf dem Rexford Drive vor dem Jugendstil-Bau.

Und jetzt tue ich genau das, was Jackson vorhergesagt hatte: Anstatt zu arbeiten, sitze ich hier herum und mache mir Sorgen.

Und natürlich weiß ich, dass er nichts weiter sagen wird außer »Auf Anraten meiner Anwälte verweigere ich meine Aussage« und so weiter und so fort. Aber was, wenn sie ihn verhaften? Was, wenn das gestern unsere letzte gemeinsame Nacht in Freiheit war?

Was, wenn heute der Tag ist, an dem ich ihn verliere?

Ich hole mein Handy heraus, um Cass anzurufen, aber dann fällt mir ein, dass ihr Tattoo-Studio montags erst um zwei aufmacht und sie normalerweise ausschläft. Ich weiß, dass sie mir nicht böse wäre, wenn ich sie aufwecke, insbesondere unter den gegebenen Umständen, aber sie ist erst seit Kurzem wieder mit Siobhan zusammen, und ich möchte nur ungern stören. Vor allem, weil es mich riesig freut, dass Siobhan wieder da ist – und Zee so was von raus ist.

Unentschlossen streiche ich mit dem Daumen über das Display meines Smartphones und überlege. Doch am Ende stecke ich es wieder in meine Tasche. Ich bin schließlich schon ein großes Mädchen. Ich stehe das auch allein durch.

O Gott.

Bei dem Gedanken daran schnürt es mir die Kehle zu, denn ich will das nicht allein durchstehen müssen. Nicht in diesem Moment und ganz sicher nicht für den Rest meines Lebens.

Atme. Atme einfach tief durch.

Die nächsten zehn Minuten wird das mein neues Mantra – *einfach atmen*. Doch während Minute um Minute verstreicht, frisst sich die Angst immer tiefer in mich hinein, bis ich es kaum noch aushalte. Ich ziehe schon mein Handy heraus und bin kurz davor, Cass doch anzurufen, als ich vom anderen Ende des Flurs meinen Namen höre.

Automatisch wandert mein Blick zu jenen Türen, wo ich jeden Augenblick Jackson zu sehen erwarte. Aber natürlich ist er nicht da, und als ich den Kopf in die andere Richtung drehe, sehe ich Orlando McKee auf mich zukommen.

»Ollie?«

Ollie arbeitet als Anwalt bei Bender Twain, aber ich frage mich, wieso er hier ist. Plötzlich werde ich panisch und springe auf. »Was ist los? Stimmt irgendetwas nicht?«

»Nein, nein. Nicht, dass ich wüsste. Nikki hat mich gebeten herzukommen.«

»Wirklich?«

Ich muss genauso verdattert aussehen, wie ich klinge, denn er lacht. »Wahrscheinlich wusste sie von Damien, dass du nicht im Büro bist, und ist davon ausgegangen, dass du hier bist. Und dir Sorgen machst. Also hat sie mich angerufen.«

»Das ist total lieb.« Ich bin ehrlich gerührt. Ich mag Nikki sehr, und wir haben uns mittlerweile angefreundet, aber im Grunde kennen wir uns nicht besonders gut und die einzige enge Freundin, die ich je hatte, ist Cass. Aber ich glaube, ich würde diese Freundschaft gerne weiter vertiefen, und die simple Tatsache, dass sie Ollie hergeschickt hat, um mir die Hand zu halten, zeigt mir, dass sie da ähnlich empfindet.

»Wie geht's Cass?«, erkundigt sich Ollie. »Hat sie schon entschieden, was sie tun will?«

»Sie will es auf jeden Fall weiterverfolgen«, sage ich und

meine Cass' Pläne, Totally Tattoo durch Franchising auszubauen. »Bestimmt ruft sie dich bald an, um die nächsten Schritte zu besprechen, aber im Moment ist sie frisch verliebt. Das heißt, eigentlich hat sie eine frühere Beziehung neu belebt, aber egal.«

»Das freut mich für sie. Ich hoffe, es hält.«

Da ich zufälligerweise weiß, dass sein Versuch, an eine frühere Beziehung anzuknüpfen, weniger erfolgreich war, wechsle ich schnell das Thema. »Morgen Abend gehe ich mit Cass und meinem Bruder etwas trinken. Ich werde ihr Grüße von dir ausrichten. So als kleine, subtile Ermahnung.«

»Richte ihr auf jeden Fall Grüße von mir aus, aber du musst sie wirklich nicht ermahnen. Es ist gut, dass sie sich die Zeit nimmt und gut abwägt.«

»Das klingt ja ziemlich anwaltsmäßig.«

»Ich übe jeden Morgen vor dem Spiegel«, entgegnet er völlig ernst und bringt mich zum Lachen.

»Du siehst auch ziemlich anwaltsmäßig aus.« Statt langem Haar trägt er jetzt einen Kurzhaarschnitt und statt einer Brille Kontaktlinsen. Mit anderen Worten hat sich Orlando McKee von einem Hippie in ein heißes Eisen verwandelt.

»Ich habe beschlossen, na ja, ich habe beschlossen, dass es an der Zeit ist, erwachsen zu werden.«

Ich lächle zur Antwort, aber ehrlich gesagt ist mein Maß an Small Talk erschöpft. Ich drehe mich von Ollie weg und sehe zu der geschlossenen Tür am Ende des Gangs hinüber. Die Tür, hinter der sich ein Großraumbüro, die Einzelbüros der Kripobeamten und ein Befragungsraum verbirgt, in dem Jackson sitzt.

»Ich bekomme langsam wirklich Angst.« Ich spreche so leise, dass ich nicht sicher bin, ob mich Ollie überhaupt gehört hat.

»Ich weiß.« Er legt einen Arm um meine Schulter, und ich lehne mich bei ihm an. »Aber selbst wenn sie ihn festnehmen sollten, ist das nicht …«

Er beendet den Satz nicht, denn in diesem Moment öffnet sich die Tür am Ende des Gangs. Für einen Sekundenbruchteil geht meine Fantasie mit mir durch, und ich stelle mir Jackson vor, wie er in einem orangefarbenen Sträflings-Overall und in Handschellen abgeführt wird.

Das Bild steht mir so lebhaft und schrecklich vor Augen, dass ich augenblicklich aufspringe. Und als ich Jackson dann sehe, wie er völlig ungehindert und gewohnt selbstbewusst auf mich zukommt, kann ich nicht anders. Ich renne auf ihn zu und werfe mich in seine ausgebreiteten Arme.

»Du bist hier«, stellt er fest, während sich Harriet zu Ollie gesellt, um uns allein zu lassen.

»Natürlich bin ich das.«

Ich habe meine Beine um seine Hüften geschlungen, während er mich an der Taille festhält, und als er mich jetzt herunterlässt, bin ich einfach glücklich, dass er bei mir ist. Dass er mir nahe ist. Dass die Welt wieder im Lot ist.

Als ich wieder festen Boden unter den Füßen habe, schlinge ich meine Arme um seinen Hals und lehne mich nach vorn, sodass wir Stirn an Stirn dastehen.

»Wie ist es gelaufen?«

»Ich sitze nicht im Knast. Das würde ich schon einmal als Sieg verbuchen.«

Ich ziehe die Augenbrauen hoch. »Mach darüber keine Witze.«

»Süße, ich mache keine Witze.«

Ich betrachte sein Gesicht – die Anspannung, die Erschöpfung darin – und merke, wie Panik in mir aufsteigt. »O Gott. Was haben sie herausgefunden?«

Er fährt sich mit der Hand durchs Haar. »Nicht viel. Noch nicht.« Doch dann begegnet er meinem Blick. »Meine Nummer ist in seiner Anruferliste aufgetaucht. Ich habe ihn an Halloween angerufen, bevor ich zu seinem Haus gefahren bin.«

»O Gott.« Ich stütze mich mit der Hand an der Wand ab und sinke auf eine Bank in der Nähe. Sofort setzt sich Jackson zu mir.

»Nein«, sagt er entschieden. »*Nein*. Alles, was sie wissen, ist, dass ich angerufen habe. Und wie Harriet bereits gesagt hat: Wieso sollte ich das tun, wenn ich vorhabe, ihn umzubringen? Wieso digitale Spuren hinterlassen? Das wäre höchst unklug.« Er hebt mit der Fingerspitze mein Kinn hoch. »Und wir beide wissen, dass ich klug bin.«

Ich schlinge meine Arme um mich, um das Frösteln abzuschütteln, das mich plötzlich überfällt, nicke aber. Das ist er. Klug genug, um zurückzugehen und eine falsche Fährte zu legen. Um einen Mord zu planen, falls er es darauf anlegte. Oder falls er wutentbrannt genug war, um sich völlig zu vergessen und all seine Klugheit fahren zu lassen. In welche von beiden Richtungen es ihm die Polizei auslegt, ist nur ein weiteres Puzzleteil in einem noch viel größeren Rätsel. Eines, von dem ich wünschte, es gäbe es nicht.

Jackson verschränkt seine Hände in meinen. »Hey«, sagt er beruhigend. »Ich bin vorerst ein freier Mann. Lass uns das feiern, okay? Und nicht über das Hätte, Würde, Könnte nachdenken.«

Ich nicke und fühle mich seltsam leer, als ob ich mich mal richtig ausheulen müsste. Ich weiß, es war alles zu viel, und ich bin überwältigt von meinen Gefühlen. Dabei möchte ich einfach bloß nichts empfinden.

»Ich bin froh, dass du da bist«, sagt er erneut. »Ich glaube, ohne dich würde ich das nicht durchstehen.«

Ich ringe mir ein zittriges Lächeln ab, weil ich weiß, dass er das jetzt braucht. »Das wirst du auch niemals müssen«, antworte ich, und noch während ich die Worte ausspreche, dringt die ganze furchtbare Realität, die die ganze Zeit unterbewusst an mir genagt hat, zu mir hindurch, und ich kann mich gerade noch zurückhalten, mich nicht schluchzend in seine Arme zu werfen und in sein T-Shirt zu weinen.

Denn was ich gesagt habe, ist die Wahrheit: Ich werde immer für ihn da sein.

Aber falls er verhaftet wird – falls er verurteilt wird –, gilt das nicht für mich.

Ich werde allein sein.

Und ehrlich gesagt weiß ich nicht, ob ich stark genug bin, um ohne Jackson an meiner Seite zu überleben.

»Das ist leider völlig unmöglich«, sagt Rachel und reicht mir einen an Damien adressierten Briefumschlag.

Ich habe ihr die letzte Stunde dabei geholfen, all die unbearbeiteten Anfragen durchzugehen, die sich angesammelt haben, während sie mich an Damiens Empfang vertreten hat. Ich bin dankbar für die Ablenkung. Auf dem Weg ins Büro habe ich mir mit Jackson ein kurzes Frühstück zur Feier des Tages gegönnt, aber nur weil man ihm noch nicht den Kopf abgeschlagen hat, heißt das noch lange nicht, dass die Gefahr gebannt ist. Und ich kann nicht den ganzen Tag damit zubringen, darüber nachzugrübeln, was als Nächstes geschieht.

Hier bei Rachel, bei meiner Arbeit, muss ich mich auf anderes konzentrieren. Und das ist gut so.

Ich ziehe eine Karte aus dem Umschlag und sehe, dass es sich um eine Einladung zur Hochzeit von Senator Robertsons Tochter handelt, und Senator Robertson zählt eindeutig zu jenen Männern, mit denen sich ein Konzern wie Stark International gutstellen will. Dem Ton in ihrer Stimme entnehme ich, dass Rachel sich dessen bewusst ist. Und ich weiß auch, weshalb es völlig unmöglich ist, denn Damien wird an diesem Tag in China sein, zusammen mit weiteren Vorständen von Multi-Milliarden-Dollar-Unternehmen, um mit chinesischen Regierungsvertretern über Geschäftliches zu reden.

»Soll ich absagen und ein Geschenk schicken?«

»Ja, aber Damien sollte auch eine persönliche Nachricht schicken, um sein Bedauern auszudrücken, dass er leider außer Landes ist. Und,«, fahre ich fort, als mir etwas einfällt, »noch eine Sache.« Ich stehe hinter dem Empfangstresen, sodass wir beide in meinen – na ja, aktuell ihren – Computerbildschirm schauen können. Ich beuge mich hinunter, um nach der Maus zu greifen, und öffne die Datei, die wir für Senator Robertson angelegt haben. Dann lehne ich mich zurück und deute mit einem triumphierenden Lächeln auf den Bildschirm. »Da.«

Rachel überfliegt den Artikel, den ich in die Datei kopiert habe – eine kleine Notiz aus der *Washington Post* über die Frau des Senators und ihr Engagement für ein Projekt zur Adoption von Windhunden, die oftmals sobald sie nicht mehr für Rennen tauglich sind, ausgesetzt oder getötet werden. »Natürlich musst du das zuerst mit Damien abklären, aber das ist ein Projekt, das er unterstützen wird.«

»Wir senden also eine Nachricht an den Senator zusammen mit einer Spende für das Tierschutzprojekt seiner Frau?«

»Siehst du? Du wirst immer besser in diesem Job.«

Sie verzieht das Gesicht. »Ich hatte den ganzen Vormittag damit zu tun, Meetings zu verschieben und mich mit Dallas auseinanderzusetzen.«

»Sykes oder die Stadt?« Ein Anflug von Angst kriecht mir mit kalten Fingern den Rücken hoch.

»Ich meinte Sykes – ach so, nein, nein, es ist nichts mit dem Resort«, beruhigt sie mich schnell, und mir wird bewusst, dass mein Gesicht mehr verrät, als mir lieb ist. »Er schmeißt irgendeine Party in San Diego, um die Eröffnung eines Kaufhauses zu feiern, und hat Nikki und Damien dazu eingeladen, aber ihre Terminkalender sind total dicht und …«

»Alles klar«, sage ich und lege ihr eine Hand auf die Schulter. »Glaub mir, ich habe verstanden.«

»Irgendeinen Rat?«

»Du musst die subtile Kunst des Neinsagens erlernen.«

Sie sieht mich mürrisch an.

»Hey, wenn du eines Tages den Empfang übernehmen willst …«

»Wenn wir nicht bei der Arbeit wären, müsste ich dir jetzt ein Schimpfwort an den Kopf werfen.« Sie strahlt mich an. »Aber wir sind bei der Arbeit, also zeige ich mich von meiner besten Seite und überlasse das ganz deiner Fantasie.«

Ich lache, ehrlich amüsiert über ihren Witz. Je mehr Zeit ich mit ihr verbringe, desto mehr mag ich Rachel, und ich bin froh, dass sie meine Stelle übernimmt, wenn ich in Vollzeit in die Immobilienabteilung wechsle. *Falls* ich in Vollzeit wechsle, korrigiere ich mich selbst. Denn das wird mir nicht gelingen, bevor nicht das Resort realisiert ist – und zwar im gesteckten Zeitrahmen und Budgetrahmen und mit all den anderen Vorzeichen des Erfolgs. Angesichts von

Landminen, skandalträchtigen Fotos, gehackten E-Mails und einem Mordprozess muss ich allerdings immer härter dafür kämpfen, mein Resort zu realisieren – und das zu einem Zeitpunkt, da ich tausend andere Dinge um die Ohren habe.

»Wie geht es dir eigentlich?« Rachels Frage lässt mich zusammenfahren, und ich merke, dass ich kurzzeitig in meine eigene kleine Welt voller Ängste abgedriftet war. »Ich meine, so mit euch beiden und all dem Wirbel um Jacksons Anklage. Ist alles okay mit dir?«

Ich nicke. Natürlich ist nichts mit mir okay. Ich bin ein einziges nervliches Wrack. Ich habe Angst, dass man mir Jackson wegnimmt. Ich habe Angst davor, was es heißt, wenn er eingesperrt wird. Was es für mich heißt. Für Ronnie.

Jackson und ich haben seit unserer kurzen Unterhaltung auf dem Flughafen nicht mehr darüber gesprochen. Und das macht mir ebenfalls Angst. Diese Ungewissheit. Was, wenn er im Gefängnis landet? Werde ich dann Tante Sylvia? Oder ihre Ersatzmama?

Und falls ja, was soll ich dann tun? Wie zur Hölle soll ich ohne ihn klarkommen?

Ich versuche mich zusammenzureißen, denn das ist genau jene Art von Gedanken, die ich gar nicht erst zulassen darf. Denn so drehe ich noch völlig durch. Oder bekomme zumindest schreckliche Panik.

Also ringe ich mir ein Lächeln ab, auch wenn ich mir sicher bin, dass es aufgesetzt wirkt. »Es war nicht einfach, aber bei uns ist alles gut.« Ich hebe die Schultern und fühle mich wie eine Märtyrerin, die ihr Leid Tag für Tag erträgt.

»Oh, Syl.« Rachels Stimme ist voll aufrichtigem Bedauern, und ich weiß ihre Anteilnahme sehr zu schätzen.

Ich senke den Blick zum Boden, als ob ich durch den Teppich und den Beton hindurch zu Jackson hinuntersehen könnte, der zig Stockwerke unter mir in seinem Büro sitzt und an seinem Zeichentisch arbeitet. »Die Arbeit hilft sehr, wenn du verstehst, was ich meine. Das hält ihn am Leben.«

»Dich auch«, sagt sie, und ich muss nicken. Es gibt nur zwei Wege, wie ich der Lawine an Albtraumszenarien entgehen kann, die momentan auf uns zugerollt kommt – indem ich mich völlig in Jackson oder in meiner Arbeit verliere.

»Wie läuft es bei dir und Trent?«, erkundige ich mich, um das Thema zu wechseln. Sie läuft rot an, und ich grinse. »Hattet ihr ein heißes Wochenende in Santa Barbara?«

Ihre Röte verblasst, ihre Mundwinkel ziehen sich nach unten, und ich möchte mir am liebsten selbst in den Hintern treten.

»Santa Barbara?«

Ich schüttele den Kopf. »Sorry, ich hatte das nur vermutet. Ich war neulich beim Abendessen mit meinem ehemaligen Chef, und er hat erwähnt, dass er Trent zufällig in Santa Barbara über den Weg gelaufen ist. Und ich wusste ja, dass ihr beide miteinander ausgeht, und da habe ich gedacht …« Ich breche mit einem Schulterzucken und einem matten Lächeln ab, während in meinem Kopf ein *Scheiße, Scheiße, Scheiße* ertönt.

»Nö«, sagt sie, und ihre Stimme klingt etwas dünn und möglicherweise leicht verletzt. »Aber vielleicht hat er sich nach einem geeigneten Ort für ein aufregendes Wochenende umgesehen.«

»Gut möglich. Wobei, wahrscheinlich hatte es gar keine besondere Bewandtnis. Oder er hat dort einfach Verwandte.«

Sie neigt den Kopf zur Seite. »Das könnte tatsächlich sein.« Sie nickt nachdrücklich, als ob sie gerade ein kniffliges Problem gelöst hätte, das sie jetzt endlich beiseite packen kann. Doch ihre Augen blicken immer noch gequält, und ich werde das Gefühl nicht los, dass ich Trent gerade in Schwierigkeiten gebracht habe.

Wenn man bedenkt, wie diskret ich sonst bei Damiens privaten Angelegenheiten bin, sollte man eigentlich meinen, ich wüsste, wie man Fettnäpfchen vermeidet.

Da öffnet sich die Tür und Damien tritt heraus, und ich schwöre, ich würde ihn in diesem Moment am liebsten abknutschen dafür, dass er diese unangenehme Situation beendet. »Rachel, ich mache vor meinem Meeting mit Dallas noch einen Abstecher zur Baustelle des Stark Plaza, um Aiden zu treffen.«

Ich runzle die Stirn. »Soll ich mitkommen? Sprechen Sie mit ihm über seine Investition?«

»Nicht bei diesem Meeting, nein. Aber Dallas ist noch an Bord.« Er begegnet meinem Blick. »Es tut mir leid, Syl, aber Tarrant Properties ist ausgestiegen. Ich weiß es zwar nicht mit Sicherheit, aber ich glaube, sie wurden vom Lost Tides abgeworben«, fügt er an und meint ein konkurrierendes Resortvorhaben in Santa Barbara, das mein größter Widersacher ist.

Seine Stimme klingt angespannt und spiegelt meine eigene Wut wider.

»Wissen Sie, wer das Angebot gemacht hat?« Die Entwickler des Lost Tides haben von Anfang an eine ziemliche PR-Nummer abgezogen, indem sie die Namen der Teilhaber unter Verschluss gehalten und dies in ihren ersten Marketingbroschüren damit begründet haben, dass es schließlich auf das Resort ankäme, nicht auf die Namen dahinter.

Für mich heißt das nichts weiter, als dass sie keinen so großen Namen wie Jackson Steele haben.

Damien schüttelt den Kopf. »Sobald sie aktiv Investoren anwerben, müssen sie aus der Deckung gehen.«

»Gut«, sage ich. Wer auch immer dieses verfluchte Resort ins Leben gerufen hat, hat ganz offensichtlich meine Idee kopiert. Und auch wenn ich sie nicht aufhalten kann, möchte ich doch zumindest wissen, gegen wen sich meine Wut richtet.

Damien blickt mich verständnisvoll an. »Machen Sie sich keinen Kopf wegen der Konkurrenz«, sagt er. »Machen Sie sich lieber einen Kopf, wie das Cortez bestmöglich realisiert werden kann. Der Rest ergibt sich von selbst.«

»Sofern wir nicht alle Investoren verlieren.«

»Bislang ist niemand sonst abgesprungen.«

»Aber bislang gab es auch noch keine Verhaftung.« Ich wollte das gar nicht sagen. Ich wollte den Fokus gar nicht auf Jackson lenken, aber es ist mir einfach so herausgerutscht – die Sorge, dass Jackson hinter Gittern landen könnte, beschäftigt mich momentan einfach so sehr.

»Und falls es dazu kommt, werden wir uns auch darum kümmern«, sagt Damien einfühlsam. »Ich gebe Ihnen nach dem Mittagessen ein Update.«

Ich nicke. Damien läuft gerade auf den Fahrstuhl zu, als sich die Türen öffnen und Jackson herausgestürmt kommt. »Haben Sie schon den neuesten Schwachsinn gesehen?« Jackson drückt Damien sein Handy in die Hand.

»Schöne Scheiße«, sagt Damien mit Blick auf das Display. »Obwohl ich sagen muss, dass es mich nicht überrascht.«

Ich eile hinzu, stelle mich zwischen beide Männer und stütze mich mit einer Hand auf Jacksons Schulter ab, um mich auf Zehenspitzen zu stellen, damit ich besser sehen kann.

Trotzdem kann ich nur die Überschrift erkennen: *Ein neues Alcatraz vor der Küste Kaliforniens?*

Entgeistert sehe ich Jackson an. »Was …?«

»Ein total schwachsinniger Artikel, völlig absurd. Über den Mord an Reed. Den tätlichen Angriff. Und meine mutmaßliche Beteiligung an beiden Verbrechen und am Cortez-Projekt. Und um das Ganze noch zu toppen, zieht der Verfasser am Ende auch noch Damien mit in die Sache hinein.«

»Ein mörderisches Duo«, liest Damien vor und macht ein finsteres Gesicht, ehe er wieder zu Jackson hochsieht. »Von mir aus können Sie Robin sein, aber ich werde ganz bestimmt kein Cape tragen.«

Ich nehme Damien das Handy aus der Hand und überfliege den Artikel.

»Das ist nicht lustig«, sagt Jackson.

»Nein, das stimmt«, gibt Damien zu. »Aber das war zu erwarten.«

Ich höre kaum hin, was die beiden sagen, denn je mehr ich lese, desto schlechter wird mir. »Das ist eine weitere Rufmordkampagne gegen das Resort«, sage ich und blicke abwechselnd vom einen zum anderen. »Genau wie die Falschmeldung über die Landminen. Das hier ist nicht der übliche Klatsch und Tratsch über Jackson, euren gemeinsamen Vater, über Reed oder sonst was. Das hier zielt ganz klar darauf ab, das Resort zu Fall zu bringen. *Eine verfluchte Insel*«, lese ich vor. »*Überzogen von Blut und Gewalt*. Wie viel wollen wir wetten, dass all unsere Investoren diesen Artikel in ihrem Postfach finden werden?«

Damien und Jackson tauschen Blicke aus. »Sie hat recht«, pflichtet mir Damien bei.

Ich merke, wie mich die Wut packt. »Ich schwöre, wenn

ich den in die Finger kriege, der dahintersteckt, drehe ich ihm den Hals um.«

Jackson greift nach meiner Hand, um sie zu drücken, und ich finde es ebenso tröstlich wie amüsant, dass wir die Rollen getauscht haben, denn normalerweise bin ich diejenige, die sein Temperament bremsen muss.

Als ich Jackson ansehe, hat er sich Damien zugewendet. »Da fällt mir ein«, sagt er und wirft einen Blick auf seine Armbanduhr. »Wie sieht denn Ihr restlicher Nachmittag aus? Kann ich Sie vielleicht auf einen Drink zur Happy Hour einladen?«

Einen Moment lang bin ich verwirrt, doch dann fällt mir ein, wie Jackson angekündigt hat, selbst Nachforschungen zum Mord an Reed anstellen und Damien um Hilfe bitten zu wollen. Allerdings weiß ich, dass Damien schon mit Aiden verabredet ist und er danach bis in den späten Abend hinein einen Termin nach dem anderen hat, sodass das heute wohl nichts mehr wird.

»Ich bin eigentlich ausgebucht«, antwortet Damien. »Aber das ist nichts, was sich nicht verschieben ließe. Rachel«, sagt er und dreht sich zum Empfang. »Bitte kümmern Sie sich darum.«

»Natürlich, Sir«, antwortet sie, während Jackson mich angrinst, und ich bin mir sicher, dass ich vor Überraschung große Augen mache.

Ich stehe immer noch mit offenem Mund da, während beide Männer in den Aufzug steigen. Als sich die Türen schließen, seufzt Rachel tief auf.

Ich lache. »Es ist gar nicht so dramatisch. Ruf einfach alle an und sag, dass ihm etwas dazwischengekommen ist. Bei einem Mann in Damiens Position ist das nichts Ungewöhnliches.«

»Ach so, das ist es gar nicht«, sagt sie. »Sondern das.« Sie tippt auf den Monitor, woraufhin ich schnell den Empfang umrunde und mich hinter sie stelle, während mich eine ungute Vorahnung beschleicht.

In dem Augenblick, als ich den Bildschirm sehe, atme ich aus und mein Atem formt nur ein Wort: »Scheiße.«

Was ich erblicke, ist eine Szene von gestern Abend vom Boot. Das Bild zeigt uns drei, wobei ich hinter Jackson stehe, der seinen Vater mit einem Ausdruck von unterschwelligem, unterdrücktem Zorn ansieht. Seine Haltung verkörpert Macht und Kontrolle, und obwohl das Foto mit einem Teleobjektiv aufgenommen worden sein muss, ist es so scharf, dass die Narbe, die Jacksons linke Augenbraue durchschneidet, klar erkennbar ist.

Die höhnische Bildunterschrift – *Stress mit Papa für den Mann aus Stahl?* – ist ärgerlich, nicht mehr. Was mir jedoch Angst macht, ist das Foto selbst, und zwar nicht nur, weil es den Paparazzi gelungen ist, sich so nah heranzuschleichen und Fotos von einem Gespräch zu schießen, das unter vier Augen stattfinden sollte.

Nein, was mir vielmehr Angst macht, ist, was ich in dem Bild sehe. Was jetzt die ganze Welt sehen kann.

Denn dieses Foto zeigt einen Mann, der nicht eher aufgibt, ehe er nicht seinen Willen durchsetzt, selbst wenn er dafür in den Kampf ziehen muss. Einen Mann, der beschützt, was ihm gehört. Einen Mann, der bereit ist, dafür zu töten.

Einen Mann, von dem ich glaube, dass er genau das getan hat.

Und jetzt befürchte ich, dass alle Welt es ebenfalls weiß.

10

Phil, der Barkeeper der Gallery Bar, schob zwei Gläser Scotch über den Tresen zu Jackson und Damien. »Haben Sie sonst noch einen Wunsch, Mr. Steele?«

»Nein, danke, das ist alles.«

Der Barkeeper zögerte und nickte dann. »Also falls Sie es sich anders überlegen«, bot er an, eher er sich einem Paar zuwandte, das am anderen Ende des langen Tresens aus poliertem Granit saß. Jackson unterdrückte ein Lächeln. Er war bereits mehrere Male von Phil bedient worden und wusste, dass seine simple Bemerkung mehr als nur ein Angebot war, ihm noch einen Drink zuzubereiten. Sie war vielmehr ein Ausdruck seiner Unterstützung für Jackson, der gerade durch das unruhige Fahrwasser der Boulevardpresse schipperte.

»Ein Freund von Ihnen?«

»Nein, aber er macht einen guten Job, ist äußerst diskret und scheint eine gute Menschenkenntnis zu haben. Immerhin mag er mich.«

Damien lachte und nippte an seinem Drink.

»Aber lassen wir doch das förmliche Sie sein. Immerhin sind wir ja jetzt eine Schicksalsgemeinschaft«, bot Jackson an.

»Gern«, sagte Damien. »Auch wenn ich wünschte, der Anlass wäre freudiger.«

Sie hatten gemeinsam den Stark Tower verlassen und die Rufe und Fragen der Paparazzi ignoriert, die sich vor dem Gebäude scharten.

Das Geschrei der Reporter und das Geknipse der Kameras hatte sie sogar noch verfolgt, als sie zusammen den Hügel hinunterliefen, und Jackson spürte, wie bei ihm die Nerven blank lagen. Er wollte nur noch so schnell wie möglich aus diesem Blitzlichtgewitter heraus und bewunderte insgeheim seinen Bruder, den das völlig kaltzulassen schien und der gekonnt all die Fragen und Kommentare ausblendete und sich locker mit Jackson unterhielt. Damien hatte sich lange genug mit diesem Mist herumschlagen müssen, und nun, da Jackson verstand, was es hieß, sich vor der Presse verstecken zu müssen, wuchs sein Respekt für seinen Bruder, den er erst allmählich kennenlernte, nur noch mehr.

Ihr Ziel war das Millenium Baltimore Hotel und dessen historische Bar, die das Prunkstück des Gebäudes bildete und nicht ohne Grund Jacksons Lieblingsbar in L.A. war. Damien war automatisch auf einen Tisch in der Ecke zugesteuert, aber Jackson hatte ihn zurückgehalten und zur Bar geführt. Hier saß er am liebsten, mit Blick auf die geschnitzten Holzengel, den Raum im Rücken. An der Bar fühlte er sich zu Hause, während er sich am Tisch wie ein Gast fühlte, der sich der Willkür des Gastgebers zu beugen hat.

Bei dem Gedanken an Willkür verfinsterte sich sein Gesicht. »Glaubst du, sie hat recht?«

»Was den Saboteur und den Alcatraz-Artikel betrifft? Wahrscheinlich.«

»Fuck.« Jackson kippte einen großen Schluck des achtzehn Jahre gereiften Macallan herunter. »Wir müssen herausfinden, wer uns an der Nase herumführt. Und«, fügte er hinzu, ohne seinen Bruder anzusehen, während er sein Glas auf dem Tresen abstellte, »ich muss herausfinden, wer Reed umgebracht hat.«

Er drehte den Kopf zu Damien, der ihn aufmerksam studierte. »Ehrlich gesagt dachte ich, du hättest es getan.«

Jackson zögerte und nahm schweigend einen weiteren Schluck von seinem Scotch. »Das denken viele. Ich muss herausfinden, wer diesen Mistkerl sonst noch umlegen wollte, und weshalb. Das stärkt meine Verteidigung. Und wenn ich ehrlich bin, würde ich dem Mann gern die Hand schütteln.«

Damien beobachtete ihn, und Jackson war sich sicher, dass sein Bruder den Wahrheitsgehalt seiner Worte abwog. War er aufrichtig? Oder legte Jackson nur neue Fährten, sodass, falls die Polizei nachfragte, Damien wahrheitsgemäß aussagen konnte, dass Jackson ihn um Hilfe gebeten hatte, um den wahren Täter zu finden, was nur bedeuten konnte, dass er unschuldig war.

Damien schwieg so lange, dass Jackson schon fürchtete, sein Bruder werde ihm eine eiskalte Abfuhr erteilen. »Arnold Pratt«, sagte Damien schließlich. »Er ist ein Privatdetektiv, den ich auf Retainerbasis beschäftige. Er arbeitet vorwiegend für die Firma – Ryan sendet ihm all unsere Hintergrundprüfungen zur Bearbeitung –, aber er hat auch schon das eine oder andere Mal für mich privat gearbeitet. Ein paar Angelegenheiten, die eine gründliche Recherche und einige Finesse erforderten. Falls er Zeit hat, wird er den Job sicher übernehmen. Und falls er keine Zeit hat, nehme ich an, dass er sich für ein entsprechendes Honorar gerne die Zeit freimacht. Syl hat seine Nummer. Warum hat sie ihn dir nicht selbst vorgeschlagen?«

»Das hätte sie wahrscheinlich. Ich hatte ihr erzählt, dass ich mit dir reden wollte.«

»Ein brüderlicher Rat?«, fragte Damien mit einem Anflug von Ironie.

»Brüderlich? Weiß nicht. Aber Informationen zu beschaffen ist doch dein Geschäft. Und wenn ich jemanden um Hilfe bitten muss, picke ich mir den Besten heraus.«

Damien hob sein Glas wie zum Toast. »Touché.«

»Apropos brüderlich, hast du Pratt beauftragt herauszufinden, wer der Presse die Info über unser Verwandtschaftsverhältnis gesteckt hat?«

»Nein, habe ich nicht.«

»Hat das einen bestimmten Grund?« Was Jackson anbelangte, kam diese Frage und die nach der Identität des Saboteurs direkt an zweiter Stelle nach der Frage, wer Reed umgebracht hatte.

Damien kippte den letzten Schluck Scotch hinunter und hielt sein Glas in die Höhe, um Phil auf sich aufmerksam zu machen. »Weil ich keinen Privatdetektiv brauche, um die Antwort zu kennen. Und ich glaube, du auch nicht.«

»Ich könnte mir vorstellen, dass Jeremiah dahintersteckt«, gab Jackson zu. »Auch wenn es keinen Sinn ergibt.«

»Im Gegenteil. Das ist die einzige Antwort, die Sinn ergibt. Ich weiß, dass ich es niemandem erzählt habe. Du sagst, du hast es ebenfalls nicht getan, und ich bin geneigt, dir zu glauben.«

»Nett von dir, danke.«

Damiens Mundwinkel zuckte leicht, aber er fuhr unbeirrt fort. »Wir beide wissen, dass weder Sylvia noch Nikki etwas verraten haben.«

»Ein paar Leute sind eingeweiht«, wandte Jackson ein. »Cassidy weiß es, und Jamie und Ryan auch. Aber ich kann mir nicht vorstellen, dass irgendeiner von ihnen etwas ausplaudern würde.«

»Der einzige Mensch, der es sonst noch weiß, ist deine Mutter«, sagte Damien. »Und Penny ist momentan nicht in der Lage, mit irgendjemandem zu sprechen.«

»Du weißt über meine Mutter Bescheid?« Penelope Steele war vor zehn Jahren an einer frühen Form von Alzheimer erkrankt und lebte mittlerweile in einer Klinik in Queens, nicht weit von Jacksons Büro in New York entfernt. Er besuchte sie regelmäßig. Sie wusste nicht mehr, wer er war.

»Wie du richtig festgestellt hast, bin ich gut informiert. Du wusstest von klein an alles über meine Familie. Da fand ich es nur fair, dass ich auch etwas über deine erfahre.«

»Du hättest mich einfach fragen können.« Die Vorstellung, dass Damien in Jacksons Leben herumgeschnüffelt hatte, ärgerte ihn. Nicht, dass ihm dieses Gefühl neu wäre. Dasselbe Gefühl, dass Damien seine Grenzen überschritt, hatte er bereits gehabt, als Damien seinen Antrag auf Zuerkennung der Elternschaft sowie den DNA-Test ausgegraben hatte, der bestätigte, dass Ronnie seine Tochter war.

»Jetzt würde ich das. Aber zu jener Zeit, als ich die Nachforschungen anstellte, habe ich dir nicht getraut. Und, unter uns, du hast mir doch genauso wenig getraut. Selbst wenn ich dich gefragt hätte, hättest du es mir nicht erzählt.«

Jackson antwortete nicht. Damien hatte recht. Stattdessen trank er seinen Drink aus und streckte den Finger in die Luft, um Phil zu signalisieren, dass er ihm ebenfalls ein neues Glas einschenken sollte. Sobald der Drink vor ihm stand, nahm er einen großen Schluck und ließ sich den Scotch auf der Zunge zergehen, eher er weiterredete. »Er hat mir die Hölle heiß gemacht, als ich anfing, für dich zu arbeiten. Und er ist mir fast ins Gesicht gesprungen, als ich dir die Wahrheit erzählt habe. Spricht das nicht gegen unsere Vermutung?«

»Glaubst du denn, dass es dagegenspricht?«

Jackson seufzte. »Nein. Ich glaube, Jeremiah Stark hatte schon immer seine eigenen Pläne, und sein Verhalten vorhersagen zu wollen ist ungefähr so ähnlich, als würde man die Lottozahlen vorhersagen wollen.«

»Freut mich, dass du das erkannt hast«, sagte Damien und rutschte auf seinem Stuhl herum, um Jackson noch direkter ansehen zu können. »Ich möchte dir etwas zeigen.« Er zog sein Handy heraus, wischte ein paarmal über das Display und reichte es dann Jackson.

»Gottverdammte Scheiße.« Das Wort brach aus ihm heraus, sobald er das Bild von gestern Abend erblickte – Jackson, Syl und Jeremiah auf Deck, ungefähr zu dem Zeitpunkt, als Jackson seinen Vater anwies, sofort von seinem Boot zu verschwinden. Er verzichtete darauf, sich die Bildunterschrift dazu durchzulesen, und gab Damien das Handy zurück. »Diese *verfluchten* Wichser.«

Ehrlich gesagt konnte er von Glück reden, dass er das Foto nicht schon gesehen hatte, ehe er und Damien den Hügel hinuntergegangen waren, denn er hatte ernste Zweifel, ob es ihm gelungen wäre, sein Temperament im Zaum zu halten.

Es schauderte ihn, als er sich erinnerte, was passiert war, nachdem Jeremiah gegangen war. Wie er Sylvia beinahe auf dem Deck genommen hätte. Sie beinahe angewiesen hätte, sich vor ihm auszuziehen. Nackt unter dem Sternenzelt zu stehen, während er sie streichelte, sie berührte, sie fickte.

Ihm wurde schlecht, wenn er daran dachte, dass ihre Privatsphäre beinahe auf so schändliche Weise verletzt worden wäre, und er ballte die Fäuste gegen seinen heftigen, dringlichen Wunsch, sofort auszuziehen. In einem Hotel zu übernachten. Den Schwanz einzuziehen und davonzulaufen, weil dieses Pack es auf ihn abgesehen hatte.

Nur über meine Leiche.

»Du bist angepisst«, sagte Damien sanft.

Jackson starrte ihn wutentbrannt an. »Irgendein Arschloch, das ich nicht kenne, lauert mir mit seiner Kamera zu Hause auf und knipst heimlich Bilder von mir und meiner Freundin.«

Jacksons Augen funkelten ihn an, als ob Damien dadurch, dass er ihm das Bild gezeigt hatte, für diesen ganzen Scheiß verantwortlich wäre. »Klar bin ich angepisst.«

Damien nickte, als ob ihn diese Antwort zufriedenstellte. »Ich wette, dass Jeremiah alles andere als angepisst ist. Im Gegenteil, ich bin mir ziemlich sicher, dass er die Aufmerksamkeit genießt.« Er setzte eine Pause, damit seine Worte zu Jackson hindurchdrangen, in dem es immer noch brodelte. »Du solltest diesem Mann nicht trauen, Jackson. Nur ein kleiner Tipp von Bruder zu Bruder.«

Jackson schob den letzten Rest seiner Wut beiseite, als er über seinen Vater nachdachte. »Ich habe mich immer gefragt, was zwischen euch beiden vorgefallen ist, und war all die Jahre der Meinung, dass du dich ihm gegenüber ganz schön scheiße verhalten hast. Ich meine, ich hatte allen Grund, ihn zu hassen. Mein Vater war nie für mich da, und hat mich und meine Mutter verleugnet. Aber für dich war er immer da – und in meinen Augen warst du einfach ein Arschloch. Eine verwöhnte Diva. Ein selbstverliebtes Muttersöhnchen.«

»Schön, dass du deine Meinung geändert hast«, entgegnete Damien mit einem ironischen Lächeln.

Jackson schmunzelte. »In manchen Dingen. In anderen nicht. Aber ganz im Ernst, als ich von dem Prozess in Deutschland erfuhr, als das alles in der Presse landete …«

Er brach mit einem leichten Schaudern ab, als er an all die Dinge dachte, die sein Bruder hatte erdulden müssen, während sein Vater von alldem wusste und ihn nicht beschützt hatte. Er dachte an Sylvia, die Ähnliches erlitten hatte, und er konnte nur mit Mühe die plötzlich in ihm aufsteigende Wut auf Jeremiah, Reed und Sylvias Vater unterdrücken. Ganz zu schweigen von seiner Wut auf eine Welt, in der es möglich war, dass überhaupt irgendein Kind solches Leid ertragen musste.

Er nahm einen Schluck von seinem Scotch und blinzelte die Tränen weg, als ihm jetzt Ronnie vor Augen stand, und er fragte sich, wie es diese Männer übers Herz bringen konnten, ihre eigenen Kinder zu opfern, denn es gab nichts – *nichts* –, das Jackson nicht tun würde, um seine kleine Tochter zu beschützen.

»Jedenfalls«, sagte er schließlich, »verstehe ich, warum du die Stiftung gegründet hast, und ich finde das Anliegen sehr gut. Sobald man es mir erlaubt, werde ich meine restlichen Sozialstunden ableisten.«

Damien nickte, sagte aber sonst nichts mehr. Das hatte Jackson auch nicht erwartet.

»Der Punkt ist, nachdem die Boulevardpresse alles an die Öffentlichkeit gezerrt hatte, habe ich verstanden, mit welchen Problemen du zu kämpfen hattest. Aber ich dachte immer noch schlecht über dich. Immerhin hatte ich ja im Zuge der ganzen Brighton-Geschichte gesehen, was für ein Mensch du bist. Oder zumindest dachte ich das.« Erst kürzlich hatte er zu seinem Beschämen erfahren, dass Damien, der vor fünf Jahren ein Bauprojekt in Atlanta durch den Aufkauf von Grundstücken in letzter Minute zum Platzen brachte, ihm in Wirklichkeit den Hintern gerettet und nicht, wie er glaubte, ihm die Chance seines Lebens vermasselt hatte. Wenn Damien nicht eingeschritten wäre, hätten sich die Schlüsselfiguren des Brighton Consortium mit einer RICO-Klage wegen krimineller Machenschaften konfrontiert gesehen, die ihren Ruf und ihr Leben für immer ruiniert hätte.

Den meisten Beteiligten war jedoch gar nicht bewusst, dass Damien ihnen den Arsch gerettet hatte.

»In meinen Augen warst du herzlos. Gnadenlos. Wie sonst hättest du so schnell aufsteigen können?«

»Ich kann all das sein«, antwortete Damien leichthin.

»Du kannst, ja. Aber das bist nicht du.« Er kippte den letzten Schluck Scotch hinunter. »Ich habe gesehen, was du für Syls Karriere getan hast. Wie du dich wie ein Löwe vor deine Frau stellst. Ich habe gehört, was du für ihre Freunde getan hast. Und jetzt weiß ich auch, dass du damals bei dem Brighton-Deal weder mich noch irgendjemanden sonst linken wolltest.«

Er schenkte seinem Bruder sein charmantestes Lächeln. »Nur, damit wir uns nicht missverstehen. Wenn ich den Eindruck haben sollte, dass du irgendetwas unternimmst, das dem Cortez-Projekt schadet, kriegst du es mit mir zu tun. Aber was den Menschen Damien Stark angeht – vielleicht bist du doch gar nicht der Halunke, für den ich dich gehalten habe.«

»Erzähl das bloß nicht herum«, antwortete Damien. »Ich habe immerhin einen Ruf zu verlieren.«

»Ich werde schweigen wie ein Grab.« Jackson sah auf seine Armbanduhr hinunter. »Sollen wir zurückgehen?«

»Eine Minute noch. Detective Garrison hat mich morgen zu einem Gespräch gebeten«, sagte Damien in neutralem Tonfall und bezog sich auf einen der beiden Kripobeamten, die Jackson heute Morgen in die Mangel genommen hatten.

Jackson spürte einen harten Knoten in der Magengegend. »Weshalb?«

»Wahrscheinlich weil sie glauben, dass mein Halbbruder einen Mord begangen hat. Genauer gesagt, weil du für mich arbeitest, und ich glaube, ich habe schon mal erwähnt, dass ich Reed ein- oder zweimal getroffen habe. Aber das ist reine Spekulation.«

»O Mann, schöne Scheiße. Tut mir leid.«

Damiens Augenbraue zog sich leicht hoch. »Es tut dir leid?«

»Dass du in diesen ganzen Mist hineingezogen wirst.«

»Ein Mordfall zieht immer Kreise.«

»Und was wirst du ihm sagen?«

»Dass ich nicht glaube, dass du es warst.«

Jackson studierte sein Gesicht. »Vor ein paar Minuten klang das aber noch ganz anders.«

Damien lächelte zwar nicht, doch Jackson konnte den Anflug von Belustigung in seinen Augen sehen. »Im Moment rede ich ja auch nicht mit der Polizei, oder? Ich werde ihnen sagen, dass ich dich nicht gut kenne, aber dass ich weiß, dass du nicht dumm bist. Und Reed erst zusammenzuschlagen, um ihn nur ein paar Tage später umzubringen, wäre wirklich äußerst dumm.« Er wartete eine Sekunde und lehnte sich dann vertraulich zu Jackson hinüber, den Ellenbogen auf die Bar gestützt. »Dummheit liegt nicht bei uns in der Familie, Jackson. Jeremiah mag ein Mistkerl sein, aber dumm ist er nicht. Wenn er unsere Blutsverwandtschaft öffentlich gemacht hat, dann steckt ein Plan dahinter.«

»Was für ein Plan?«

Damien lehnte sich zurück. »Keine Ahnung. Aber du wolltest doch wissen, wer sonst noch Grund gehabt hätte, Reed umzubringen. Ich würde sagen, du solltest ihn auf deine Liste setzen. Jeremiah kannte Reed. Das hast du selbst gesagt.«

Jackson überlegte und nickte langsam. »Ich werde mit Harriet reden. Sie soll ihn im Auge behalten. Vielleicht ist ja er der begründete Zweifel für meine Anklage.«

»Musst du nicht«, sagte Damien.

»Doch, du hast mich überzeugt.«

»Nein, ich meinte, das habe ich bereits erledigt.«

Jackson sah seinen Bruder mit zugekniffenen Augen an. »Ach so?«

Damien hob die Schultern. »Wie gesagt, Jeremiah Stark verfolgt schon immer eigene Pläne. Ich würde gerne wissen, welche. Außerdem«, fügte er mit vielsagendem Blick zu Jackson hinzu, »vielleicht hat er wirklich Reed umgebracht.«

»Alles ist möglich«, antwortete Jackson trocken. »Aber was hätte er davon?«

»Ich weiß es nicht«, gestand Damien. »Wenn ich es nicht besser wüsste, würde ich sagen, um dich zu beschützen. Um den Film zu verhindern. Um Reed davon abzuhalten, dich wegen Körperverletzung anzuzeigen. Vielleicht sogar um seine Enkelin zu beschützen.«

»Er weiß nichts von ihr«, sagte Jackson entschieden.

»Bist du dir da sicher?« Als Jackson schwieg, denn verdammt, er wusste es tatsächlich nicht mit Sicherheit, fuhr Damien fort. »Ist auch egal. Der Punkt ist, dass Jeremiah Starks Interesse einzig und allein einer Person gilt.«

Er begegnete Jacksons Blick. »Also nimm dich besser in Acht, Jackson. Denn dieser Mann ist unberechenbar.«

11

Da bereits Feierabendzeit ist und ich wegen der Fotos immer noch viel zu aufgewühlt bin, um mich zu konzentrieren, beschließe ich, ein paar Akten mitzunehmen und zu Hause weiterzuarbeiten.

Zuhause ist das Stichwort. Denn Jackson und ich waren zuletzt immer öfter bei ihm auf dem Boot, weil er seinen Zeichentisch und seine anderen Arbeitsmittel dort hat. Und ich genieße es sehr, mich mit einem Glas Wein in der Hand auf einem seiner gemütlichen Loungesessel auszustrecken, dem Rauschen und Rhythmus des Meeres zu lauschen und einfach abzuschalten. Genau das würde ich heute Abend auch am liebsten machen. Aber ich kann nicht, und das ärgert mich.

Denn heute Abend ist mein Ziel nicht das Boot, sondern meine Wohnung. Nicht, dass ich meine Wohnung nicht lieben würde – ganz im Gegenteil. Aber ich würde lieber zu mir fahren, weil ich meine persönlichen Dinge vermisse. *Nicht*, weil skrupellose Paparazzi uns das Leben schwer machen.

Dabei habe ich durchaus Vertrauen in den Wachdienst am Jachthafen, und ich weiß, dass keiner dieser Aasgeier sich Zugang zum Boot oder auch nur zu den Parkplätzen verschaffen kann. Aber das hat sie nicht davon abgehalten, uns gestern Abend zu fotografieren, und ehrlich gesagt hat mir diese Verletzung unserer Privatsphäre völlig gereicht.

Heute Abend schlafe ich in meinem eigenen Bett.

Als ich Santa Monica erreiche, kommt mir der Gedanke,

dass mir die Presse vielleicht auch vor meinem Haus auflauert, aber als ich mit dem Nissan die Einfahrt zur Tiefgarage hochfahre, ist niemand zu sehen, und ich lasse erleichtert die Schultern sinken. Es kann zwar sein, dass ein versprengtes Häufchen Reporter vor dem Haupteingang Stellung bezogen hat, aber der liegt draußen an der Third Street Promenade, und da ich direkt durch die Tiefgarage nach oben gehe, würden sie mich gar nicht bemerken.

Während ich zum Fahrstuhl gehe, schreibe ich Jackson kurz eine Nachricht: *Bin wohlbehalten in der Wohnung angekommen. Bis bald.*

Als ich oben ankomme, habe ich immer noch keine Antwort, aber das überrascht mich nicht. Er ist schließlich mit Damien unterwegs, und zusätzlich zu all den Ereignissen der letzten Zeit gibt es nach all den Jahren, in denen die beiden Brüder keinen Kontakt hatten, allerhand aufzuholen.

Genau wie bei mir, wie ich feststelle, als ich meine Wohnung betrete. Vielleicht sind es keine Jahre, aber zumindest ist die Hausarbeit der letzten Tage liegengeblieben.

Ich rümpfe die Nase, denn es riecht irgendwie muffig, was zu einem Drittel an der dreckigen Wäsche liegt und zu zwei Dritteln an irgendwas im Müll, den ich vergessen habe rauszubringen.

Dieses Problem beseitige ich als Erstes, indem ich den Müll aus allen Zimmern leere. Dann werfe ich eine Zitrone in den Küchenabfallzerkleinerer unter der Spüle und schalte ihn ein, während ich die Abfalltüten zum Müllschlucker im Hausflur bringe. Bevor ich jedoch nach draußen trete, drücke ich auf die Taste für meine Verandatür, und als ich dreißig Sekunden später in die Wohnung zurückkomme, ist meine garagentorartige Fensterfront beinahe komplett hochgefahren und lässt milde, frische Meeresluft herein.

An einem normalen Tag würde ich mich ärgern, weil ich so blöd war, zu vergessen, den Müll rauszutragen. Aber heute ist kein normaler Tag. Ich habe das dringende Bedürfnis, mich abzulenken, und Putzen kommt mir da gerade recht.

Innerhalb von einer halben Stunde habe ich die gesamte Vorratskammer und den Kühlschrank durchforstet und alte Nahrungsmittel weggeworfen. Eine Stunde später habe ich gestaubsaugt, das Potpourri auf meinem Couchtisch mit ätherischen Ölen versetzt, eine Waschladung fertig und eine zweite bereits eingeschaltet, und rede mir selbst gut zu, dass ich mir vor zwei Stunden, als von Jackson keine Antwort auf meine SMS kam, keine Sorgen gemacht habe, und dass es auch jetzt keinen Grund zur Sorge gibt. Wir haben alle drei das Büro früh verlassen, sodass es jetzt gerade einmal sieben ist. Wahrscheinlich sind sie einfach direkt von den Drinks zum Abendessen übergegangen. Und falls dem so ist, sollte ich mich für die beiden freuen. Schließlich liebe ich Jackson und schätze Damien, daher ist mir daran gelegen, dass sie miteinander auskommen.

Doch obwohl ich mir das immer wieder selbst vorhalte, lässt das ungute Gefühl im Magen nicht nach, und auch wenn ich es eigentlich nicht will, ziehe ich mein Handy heraus. Diesmal werde ich Jackson keine SMS schreiben.

Diesmal werde ich die sozialen Medien durchsuchen.

Und, verdammt, da ist er. Nicht nur auf einem Foto, sondern auf mehreren.

Jackson und Damien, wie sie hinunter zum Biltmore Hotel laufen. Wahrscheinlich aufgenommen von einem der Fotografen, die sich vor dem Stark Tower positioniert haben, für den Fall, dass sich noch einmal ein erstklassiger Schnappschuss ergibt wie der, auf dem Megan Jackson küsst.

Dann gibt es noch ein Bild, wie sie das Biltmore betreten, sowie einige von der Hotelfassade mit dem Hashtag #StarkSteeleWatch.

Na wunderbar.

Natürlich sind die Fotos an und für sich nicht schlimm. Aber ihre Existenz stört mich. Da es sie nur gibt, weil der äußerste Schutzwall von Jacksons Privatsphäre einfach eingerissen wurde.

Damien war schon immer in den Schlagzeilen, aber mittlerweile kommt es nur noch selten vor, dass die Presse den Stark Tower belagert, weil es momentan keinen Stark-Skandal gibt. Beziehungsweise bislang keinen gab.

Doch jetzt gibt es allerhand Spekulationen über den Mord, die Sabotage und die beiden Brüder, und das ganze Spiel fängt von vorne an.

Ich seufze, weil ich weiß, dass dieser ganze Medienrummel erst nachlassen wird, wenn Jackson entweder freigesprochen oder verurteilt wurde. Und solange ich mit Jackson in Verbindung gebracht werde, bin ich ebenfalls Teil des Ganzen. Im Moment interessiert sich die Presse für mich nur als seine Freundin und als Projektmanagerin des Resorts. Sie wissen zwar, dass ich früher für Reed gemodelt habe, aber die Fotos waren so harmlos, dass sie schon bald aus den sozialen Medien verschwunden sind. Aber je mehr ich an der Seite von Jackson ins Rampenlicht gerate, desto eher wird die Presse Nachforschungen anstellen.

Und falls sie das mit der Erpressung herausfinden – falls das an die Öffentlichkeit gelangt …

Ich erschaudere, denn das ist ein Gedanke, den ich nicht ertrage.

Mit Mühe schaffe ich es, mich von all dem abzulenken, und stecke mein Smartphone in die Soundstation in meiner

Küche. Sofort läuft meine Lieblings-Playlist an und *Basket Case* von Green Day dröhnt aus den Boxen. Das ist genau das Richtige, denke ich, drehe die Musik lauter und gehe hinüber ins Schlafzimmer, um das Bett neu zu beziehen. Wenn ich danach noch staubsauge, bin ich mindestens eine halbe Stunde beschäftigt.

Und falls ich bis dahin immer noch nichts von Jackson gehört habe, rufe ich Nikki an. Wenn ich schon meinen Freund nicht finden kann, weiß sie vielleicht zumindest, wo ihr Mann steckt.

Ich ziehe das Bettlaken herunter, knülle es zusammen und trage es vom Schlafzimmer zu der kleinen Wäschekammer gegenüber der Küche. Doch in dem Moment, als ich mich umdrehe, lasse ich das Laken fallen und ein kleines erstauntes »Oh!« entfährt mir.

»Lass uns fahren«, sagt Jackson. Groß und aufrecht steht er an meiner Küchenbar und tippt mit dem Zweitschlüssel für meine Wohnung, den ich ihm gegeben habe, auf die Granitplatte. Seine Augen sind hart, sein Gesichtsausdruck trotzig. Doch was es ist, dem er trotzt, weiß ich nicht.

»Fahren?«, wiederhole ich. »Fahren wohin?«

Ärger blitzt kurz in seinem Gesicht auf. »Zurück zum Boot.«

»Machst du Witze?«

»Nein, mache ich nicht.«

Ich starre ihn an und schüttle leicht mit dem Kopf, während ich noch versuche, den Sinn seiner Worte zu erfassen. »Jackson«, sage ich sanft, »überall sind Paparazzi. Ich habe Fotos von dir und Damien gesehen, wie ihr zum Biltmore lauft, das heißt, du musst ihnen über den Weg gelaufen sein. Und gestern Abend im Jachthafen? Falls du es noch nicht gewusst haben solltest: Wir wurden beobachtet, und jetzt kursieren überall in den sozialen Medien Bilder von uns und deinem Dad.«

»Ich habe sie gesehen.«

»Ja, also dann, hallo, geht's noch? Das Boot ist ganz sicher kein Ort, an dem wir jetzt sein möchten.«

Ein Muskel in seiner Wange zuckt, und ich zucke zurück, denn es wird immer deutlicher, dass er in einer ganz *gefährlichen* Stimmung ist.

»Okay«, sage ich. »Was ist passiert?«

»Der Weg runter ins Hotel war okay, aber als wir gehen wollten, haben wir bemerkt, dass die Reporter das Baltimore praktisch umzingelt hatten. Phil hat uns durch den Dienstboteneingang geschleust«, erzählt er mir und meint den Barkeeper, mit dem er sich ab und an unterhält. »Und ich kam mir den ganzen Weg bis zum Tower und meinem Auto unheimlich clever vor, weil Damien und ich das Gebäude heimlich durch den Lieferanteneingang auf der Rückseite betreten haben.«

»Also hast du sie ausgetrickst.«

»Wir schleichen umher wie Ratten. Oder wie Verbrecher.« Bei dem letzten Wort begegnet er meinem Blick, und seine Stimme ist kalt, schroff und wütend.

»Jackson …«

»Nein. Ich will so nicht leben. Wir werden zum Boot fahren. Wir werden an unserem Projekt feilen. Wir werden einfach so tun, als ob es diese Idioten gar nicht gäbe.« Er holt Luft. »Pack deine Sachen, Sylvia. Du kommst mit mir.«

Ich presse meine Lippen aufeinander, weil ich es erst jetzt so richtig begreife. Ich verstehe, welcher Gedanke ihn antreibt, was er vorhat.

Ich habe einmal zu Jackson gesagt, dass es bei seiner Arbeit um Macht und Kontrolle gehe, und er hatte mir zugestimmt. Er war sogar noch weiter gegangen. *»Aber es ist nicht bloß, was ich tue. Sondern was ich bin.«*

Diese Worte, die er vor so vielen Jahren zu mir gesagt hatte, holen mich nun ein, denn genau das ist die Wurzel seiner Wut – das Gefühl, nichts gegen diesen Skandal, diesen Medienrummel ausrichten zu können. Wenn er könnte, würde er einen Reset-Knopf drücken und alles wieder in den Anfangszustand zurücksetzen, aber das ist unmöglich.

Deshalb ja, ich verstehe, warum er frustriert ist. Warum er leidet. Und ich verstehe auch, warum er zurück zum Boot will.

Ich verstehe es. Aber ich lasse mich nicht darauf ein.

Vorsichtig schüttele ich den Kopf. »Wir bleiben heute Nacht hier.«

»Vergiss es.«

»Verflucht, Jackson«, fahre ich ihn nun ebenfalls erbost an, um seiner Wut etwas entgegenzusetzen. »Es tut mir leid, dass der Weltenlauf gerade nicht nach deinem Geschmack ist, aber du kannst nicht einen Mann umbringen und dann so tun, als hätte sich nichts geändert.«

Er hatte einen Schritt auf mich zugemacht, doch nun geht er einen Schritt zurück, den Kopf leicht zur Seite geneigt, und studiert mein Gesicht. Atemlos stehe ich einfach da. Mir ist klar, dass ich irgendetwas in ihm ausgelöst habe, aber mir ist nicht klar, ob ich ihm meinen Standpunkt verständlich gemacht oder ihn nur noch mehr erzürnt habe. Als er schließlich antwortet, spricht er die Worte langsam und tonlos aus. »Ich glaube, wenn ich einen Mann umgebracht hätte, müsste ich mich genau so verhalten. Völlig unbefangen und unschuldig.«

»Ich rede davon, dass du clever sein solltest. Ich rede davon, dass du die Presse tunlichst meiden solltest. Anstatt ihnen ständig vor der Nase herumzulaufen und ihnen neues Futter zu liefern.«

Sein Gesichtsausdruck wird weicher. »Du denkst wirklich, ich hätte ihn getötet.«

»Ich …« Ich schließe meinen Mund und bin plötzlich unsicher.

»Und trotzdem bist du immer noch bei mir.«

»Wo sollte ich denn sonst sein?« Meine Stimme ist sanft. »Was auch immer du getan hast, hast du für mich getan. Für Ronnie. Ich erinnere mich, wie du mir versprochen hast, mich immer zu beschützen, egal, was passiert. Und ich versuche momentan einfach nur, dich zu beschützen.«

Innerhalb von Sekunden ist er bei mir, diesmal so nah, dass ich ihn riechen kann. Eine Mischung aus Moschus, Holz und einem Hauch von Scotch. »Baby«, raunt er leidenschaftlich, »momentan brauche ich etwas anderes von dir.«

Ich ringe nach Atem, als er mich plötzlich gegen die Wand drückt, meine Arme über meinen Kopf hebt und sie festhält, indem er mit der rechten Hand meine Handgelenke umgreift. Ich öffne die Lippen, um etwas zu sagen, doch ich komme nicht mehr dazu, als er seinen Mund fest auf meinen presst und seine linke Hand in meine Yogahose wandert. Wie immer, wenn Jackson mich berührt, zeigt mein Körper sofort eine Reaktion, und ich stöhne überwältigt auf, als seine Finger mich erst grob streicheln und im nächsten Moment in mich stoßen.

Doch obwohl das heftige Verlangen zwischen uns völlig unstreitig ist – diese magische Anziehungskraft, diese animalische Begierde –, ist mir nicht klar, woher es rührt. Geht es hier um Kontrolle? Nimmt er sich bei mir, was ihm die Welt nicht geben kann?

Oder ist es Wut? Auf die Paparazzi. Auf mich.

Oder haben sich einfach die Funken entzündet, die zwischen uns allgegenwärtig sind?

Ich weiß es wirklich nicht zu sagen, und ich glaube, das ist das erste Mal, dass ich ihn nicht deuten kann.

Ich will nachfragen, aber ich tue es nicht. Ein Teil von mir hat Angst vor der Antwort; der andere Teil schmilzt schlichtweg dahin unter dem langsamen, festen Reiben seiner Finger und dem steten Druck seiner Lippen auf meinen, während seine Zunge mit mir spielt, mich neckt.

Und erst als der durchdringende Klingelton meines Handys ertönt – eine Melodie, die mir anzeigt, dass der Anrufer mein Bruder ist –, komme ich wieder zu Sinnen, und Jackson lässt keuchend von mir ab.

»Du solltest rangehen«, sagt er.

»Ja. Klar. Sollte ich.« Ich schiebe mich an ihm vorbei und nehme mein Handy vom Küchentresen, wo ich es liegen gelassen hatte. »Hey, was gibt's?«

»Wäre es möglich, dass wir uns heute Abend auf einen Drink treffen statt morgen? Ich habe mit Cass telefoniert und sie ist einverstanden, wenn du auch Zeit hast.«

»Oh.« Ich blicke hinüber zu Jackson. »Ich weiß nicht, ob heute Abend der beste Zeitpunkt ist. Wieso heute und nicht morgen?«

»Ich musste unbedingt mal raus«, sagt er. Da er gerade vorübergehend bei meinen Eltern lebt, kann ich dieses Bedürfnis nur allzu gut nachvollziehen. »Ich habe mich ins Auto gesetzt und bin hier in L. A. gelandet. Und ich würde dich echt gerne sehen.«

»Und du willst morgen nicht noch mal die ganze Strecke fahren?«

»Das auch.«

Ich seufze. »Hör mal, ich glaube, das ist heute keine so gute Idee. Ich …«

»Geh ruhig.« Jacksons Stimme ist fest und klar.

Ich blinzle. »Was?«

»Ethan ist dran, oder? Und er will dich statt morgen schon heute Abend treffen?«

Ich nicke.

»Dann solltest du gehen.«

Ich will Einspruch erheben – ihm sagen, dass ich nicht gehen will, weil ich mich sonst zurückgewiesen fühlen würde. Aber gleichzeitig will ich nicht herumdiskutieren oder Spielchen spielen. Und ich würde meinen Bruder wirklich gern sehen.

Den Blick fest auf Jackson geheftet, gebe ich schließlich nach: »Okay. Wann und wo?«

Als alle Details geklärt sind, lege ich auf und sehe wieder hoch zu Jackson: »Willst du später dazustoßen?«

Ein Lächeln umspielt seinen Mund. »Ich dachte, das sei ein Treffen ganz ohne Partner. Cass ohne Siobhan. Du ohne mich.«

»Vielleicht mag ich die Vorstellung von dir ohne mich nicht.«

Seine Augenwinkel kräuseln sich, als sein Lächeln breiter wird. »Vielleicht ist das gut zu wissen.«

»Jackson«, platze ich heraus, »ist mit uns alles in Ordnung?«

Er macht einen Schritt auf mich zu, um seine Hände auf meine Schultern zu legen, und küsst mich zärtlich. Ich schließe die Augen und genieße diesen Hautkontakt; diese Hitze, die allein durch seine Nähe entsteht. Mittlerweile bin ich regelrecht süchtig nach diesem Knistern. Diesem Entfachen aller Sinne. Aber heute, da alles irgendwie aus dem Lot zu sein scheint, beschleicht mich unweigerlich die Angst, was passiert, falls diese Flamme jemals erlischt.

»Natürlich ist mit uns alles in Ordnung«, versichert er mir, und ich warte auf ein Gefühl der Erleichterung.

Doch es kommt nicht. Denn die Wahrheit ist, dass ich nicht ganz sicher bin, ob ich ihm glaube.

12

Ich stehe etwas unentschlossen auf dem Gehweg vor Gemini Rising, einer dieser hippen Bars in und um Santa Monica, die monatelang Eröffnungsangebote anpreisen und dann in der Regel bald wieder dichtmachen. Die Bar gehört Zwillingsschwestern, von denen eine vor fast zehn Jahren mal etwas mit Cass hatte, und von ihr weiß ich, dass die Atmosphäre toll ist – sprich, man kann sich drinnen sogar unterhalten – und dass sowohl das Essen als auch die Drinks so gut sind, dass es an ein orgiastisches Erlebnis grenzt.

Was natürlich der Grund ist, weshalb sie dieses Lokal ausgesucht hat.

Die Sache ist nur die, obwohl ich mich die ganze Zeit auf diesen Abend mit meiner besten Freundin und meinem Bruder gefreut habe, bin ich mir nicht mehr so sicher, ob ich in der Stimmung bin, mich zu unterhalten. Ich habe schließlich schon alle Hände voll damit zu tun, mir selbst vorzumachen, dass meine Welt gerade nicht komplett zusammenzubrechen droht.

Mit anderen Worten, ich bin mit den Nerven am Ende. Und obwohl Ausgehen in dieser Situation vermutlich eine gute Idee ist, will ich auch nicht all meine Probleme bei Ethan und Cass abladen. Aber ich habe so ein Gefühl, dass sobald ich ein paar Gläser Wein intus habe, genau das passieren wird.

Doch dann gebe ich mir schließlich einen Ruck, greife nach der Türklinke und drücke sie nach unten. Dafür sind Freunde schließlich da, oder nicht?

Die Beleuchtung im Inneren ist schummrig, und ich brauche ein paar Sekunden, bis sich meine Augen daran gewöhnt haben. Schließlich entdecke ich sie ganz hinten an einem Tisch, und während ich zu ihnen gehe, muss ich Cass' Urteil zustimmen – die Bar ist cool und stylish, aber nicht so laut, dass man sich nicht mit seinen Freunden unterhalten könnte.

Die runde Bar bildet den Mittelpunkt des Raumes, und als ich jetzt daran vorübergehe, höre ich das vertraute Gemurmel des Flirtens, Anbaggerns und Anbahnens neuer Beziehungen. Das Geräusch versetzt mir einen Stich ins Herz. Noch vor einer Woche wäre ich völlig unbekümmert vorbeigeschlendert, in der Gewissheit, dass ich mit dem einzigen Mann zusammen bin, den ich je wirklich wollte – und dass er mich ebenfalls will.

Doch heute Abend lastet mir die Angst auf dem Herzen, dass ich ihn verlieren könnte.

Ich schiebe den Gedanken beiseite und setze mir zur Begrüßung ein fröhliches Lächeln auf, als ich mich den beiden nähere.

Cass trägt ein schlichtes Outfit, bestehend aus einer Jeans und einem enganliegenden weißen T-Shirt mit irgendeinem Aufdruck, den ich aus dieser Entfernung nicht erkennen kann. Doch selbst mit schlichten Klamotten sieht sie immer noch umwerfend aus. Das Shirt bedeckt zwar ihre Schultern, aber die leuchtenden Farben der eintätowierten Schwanzfedern, die sich über ihren Arm erstrecken, sind nicht zu übersehen. Ihr Haar ist rabenschwarz mit blauen Strähnchen, und soweit ich sehen kann, trägt sie keinen Schmuck – abgesehen von dem Diamantstecker in ihrer Nase, der ab und an funkelt.

Mein Bruder sieht ebenfalls blendend aus. Wenn er nicht

mein Bruder wäre, würde ich sogar so weit gehen zu sagen, dass er echt heiß aussieht. Er trägt ebenfalls Jeans und ein luftiges Button-Down-Hemd, das er lässig heraushängen lässt. Er hat diesen Mir-doch-egal-Look, der perfekt zu seinem leicht verwuschelten Haar passt. Er sieht fast ein wenig wie einer dieser Typen aus, die den ganzen Tag am Strand rumhängen, aber sein Auftreten spricht eine andere Sprache. Also ja, Schwester hin oder her, ich würde sagen, er ist echt heiß. Und wenn ich die interessierten Blicke der Frauen in der Bar richtig deute, bin ich nicht die Einzige, die so denkt.

Ethan und Cass sitzen sich gegenüber und sind gerade in ein Gespräch vertieft, als ich an ihrer Tischnische ankomme.

»Hey«, rufe ich, als ich näher komme. »Sorry, ich bin etwas spät dran.«

Cass sieht mich mit einem Stirnrunzeln an. »Alles okay? Abgesehen von dem Offensichtlichen, meine ich. Ich habe den ganzen Müll in den sozialen Medien gesehen.« Scheinbar hat sie entschieden, dass das eine zu sensible Frage für den Einstieg ist, denn noch ehe ich darauf antworten kann, sieht sie zu meinem Bruder hinüber. »Offenbar ist der Zauber verflogen. Ich habe so ein Gefühl, dass sie heute Morgen niemand flachgelegt hat.«

Sie hat kaum ausgesprochen, als sich Ethan an seinem Drink verschluckt, und ich muss lachen. Ein Lachen aus tiefstem Herzen, das mich daran erinnert, wieso ich Cass so liebe.

»Tatsächlich«, sage ich, während ich neben Cass in die Sitznische rutsche, »hast du sogar recht.« Ich grinse dreckig. »Aber gestern Abend war sensationell.«

»Nein, nein, nein«, protestiert mein Bruder so vehement,

dass Cass und ich uns nur anschauen und grinsen. »Geh bloß nicht weiter ins Detail, oder ich muss alle Frauen aufzählen, mit denen ich in Orange Country etwas hatte. Das Angebot in Laguna Beach ist echt üppig, ohne Scheiß.«

Ich erwäge für einen Moment, den Mund zu halten, aber ich kann die Wahrheit einfach nicht für mich behalten. »Sorry«, sage ich zu Ethan und drehe mich zu Cass: »Im Ernst, Jackson ist so was von …«

Mir gegenüber am Tisch stöhnt Ethan demonstrativ gequält.

»Na gut«, lenke ich ein und richte meine Aufmerksamkeit wieder auf Cass. »Also, wie läuft dein Liebesleben?«

»Oh wow«, stimmt Ethan ein. »Warum überspringst du nicht einfach das romantische Gefasel und kommst direkt zu eurem Sexleben?«

Wir beide drehen uns zu meinem Bruder, der grinst und beschwichtigend die Hände hochhält. »Hey, Mädchen auf Mädchen, ohne dass meine Schwester dabei irgendwie vorkommt? Damit habe ich überhaupt kein Problem.«

Ich grinse Cass an. »Du musst nachsichtig mit meinem Bruder sein. Er ist einfach ein Depp.«

»Aber ein echt süßer, findest du nicht?«

»Er ist recht charmant«, sage ich, und obwohl wir ihn vor allem necken, um ihn zu einer Reaktion zu bewegen, ist es die reine Wahrheit.

Ich liebe meinen Bruder und habe ihn immer geliebt. So gesehen ist er das einzig Gute aus meiner furchtbaren Vergangenheit, denn als schließlich alles vorüber war, war er immerhin gesund und munter.

Er ist erst vor Kurzem aus London in die USA zurückgezogen, und zwischen meiner Arbeit und meinem Privatleben, das zu einer Seifenoper verkommen ist, habe ich ihn bislang kaum zu Gesicht bekommen. Er hat ein paar Wochen frei, bevor er wieder in seinen Job einsteigt, und ist deshalb vorübergehend bei unseren Eltern eingezogen. Das verleitet mich nicht gerade dazu, ihn zu besuchen, denn wenn es etwas gibt, das ich noch unangenehmer finde als einen Splitter im Finger, dann die Vorstellung, meine Eltern zu besuchen. Deshalb war ich begeistert, als er mich angerufen und das Treffen mit mir und Cass vorgeschlagen hat. »Ohne Anhang«, hatte er gesagt. »Jackson ist super und alles, aber ich will all die schmutzigen Details.«

Offenbar hat er das ernst gemeint, denn plötzlich ist er ganz scharf auf Gossip. Er lehnt sich zurück und sieht mir geradewegs in die Augen: »Ich habe den ganzen Müll in der Boulevardpresse gelesen. Was ist wirklich dran an der Geschichte?«

In diesem Augenblick kehrt die Kellnerin mit den frittierten Avocadospalten, dem Thunfischtartar und den Spezial-Martinis zurück, sodass ich warte, bis sie weg ist, ehe ich ihm das gesamte Drama schildere. Oder zumindest das, was ich ihm davon erzählen will.

»Auf keinen Fall«, sagt mein Bruder, greift nach einer frittierten Avocadospalte und deutet damit auf mich. »Er hat es ganz sicher nicht getan.«

»Reed umgebracht?«, fragt Cass, als ob wir gerade von irgendetwas anderem sprechen könnten.

»Ich habe ihn kennengelernt. Jackson ist kein Mörder.«

»Danke, dass du das so siehst.« Ich bin derselben Meinung wie er. Jackson ist kein Mörder. Aber er ist ein Mann, der töten würde, wenn es darauf ankam. Und wie sollte ich mit dem Wissen leben, dass er für mich getötet hat, falls er wirklich verurteilt werden sollte?

»Immer doch.« Ethan lächelt, wenn auch ein wenig traurig.

»Was ist los?«, will ich wissen. »Was war mit Mom und Dad, dass du Hals über Kopf nach L. A. davongerauscht bist?«

Er winkt ab. »Nichts. Ehrlich. Ich brauchte einfach ein bisschen Freiraum. Das war es auch gar nicht, worüber ich gerade nachgedacht habe. Es tut mir nur leid, dass du dich mit diesem ganzen Mordzeugs und all dem Mist auseinandersetzen musst, den die Boulevardpresse abdruckt und überall im Netz verbreitet.« Er zuckt mit der Schulter. »Das ist alles so ein Scheiß.«

Da kann ich ihm nur zustimmen.

»Ich glaube, das Schlimmste ist für Jackson, dass er seine Tochter nicht nach Hause holen konnte«, sage ich.

»Aber echt«, meint Cass. »Immerhin seid ihr extra bis nach Santa Fe geflogen, nur um zu erfahren, dass er der Hauptverdächtige in einem Mordfall ist. Echt doof«, bemerkt sie, was wohl das Understatement des Jahrhunderts sein dürfte.

Ethans Reaktion ist hingegen etwas übertrieben. Er starrt mich an, als ob ich den Verstand verloren hätte. »Jackson hat ein Kind?«

Ich nicke, als mir bewusst wird, dass zwar Cass bereits in etwa so lange davon weiß wie ich, dass ich aber meinen Bruder bislang noch nicht in dieses kleine Familiengeheimnis eingeweiht habe. »Die Medien wissen nichts davon. Er will es geheim halten, um sie vor diesem, na ja, vor diesem ganzen Mist zu bewahren. Es wäre also gut, wenn du, na ja …« Ich spreche nicht weiter, als er meine Worte mit einer Geste wegwischt. »Natürlich behalte ich das für mich. Aber um Gottes willen, Syl, du bist ernsthaft mit einem Typen mit einem Kind zusammen?«

»Er ist vor allen Dingen ein Typ«, sagt Cass. »Vater zu sein ist keine Eigenschaft, die einen definiert.«

Ethans Blick schnellt kurz zu ihr hinüber, dann sieht er wieder mich an. »Nein, ist es nicht. Aber falls das ernst ist zwischen dir und Jackson und falls du denkst, dass er der Richtige ist und vielleicht eines Tages eine Hochzeit ins Haus steht …«

Er führt den Gedanken nicht zu Ende. Muss er auch nicht. Zumindest für mich nicht. Denn er und ich haben uns mehr als einmal über das Thema Kinderkriegen unterhalten. Und wir waren uns jedes Mal einig, dass wir uns, gerade vor dem Hintergrund unserer Eltern, von einer solchen Verantwortung schön fernhalten sollten.

Ethan weiß zwar nicht, welche Höllenqualen ich wegen meines Vaters erleiden musste, aber zumindest weiß er, dass ich zu unseren Eltern ein distanziertes Verhältnis habe. Und obwohl sie ihn, als er krank war, wie einen Pascha behandelt haben, ist auch sein Verhältnis zu ihnen nicht unbelastet. Denn sie sind mit ihm nicht wie mit einem normalen Kind umgegangen, sondern wie mit zerbrechlicher Ware. Und auch wenn er mit ihnen gern Zeit verbringt und sie sehr liebt, hat er mir bereits mehr als ein Dutzend Mal im Vertrauen gesagt, dass er sich selbst nicht recht als Vater vorstellen kann, denn was weiß er schon über eine echte nahe Bindung?

Ich weiß nicht, ob er seine Eignung als Vater richtig einschätzt, aber ich sehe die Distanz in seinen Beziehungen zu Frauen. Verdammt, ich habe sie in meinen eigenen Beziehungen gesehen. Zumindest, bis ich Jackson traf.

»Was hast du denn für ein Problem?«, fährt Cass Ethan an, während sie meine Hand nimmt und drückt. »Du hast zu mir gesagt, sie ist ein echter Engel, stimmt's, Syl?«

»Das ist sie«, sage ich mit Blick zu meinem Bruder, wie um das zu bekräftigen. Aber als ich sein Gesicht sehe, bereue ich, in seine Richtung geschaut zu haben.

Ich sehe all die Jahre meiner Kindheit. All den Schmerz – wobei er das meiste nicht einmal weiß. Ich sehe, wie meine Mutter mich ignoriert hat. Ich sehe die Wut auf meinen Vater und sein distanziertes Verhältnis zu mir.

Ich sehe, wie verletzlich Kinder sind und wie leicht es ist, ein Leben für immer zu zerstören.

Ich sehe es, weil dieses verletzliche Kind mir jeden Morgen im Spiegel begegnet, und die Frau, zu der das Kind herangereift ist, weiß nicht, wie sie je eine gute Mutter werden soll. Ja, sie weiß noch nicht einmal, wie sie ihre eigene Kindheit überlebt hat.

»Ich möchte nicht mehr darüber reden«, sage ich.

»Oh, Mann. Scheiße, Syl …«

»Ist schon gut, Ethan. Ist schon okay. Aber es liegen einfach ein paar lange, schwierige Tage hinter mir. Und die Wahrheit ist, dass Ronnie im Moment nicht mal unser größtes Problem ist, weißt du? Das, was mir momentan schlaflose Nächte bereitet, ist die Frage, ob Jackson im Gefängnis landet. Nicht die Frage, ob ich demnächst jeden Morgen *Sesamstraße* schauen muss.«

Ich drehe mich demonstrativ zu Cass. »Also. Alles in Ordnung mit Siobhan?«

Glücklicherweise hat Cass Verständnis für mein Bedürfnis, das Thema zu wechseln. »Alles läuft perfekt«, antwortet sie. »Wir sind zwei echte Turteltäubchen.« Sie seufzt übertrieben auf und klopft ein paarmal kurz mit der Hand auf ihr Herz. »Mit Herzflattern, Schmetterlingen im Bauch und dem ganzen Kitsch. Es ist echt ekelhaft. Jedem anderen würde ich wahrscheinlich eine Ohrfeige dafür verpassen, dass er wie auf Zuckerschock herumrennt. Aber ich kann nichts dagegen tun, ich schwebe auf Wolke sieben.«

Ich klopfe ihr auf die Schulter und sehe mit hochgezogenen Augenbrauen zu meinem Bruder hinüber. »Natürlich würde sie Siobhan sofort stehen lassen, wenn Kirstie Ellen Todd verfügbar und willig wäre.«

Cass schlägt sich mit dem Handrücken theatralisch gegen die Stirn. »Ach! Leider ist sie wieder weg vom Markt. Graham Elliott und sie haben sich versöhnt. Schwanger«, flüstert sie betont dramatisch.

Ethan sieht mich zunächst etwas unsicher an, doch dann wird sein Grinsen ob Cass' theatralischem Gebaren immer breiter.

»Sie ist ein bisschen verknallt«, kommentiere ich.

»Kann man ihr das zum Vorwurf machen? Todd ist echt heiß.«

»Richtig«, pflichtet Cass bei. »Siobhan ist natürlich heißer. *Sei still mein Herz.*«

Nachdem Ethan Cass mit einer Olive aus seinem Drink beworfen hat, erkundige ich mich nach seinem Liebesleben.

»Nicht monogam und glücklich dabei«, antwortet er. »Oder hast du vorhin den Teil verpasst, als ich erwähnt habe, dass Laguna Beach praktisch ein Selbstbedienungsbuffet mit lauter heißen Schnitten ist?«

»Neandertaler.«

»Und stolz darauf.«

Von seiner Jagd auf Sahneschnittchen kommen wir schließlich zu seiner Wohnungssuche. »Alles, was ich brauche, ist eine Zwei-Zimmer-Wohnung mit einem Trainingsraum im Haus. Da bin ich wirklich nicht wählerisch. Hauptsache, ich kann bald bei Mom und Dad ausziehen.«

»Kann ich dir nicht verübeln«, entgegne ich trocken, und neben mir ergreift Cass unter dem Tisch meine Hand. Sie wusste schon viele Jahre von dem Martyrium in meiner Jugend, aber erst seit Kurzem kennt sie auch den ganzen Rest, auch welche Rolle mein Vater bei dem Ganzen gespielt hat. Ethan weiß von alledem nichts, und ich habe mir geschworen, dieses Geheimnis mit ins Grab zu nehmen.

»Dad hat mir erzählt, dass er dich angerufen hat«, sagt Ethan. »Ich finde, du solltest …« Er bricht mitten im Satz ab. »Weißt du was? Vergiss es.«

Ich sollte nicht darauf eingehen, aber ich kann nicht anders. »Du findest, ich sollte was?«

»Ich denke nur … Na ja. Du solltest dir anhören, was er zu sagen hat.« Während er spricht, sieht er mich nicht an, und plötzlich liegt mir der Thunfisch schwer im Magen. Ich habe nicht das geringste Interesse daran, was mein Dad mir zu sagen hat. Und Ethan weiß das.

Neben mir höre ich Cass winseln und merke, dass ich ihre Hand so stark gequetscht habe, dass es ein Wunder ist, dass ich ihr nicht die Knochen gebrochen habe. Ich werfe ihr einen entschuldigenden Blick zu und lasse ihre Hand los. Was Ethan betrifft, so schüttle ich nur den Kopf. »Es gibt nichts, worüber wir reden müssten.«

»Du hast dich beim Abendessen mächtig über ihn geärgert«, sagt er und meint jenen Abend, an dem ich, Jackson und Ethan bei meinen Eltern zu Besuch waren, nachdem ich Ethan vom Flughafen abgeholt habe. Jenen Abend, an dem Jackson – ich kann es immer noch nicht fassen – meinem Dad erzählt hat, was Reed mir angetan hat.

»Ich verstehe dich«, fährt Ethan. »Aber denkst du nicht …«

»Nein.« Ich war wahnsinnig wütend auf Jackson, was wir

mittlerweile geklärt haben. Aber das heißt nicht, dass ich jetzt plötzlich mit meinem Vater einen auf ein Herz und eine Seele machen will. Das ist so ziemlich das Letzte, was ich möchte.

»Silly …« Er lässt den Satz unvollendet, sodass mein Spitzname aus Kindheitstagen in der Luft hängt.

Ich hole mein Handy heraus und schaue auf die Uhrzeit. »Hör mal, ich muss los«, lüge ich. »Ich hatte Jackson versprochen, dass ich ihn später noch treffen würde.«

»Shit, jetzt bist du sauer.«

»Nein, bin ich nicht«, sage ich. »Aber setz mich in dieser Sache nicht unter Druck, okay?«

Er zögert und nickt dann. »Nicht«, stoppt er mich, als ich gerade Geld auf den Tisch legen will. »Das geht auf mich.«

»Danke. Wir sehen uns, ja?« Ich umarme Cass, die mich fest drückt und flüstert: »Alles okay mit dir?« Ich nicke und drücke sie noch mal.

Ethan steht auf, um mich zu verabschieden, und ich umarme ihn fest. »Ich hab dich lieb. Aber ich kann einfach nicht …«

»Ja, ich weiß«, sagt er, schiebt die Hände in die Hosentaschen und schaut zu Boden.

Ich weiß immer noch nicht recht, was mit meinem Bruder los ist. Ich meine, ich verstehe, dass er will, dass wir alle eine große, glückliche Familie sind. Das wünsche ich mir auch. Oder zumindest habe ich mir das früher einmal gewünscht. Aber ich habe meinen Frieden damit gemacht, dass meine Eltern nie zu meinem engen Kreis gehört haben oder gehören werden. Wenn ich ehrlich bin, nicht mal zum entfernten Kreis. Und ich wünschte, Ethan könnte damit auch seinen Frieden machen. Denn falls er mir jetzt jedes Mal, wenn wir uns treffen, mit dieser Familien-

Versöhnungsnummer ankommt, dürfte das ziemlich unschön werden.

Ich will meinen Bruder, aber bitte, bitte nicht den ganzen Ballast, der daran hängt.

Ich sitze im Auto und starte den Motor, als ich Ethan auf mich zusprinten sehe. Mein Auto steht direkt neben dem silbernen Camry meiner Eltern, aber ich glaube nicht, dass Ethan zu seinem Auto sprintet. Nein, er steuert auf mich zu.

Ich kurbele das Fenster hinunter. »Ich will nicht darüber reden.«

»Ich weiß. Tut mir leid«, sagt er. »Kann ich mich vielleicht kurz zu dir reinsetzen?«

»Ich … Na gut.« Ich liebe meinen Bruder viel zu sehr, als dass ich ihn abweisen – oder länger sauer auf ihn sein – könnte. »Steig ein.«

Er steigt ein und sitzt dann einfach da, die Hände im Schoß und knuppert an seiner Nagelhaut herum. Diese Gewohnheit hat er sich im ersten Jahr an der Uni abgewöhnt, und ihn jetzt dabei zu beobachten bestätigt mir nur, was ich bereits geahnt habe – was auch immer er mir beichten muss, wiegt schwer. Und während ich anfangs dachte, dass es irgendetwas mit mir und meinem Vater zu tun hätte, frage ich mich jetzt, ob ihn vielleicht noch etwas anderes beschäftigt.

»Bist du in Schwierigkeiten?«, frage ich.

»Nein, nein. Mir geht's gut. Das heißt«, fügt er mit einem kleinen unbeholfenen Schulterzucken hinzu, »mir geht's eigentlich nicht gut, aber das ist nicht der Punkt. Oh Mann. Okay, also, ich wollte nur sagen, dass es mir leidtut. Das mit Jacksons kleiner Tochter, meine ich. Es hat mich einfach überrascht. Und ich war angespannt wegen der Sache mit Dad gestern und – *ach, Scheiße*. Darüber wollte ich eigentlich kein Wort verlieren. *Fuck.*«

»Ist er krank? Komm schon, Ethan. Du machst mir Angst.« Ich mag zwar nicht das beste Verhältnis zu meinem Vater haben – wenn man überhaupt von einem Verhältnis sprechen kann –, aber ich wünsche ihm nichts Schlechtes. Schon allein deshalb nicht, weil Ethan den Gedanken nicht ertragen würde, ihn zu verlieren.

Mein Bruder holt tief Luft und stößt mit einem Mal hervor: »Er hat es mir gesagt.«

Einen Moment lang habe ich wirklich keine Ahnung, wovon er spricht. Aber dann setzt der Schock ein. Mein Magen verkrampft sich, und ich hebe langsam die Hand zum Mund. Ich will schreien, protestieren, aber ich bin zu keiner Äußerung imstande.

»O Gott, Syl. Es tut mir so leid. Es tut mir so, so leid.« Er beugt sich vornüber, die Ellenbogen auf den Knien, die Stirn auf seinen Händen. Er atmet schwer. Vielleicht weint er.

»Warum?« Mein Flüstern erklingt gedämpft hinter meiner Hand, und ich bin erstaunt, dass ich überhaupt etwas hervorbringe. Ich bin nicht mehr am Leben. Ich bin Eis. Ich bin gefroren. Gefangen an einem kalten, unerbittlichen Ort. An einem Ort, an dem Geheimnisse verraten und Albträume immer wieder durchlebt werden, und das alles niemals ein Ende hat, so sehr man auch glaubte, alles hinter sich gelassen zu haben.

Dieses eine Wort geht mir immer und immer wieder durch den Kopf – *warum warum warum warum warum* – und sonst ist da nichts. Nur Dunkelheit und Verrat und das quälende Zerren meiner Albträume.

Erst, als ich Ethans Hände auf meinen Schultern spüre und ihn sagen höre, »Syl? Verdammt, Syl – *o Gott, Scheiße*«, merke ich, dass ich weggetreten war. Und obwohl ich nicht will, weiß ich, dass ich zurückkehren muss. Denn immerhin ist es Ethan, mein geliebter Bruder, und ich will nicht, dass er je erfährt, wie sehr ich gelitten habe. Aber jetzt weiß er es, denn seine Worte haben mich völlig ausgeknockt.

Atme, verdammt. Atme einfach.

»Syl.« Er legt seine Hand auf meine Schulter und beugt sich dann zu mir, um seinen Arm um mich zu legen. »Es ist okay. Alles ist okay. Es tut mir so leid, dass du das alles durchmachen musstest, und es tut mir so leid, dass das alles wegen mir war, und …«

»Nein.« Ich schleudere ihm das Wort mit solcher Wucht entgegen, dass mein Hals schmerzt, und ich setze mich aufrecht hin. »Nein, wehe, du fühlst dich schuldig. Verdammt, Ethan, ich wollte, dass du es nie erfährst. Warum hat er dir das erzählt? Warum tut er dir das an?«

»Er … Er hat gesagt, dass ihm nicht richtig klar war, was da vor sich ging …«

»Schwachsinn.«

»Er hat gesagt, dass du jetzt deswegen erpresst wirst. Dass Jackson ihm das erzählt hat. Stimmt das?«

Ich nicke.

»Er hat gesagt, ich sollte es wissen.«

»Nein! Ich wollte nicht, dass du es weißt.«

»Er hat gesagt, ich sollte es wissen, für den Fall, dass es herauskommt«, fuhr er mit beruhigender Stimme fort. »Er meinte, es könnte sein, dass die Polizei oder die Presse dahinterkommt, weil es Reed war, der die Fotos gemacht hat. Und dass du mich brauchst, falls das Ganze ans Licht kommt.«

»Das ist Schwachsinn«, sage ich. »Er interessiert sich einen Scheiß dafür, was ich brauche. Das hat er noch nie. Er schützt nur sich selbst. Er will nur sicherstellen, dass du das mit dem Geld von ihm selbst und nicht aus der Presse erfährst.«

»Syl, nein. Es tut ihm wirklich leid. Er will …«

»Nein.« Ich schreie das Wort heraus und halte mir die Ohren zu. »Es ist mir egal, was er will.«

Neben mir lässt Ethan die Schultern hängen. »Es tut mir leid«, wiederholt er und zieht mich erneut unbeholfen zu sich, um mich sanft zu wiegen. »Es tut mir so, so leid.«

Ich lasse es ein paar Minuten zu, denn ich liebe ihn und weiß, dass er ebenso leidet. Aber ich muss allein sein.

Ich ziehe mich vorsichtig aus seiner Umarmung und blinzle ihn durch meinen Tränenschleier hindurch an. »Ethan, ich …«

»Ich will dich nicht allein lassen«, sagt er, und ich bin dankbar dafür, dass ich nicht erklären muss, dass ich gern möchte, dass er jetzt geht.

»Es geht gleich wieder. Ich muss nur … Ich muss nur ein paar Minuten hier sitzen. Bitte, Ethan. Ich fange mich gleich wieder.« Ehrlich gesagt weiß ich nicht, ob das stimmt. Ich kann mich mit Mühe gerade noch so zusammennehmen, aber ich will auf gar keinen Fall, dass er dabei ist, wenn ich völlig zusammenbreche. »Bitte«, wiederhole ich.

Er sieht mich an, wie um abzuschätzen, ob ich es ernst meine. Dann nickt er. »Na gut. Okay.« Seine Stimme ist sanft und ein wenig zu behutsam. »Soll ich dich morgen anrufen?«

»Ja. Danke dir.« Und dann, weil ich weiß, dass er ebenso sehr leidet, greife ich nach seiner Hand, als er gerade die Beifahrertür öffnet. »Es war nicht deine Schuld, Ethan. Das weißt du doch, oder? *Es war nicht deine Schuld.*«

Er sieht mich mit traurigen Augen an. »Ich weiß. Aber das heißt nicht, dass es weniger wehtut.« Er beugt sich zu mir und gibt mir einen Kuss auf die Wange. »Wir kriegen das schon hin, du und ich.«

»Versprochen?« Die Vorstellung, meinen Bruder zu verlieren, ist mir unerträglich, und die Tatsache, dass mein Vater so leichtfertig aufs Spiel gesetzt hat, was wir beide uns im Laufe der Zeit aufgebaut haben, macht mich nur noch wütender.

»Ehrenwort.«

Leise schlüpft er nach draußen und schließt die Tür. Ich beobachte, wie er in den nebenan geparkten Wagen steigt, lege den Kopf in den Nacken und zwinge mich, durchzuatmen. Instinktiv will ich Jackson anrufen, aber ich ermahne mich selbst, dass das keine gute Idee ist. Ich bin noch viel zu aufgewühlt. Ich will ihn bei mir – weiß Gott, nichts wünschte ich mir mehr –, aber ich muss mich zuerst wieder in den Griff kriegen.

Ich schlinge die Arme um meinen Körper und atme gerade tief durch, als das Geräusch eines aufheulenden Motors mich aufschrecken lässt. Ich war so sehr in meiner eigenen Welt gefangen, dass ich nicht bemerkt habe, dass Ethan die ganze Zeit in seinem Toyota saß, ohne loszufahren.

Er dreht sich zu mir und lächelt mir zum Abschied ebenso liebevoll wie traurig zu. Ich lächle zurück und blinzle die Tränen weg, als er mir einen Kuss zuwirft, ehe er aus der Parklücke herausfährt. Sobald er aus meinem Blickfeld verschwunden ist, lehne ich mich zurück und konzentriere mich allein darauf zu atmen. Darauf, mich zu beruhigen. Darauf, meine aufsteigende Angst zu bezwingen.

Und während ich noch innerlich kämpfe, denke ich daran, wie viel sich verändert hat. Früher hätte ich den Schlüssel in das Zündschloss gerammt und wäre blindlings zu irgendeinem Club wie dem Avalon gefahren, wo mich billige Drinks, gedämpftes Licht und ein pulsierender Beat erwarten. Ich hätte irgendeinen Typen aufgerissen. Ihn mitgenommen. Ihn gefickt. Aber dabei hätte *ich* die Kontrolle gehabt. Ich, um mir selbst zu beweisen, dass ich alles im Griff habe. Ich, um der Welt zu zeigen, dass sie mich mal kreuzweise kann.

Und scheiße, ja, danach wäre ich zu Cass gegangen und hätte mir den Namen dieses völlig austauschbaren Typen auf den Oberschenkel tätowieren lassen. Den Namen eines weiteren Aufrisses, der allein dazu diente, mir zu beweisen, dass ich in der Lage war, mich zu beherrschen. Nicht die Kontrolle zu verlieren. Nicht die Albträume zuzulassen.

Nun jedoch will ich nicht die Kontrolle behalten. Nun will ich loslassen.

Nun will ich Jackson.

Ich will mich ihm hingeben. Mich in seine Arme begeben, mir von ihm helfen lassen.

Das alles will ich, ja. Aber mehr noch, ich brauche es.

Tatsächlich brauche ich es so sehr, dass es mir Angst macht, denn wie soll ich all das ohne Jackson durchstehen? Wie soll ich ohne ihn zurechtkommen, falls ich ihn verliere? Falls er hinter Gittern landet?

Ich kneife meine Augen fest zusammen, ich darf darüber nicht nachdenken. Nicht jetzt. Nicht, wenn ich so instabil bin.

Und entgegen meinem Vorsatz, zu warten, bis ich mich wieder gefangen habe, hole ich mein Handy aus meiner Tasche. Scheiß aufs Warten: Was ich jetzt brauche, ist der Mann, den ich liebe.

Ich will gerade wählen, als das Telefon in meiner Hand vibriert – *Jackson*.

»Ich bin unterwegs«, sagt er, sobald ich das Gespräch angenommen habe, und erst als ich jetzt erleichtert die Schultern sinken lasse, merke ich, wie angespannt ich war.

Ethan, denke ich, während ich mich an das Handy klammere wie an einen Strohhalm. *Ethan, du bist ein Schatz.*

»Leg nicht auf«, flehe ich ihn an. »Bleib bei mir.«

»Ich bin bei dir, Baby«, sagt er. »Ich bin immer bei dir.«

13

»Dieser Mistkerl«, flucht Jackson, als er mich aus dem Auto zieht und mich festhält. Sein Körper glüht vor Anstrengung, seine Hitze geht auf mich über und wärmt mich. Doch sie vermag nicht, mich zu beruhigen, und ich spüre, wie die Albträume aus den Schatten nach mir greifen.

Albträume im Zusammenhang mit meinem Vater. Mit Reed. Und meiner Angst, dass sich irgendetwas zwischen Jackson und mir verändert hat.

Ich mache eine Bewegung und befreie mich aus seinen Armen.

»Jackson.« Sein Name ist eine Mahnung. Ein Appell. Ein Aufbegehren. »Ist zwischen uns alles in Ordnung?«

»Oh, Baby.« Ein Ausdruck von Reue streift sein Gesicht, und er legt seine Hände auf meine Wangen. »Ich bin mir nicht sicher, ob ich der egoistischste oder der glücklichste Mann der Welt bin. Aber ja, natürlich ist zwischen uns alles in Ordnung. Wie könnte es anders sein?«

Ich blinzle, und warme Tränen rinnen mir über die Wangen.

»Ich dachte … Ich war mir nicht sicher. Es hat sich angefühlt, als wären wir meilenweit voneinander entfernt.«

»Nein«, sagt er und zieht mich erneut dicht zu sich heran. »Nicht Meilen. Nicht mal Zentimeter. Ich bin genau hier.«

Ich nicke, denn das ist er. Und darüber bin ich unendlich froh. Aber ich will nicht im Arm gehalten werden. Nicht heute Abend. Nicht jetzt.

Ich weiß, was ich brauche – und was ich erst durch Jackson erkannt habe. Früher dachte ich, ich müsste die Kontrolle übernehmen, um meine Albträume zu bekämpfen. Dass ich die Gefahr durch einen unverbindlichen Fick bannen müsste, indem ich mir von den Männern nahm, was ich brauchte, ohne irgendein Gefühl an mich heranzulassen. Kühl. Kontrolliert. Wie ein Hai, der in einem Gewässer voller Männer nach Beute jagt.

Doch was ich wirklich brauche, ist Unterwerfung. Und genau danach sehne ich mich jetzt verzweifelt. Denn schon streckt die Dunkelheit ihre kalten Finger nach mir aus und will mich in die Tiefe hinabziehen.

»Komm«, sagt er, ergreift meinen Arm und führt mich entschlossen zu seinem Porsche. »Ich bringe dich heim.«

»Nein.« Ich schlucke. Ich kann nicht mehr sagen. Kann nicht in Worte fassen, was ich brauche. Denn zum Teil hat es damit zu tun, dass ich will, dass er mich versteht.

Einen Augenblick lang sieht er mich einfach nur an, sein Gesichtsausdruck hart und misstrauisch.

Dann zieht er mich zu sich, beugt sich dicht an mein Ohr und flüstert: »Was heißt hier ›Nein‹, Süße? Entweder du sprichst mich mit ›Ja, Sir‹ an, oder du sprichst gar nicht.«

Sofort fällt alle Anspannung von mir ab. *Er hat verstanden.* Gott sei Dank versteht er, was ich brauche. Mehr noch, ich glaube, er braucht es auch.

»Ja, Sir«, sage ich und spüre, wie mein Körper kribbelt und sich zwischen meinen Beinen intensive Lust aufbaut. Das Verlangen, genommen zu werden. Gefickt zu werden.

Er kommt auf mich zu, sodass er dicht vor mir steht. Hier in der Ecke des Parkplatzes ist es dunkel, und die Schatten lassen seine Gesichtszüge noch härter erscheinen. Doch seine Augen funkeln. »Willst du gefickt werden?«

»Ja.« Meine Stimme ist beinahe ein Winseln.

Er streichelt mir über die Wange und gleitet mit der Hand über meinen Kopf, als er plötzlich eine Handvoll Haare packt: »Ja, was?«

»Ja, Sir.« Ich atme schwer und bin ebenso erregt wie bang. Das hier ist anders als alles, was wir bislang gemacht haben. *Er* ist anders. Und obwohl ich ihm vertraue – und ihm immer vertrauen werde –, weiß ich nicht, was mich jetzt erwartet.

Und, heilige Scheiße, das macht mich verdammt scharf.

»Du willst, dass ich deine Beine weit auseinanderspreize und dich hart ficke?«

»Ja, bitte, Sir.«

»Dann musst du ein braves Mädchen sein.«

Während er spricht, drückt er mich, meine Haare immer noch in seiner Faust haltend, hinunter. Bereitwillig gehe ich auf die Knie. Enthusiastisch. Ich kann an nichts anderes denken als an diesen Moment. Alles davor ist wie weggefegt. Ethan. Mein Vater. Meine Ängste.

In diesem Augenblick gibt es nur mich und Jackson und Lust und Unterwerfung. Das Gefühl, ihm die Führung zu überlassen. Ihm die Kontrolle zu überlassen. Jackson, der das hier genauso sehr braucht wie ich.

»Dann los«, fordert er mich auf, und ich lege meine Hand flach über seine Erektion, die durch den engen Jeansstoff zurückgedrängt wird.

Ich bin voll in Fahrt, zwinge mich aber, seinen Reißverschluss ganz langsam herunterzuziehen. Ich stecke meine Hand in seine Hose und hole seinen Schwanz heraus, der so hart ist, dass er jeden Moment zu explodieren scheint.

Er hat seine Finger immer noch in meine Haare gekrallt, und als ich jetzt mit meiner Zunge über seine Penisspitze lecke, verstärkt er seinen Griff. »Nein.«

Ich kann meinen Kopf nicht heben, sondern nur die Augen gen Himmel richten, wodurch ich mich noch mehr wie eine Bittstellerin fühle.

»Ich will deinen hübschen Mund für mich«, sagt er, und anstatt sich von mir einen Blowjob geben zu lassen, hält er meinen Kopf fest und fickt mich in den Mund.

Während er hart in mich rammt und an meinen Rachen stößt, versuche ich, in den Rhythmus zu finden und den Würgereflex zu unterdrücken. Aber gleichzeitig genieße ich es. Zum ersten Mal benutzt er mich – benutzt er mich wirklich – genau, wie ich es ihm angeboten hatte, als er sich im Ring abreagieren wollte. Und ich weiß, dass es zum Teil genau darum geht. Er braucht das hier genauso sehr wie ich. Er braucht das Gefühl, die Kontrolle zu übernehmen, hart und schnell und vollkommen.

Hier geht es um seine Lust, nicht um meine, und diese simple Tatsache macht mich so an, dass sich die Sache umkehrt und auch ich Lust empfinde, allein durch das Wissen, dass wir gegenseitig unsere Bedürfnisse stillen. Dass wir wie Schlüssel und Schloss perfekt zusammenpassen und eine Einheit bilden.

Auch wenn wir uns im Schutz der Dunkelheit befinden, verborgen durch die Schatten der Nacht und die Autos, kommt mir kurz der Gedanke, dass uns vielleicht jemand beobachtet, wie ich auf dem Asphalt knie und mich Jackson hart in den Mund fickt.

Der Gedanke lässt mich aufstöhnen, und ich bin mittlerweile so feucht, dass meine Oberschenkel ein milchiger Film überzieht. Wie Jackson angeordnet hatte, trage ich keine Unterwäsche, und ich bin versucht, sehr versucht, meine Hand unter meinen Rock gleiten zu lassen. Aber ich schätze, das wäre gegen die Regeln.

»O Gott, Syl, du bringst mich um den Verstand.« Die Anspannung in seiner Stimme sagt mir, dass er kurz davor steht, aber gerade als ich denke, dass er gleich explodiert, zieht er ihn heraus und hievt mich hoch auf meine Füße. Er schiebt meine Bluse hoch und öffnet den Haken vorn an meinem BH, bevor er mich über die Motorhaube beugt.

Das Metall drückt kalt gegen meine Haut, sodass sich meine Nippel sofort beinahe schmerzhaft aufstellen.

»Sag mir, dass es dir gefallen hat«, sagt er, während eine Hand meinen Rücken streichelt und die andere über meinen Oberschenkel nach oben streicht. »Sag mir, dass es dir gefallen hat, meinen Schwanz in deinem Mund zu spüren.«

»Ja. O Gott, ja.«

Er lässt seine Hand zwischen meine Beine gleiten und stöhnt leise. »Oh ja, Baby. So mag ich dich. Feucht und bereit für mich.« Er schiebt meinen Rock nach oben, sodass ich, abgesehen von meinen Schuhen, von der Taille abwärts vollkommen nackt bin.

»Jetzt schön die Beine spreizen, Baby. Denn ich habe vor, dich richtig hart zu ficken.« Kaum bin ich seiner Aufforderung nachgekommen, hält er Wort und dringt so hart in mich, dass ich mit jedem kräftigen Stoß über die Motorhaube rutsche und meine Brüste und mein Bauch durch die Reibung leicht brennen.

Ich kann spüren, wie der Orgasmus sich in ihm aufbaut, und mein Körper reagiert sofort, indem er ihn umklammert, sich hart an ihn drängt, bis er schließlich in mir explodiert und sein lustvolles Stöhnen in der Dunkelheit widerhallt.

Doch anstatt seinen Schwanz herauszuziehen, hält er mich mit einer Hand an der Hüfte fest und greift mit der anderen zwischen unsere immer noch verbundenen Körper, bis er meinen Kitzler findet. Ich bin so erregt, dass es nicht mehr viel braucht, und schon bald durchfährt mich ein wildes Zucken und meine Möse zieht sich fest um ihn, während er mich weiter reizt und keine Gnade zeigt, bis meine Knie so weich sind, dass nur noch das Auto und seine Hände verhindern, dass ich umkippe.

Nachdem er mich abgetrocknet und meine Kleidung zurechtgerückt hat, nimmt er meine Hand und hilft mir auf den Boden herunter, wo wir uns an die Seite des Autos setzen, die im Dunkeln liegt. An den Reifen angelehnt, schmiege ich mich an ihn, mein Körper ganz weich vor Befriedigung. Er hat den Arm um mich gelegt, und ich kuschle mich dicht an ihn heran, damit es zwischen uns keinerlei Distanz gibt. »Danke«, flüstere ich. »Sir.«

Er schmunzelt, doch dann wird er ernst. »Ich brauchte das ebenso sehr«, verrät er und bestätigt, was ich ohnehin schon wusste. Er drückt mir einen Kuss auf die Stirn, und allein bei dieser simplen Berührung surrt es leise in mir vor Glück. »Ich war wahnsinnig wütend auf deinen Vater.« Er begegnet meinem Blick. »Und auf mich selbst.«

Ich wende den Blick ab. Ich war fassungslos, als er meinem Vater auf den Kopf zugesagt hat, was Reed mir angetan hat. Als er ihm offenbart hat, dass Reed mich immer noch quälte, diesmal indem er mich erpresste. Als er ihm vorgeworfen hat, dass mein Vater die ganze Zeit über wusste, dass Reed nicht bloß harmlose Werbefotos von mir machte.

Ich habe die Wut hinter mir gelassen, aber das heißt nicht, dass ich an diesen Moment zurückdenken möchte. Es heißt nur, dass ich verstehe, was Jackson meint, wenn er sagt, er brauchte es ebenso sehr. Er war wütend. Auf meinen Vater. Und auf sich selbst.

Er war wütend und brauchte einen Orgasmus.

Ich war wütend und brauchte die Unterwerfung.

Ich lächle ein wenig, während mir dieser Gedanke durch den Kopf geht, doch schon bald schwindet mein Lächeln. »Es macht mir ein bisschen Angst«, gebe ich zu.

»Was denn?«

»Das. Mit dir und mir.« Ich drehe meinen Kopf ein wenig, damit ich ihm in die Augen blicken kann, und ich sehe darin Verwirrung und Sorge. »Wie ich mich völlig gehen lasse. Wie ich benutzt werden will. Ich verstehe, was dahintersteckt – wirklich. Es geht darum, Lust zu empfinden, indem man die Kontrolle aufgibt. Es geht darum, den Spieß umzudrehen, nachdem Reed mir die Kontrolle immer und immer wieder entrissen hat. Und ganz ehrlich, je wilder unser Sex ist, desto mehr genieße ich ihn. Dieses intensive Gefühl – das erdet mich. Das gibt mir das Gefühl, lebendig zu sein. Deshalb ja, ich verstehe es«, fahre ich fort. »Wirklich. Aber ich will stark sein, Jackson. Und dieses Bedürfnis, mich dir zu unterwerfen, ist so übermächtig, dass ich manchmal befürchte, dass ich ohne dich nicht klarkomme.«

»Du denkst, indem du dich mir hingibst, zeigst du Schwäche?« Er streicht mir mit der Hand über die Wange. »Ganz bestimmt nicht. Schwach ist, wenn man sich abschottet. Schwach ist, wenn man nicht den Mut hat, das einzufordern, was man will. Glaubst du, stark zu sein, bedeutet, niemand anderen zu brauchen? Dann täuschst du dich. Denn stark zu sein, bedeutet, sich selbst zu kennen. Die eigenen Bedürfnisse zu kennen. Und sich nicht davor zu scheuen, das einzufordern, was man wirklich will.«

»Ich will dich«, flüstere ich.

»Ich weiß. Aber das heißt nicht, dass du dich nicht auch allein wacker schlägst. Falls nötig – und wenn es nötig sein wird – kommst du prima auch allein zurecht.«

»Wieso bist du dir da so sicher?«

»Weil ich dich kenne.« Er küsst mich zärtlich. »Süße, ich muss dir etwas sagen.«

Ich nicke und kämpfe gegen eine neue Welle der Furcht an.

»Ich habe ihn nicht ermordet.«

»Was?« Ich bin nicht sicher, ob meine Antwort mein Erstaunen über seine Worte oder einfach meine Verwunderung darüber zum Ausdruck bringt, dass er plötzlich dieses Thema anspricht.

»Ich habe Reed nicht umgebracht. Du hast zu mir gehalten, in dem Glauben, du wüsstest, was geschehen ist. Deshalb finde ich es nur fair, wenn du die Wahrheit erfährst.«

»Oh.« Ich bin unglaublich erleichtert. Und auf absurde Weise auch enttäuscht. Aber nur, weil mir der Gedanke gefiel, dass Jackson den Mann ausgelöscht hat, der mich all die Jahre gequält hat.

»Du musst dir also keine Sorgen machen. Die Wahrheit wird siegen. Und ich werde nicht im Gefängnis landen, sondern für immer bei dir sein.«

Ich nicke, weil ich weiß, dass er das sagt, um mich zu trösten. Doch es ist ein schwacher Trost. Denn, unschuldig oder nicht, liegt es nicht länger in seiner Hand, dieses Versprechen einzulösen.

14

Ich wache nackt und allein in meinem Bett auf und schrecke sofort hoch, in der Angst, dass Jackson es sich anders überlegt hat und doch zum Boot gefahren ist.

Ich hatte ihm gesagt, dass ich in meinem eigenen Bett schlafen möchte, und war in diesem Augenblick so fertig, dass er nicht widersprochen und mich heimgefahren hat. Aber unsere Meinungsverschiedenheit, unser Streit, oder wie auch immer man unsere Diskussion über die Paparazzi und das Boot nennen will, hatte immer noch zwischen uns gestanden.

Ich weiß, dass wir uns früher oder später der Sache stellen müssen, insbesondere, da wir heute das Boot brauchen, um zur Insel zu fahren. Das heißt, wir könnten natürlich auch eines der Boote von Stark International nehmen. Oder gar, Gott behüte, einen Hubschrauber. Aber Jacksons Büro befindet sich auf seinem Boot, und um den Besuch auf der Insel optimal ausnutzen zu können, muss er seine Computer, Software und all seinen technischen Krimskrams dabeihaben. Aber er wird noch nicht einfach ohne mich losgefahren sein. Oder doch?

Meine Glieder sind ganz steif, als ich jetzt die Bettdecke beiseite schiebe. Instinktiv kauere ich mich zusammen, die Knie zur Brust herangezogen, als mein Blick auf den eintätowierten Stern auf meinem Knöchel fällt. Langsam ziehe ich seine Konturen nach, als ob ich dadurch noch einmal das Gefühl von damals wachrufen könnte. Denn dieser Stern steht für innere Stärke. Er ist Ausdruck eines Befreiungsschlags – meiner Flucht aus einem Zuhause, das ich zu hassen gelernt hatte, in ein Internat, in dem ich mein erstes Highschool-Jahr verbrachte.

Ich hole Luft und steige dann langsam aus dem Bett, wobei ich mir diesmal mit den Fingern über das Band fahre, das am Übergang zu meinem Oberschenkel eintätowiert ist. Ein Band, auf dem die Initialen der Männer verewigt sind, für die ich zwar nichts empfand, aber die ich brauchte, um mir selbst zu beweisen, dass ich die Kontrolle hatte. Nicht Reed, der mir so gierig die Kontrolle entrissen hatte. Nicht jene Männer, deren Initialen nun meinen Körper zieren.

Nur ich.

Ich nahm. Ich entschied. Ich hielt meine Welt so fest im Griff, dass keine Gefahr bestand, dass sie außer Kontrolle geriet.

Langsam lasse ich meine Hand nach hinten auf meinen Rücken zu den beiden verschnörkelten und ineinander verschlungenen Buchstaben »J« und »S« wandern. Cass hatte mir das Tattoo vor fünf Jahren gestochen, nachdem ich Jackson in Atlanta aus heiterem Himmel verlassen und uns beiden das Herz gebrochen hatte. Damals dachte ich, dass ich nie wieder mit ihm zusammen sein durfte, und dennoch konnte ich den Gedanken nicht ertragen, ohne ihn weiterleben zu müssen. Deshalb wollte ich wenigstens seine Initialen immer tragen, als stumme Erinnerung daran, dass er mir immer den Rücken stärken – mir immer Kraft spenden – würde, selbst wenn er davon nichts ahnte.

Ich schließe meine Augen und seufze, während ich meine Hände weiter über meinen Körper gleiten lasse, bis sie mein neuestes Tattoo erreichen – eine Flamme auf meiner Brust. Cass hat sie mir vor knapp einem Monat eintätowiert.

Aus dem Fegefeuer, hatte sie gesagt, weil ich sehenden Auges direkt in die Hölle lief, als ich mich wider besseren Wissens erneut auf Jackson einließ.

Hatte ich nicht am eigenen Leib erfahren müssen, dass meine Albträume in Jacksons Nähe jederzeit wiederkehren konnten? Dass die Leidenschaft zwischen uns jederzeit dafür sorgen konnte, dass ich jegliche Kontrolle verlor und verletzlich und verwundbar wurde – und damit den Albträumen und den Erinnerungen an Reed gefährlich nahe kam?

Aber ich war wild entschlossen, mein Resort zu retten, sodass ich tief Luft geholt, meine Kriegsrüstung angelegt und durch seine Tür in meine eigene persönliche Hölle marschiert bin.

Jackson hatte jedoch sofort all meine Schutzmechanismen durchbrochen. Mehr noch, er hatte den Spieß umgedreht. Und der Mann, der einst meine Dämonen heraufbeschwor, ist nun derjenige, der sie bekämpft. Der mir Halt gibt. Der mir Sicherheit gibt.

Der mir das Gefühl gibt, geliebt zu werden und attraktiv zu sein.

Bei Jackson kann ich die Kontrolle abgeben, ohne meiner Angst Vorschub zu leisten. Oder meinem Selbsthass.

Bei Jackson kann ich mich bedenkenlos der Unterwerfung hingeben. Der Leidenschaft. Der Liebe.

Wir haben es so weit geschafft, er und ich, doch nun fürchte ich, dass wir vor einer unüberwindlichen Mauer stehen. Dass wir die Götter versucht und uns ihren Zorn zugezogen haben.

Ich habe furchtbare Angst, dass er schuldig gesprochen wird und im Gefängnis landet. Dass er mir für immer entrissen wird. Und ich hasse es, dass ich nicht nur um ihn bange, sondern auch um mich. Denn während ich früher aus meinen Tattoos Stärke bezog, ist es nun Jackson, aus dem ich Stärke beziehe.

Ich will keine Frau sein, die nicht für sich selbst einstehen kann. Aber gleichzeitig weiß ich, dass ich stärker mit ihm als ohne ihn bin.

O Gott, ich darf gar nicht darüber nachdenken, was ich tun soll, falls ich ihn verliere.

Plötzlich fröstelt es mich, und ich ziehe das T-Shirt an, das er über der Stuhllehne zurückgelassen hat, als wir das letzte Mal hier waren. Das T-Shirt ist von Dominion Gate, einer Heavy-Metal-Band, die er mag, und reicht mir fast bis zu den Knien, sodass ich beinahe darin versinke.

Auf dem Tisch neben dem Stuhl liegt mein Handy, und als ich auf dem Display sehe, dass es kurz nach vier Uhr morgens ist, bin ich irritiert und beunruhigt.

Die Tür zu meinem Schlafzimmer ist geschlossen, doch nun, da sich meine Augen an die Dunkelheit gewöhnt haben, sehe ich einen leichten Lichtschimmer unter der Tür hindurchscheinen. Ich öffne sie und trete leise hinaus auf den schmalen Flur zwischen Schlaf- und Wohnzimmer, damit ich ihn nicht aufwecke, falls er hier irgendwo eingenickt sein sollte.

Sobald ich die Besenkammer passiert habe und ins Wohnzimmer spähen kann, entdecke ich ihn. Nicht im Zimmer selbst, sondern draußen auf meiner Terrasse. Er sitzt vornübergebeugt an einer Seite vom Liegestuhl, sodass er den Klappstuhl vor ihm als provisorischen Tisch nutzen kann. Er hat sein Tablet hochkant aufgestellt und kritzelt energisch Skizzen auf einen Block in seinem Schoß. Sein dunkles Haar ist zerwühlt, als ob er mit den Fingern hindurchgefahren ist, und ich kann das sanfte Kratzen des Bleistifts auf dem Papier hören.

Mein erster Impuls ist es, zu ihm zu gehen. Mich hinter ihn zu stellen, meine Arme um ihn zu legen und ihn festzuhalten.

Doch das ist nur mein eigenes egoistisches Bedürfnis.

Was Jackson jetzt will – nein, was er *braucht* –, ist das Gefühl, sich in seiner Arbeit zu verlieren. Ich kann die Konzentration und die Freude, mit der er bei der Sache ist, beinahe spüren, und ich will nicht diejenige sein, die sie ihm nimmt. Nicht jetzt. Nicht heute Nacht.

Ich will mich schon umdrehen und wieder nach unten gehen, als mich eine Frauenstimme innehalten lässt. »Da bin ich wieder. Sorry. So früh am Morgen brauche ich meinen Kaffee.«

»Danke, dass du dir so früh Zeit nimmst für mich, Amy«, sagt Jackson. »Ich hatte eigentlich damit gerechnet, dass du erst später auf meine E-Mail antwortest.«

Einen Moment lang bin ich verwirrt, aber dann sehe ich, dass es ein Videoanruf ist. Ich rücke etwas nach links, damit ich den Tabletbildschirm sehen kann, und stelle fest, dass er mit Amy Brantley spricht, seiner in Santa Fe ansässigen Anwältin für Familien- und Erbrecht.

»Es ist schon fast sechs bei uns, und ich stehe jetzt ohnehin immer vor Sonnenaufgang auf, um ins Fitnessstudio zu gehen. Da dachte ich mir, da rede ich doch lieber gleich mit dir. Wie läuft es denn so? Macht Miss Frederick ihre Sache gut?«

»Auf jeden Fall. Sie tut, was sie kann, aber wir beide wissen, dass es für nichts eine Garantie gibt.«

»Nein«, pflichtet Amy bei. »Das stimmt.«

»Ich habe gestern mit Stella gesprochen. Betty hat keinen Ton gesagt, aber ihr Gesundheitszustand verschlechtert sich rapide.«

»Ich weiß«, sagt Amy. »Ich hätte dich sowieso später angerufen. Im Moment sieht es so aus: Falls Betty etwas zustoßen sollte, während Ronnie in ihrer Obhut ist, geht das Sorgerecht automatisch auf dich über, bis deine Rechte als Vater anerkannt sind. Aber wenn du inhaftiert bist, ist die nächste in der Reihe Megan, zumindest auf dem Papier. Bist du damit einverstanden?«

Er zögert, und obwohl ich weiß, wie sehr es ihn schmerzt, das zuzugeben, sagt er ganz schlicht und einfach: »Nein.«

Es ist die richtige Entscheidung natürlich. Megan mag zwar Ronnies leibliche Tante sein, aber sie hat sich selbst gerade erst wegen psychischer Probleme in eine Klinik eingewiesen, und auch wenn ich weiß, dass es Jackson das Herz bricht, ist sie derzeit nicht in der Lage, sich um seine Tochter zu kümmern.

»Das habe ich mir gedacht«, sagt Amy. »Und ehrlich gesagt, nachdem Megan sich selbst in die Klinik eingewiesen hat, lehnt es das Gericht womöglich ab, Ronnie bei ihr unterzubringen. Dann würde sie in einer Pflegefamilie landen, sofern Arvin sie nicht zu sich nimmt«, fügt sie in Bezug auf Megans Vater hinzu. Er war es, der Jackson damit beauftragt hatte, das Haus in Santa Fe zu entwerfen, das jetzt im Fokus jenes Films steht, den Reed unbedingt drehen wollte. Und obwohl Arvin Fletcher Ronnies Großvater ist, hält er größtmöglichen Abstand zu seiner Nichte.

»Das wäre noch schlimmer«, entgegnet Jackson lakonisch. »Und wir beide wissen, dass Arvin niemals das Sorgerecht annehmen würde. Aber ehrlich gesagt habe ich all diese Optionen bereits in Gedanken durchgespielt; das ist auch einer der Gründe, weshalb ich anrufe. Das und ein paar finanzielle Angelegenheiten.« Er fährt sich mit den Fingern durchs Haar. »Ich habe die ganze Nacht wachgelegen und darüber nachgedacht. Ich weiß, dass Ronnie Geld von Amelia geerbt hat, aber dieses Geld wird treuhänderisch verwaltet und sollte nicht für ihren täglichen Unterhalt verwendet werden.«

Amelia ist Ronnies leibliche Mutter. Mehr noch, sie ist der Grund, weshalb sich Hollywood überhaupt für diesen Film interessiert. Der Inhalt des Drehbuchs wurde zwar offiziell noch nicht veröffentlicht, aber es ist kein Geheimnis, dass der Film von der Tragödie handelt, die sich auf dem Fletcher-Anwesen zugetragen hat – einem beeindruckenden Gebäude in Santa Fe, das von Jackson entworfen und realisiert wurde. Dieses Projekt war es auch, mit dem Jackson Steele erstmals von sich Reden gemacht hat und vom einfachen Architekten zum Stararchitekten aufgestiegen ist – zu einem berühmten Architekten, mit all den Licht- und Schattenseiten, die mit einem solchen Titel verbunden sind.

Damals, als Jackson das Fletcher-Anwesen für Arvin baute – einen der reichsten Männer des Landes –, begann Jackson eine Affäre mit Amelias Zwillingsschwester Carolyn. Amelia jedoch wollte Jackson ganz für sich allein und war verrückt genug, sich als ihre Schwester in sein Bett zu schleichen. Eine einzige Nacht, an deren Ende sie von Jackson schwanger war – mit Ronnie. Nachdem das Haus fertiggestellt und Jackson weitergezogen war, wurde das kleine Mädchen geboren – und das war der Moment, in dem Amelia völlig den Verstand verlor. Sie tötete erst ihre Zwillingsschwester und dann sich selbst, sodass Ronnie bei der älteren Schwester, Megan, aufwuchs. Eine Geschichte, die die Bluthunde von Hollywoods Boulevardpresse natürlich magisch anzog.

Da Amelia eine lange Liste an Liebhabern hatte, wissen

die Hollywood-Reporter nicht, dass Ronnie Jacksons Tochter ist, und sie werden wohl auch keine Verbindung herstellen können, solange nicht Jacksons Vaterschaft bestätigt ist oder sein Antrag auf Sorgerecht an die Presse gelangt. Alles, was sie sehen, ist ein tragischer Mord mit Selbstmord, der das umwerfende Haus umgibt, das Jacksons Karriere begründete, sowie die Dreiecksgeschichte, die das Leben zweier junger Frauen zerstörte, die denselben Mann wollten.

Als Jackson erfuhr, dass Ronnie wirklich seine Tochter ist, erwog er, sofort das Sorgerecht zu beantragen, aber er wusste auch, dass der Skandal rund um das Haus und all das Gerede über einen möglichen Film dazu führen würden, dass das kleine Mädchen plötzlich im Fokus der Medien stand. Bei ihrer Tante Megan und ihrem Onkel Tony sowie ihrer Urgroßmutter Betty hingegen wusste er sie in guten, liebevollen Händen. Also übernahm Jackson stattdessen die Rolle eines Onkels, der sie regelmäßig besuchte und sie finanziell unterstützte.

Nun jedoch haben sich die Dinge verändert. Nach Tonys Tod hat sich Megans bipolare Störung verschlimmert, sodass sie als Vormund nicht mehr länger tragbar ist. Ebenso wenig wie Betty, deren Gesundheit dahinschwindet.

Vor allem aber will Jackson ganz einfach seine Tochter zurück. Und bis diese Mordanklage uns eiskalt erwischte und uns ein Schnippchen schlug, war Jackson dabei, genau das in die Wege zu leiten.

»Also willst du einen Ersatzvormund bestimmen und dann einen Treuhandfonds anlegen, der für Ronnies täglichen Unterhalt verwendet werden soll?«

»Genau.«

Sie reden noch ein paar Minuten weiter, in denen Jackson erläutert, dass der Fonds durch seinen Anteil am Winn

Building finanziert werden soll. Dieses Wohn- und Geschäftshochhaus in Manhattan war das erste Projekt, bei dem er sowohl für den Entwurf als auch für den Bau zuständig war, und bei dem er anteilig an den Einnahmen beteiligt wird. »Ich halte vierzig Prozent und Isaac Winn sechzig. Er war vom ersten Tag an daran interessiert, einen größeren Anteil zu kaufen. Das heißt, falls wir Geld für Ronnie brauchen, besteht immer die Option, dass er mich auskauft.«

»Ich werde den Fonds vorerst mit zehn Prozent anlegen«, sagt Amy. »Aber du kannst den Anteil jederzeit erhöhen.«

»Klingt vernünftig.«

»Und der Vormund?«, fragt sie, nachdem sie Jackson daran erinnert, dass er, solange seine Vaterschaft nicht durch einen gerichtlichen Beschluss anerkannt wurde, in dieser Frage kein Mitspracherecht hat. »Aber ich bin mir sicher, dass Betty und das Gericht deine Meinung berücksichtigen würden.«

»Ich will Sylvia als Vormund einsetzen«, sagt er, während ich überrascht die Hand auf den Mund presse. »Und ich will, dass du alles in die Wege leitest und die Anhörung zur Klärung der Vaterschaft beantragst.«

»Die Anhörung? Jackson, bist du sicher? Was, wenn …?«

»Ich will, dass sie einen Vater hat. Ich bin es leid zu warten. Ich will meine Tochter, Amy. Und wenn der schlimmste Fall eintritt, dann will ich sie zumindest bei der Frau in Obhut wissen, die ich liebe.«

»Und wird Sylvia diese Rolle annehmen?«, fragt sie, während mein Herz schmerzhaft gegen meine Brust schlägt und ich die Arme schützend um meinen Körper schlinge. Ich könnte nicht einmal sagen, was ich fühle, ich bin wie betäubt. »Das Gericht wird ihr das Sorgerecht nur anbieten. Sie können sie natürlich nicht zwingen, es auch anzunehmen. Falls sie Nein sagt, könnte es sein, dass Ronnie in Pflege gegeben wird.«

»Wir haben schon ein wenig darüber gesprochen. Und wir werden das noch vertiefen. Aber ich glaube, dass sie bereit dazu ist. Ich will das endlich hinter mich bringen, Amy. Ich lebe in ständiger Ungewissheit im Moment, und ich weiß nicht, wie lange ich das noch aushalte. Ich will, dass das endlich geklärt wird. Ich will meine Tochter. Je früher, desto besser.«

»In Ordnung, Jackson«, sagt sie mit verständnisvoller Stimme. »Ich denke, es sollte kein Problem sein, in ein paar Tagen einen Termin bei Gericht zu bekommen.«

»Danke«, sagt er mit einer solchen Erleichterung in der Stimme, dass meine Augen von unvergossenen Tränen brennen.

Ich merke nicht einmal, als er den Anruf beendet. Ich fühle mich völlig verloren in einer Welt aus Eventualitäten. Einer Welt, in der Jackson weg ist, und in der ich seine Tochter allein aufziehe.

O Gott.

Ein Schaudern überkommt mich, denn mir wird plötzlich bewusst, wie real diese Möglichkeit ist. Und ich kann mich nicht der erdrückenden Wirklichkeit entziehen, dass, egal, wie sehr ich Jackson liebe – und wie sehr ich an diesem kleinen Mädchen hänge –, ich keine Ahnung habe, wie man ein Kind großzieht. Meine Mutter hat mich vollkommen ignoriert, seit mein Bruder krank wurde. Und mein Vater – o Gott, ich darf gar nicht darüber nachdenken.

Mit einem Gefühl, als würde sich alles in meinem Magen umdrehen, taumele ich zurück ins Schlafzimmer und weiter ins Bad. Ich knie mich vor die Toilette und bin sicher, dass ich mich jeden Moment übergebe. Doch es kommt nichts. Trotzdem klammere ich mich fest an das Porzellan, bis ich mich wieder stabil genug fühle, um aufzustehen.

Ich habe ernst gemeint, was ich am Flughafen zu ihm gesagt habe – dass ich für Jackson da sein will, und dass es mich ehrt, dass er mir seine Tochter anvertrauen würde.

Aber das?

O Gott, das?

Nachdem ich aufgestanden bin, zwinge ich mich, tief durchzuatmen, und rede mir selbst gut zu, dass das nicht passieren wird. Jackson hat Reed nicht umgebracht. Er wird nicht verhaftet. Er wird nicht im Gefängnis landen.

Ronnie wird Teil unseres Lebens sein, ja, und das ist toll. Ich kann das schaffen, mit Jackson an meiner Seite. Ich kann ihre Mom sein, solange er meine Hand hält.

Ich sage mir das immer und immer wieder selbst vor, bis ich merke, dass ich währenddessen Stück für Stück mein T-Shirt hochgezogen habe, sodass ich jetzt erneut meine Tattoos im Spiegel sehen kann. Nur diesmal denke ich nicht an all die Kämpfe der Vergangenheit, die sich hinter jedem Einzelnen verbergen. Sondern an einen Kampf, der noch vor mir liegt. Ich denke darüber nach, dass ich ein Tattoo brauchen werde, das für das Kind steht, wenn ich das durchstehen will.

Ich schließe meine Augen und hasse mich dafür, dass ich so schwach bin, wenn ich für Jackson stark sein muss.

Als ich sie wieder öffne, sehe ich Jackson im Spiegel, der direkt neben mir steht.

»Ich dachte, du schläfst«, sagt er.

»Ich bin gerade aufgewacht.« Ich höre Schuld in meiner Stimme und muss mich zwingen, nicht zusammenzuzucken.

Er runzelt ein wenig die Stirn, und ich weiß, dass er sich

Sorgen macht, dass ich nach Ethans Geständnis von Albträumen heimgesucht wurde. »Alles okay mit dir?«

»Alles okay«, sage ich. »Keine Albträume heute Nacht. Du hast sie alle vertrieben«, sage ich wahrheitsgemäß. Was Reed getan hat – was mein Vater getan hat –, wird mich zeit meines Lebens verfolgen. Und die Tatsache, dass mein Vater meinen Bruder über diese ganze schmutzige Angelegenheit aufgeklärt hat, hat nur noch eine weitere Schicht aus dunklen Schatten zu den Albträumen hinzugefügt, die ich ohnehin schon bekämpfe. Aber Jackson hat mich davon überzeugt, dass ich sie bekämpfen *kann*.

Ich hebe die Schultern, ganz leicht nur. »Es ist bloß, ich bin ohne dich aufgewacht. Und das mochte ich nicht.«

Ich weiß nicht, was er in meinem Gesicht sieht, aber was auch immer es ist, reicht völlig aus. Er zieht mich an meinen Hüften zu sich und drückt seine Lippen auf meine. Der Kuss ist sanft und dennoch kraftvoll. Tief und dennoch zärtlich. Sofort schmelze ich dahin und mit mir all meine Sorgen, meine Zweifel und meine Ängste, denn gegen die Macht, die von Jackson ausgeht, habe ich keine Chance.

Der Kuss ist lang und intensiv, und mit jeder Sekunde, die verstreicht, werden meine Leidenschaft, meine Sinne befeuert. Meine Brüste reiben an ihm, und ich spüre, wie meine Lust sich entfacht.

»Es ist schon Morgen«, murmelt er und zieht den Kopf zurück. »Wir müssen zum Boot und zur Insel fahren.«

»Noch nicht. Bitte«, flehe ich, und dieses eine Wort birgt all meine Ängste und Unsicherheiten. »Bitte, halt mich wenigstens noch eine Weile fest.«

Er sucht mein Gesicht ab und führt mich stumm zum Bett, wo er seine Jeans und sein Shirt auszieht und dann neben mir unter die Decke schlüpft und mich an sich heranzieht, sodass sich mein Hintern an seinen halb erigierten Schwanz schmiegt.

Ich will mehr – verflucht, ich brauche mehr. Ich brauche seine Berührung, die mich beruhigt und mich erdet. Aber soweit ich weiß, war Jackson die ganze Nacht wach, und ich will ihm nichts abverlangen, wenn er müde ist. Vor allem aber will ich für mich selbst einstehen, denn ich habe fürchterliche Angst, dass eine Zeit kommen wird, da Jackson nicht bei mir sein wird, um meine Ängste zu vertreiben.

Deshalb schließe ich meine Augen und versuche, stark zu sein. Versuche, einfach das Gefühl zu genießen, in seinen Armen zu liegen.

Jackson hingegen hat andere Pläne.

Ganz leicht, sodass ich die Berührung fast nicht bemerke, beginnt er über meinen Schenkel zu streicheln, doch es reicht, dass ich mich winde.

Eine wilde Hitze schlängelt sich in mir empor wie glühender Draht, und ich spreize etwas die Beine, damit er besseren Zugang hat. Wie ich gehofft hatte, nutzt er die Gelegenheit und gleitet mit der Hand über die Stelle zwischen Schenkel und Oberkörper, über mein Schambein, bis er schließlich die Perle meiner Klitoris findet. Ich keuche und ziehe zitternd Luft ein, als er seine Finger zu einem V formt und meine mittlerweile feuchten Schamlippen entlangfährt, aber jene Berührung bewusst meidet, nach der es mich so verzweifelt verlangt.

»Jackson«, murmle ich. Meine Hüften wiegen sich jetzt in ihrem eigenen Rhythmus, in dem Versuch, seine Hand, seine Berührung zu lenken. Doch Jackson versagt sich mir, und der Orgasmus, nach dem sich mein Körper verzehrt, bleibt mir verwehrt.

Frustriert presse ich meinen Hintern gegen sein bestes

Stück und schließe zufrieden die Augen, als ich sein tiefes Stöhnen vernehme. Kurz darauf streift sein Mund meine Schulter, und seine leise geflüsterten heißblütigen Worte bringen mich zum Schwitzen: »Ich muss dich ficken, Baby. Genau so. Auf der Stelle.«

»Oh, ja.«

»Streichel dich selbst«, fordert er von mir, während er meinen Oberschenkel nimmt und nach vorne schiebt. Wir liegen immer noch in Löffelchenstellung da, nur dass meine Beine jetzt wie eine Schere geöffnet sind, während er seine Finger in meine Muschi schiebt und mich ganz wild vor Verlangen macht. Und erst, als ich so feucht bin, dass ich überzeugt bin, dass das Laken klatschnass sein muss, gleitet er mit seinem Schwanz in mich und füllt mich mit langen, langsamen Stößen, die mich aufstöhnen lassen.

Zunächst langsam, dann immer härter, sodass sich bei jedem Stoß die Matratze leicht anhebt. Aber ich will es noch härter, noch tiefer, und anstatt meinen Kitzler zu streicheln, hebe ich meine Hand über den Kopf und stütze mich am Kopfende vom Bett ab, um etwas Widerstand entgegenzuhalten, während er in mich rammt, immer härter und härter, bis er schließlich in mir explodiert und dann erschöpft auf mir zusammensinkt.

Ich seufze und strecke mich lustvoll. Ich bin nah dran, und ich weiß, wenn ich mich jetzt berühre, komme ich, aber das will ich nicht. Nicht jetzt, wo meine Lust einen Grad erreicht hat, dass sich selbst ein Lufthauch wie eine verführerische Berührung anfühlt. Als Jackson jetzt müde über mich hinweggreift und mit den Fingern meine Klit streicheln will, umschließe ich deshalb seine Hand mit meiner und schüttle nur leicht den Kopf.

»Ich will nicht weiter gehen«, sage ich. »Ich will genau hier bleiben, so kurz davor.«

»Und wieso?«

Wie soll ich diese Frage beantworten, wenn ich es selbst nicht verstehe? Alles, was ich weiß, ist, dass ich noch etwas hier verweilen will, so gefährlich nahe am Abgrund, kurz vor dem Fall.

Also gebe ich ihm die einzige Antwort, die ich kenne. »Weil du es bist, der mich an diesen Punkt gebracht hat.«

Es ist kaum eine Stunde vergangen, als ich aus dem Bett schlüpfe und beginne, mich anzuziehen. Doch es fühlt sich an wie eine Ewigkeit. Als ob mich der Schlaf geheilt hätte und ich jetzt rundum erholt und frischen Mutes aufgewacht wäre.

Dieses Gefühl schwindet jedoch, als ich mir ein langärmliges Shirt über den Kopf streife und sehe, wie Jackson sich im Bett auf einem Ellenbogen aufgestützt hat und mich beobachtet.

»Was ist los?«

»Ich habe heute Morgen mit Amy gesprochen.«

Ich konzentriere mich darauf, in meine Shorts zu steigen – schließlich fahren wir zur Insel, nicht zum Stark Tower –, und sehe dann wieder zu ihm hoch. »Deine Anwältin?«, frage ich, als ob mir diese Neuigkeit völlig unbekannt wäre.

»Ich habe es satt, meine Tochter in der Luft hängen zu lassen. Ich habe Amy gebeten, einen Gerichtstermin zu beantragen. Ich will Ronnie nach Hause holen.«

Ich ziehe den Reißverschluss meiner Shorts hoch und setze mich dann aufs Bett. »Gut so«, sage ich. »Du bist ihr Dad.«

Ich sehe die Erleichterung in seinem Gesicht und weiß, dass ich das Richtige gesagt habe. »Da ist noch etwas. Erinnerst du dich, worüber wir am Flughafen geredet haben?«

»Klar.« Ich bin stolz darauf, wie normal meine Stimme klingt.

»Hast du ernst gemeint, was du damals zu mir gesagt hast? Denn ich würde es gern offiziell machen.«

»Offiziell?«

Er nickt. »Falls irgendetwas mit mir ist, möchte ich, dass die Vormundschaft für Ronnie auf dich übergeht. Ich möchte veranlassen, dass Amy den Vormund in den Unterlagen ändert. Nicht Megan, sondern du sollst die Vormundschaft übernehmen, falls mir etwas passiert.«

»Ich …« Ich schlucke und möchte mich am liebsten in den Hintern treten dafür, dass ich auch nur einen Moment lang zögere.

Natürlich entgeht ihm das nicht. »Gestern, als ich mich wegen der Paparazzi so danebenbenommen habe. Was du gesagt hast. Darüber, dass du überzeugt warst, ich hätte Reed umgebracht. Darüber, dass du immer bei mir bleiben würdest.«

Seine Sätze sind abgehackt, und ich nehme seine Hand.

»Das hat mich noch mal bestärkt«, fährt er jetzt flüssiger fort, und das Wissen, dass ich ihm Kraft gegeben habe, erfüllt mich mit Stolz. »Darin, wie sehr ich mir wünsche, dass du es bist, die auf sie aufpasst. Die für sie da ist. Aber ich weiß, dass das egoistisch von mir ist, und falls du nicht möchtest, dass …«

»Du hast dich wegen der Paparazzi danebenbenommen?« Die Frage, mit einem neckenden Unterton formuliert, rutscht mir einfach so heraus. Ich bereue meine Frage sofort, aber ich klammere mich an irgendetwas, um vom eigentlichen Problem abzulenken. Irgendetwas, das nichts mit der Möglichkeit zu tun hat, dass ich womöglich ganz allein ein Kind großziehen muss.

»Ja, das habe ich«, sagt er. »Ich war wütend und habe mich blöd benommen, und du hattest recht. Ich sollte die Presseleute meiden und nicht herausfordern. Und wenn wir ihnen dennoch begegnen, sollte ich Evelyns Spielregeln beherzigen und freundlich und höflich auftreten. Ich hasse das, aber ich tue es, weil es die Chance erhöht, dass ich nicht im Knast lande. Dass ich hier bei dir sein kann. Und bei Ronnie.«

Eine Welle der Erleichterung durchflutet mich. Immerhin eine Sache weniger, um die ich mir Sorgen machen muss.

»Ich werde Amy nachher anrufen und ihr sagen, dass sie nichts ändern soll«, sagt er sanft. »Das ist zu viel verlangt. Ich habe nicht nachgedacht. Ich habe nicht …«

»Nein«, platze ich dazwischen und verstärke meinen Griff um seine Hand. »Nein, ich bin mir sicher. Natürlich bin ich mir sicher.«

Und das bin ich.

Trotz meiner Ängste bin ich absolut sicher.

Denn habe ich eine andere Wahl?

Zu Jacksons Leben gehören zwei Menschen: seine Tochter und ich.

Er liebt mich, das weiß ich.

Aber wenn er sich zwischen uns beiden entscheiden müsste, würde er Ronnie wählen. Denn anders als Jeremiah oder meine Eltern ist Jackson ein guter Vater. Und für ihn steht Ronnies Wohlergehen immer an erster Stelle.

Und was mich betrifft?

Alles, was ich tun kann, ist dafür sorgen, dass er niemals diese Entscheidung treffen muss.

Alles, was ich tun kann, ist, mich gedanklich auf die Mutterrolle vorzubereiten, immer in der Hoffnung, dass ich in dieser Rolle niemals allein gelassen werde.

Aber mache ich diesen Schritt, weil ich Jackson liebe?

Oder weil ich fürchte, dass ich ihn verliere, wenn ich es nicht tue?

15

Der verlockende Duft von Hefeteig und Zimt strömt durch das Boot, und mein Magen knurrt verdächtig. »Das riecht fabelhaft«, sage ich, als Jackson den Backofen in der kombüsenartigen Küche öffnet und ein Blech mit Zimtschnecken herausholt.

Wir waren vor Sonnenaufgang am Jachthafen angekommen und hatten Glück, dass vor der Toreinfahrt nur noch wenige Paparazzi ausharrten. Vermutlich wussten sie, dass Jackson nicht auf seinem Boot war, und waren nach Hause gefahren – oder zum Stark Tower, um dort die Nacht über zu kampieren.

Nun nähern wir uns der Insel und holen das Frühstück nach, das wir ausfallen haben lassen, um früher loszukommen.

Jackson greift nach einer Plastiktüte gefüllt mit einer klebrigen weißen Masse, von der ich annehme, dass es sich um Zuckerglasur für die Zimtschnecken handelt. Ich rücke zu ihm auf, weil ich das Gefühl habe, dass ich zumindest einen kleinen Beitrag zu unserem Frühstück leisten sollte. Er schnappt sich die erste Schnecke, die ich glasiere, und hält sie mit einem Stück Küchenpapier in der Hand, während er mit dem Kinn zum vorderen Teil des Boots deutet. »Ich geh mal, unsere Position überprüfen. Ich bin gleich wieder da.«

Ich nicke und konzentriere mich wieder auf meine kulinarische Aufgabe, bis er zurückkommt.

»Wir sind fast da«, sagt er. »Noch zehn Minuten, dann kann ich den Autopiloten ausschalten. Draußen ist es übrigens wunderschön. Lass uns das Frühstück mit hoch an Deck nehmen.«

Das klingt nach einer hervorragenden Idee, und so nehme ich den Orangensaft, Teller und Tassen und folge ihm, während er die Zimtschnecken nach oben trägt.

Er hat recht. Es ist ein herrlicher Tag, und ich beschließe insgeheim, dass es heute keine Gespräche über Mord oder Gefängnis geben wird. Keine Sorgen um Ronnie. Keine Ängste, dass ich das kleine Mädchen allein großziehen muss.

Heute gibt es nur Arbeit, die Insel und Jackson und mich.

Heute werde ich mich an das letzte Stück Normalität klammern, das uns geblieben ist, und dieser Moment hier auf offener See ist ein ziemlich guter Auftakt.

Der Himmel ist strahlend blau, und weit und breit ist keine einzige Wolke zu sehen. Das Meer liegt ruhig da, die Wasseroberfläche kräuselt sich nur leicht vom Wind. Wir befinden uns mittlerweile nahe genug an den beiden Inseln Catalina und Santa Cortez, dass über unseren Köpfen Möwen kreischend umherfliegen, und ich beobachte sie dabei, wie sie sich ins Wasser stürzen, um zu jagen. Als ich ein Stück von meiner Zimtschnecke ins Wasser werfe, stürzt sich sofort eine der Möwen gierig darauf.

»Hey«, foppt mich Jackson. »Für diese Dinger habe ich hart geschuftet. Ich musste sie aus der Packung herausnehmen und alles.«

»Du hast wirklich eine hervorragende Packung ausgewählt. Sie sind köstlich.«

Wir setzen uns auf dem Hauptdeck auf eine Bank an der Backbordseite, direkt oberhalb vom Kapitänssitz. Die Bank, deren Rückenlehne gleichzeitig die Bootswand ist, ist mit einem Sitzpolster versehen und verfügt über integrierte Getränkehalter. Ich habe uns beiden Orangensaft eingeschenkt, die Gläser stehen jetzt neben uns in den Haltern, und die Karaffe ist in der Mitte eines Rettungsrings eingeklemmt, damit sie nicht umfällt.

Zwischen uns liegen die Zimtschnecken, und Jackson greift gerade nach seiner dritten Schnecke. Er beißt ab, und als er mich angrinst, entdecke ich einen Krümel weißer Glasur in seinem Mundwinkel. Mit dem Daumen wische ich ihm den Krümel weg und stecke mir dann den Daumen in den Mund, um ihn sauberzulecken.

Und das alles, ohne auch nur eine Sekunde meinen Blick von ihm abzuwenden.

»Äußerst unziemlich, finden Sie nicht, Miss Brooks?«

»Ich habe keine Ahnung, wovon Sie reden, Mr. Steele.«

Er steht auf und zieht mich ebenfalls hoch. »Ich meine die Tatsache, dass Ihre Insel gleich da drüben ist.« Er deutet auf die Umrisse von Santa Cortez, die mit jeder Minute größer werden. »Und die Tatsache, dass ich den Autopilot abschalten muss.« Er fährt mit der Fingerspitze über meine Lippen, und ich ziehe seinen Finger in den Mund und beginne, an ihm zu saugen und ihn mit meiner Zunge zu necken.

Er stöhnt. »Ich meine«, sagt er und entzieht mir seinen Finger, »die Tatsache, dass wir nicht genügend Zeit haben, damit ich dich so ficke, wie ich dich jetzt gerade ficken will. Aber bald schon«, fügt er hinzu und greift mir mit der Hand in den Schritt meiner Shorts. Dann lässt er sie an meinem Innenschenkel nach unten rutschen und fährt mit der Hand in meinem Hosenbein nach oben. Seine Augenbrauen heben sich überrascht, als er mich nicht nur nackt, sondern auch heiß, glatt rasiert und sehr, sehr feucht vorfindet.

Sein tiefes Stöhnen zeigt mir, dass ihm das gefällt, und ich beiße mir lustvoll auf die Unterlippe.

»Gutes Mädchen«, raunt er.

Ich sehe mit unschuldigem Blick zu ihm hoch. »Was meintest du gleich noch darüber, dass du mich ficken würdest?«

Er steckt zwei Finger in mich, sodass ich aufkeuche. »Bald«, verspricht er. »Sehr bald schon.«

Ich seufze enttäuscht, als er einen Schritt zurück macht und mich so erregt und empfindlich zurücklässt, dass jedes Reiben des groben Leinenstoffs an meiner Möse die reinste Folter ist.

Für einen kurzen Moment ruht sein Blick heiß und schwer auf mir, bevor er sich umdreht und zum Kapitänssitz geht, um das Boot in den Hafen zu lenken. Und ich bleibe allein mit meinen Fantasien zurück, was mich wohl später erwarten mag.

Während er seinen Platz als Kapitän bezieht, bringe ich unterdessen unsere Frühstückssachen wieder nach unten. Ich wickle gerade die restlichen Zimtschnecken in Plastikfolie ein, als mich Jackson mit lauter, durchdringender Stimme ruft. »*Syl*. Komm mal hoch!«

Ich lasse alles stehen und liegen und eile zurück an Deck. »Was ist los?«, rufe ich, doch als ich nach draußen komme, sehe ich es selbst.

Und was ich sehe, ist, dass dieser wundervolle Tag sich soeben in einen Albtraum verwandelt hat.

Die Vertäuung an einer Seite des Docks wurde zertrümmert, sodass der Steg in einem schiefen Winkel ins Wasser ragt und alles andere als sicher aussieht.

»Wie sollen wir jetzt auf die Insel kommen?«, frage ich und merke dann, dass das gerade unser geringstes Problem ist. Denn als ich seinem ausgestreckten Zeigefinger folge, sehe ich, dass das gesamte Areal verwüstet ist. Aus dieser Perspektive sollte ich eigentlich die Benzintanks sehen. Außerdem stehen dort normalerweise Dixi-Klos, und ich will lieber nicht darüber nachdenken, was es bedeutet, wenn jemand die blauen Kabinen umgeworfen haben sollte.

»Ein Fernglas«, sage ich. »Hast du ein Fernglas?«

»Mist, ja, klar.« Er eilt zu der Bank, auf der wir zuvor gefrühstückt haben, zieht das Polster herunter und holt ein Fernglas aus der darunter verborgenen Truhe. Nachdem er die Sitzbank wieder zugeklappt hat, steigt er hinauf und hält sich das Fernglas an die Augen. »Ganz übel«, sagt er und reicht es mir.

Ich schaue ebenfalls hindurch und sehe, was er meint. Die Benzintanks sind ausgelaufen. Der Hubschrauberlandeplatz ist mit Schutt übersät. Überall liegen Kabel und Drähte herum sowie Maschinenteile. So ziemlich das Einzige, was nicht zerstört wurde, ist die Stange, auf der die Überwachungskamera montiert ist.

Mir liegt ein schwerer Klumpen im Magen, denn das ist wirklich verdammt übel. Das hier sind keine durchgesickerten internen Infos oder beschämende Fotos oder dumme Gerüchte über Landminen.

Das ist Vandalismus. Das ist regelrechte, waschechte Sabotage.

Und ich nehme diesen Anschlag sehr, sehr persönlich.

»Wir müssen uns ein Bild von dem Ausmaß der Schäden machen«, sage ich. »Können wir den Landesteg in dem Zustand trotzdem benutzen? Oder kannst du nah genug heranfahren, dass wir vor Anker gehen und durch das Wasser waten können?«

»Nein.« Jacksons Stimme klingt bestimmt. »Wir müssen Ryan und sein Team herholen. Ich möchte nicht riskieren, dass wir Spuren verwischen. Und es ist Benzin ausgelaufen. Ich möchte nicht, dass du die Insel betrittst, ehe wir nicht wissen, ob ein Sicherheitsrisiko besteht.«

Ich will schon widersprechen, dass ich sehr gut auf mich selbst aufpassen kann, aber er hat natürlich recht, also sage ich nichts. Auf der Insel gibt es bislang keinen Handyempfang, aber das Boot ist mit einem kompletten Satellitenkommunikationssystem ausgestattet, und noch während ich nach unten renne, um das Telefon zu holen, beginnt es bereits zu klingeln.

Schnell nehme ich ab und bin wenig überrascht, als ich Ryan am anderen Ende der Leitung höre.

»Hast du die Überwachungsbilder gesehen?«, frage ich. »Konntest du sehen, wer es war?«

»Nicht ganz«, antwortet er, was mir schleierhaft ist. Offenbar weiß er, wovon ich rede, aber wie soll das gehen, wenn er die Bilder nicht gesehen hat?

»Ich erkläre es dir, wenn wir da sind«, sagt er, als ob er meine Frage erraten hätte. »Damien und ich kommen mit dem Boot, wir sind in maximal fünfundvierzig Minuten da. Außerdem ist schon ein Boot mit dem kompletten Team unterwegs, das zirka zwanzig Minuten später eintrifft. Und Syl«, fügt er hinzu, »haltet euch von der Insel fern.«

Ich eile zurück an Deck und gehe in Gedanken die Liste der Dinge durch, die jetzt auf uns zukommen. Die Aufräumarbeiten, die Untersuchung, und – oje – die Presse.

Mir schwirrt der Kopf vor lauter Details, als ich Jackson von Ryans Anruf erzähle, der sich ebenfalls keinen Reim darauf machen kann, wie Ryan von der Verwüstung auf der Insel wissen konnte.

Jackson ist in meiner Abwesenheit die ganze Zeit unruhig auf und ab gegangen, und als ich wiederkam, war er abrupt stehen geblieben. Jetzt streckt er seine Arme nach mir aus, greift mich fest an den Schultern und betrachtet eingehend mein Gesicht: »Ist alles okay mit dir?«

Ich verstehe, was er meint, und nicke. »Mir geht's gut. Ich bin angepisst, aber mir geht's gut.« Ich schenke ihm ein Lächeln. »Hier geht's um die Arbeit«, sage ich, und ich weiß, dass ich nicht mehr zu sagen brauche, weil Jackson genauso empfindet wie ich. Arbeit ist für uns Flucht. Ein Zufluchtsort. Etwas, das uns antreibt und uns erdet. Probleme bei der Arbeit sind ärgerlich und bringen mich vielleicht zur Weißglut, aber sie bringen mich nicht um.

Es ist der private Scheiß, der mich zerstören kann. Momente wie gestern Abend, die Albträume hervorrufen und Ängste und das Bedürfnis, irgendwo ein tiefes Loch zu graben und mich darin zu verstecken.

Zumindest hatten diese Dinge früher die Macht, mich zu zerstören. Aber nun habe ich Jackson an meiner Seite und dank ihm eine neue Stärke gefunden.

Mein Liebster, mein Freund, mein Beschützer.

Ich schmiege mich in seine Arme und hebe meinen Kopf für einen Kuss. »Komm«, sage ich. »Lass uns eine Liste mit all den Dingen aufstellen, die wir überprüfen müssen, sobald wir von Ryan die Erlaubnis erhalten, die Insel zu betreten.«

In seinem Büro setzt sich Jackson sofort an den Computer, um alles abzutippen, während ich hinter ihm auf und ab gehe und versuche, alle Schadensmöglichkeiten abzudecken.

Ich überschlage gerade im Kopf, wie sich die Kosten für die Überstunden für das Reinigungsteam auf mein Budget auswirken werden, als das Telefon erneut klingelt. Ich nehme ab. »Wann seid ihr ungefähr da?«

»Sylvia?« Die Stimme gehört nicht Ryan, sondern einer Frau. Ich brauche einen Moment, bis mir klar wird, dass es Harriet Frederick ist.

»Miss Frederick.« Ich bringe ihren Namen nur mit Mühe hervor, denn plötzlich habe ich einen Kloß im Hals. »Ich …«

Ich gebe auf. Ich weiß nicht, was ich sagen soll.

»Könnte ich mit Jackson sprechen?«, fragt sie mit sanfter Stimme, als ob sie spürte, dass sie heute behutsam mit mir umgehen muss.

Jackson war bei der Nennung ihres Namens aufgesprungen und steht jetzt neben mir. Ich reiche ihm wie betäubt das Telefon und schlinge sofort die Arme um den Körper.

Jackson bleibt neben mir stehen. »Ich bin hier, Harriet. Was gibt's?«

Ich versuche angestrengt, das Gespräch mitzuhören, und wünschte, Jackson würde es auf Lautsprecher stellen, aber ich weiß, dass er das nicht darf, weil das gegen das Anwaltsgeheimnis verstoßen würde. Also versuche ich stattdessen, Jacksons Gesichtsausdruck zu interpretieren.

Da er allerdings vollkommen reglos wie eine Statue dasteht, habe ich damit nicht viel Glück.

Nach einer Weile kommt schließlich Leben in ihn: »Ich verstehe. Und wann muss ich im schlimmsten Fall damit rechnen?«

Im schlimmsten Fall.

Oh, fuck. Oh, Scheiße.

Ich mache mir nicht die Mühe, einen Stuhl zu suchen, sondern sinke einfach auf den Boden.

»Alles klar«, sagt Jackson. »Danke für den Anruf.« Er

lacht. »Nein, werde ich nicht. Obwohl es verlockend ist. Aber nein.«

Er beendet den Anruf, beugt sich herunter und hält mir eine Hand entgegen, um mir aufzuhelfen.

Ich schüttele den Kopf. »Solange ich nicht weiß, worum es ging, bleibe ich lieber hier unten.«

Sein müdes Lächeln reicht nicht bis zu den Augen. »Offenbar weiß die Polizei, dass ich in Reeds Haus war.«

»Oh.« Sofort wünschte ich, ich hätte mich auf die kleine Couch gesetzt, denn dort liegt zumindest eine Decke, mit der ich mich vor der plötzlichen eisigen Kälte schützen könnte. »Woher?«

»Eine Zeugin. Es war Halloween, du erinnerst dich? Die Außenleuchte an Reeds Haus war aus, weil er keine Lust auf ›Süßes oder Saures?‹ hatte, aber eine Mutter hat mich im Licht der Straßenlaterne gesehen. Ihr ist ein Mann aufgefallen, der allein umherlief.«

»Dich? Sie hat dich erkannt?«

»Sie haben ihr Fotos wie bei einer Gegenüberstellung vorgelegt, und sie hat mich rausgepickt.«

Ich schließe meine Augen, und als ich sie wieder öffne, ist Jackson vor mir in die Hocke gegangen. »Syl, da ist noch etwas. Sie hat den Streit zwischen Reed und mir gehört.«

»O Gott.« Ich zittere und ergreife seine Hand. »Du hast etwas von ›im schlimmsten Fall‹ gesagt. Ging es um eine mögliche Verhaftung?«

Er nickt.

»Also?«, frage ich. »Wann?«

»Das weiß sie nicht. Möglicherweise ist das der entscheidende Hinweis, und sie nehmen mich morgen fest. Oder aber sie suchen nach weiteren Indizien.«

»Aber du hast es nicht getan.« Meine Stimme ist erstickt.

»Sie können dich mir nicht wegnehmen, wenn du es gar nicht warst.«

»Hey.« Er nimmt meine Hand in seine. »Das ist kein Problem, mit dem wir uns jetzt beschäftigen müssen. Das ist nicht der Grund, weshalb wir hier auf diesem Boot, hier auf dieser Insel sind. Wir sind hier bei der Arbeit, okay? Wir arbeiten jetzt. Sorgen können wir uns später immer noch machen.«

Ich nicke. Weil er recht hat. Und weil es uns kein Stück weiterbringt, wenn ich mir Sorgen mache. Oder Angst habe.

Und weil ich meinte, was ich vorhin gesagt habe – die Arbeit ist mein Trost, genau wie für ihn auch. Und im Augenblick können wir beide ein wenig Trost gebrauchen.

»Okay«, sage ich und reiße mich zusammen. »Okay. Wir müssen …« Mir stockt der Atem bei diesen Worten. »Wir müssen uns auf das Schlimmste vorbereiten. Was das Resort betrifft, meine ich. Wir brauchen einen Plan.« Ich komme hoch auf die Füße. »Für den Fall, dass du …« Ich verstumme, so unangenehm ist es mir, das überhaupt laut aussprechen zu müssen.

»Dass ich in Zellenblock A lande?«

»Hör auf«, fahre ich ihn an. »Ich kann für den Moment funktionieren. Aber ich kann keine Witze darüber machen.«

»Ich weiß. Es tut mir leid.« Er nimmt mich in die Arme und küsst meine Stirn. »Du wolltest gerade etwas sagen.«

»Ich dachte nur, dass wir vielleicht jemanden einstellen sollten, der einspringen und sicherstellen kann, dass deine Pläne genau nach deinen Vorstellungen realisiert werden.«

Jackson nickt. »Du hast recht. Ich hätte schon längst selbst daran denken sollen.« Er fährt sich mit den Fingern durchs Haar. »Ich würde Chester vorschlagen«, fährt er fort und meint einen seiner Praktikanten, der aus seinem New Yorker Büro nach Los Angeles nachgekommen ist. »Aber er hat noch keine Zulassung als Architekt, und ich glaube nicht, dass das bei den Investoren gut ankäme.«

»Und ehrlich gesagt würde ich gerne jemanden haben, mit dem ich schon einmal zusammengearbeitet habe.«

Jackson nickt. »Denkst du an Nathan Dean?«

»Ehrlich gesagt, ja.« Dean war der Architekt, der Damiens Haus in Malibu entworfen hat, und ich habe mit ihm während der gesamten Entwurfs- und Bauphase eng zusammengearbeitet. Jackson hat ihn letztens bei einer Cocktailparty in eben jenem Haus kurz kennengelernt und sich mit ihm angeregt über Gewölbe und Dachstühle unterhalten.

Dean ist ein netter Typ und ein guter Architekt, wenngleich er nicht annähernd in Jacksons Liga spielt. Ich weiß, dass Aiden der Meinung war, dass Damien sein Veto gegen Dean als hauptverantwortlichen Architekten für das Resort einlegen würde – offenbar hatte er zugesagt, einen Bungalow für Damien zu entwerfen und es sich ungefähr zu der Zeit, als wir mit dem Cortez-Projekt begannen, anders überlegt –, aber hier geht es nicht darum, ihm die Leitung zu übertragen. Sondern darum, jemanden im Team zu haben, der in der Lage ist, Jacksons Vision umzusetzen, sollte das Worst-Case-Szenario eintreten.

»Er hat auf mich einen guten Eindruck gemacht«, sagt Jackson. »Falls er Zeit hat und Damien sein Okay gibt, wäre ich dafür, ihn ins Boot zu holen.«

Ich nicke. »Ich werde zunächst mal vorfühlen, wie sein Terminplan aussieht, und wenn es so klingt, als ob er verfügbar wäre, werde ich Damien die Idee präsentieren, und dann schauen wir weiter.«

Ich richte meine Aufmerksamkeit wieder der vorläufigen Liste zu, die ich für die Beseitigung der Schäden aufstelle, und Jackson geht zurück zu seinem Zeichentisch.

Als wir schließlich hören, wie sich das Schnellboot nähert, ist meine Liste bereits ellenlang, und ich weiß, dass sie noch länger werden wird, sobald ich die Insel ablaufen und mir mit eigenen Augen ein Bild von der Lage machen kann.

»Woher wusstest du davon?«, bestürme ich Ryan sofort mit meiner Frage, als er und Damien an Bord der Jacht kommen.

»Unser Saboteur ist offenbar ein kleiner Angeber«, sagt Damien ironisch. Er reicht mir sein Handy, auf dem er ein Foto der Verwüstung gespeichert hat. Es wurde in der Nacht aufgenommen, sodass nur die vom Blitz beleuchteten Teile erkennbar, allerdings aber auch stark überbelichtet sind. Dadurch wirkt das Bild fast gruselig, als ob wir auf eine Art futuristischen Maschinenschrott-Friedhof blicken würden. »Das kam heute Morgen per E-Mail.«

»Hast du die E-Mail zurückverfolgt?«, fragt Jackson.

»Natürlich«, antwortet Ryan. »Einer meiner Leute hat mich gerade erst deswegen angerufen. Sie wurde von einem Smartphone mit anonymer Prepaid-Karte verschickt. Mit einer Fake-E-Mail-Adresse unter falscher Identität. Alles, was wir wissen, ist, dass sie aus dem Raum L. A. verschickt wurde, aber das hilft uns nicht viel. Ich habe von Anfang an vermutet, dass der Scheißkerl, den wir suchen, aus derselben Gegend stammt. Wahrscheinlich sogar aus der Firma.«

»Zumindest verdächtigt ihr nicht mehr mich«, sagt Jackson mit ironischem Unterton in der Stimme.

»Du hast es selbst gesagt«, sagt Damien. »Deine Arbeit ist dir viel zu wichtig, um sie für einen persönlichen Rachefeldzug zu opfern. Besonders nicht gegen mich. So viel bedeute ich dir gar nicht.«

Damien sieht mich an. »Es gab eine Zeit, da hättest du all deine Arbeit zunichtegemacht, nur um dich an Miss Brooks zu rächen. Aber ich denke, diese Zeiten sind vorbei.«

»Das sind sie.« Jacksons Stimme ist kühl. »Und du hast recht: So viel hast du mir nicht bedeutet. Und selbst wenn, hätte ich nicht gewollt, dass du es merkst.«

Damien schmunzelt. »Und jetzt darf ich das?«

Jackson sieht so verwirrt aus, wie ich mich fühle.

»Du hast gesagt, ich ›habe‹ dir nicht so viel bedeutet. Höre ich da etwa deine wachsende Achtung und Anerkennung heraus?«

Sein Tonfall ist unbekümmert, beinahe neckend, aber Jackson antwortet vollkommen ernst. »Ja, ich glaube schon.« Er fixiert Damien mit den Augen und lächelt dann dünn. »Aber lass dir das nicht zu Kopf steigen.«

Damiens Mundwinkel zuckt. »Ich werde mir Mühe geben.«

»Irgendwelche Hinweise?«, frage ich Ryan. Bislang ist unsere Untersuchung im Sande verlaufen. »Bestimmt hat das Sicherheitsteam etwas auf Band? Diese Leute können doch unmöglich alles verwüstet haben und nicht auf den Videos zu sehen sein? Wegen des Landebereichs haben wir doch überhaupt erst die Überwachungskameras angeschafft.«

Ryan schaut mit finsterem Blick zu Damien. »Sie haben das Videoband in Schleife laufen lassen.«

»Was?« Ich habe seine Worte gehört. Ich weiß sogar, was sie bedeuten. Aber ich kann es einfach nicht glauben.

»Wie lange?«, will Jackson wissen.

Ryan schüttelt den Kopf. »Es ist eine Schleife von dreißig

Minuten. Sieht so aus, als wurde sie gegen zwei Uhr nachts aufgenommen, und um zwei Uhr dreißig haben sie dann die Wiederholfunktion eingeschaltet. Letzte Nacht war Neumond, sodass es nur Infrarotaufnahmen sind, und in der Überwachungsstation ist niemandem etwas aufgefallen.«

»Und wie habt ihr es dann herausgefunden?«

»Als Damien die E-Mail bekommen hat, wussten wir, wonach wir suchen mussten.«

Ich sehe zu Jackson hinüber, der sich mühsam beherrscht. Trotzdem kann ich sehen, wie es in ihm arbeitet und er beinahe explodiert vor Wut.

Als er sich zu mir dreht, ist die Anspannung in seinem Körper greifbar. »Vielleicht lande ich doch noch im Gefängnis. Denn ich schwöre, ich bringe denjenigen um, der meint, sich mit uns anlegen zu müssen.«

»Um dieses Vorrecht musst du zuerst mit mir kämpfen«, sagt Damien.

Ich blicke zwischen beiden Männern hin und her. »Das solltet ihr nicht einmal im Scherz sagen.«

Sie sehen einander an, und trotz der ganzen Situation, sehe ich einen Anflug von Belustigung in ihren Augen.

Ich kann nicht anders – ich muss lächeln. Sie sind Brüder, das sieht man.

16

Gemeinsam mit Jackson habe ich den Großteil des Dienstags und den gesamten Mittwoch damit zugebracht, die Beseitigung der Schäden auf der Insel zu organisieren und durch die elenden Überreste dieser massiven mutwilligen Zerstörung zu stapfen. Mir drehte sich der Magen um, als ich die Insel betrat und das ganze Ausmaß der Verwüstung sah – die zerstörten Maschinen, die umgestürzten Schuppen. Und das war nur die Spitze des Eisbergs.

Diese schreckliche Tat hat meine Rachsucht geweckt, und im Moment will ich nur zwei Dinge: den Mistkerl finden und den Schaden beheben. Denn indem ich die Schäden behebe, zeige ich diesem Wichser gewissermaßen den Mittelfinger und mache ihm deutlich, dass er verloren hat.

Donnerstagmorgen bin ich wieder zurück im Büro, aber ich kann nicht behaupten, dass der Tag sich sehr viel besser anlässt. Damien hat eine internationale Telefonkonferenz nach der anderen, was bedeutet, dass ich ab vier Uhr morgens an meinem Schreibtisch sitze. Das einzig Gute daran ist, dass ich keine Zeit habe, über der Sache mit der Sabotage zu brüten oder mir Sorgen zu machen, dass die Kriminalpolizei auftaucht, um Jackson festzunehmen. Sowohl Dienstagabend als auch den ganzen Mittwoch sind wir glücklicherweise von der Festnahme verschont geblieben, aber ich sitze trotzdem wie auf glühenden Kohlen.

Der ganze Morgen war ein einziges Chaos aus Anrufen und E-Mails und kleineren Krisen, sowohl beruflicher als auch privater Natur. Auf beruflicher Ebene dreht sich alles um Damiens Terminplan und das Resort. Wir sind gerade dabei, seine Reise nach China vorzubereiten. Er verbringt gerade einmal eine Woche in Peking, aber angesichts all der Dinge, die wir im Vorfeld organisieren müssen, könnte man meinen, er bliebe einen ganzen Monat. Er fliegt Sonntagabend, und das gesamte Büro steht Kopf deswegen.

Auf privater Ebene dreht sich alles um mich. Wir waren gestern Abend zum Jachthafen zurückgekehrt, und sobald wir wieder Empfang hatten, hatte ich ein Dutzend Nachrichten von Ethan auf dem Handy, der sich erkundigte, ob es mir gut ginge, und mir schrieb, dass er mich lieb habe.

Was Cass anbelangt, so sieht es so aus, als ob sie den gesamten Dienstag und Mittwoch damit zugebracht hat, mir eine SMS nach der anderen zu schreiben.

Bist du da?
Hallo?
Wieso ist Ethan dir nachgerannt?

Willst du vorbeikommen?
Soll ich zu dir kommen?
Jackson wurde noch nicht verhaftet, oder?

Warum antwortest du mir nicht?

Verdammt, Syl, so langsam bin ich angepisst.

Sorry. Sorry. (So leid tut es mir dann auch nicht, aber verflucht, ruf mich an oder schreib mir wenigstens!)
WTF?

Hallo?
Hab im Büro angerufen. Dort warst du auch nicht.

Wo. zum. Teufel. steckst. du.

Sobald alles für Damiens Konferenz um acht Uhr unter Dach und Fach ist, beantworte ich Cass' Nachrichten:

Sorry! Sorry!
War auf der Insel. Kein Empfang.
Alles ein Riesenchaos mit der Insel und mit Jackson. Aber kein Grund zur Beunruhigung. Nicht wirklich zumindest. Noch nicht.
Muss los. Im Büro ist die Hölle los.

Ihre Antwort folgt prompt. Offenbar hat sie auf Nachricht von mir gewartet.

Bist du sicher?
Geh noch nicht: Ethan. Was war da los?

Mein Gesicht verfinstert sich, als mir wieder einfällt, dass mein Dad Ethan in meine persönliche Horrorgeschichte hineingezogen hat. Eine kleine Tatsache, die dank der ganzen Sache mit der Sabotage und der drohenden Verhaftung untergegangen ist.

Dad hat ihm alles erzählt – bin NICHT sonderlich erfreut.

Ihre Antwort ist kurz und trifft den Nagel auf den Kopf.

Heilige Scheiße.
Alles okay mit dir?

Ich zögere und beschließe, ehrlich zu sein.

Jetzt ja. Weitestgehend. Vorher nicht so.
Muss jetzt leider wirklich los.
Mach dir um mich keine Sorgen. Brauche kein neues Tattoo.
Versprochen.

Ihre Antwort – XXOO – bringt mich zum Lächeln.

Bei Ethan kann ich jedoch nicht einfach eine SMS schicken. Aber ich weiß auch, dass ich ihn nicht vor zehn anrufen kann. Die Firma, für die er arbeitet – ein Online-Unternehmen, das Reisepakete anbietet –, hat ihm für seine Rückkehr in die USA drei Wochen Urlaub gegeben. Für meinen Bruder heißt das, dass er lang ausschläft.

Ehrlich gesagt ist es mir auch ganz recht, im Moment nicht mit Ethan zu sprechen. Mein Vater ist der Letzte, über den ich gerade nachdenken möchte, also stürze ich mich wieder Hals über Kopf in die Arbeit. Um neun Uhr, als Damien gerade in eine Telefonkonferenz verschwindet, für die eine Stunde angesetzt ist, trifft Mila bei mir am Empfang ein.

Mila ist eine der Vertretungskräfte, und ich hatte darum gebeten, dass sie mir heute zugeteilt wird, weil ich in doppelter Funktion als Damiens Assistentin und Projektmanagerin des Resorts tätig bin. Am liebsten hätte ich alles Rachel überlassen, aber sie hat bis Samstag frei und ist im Norden von Kalifornien in Monterey bei ihrer Schwester.

Aber selbst mit Milas Unterstützung schaffe ich es nicht, eine Pause einzuschieben, weil die Presse mittlerweile Wind von der Sabotage auf der Insel bekommen hat, und ich nehme Anruf um Anruf entgegen und erkläre, dass wir alles unter Kontrolle haben, dass das Foto, das überall kursiert, den tatsächlichen Schaden völlig übertrieben darstellt und dass die Aufräumarbeiten unseren geplanten Eröffnungstermin keineswegs in Gefahr bringen. Und jedes Mal, wenn ich das sage, möchte ich dieses Arschloch am liebsten erwürgen, das all den Schaden angerichtet, das Foto gemacht und mich in diese Bredouille gebracht hat.

Aber es ist nicht nur die Presse. Nein, auch die Investoren rufen am laufenden Band an, und während ich die meisten beruhigen konnte, ist mir einer abgesprungen. Und obwohl mein Ansprechpartner nicht konkret gesagt hat, dass er seine Dollar lieber ins Lost Tides steckt, werde ich das Gefühl nicht los, dass genau das der Fall ist. Und dass ich, ob ich will oder nicht, in einem direkten, existenziellen Zweikampf mit diesem verdammten Resort in Santa Barbara stehe.

Und inmitten von all diesem Chaos versuche ich das zu tun, von dem ich behauptet habe, es sei bereits in vollem Gange, und organisiere und überwache die Aufräumarbeiten auf der Insel, die beginnen sollen, sobald Ryan mir Bescheid gibt, dass sein Team mit der Untersuchung und Dokumentation der Schäden fertig ist.

Mit anderen Worten, ich bin ebenso erschöpft wie frustriert. Und ehrlich gesagt bin ich immer noch wütend, dass es irgendjemand auf mich abgesehen hat.

Das heißt, streng genommen, hat er es auf das Resort abgesehen. Aber ich nehme alles, was mit dem Cortez zu tun hat, verdammt persönlich.

Als es elf ist, ist Damien schon wieder in einer anderen Telefonkonferenz, für die eine halbe Stunde anberaumt ist. Wie durch ein Wunder ist es mit einem Mal ruhig genug, dass ich das Ruder an Mila übergeben und in den Pausenraum rennen kann, um mir einen Kaffee zu holen.

Auf dem Weg begegnet mir Trent, und bei seinem Anblick fällt mir mein Gespräch mit Jackson über Nathan Dean wieder ein. Ich weiß, dass Dean an Trents neuem Haus arbeitet, aber falls er keine anderen Projekte hat, hat er vielleicht Interesse, als Ersatz für Jackson einzuspringen, falls er verhaftet wird. Oder noch schlimmer, verurteilt.

Allein der Gedanke macht mich nervös. Aber das bin ich ja eh schon die ganze Zeit. Jedes Mal, wenn sich der Fahrstuhl öffnet, drehe ich meinen Kopf in diese Richtung und erwarte jeden Augenblick, dass zwei Detectives mit Handschellen erscheinen.

Ich kriege dieses Bild einfach nicht aus dem Kopf. Ich muss etwas tun. Ich muss wissen, dass wir jemanden in petto haben, falls es ernst wird. Ich überlege, zu warten und mich zuerst mit Damien abzustimmen, aber letztlich bin ich die Projektmanagerin und als solche ist der Anruf ohnehin meine Aufgabe.

Sobald ich wieder am Empfang bin, greife ich nach dem Telefon: »Kannst du Damiens Telefonleitung übernehmen? Ich muss kurz telefonieren. Es geht um das Resort.«

»Klar.« Mila ist aufgeweckt und kompetent und könnte sicher in ein, zwei Monaten Damiens Empfang allein übernehmen. Mit etwas Glück wird es Rachels Aufgabe sein, sie einzuarbeiten, wenn ich in meinem neuen Büro in der Immobilienabteilung sitze. Im Moment jedoch braucht sie noch meine Anweisungen.

Dean geht beim ersten Klingeln ans Telefon und klingt etwas außer Atem. »Äh, Nathan Dean.«

»Nathan, guten Morgen. Hier ist Sylvia. Wie geht's dir?«

»Oh.« Er räuspert sich. »Sorry. Ich war … Ich war nur

gerade mitten in einer Sache. Ich dachte, du wärst Damien. Ist er …?«

»Damien geht's gut, aber ich rufe nicht in seinem Auftrag an.« Nathan ist generell ziemlich ruhig und leicht einzuschüchtern. Hoffentlich entspannt er sich, wenn er weiß, dass Damien nichts mit dem Anruf zu tun hat. »Ich wollte gern ein Treffen mit dir vereinbaren. Es geht um ein neues Projekt, und falls du noch Kapazitäten hast, sollten wir uns unterhalten. Du weißt, dass ich jetzt in der Immobilienabteilung arbeite, oder?«

»Natürlich, natürlich. Ich … also, ich fühle mich geschmeichelt, dass du an mich gedacht hast. Aber leider bin ich mindestens bis zum Ende des Frühjahrs bereits voll ausgebucht.«

»Das ist ja toll.« Ich freue mich aufrichtig für ihn. Da ich in den Fachzeitschriften nichts über ihn gelesen habe, hatte ich schon befürchtet, dass er nicht viele Aufträge bekommt. »Ich weiß natürlich von Trents Haus, aber welche anderen Projekte stehen denn sonst noch an?«

»Na ja, es gibt noch ein Projekt mit Trent und …«

»Mit Trent?« Ich weiß mit Sicherheit, dass es kein Auftrag für Stark Real Estate Development sein kann. »Baut er ein Ferienhaus in Santa Barbara?«

Ich hatte die Frage leichthin einfach so in den Raum geworfen, weil Trent erst letztens dort war. Deshalb bin ich überrascht, als Nathan über die Antwort stolpert: »Santa Barbara? Nein, nein. Ich meine, er hat nicht … Oh, aber ich merke gerade, ich komme zu spät zu einem Meeting.«

»Klar. Kein Problem.« Wir beenden das Telefonat, und ich frage mich ernsthaft, was mit Trent los ist. Ich kann mir nicht vorstellen, aus welchem Grund er ein Projekt geheim halten sollte. Außer natürlich, er hat vor wegzuziehen und will nicht, dass irgendjemand im Büro davon Wind bekommt? Ich runzle die Stirn, denn das ist tatsächlich eine mögliche Erklärung. Er war stinksauer, als ich das Cortez bekommen habe, und er nicht. Aber ich hätte nicht gedacht, dass er so sauer war, dass er sich nach einem neuen Job umsehen würde.

Ich fände es schade, wenn er ginge, aber gleichzeitig weist mich eine kleine egoistische Stimme in meinem Inneren darauf hin, dass sich durch Trents Weggang neue Chancen eröffnen, wenn ich erst einmal in Vollzeit in der Immobilienabteilung arbeite.

Ich versuche mir zu merken, dass ich Rachel fragen sollte, ob sie irgendwelche Gerüchte gehört hat, als Mila von dem Telefon neben der Couch hochsieht, wo sie gerade einen Anruf beendet hat, der für Damien hereinkam. »Alles okay?«

»Ja, schon.« Ich lege die Stirn in Falten. »Bis auf die Tatsache, dass ausgerechnet der Mann, von dem ich gehofft hatte, ihn mit einem langfristigen Auftrag locken zu können, komplett ausgebucht ist.«

»Aber das ist doch gut, oder nicht?«

»Für ihn schon.« Ich seufze. Ich bin gereizt, frustriert und etwas übellaunig. »Leider ist das für mich nicht ganz so toll.« Ich drücke meine Fingerspitze gegen meine Schläfe. »Ich brauche noch einen Kaffee. Willst du auch einen?«

»Gerne. Soll ich ihn holen?«

Ich schlage ihr Angebot mit einem Winken aus. »Ich brauche sowieso ein bisschen Bewegung.«

Während ich noch dastehe, klingelt mein Handy. Es ist Ethan, und als ich jetzt rangehe, trete ich einen Schritt beiseite. »Zum Glück rufst du an. Ich war auf dem Boot und habe deine SMS nicht bekommen, und dann …«

»Sylvia, Liebling, ich bin's, Dad.«

Ich strecke eine Hand aus, um mich am Empfangstresen festzuhalten. »Warum rufst du von Ethans Handy aus an?«

»Du weißt, weshalb.« Seine Stimme klingt ebenso unwirsch wie sanft. Als ob er frustriert ist, sich aber größte Mühe gibt, es mir nicht zu zeigen.

»Ich kann jetzt nicht mit dir reden. Du hattest kein Recht, es ihm zu erzählen.«

»Liebling, du …«

»Hör auf mich so zu nennen.«

»Bitte lass mich mit dir reden. Du bist doch mein Ein und Alles.«

Ich zucke zusammen, denn aus dem Mund dieses Mannes klingen diese Worte wie blanker Hohn. »Dann hast du eine merkwürdige Art, das zu zeigen. Und hör auf mich anzurufen. Ich rede mit dir, wenn ich bereit dazu bin.«

»Und wann wird das sein?«

»Nie«, flüstere ich, und ein kalter Schauer läuft mir über den Rücken. »Niemals.«

Ich lege auf und will das Handy zurück auf den Schreibtisch legen, aber irgendwie versagen meine Finger mir ihren Dienst, und es rutscht mir aus der Hand auf den Boden. Ich fluche und sehe, wie Mila die Stirn runzelt. »Alles okay mit dir?«

Ich lächle. »Keine Sorge. Ich bin nur … Zu wenig Schlaf, weißt du. Ich gehe jetzt mal eine Runde spazieren. Nur zehn Minuten, ja?«

Ohne ihre Antwort abzuwarten, eile ich zum Treppenhaus, schiebe mich durch die Tür und lehne mich gegen das kühle Metall. Ich möchte weinen. Ich möchte schreien.

Aber ich tue nichts von beidem.

Stattdessen erinnere ich mich selbst daran, dass ich stark bin.

In meinem Kopf höre ich Jackson, der mir sagt, dass ich das durchstehen kann.

In meiner Fantasie umgreife ich fest seine Hand.

Und weil ich weiß, dass er recht hat, schließe ich meine Augen, lege den Kopf in den Nacken und atme einfach durch.

17 Als ich schließlich hinunter in die sechsundzwanzigste Etage gehe, sehe ich Jacksons Assistentin Lauren, die mit Chester und Doug ins Gespräch vertieft ist, zwei Kollegen aus Jacksons New Yorker Büro, die noch vor den anderen nach L. A. gekommen sind. Ich nicke ihnen beim Vorübergehen zu, setze aber meinen Weg fort.

Ich betrete sein gläsernes Büro und mache in der Tür Halt, um den Anblick zu genießen. Jackson steht lässig mit hochgekrempelten Ärmeln vor einem erhöhten Zeichentisch und ist ganz in seinem Element. Er trägt Kopfhörer, und von der Art her, wie er mit der Hand kontrollierte fließende Bewegungen beschreibt, nehme ich an, dass er klassische Musik hört. Etwas Kraftvolles. Etwas Dramatisches.

Ich gehe weiter hinein, als mein Blick auf die Korkpinnwand fällt, die Jackson an der einzigen Steinwand des Büros montiert hat, und die jetzt mit lauter Skizzen übersät ist sowie mit Fotos von der Insel, die aus allen erdenklichen Blickwinkeln und Ecken geschossen wurden.

»Diese Schweine«, flüstere ich. »Diese elenden Schweine.«

Frustriert fahre ich mir mit den Fingern durch mein kurzes Haar. Ich bin nicht sicher, ob ich heruntergekommen bin, um das verstörende Gefühl nach dem Anruf meines Vaters loszuwerden, oder um Jackson zu erzählen, dass ich stark geblieben bin. Dass es schrecklich war, mit ihm zu sprechen, aber dass ich es geschafft habe, nicht zusammenzubrechen und nicht einmal in Tränen auszubrechen.

Ich bin mir nicht sicher, aber das ist auch egal. Denn der

Anblick der Skizzen und Fotos hat mich daran erinnert, dass das Resort heute Priorität hat, und nicht mein Vater. Ich muss dafür sorgen, dass alles wieder in Ordnung kommt. Schließlich leistet Jackson herausragende Arbeit, und ich werde nicht zulassen, dass irgendein Arschloch uns alles vermasselt.

Ich bin schon fast draußen, als ein einziges Wort von Jackson mich innehalten lässt. »Hey.«

Ich drehe mich zu ihm um, und sein Gesichtsausdruck ist so voller Leidenschaft und Zärtlichkeit, dass mir sofort warm ums Herz wird.

»Selber hey«, grinse ich ihn an.

»Du kommst rein und gehst wieder raus, ohne Hallo zu sagen?«

Amüsiert lege ich den Kopf schräg. »Da ist wohl jemand gut gelaunt?«

»Wie auch nicht? Der Entwurf macht gute Fortschritte. Meine Freundin kommt mich besuchen. Mein Büro ist endlich fertig. Und bislang hat mich niemand verhaftet.«

Ich lache. »Du hast recht. Du hast allen Grund, vergnügt zu sein.«

Er drückt auf einen Knopf auf einem Kasten über dem Tisch, und sofort fahren von der Decke Jalousien an der Innenseite der Glaswände herunter, die den durchsichtigen Würfel in einen abgeschirmten Raum verwandeln. Das Ganze dauert gerade einmal so lange, wie er braucht, um bei mir zu sein.

»Die Jalousien wurden installiert, als wir auf der Insel waren«, erklärt er mir ungefragt. »Ich dachte, so ein wenig Privatsphäre wäre ganz schön.«

Ich sehe, mit welcher Glut in den Augen er diese letzten Worte ausspricht, und verstehe, was er mit »schön« meint.

Er geht an mir vorbei zur Tür, und ich höre das laute *Klick*, als der Riegel im Schloss einrastet.

Als er sich zu mir umdreht, verschränke ich meine Arme vor der Brust und hebe eine Augenbraue. »Was genau tun Sie da eigentlich, Mr. Steele?«

»Ich teste nur die Funktionstüchtigkeit meines neuen Büros.«

»Ach, wirklich?« Ich bin amüsiert, aber auch erregt. »Sollte ich dich vielleicht daran erinnern, dass wir bei der Arbeit sind? Dass du mir einen Entwurf schuldest? Dass hinter diesen Türen lauter Leute sind?«

»Ist dem so?«, fragt er, während er Zentimeter für Zentimeter die Vorderseite meines Rocks lüftet, bis ich gänzlich nackt vor ihm stehe und leise winsele. Er schiebt seine Hand zwischen meine Beine und schiebt zwei Finger in meine Muschi. Ich schreie auf, ebenso überrascht wie erregt. »Vorsicht, Miss Brooks. Sie wollen doch keine Aufmerksamkeit erregen, oder?«

Ich schließe die Augen und lasse mich einfach treiben in dem Strudel der Gefühle, der mich mitreißt. »Jackson, bitte.«

»Bitte, was?«

Ehrlich gesagt weiß ich das selbst nicht. Bitte hör auf? Bitte berühre mich? Bitte fick mich?

Ich weiß, ich sollte mich wehren. Ich sollte zurücktreten. Aber wie kann ich das, wenn sich jede Faser meines Körpers nach ihm sehnt? Wie kann ich denken, wenn ich trunken bin vor Lust und Begierde? Wenn die Verlockung, mich fallen zu lassen – mich zu unterwerfen – zum Greifen nah ist, sodass ich gar keine andere Möglichkeit habe, als mich darauf einzulassen. Mich zu ergeben. Mich davontragen zu lassen.

Und weil es Jackson ist – weil wir beide das hier wollen und brauchen –, tue ich genau das.

Er streichelt mich und liebkost meine Klit mit einem Finger, sodass ich die ganze Zeit über kurz davorstehe zu kommen. »Gott, du bist wunderschön, wenn du erregt bist. Du leuchtest von innen, hell wie eine Kerze. Ich will deine Leidenschaft entzünden, Sylvia«, flüstert er, während er meinen Rock komplett hochschiebt und dann mit der Hand von hinten zwischen meine Beine fährt und meinen After streichelt. »Ich will dich in Schutt und Asche legen, um all deine Geheimnisse zu enthüllen.«

»Ich habe keine«, sage ich. »Nicht vor dir. Nicht mehr.« Mein Körper zittert vor Verlangen, und ich sehne mich nach nichts mehr als nach dem befreienden Gefühl des Orgasmus.

Er streift mit den Lippen mein Ohr, und die sanfte Berührung seiner Zunge und seines Atems auf meiner Haut macht mich ganz heiß. Und als er spricht, schmelze ich schier dahin. »Ich bin sehr versucht, dich hier auf der Stelle in den Arsch zu ficken. Dich mitten am helllichten Tag auf so intime Weise zu nehmen, sechsundzwanzig Stockwerke hoch über der Stadt. Sag schon, Baby. Macht dich das an?«

Ich kann es schlecht abstreiten. »Ja.«

»So habe ich dich noch nie genommen. Sag mir, dass du es willst.«

»Ich will es.«

»Warum?«

Warum? Weil ich glaube, dass es sich gut anfühlen wird. Weil ich mich jedem seiner Befehle, jedem seiner Wünsche hingeben will. Egal, was er mit mir vorhat. Was Jackson anbelangt, kenne ich keine Scham. Nur Lust und Begierde.

Doch alles, was ich sage, ist: »Weil ich dich will. Weil ich dir vertraue und dich brauche.«

Er macht ein leises zufriedenes Geräusch und rückt meinen Rock vorsichtig wieder zurecht.

Verdattert drehe ich mich in seinen Armen. »Aber …«

Ich verstumme und bin verwirrt. Nicht nur hat er nicht getan, was er versprochen hatte, nein, er hat mich nicht einmal zum Höhepunkt gebracht. Alles, was er getan hat, war meine Lust zu wecken. Und zwar ziemlich heftig.

Sein Lächeln ist leicht hinterhältig. »Bald«, verspricht er.

Ich hebe eine Augenbraue. »Du Arsch«, erwidere ich und bringe ihn zum Lachen.

»Ich glaube, es ist längst noch nicht Feierabend, Miss Brooks.« Er mustert mich von oben bis unten. »Ich hoffe, Sie können sich so lange noch auf Ihre Arbeit konzentrieren.«

Ich überlege angestrengt, welches passende Schimpfwort ich ihm an den Kopf werfen könnte, als seine Gegensprechanlage brummt. Es ist Lauren, die ihm mitteilt, dass Evelyn Dodge und Arthur Pratt draußen auf ihn warten.

Jackson grinst mich an. »Perfektes Timing.«

Ich verdrehe die Augen und streiche meine Kleidung glatt und hoffe, dass ich nicht so errötet und geil aussehe, wie ich mich fühle. »Dann schauen wir mal, was sie zu uns bringt.«

»Warte.« Er zieht mich zurück und küsst mich – jene Art von Kuss, die sich wie Sex anfühlt und so intensiv ist, dass es zwischen meinen Beinen kribbelt. »Ein kleiner Vorgeschmack auf später.«

Ich seufze freudig. »Ich werde dich daran erinnern, Mister.«

»Das will ich doch hoffen.«

Evelyn und Arthur warten draußen neben einem Tisch, auf dem ein Entwurfsmodell des Resorts steht, das die privaten Bungalows, die Hotelgebäude, die Freizeitanlagen und vieles mehr umfasst. Jackson benutzt es, um räumliche Fragen zu klären, und auch wenn er immer behauptet, dass es weder fertig noch maßstabsgetreu ist, finde ich es wunderschön.

Ich möchte ihm sagen, wie atemberaubend es aussieht. Wie jeder Stein und Ziegel sich in die Landschaft fügt. Wie jede Linie und Kante vor dem strahlend blauen Himmel hervortritt.

Architektur war schon immer meine Leidenschaft, und ich bin fasziniert davon, wie der Mann, den ich liebe, so brillant Form und Funktion miteinander in Einklang bringt.

Aber anstatt ihm all das zu sagen, betrachte ich ihn. Die Konturen seines Kiefers und die harten Kanten seines Gesichts. Seine Haltung ist aufrecht und stolz, und in diesem Augenblick sind seine Stärke und Willenskraft unschwer zu erkennen, die solche Meisterleistungen hervorbringen. Bei diesem Anblick schwindet meine Angst ein wenig. Denn ein Mann, der etwas so Großes zu erschaffen imstande ist, lässt sich von nichts und niemandem unterkriegen.

Vielleicht werden wir das wirklich durchstehen.

Evelyn nickt uns zur Begrüßung zu und deutet mit dem Daumen auf das Modell. »Gute Arbeit. Ich kann es kaum erwarten, ein verlängertes Wochenende dort zu verbringen.«

»Du bist natürlich eingeladen«, sage ich.

»In dem Fall bleibe ich gleich eine ganze Woche.« Sie dreht sich zu Pratt. »Schaut mal, wen ich im Fahrstuhl aufgegabelt habe. Und da ich genauso begierig darauf bin wie ihr, herauszufinden, was unser findiger Detektiv weiß, würde ich sagen, wir ignorieren die ›Ladies first‹-Regel und lassen ihm den Vortritt.«

»Also haben Sie etwas herausgefunden?«, fragt Jackson.

»Ich finde heraus«, korrigiert er. »Das ist ein Prozess. Aber allmählich fügt sich ein Puzzleteil ans andere.«

Jackson führt uns alle in den neu ausgebauten Konferenzraum, und Pratt bleibt stehen, während wir anderen rings um den Tisch Platz nehmen.

»Also, ein paar Dinge. Wir haben Überwachungsbilder von einem Nachbarn, der ein paar Türen weiter wohnt. Die Sichtweite ist nicht überragend, aber mindestens fünf Personen haben sich in der Mordnacht Reeds Haus genähert.«

»Eine davon war ich«, sagt Jackson trocken. »Offenbar hat das eine Zeugin ausgesagt.«

»Ich weiß, Herzchen«, sagt Evelyn und tätschelt ihm über den Tisch hinweg die Hand. »Charles hat es mir erzählt. Aber wir kriegen das hin.«

»Und jetzt wissen wir auch, dass Sie nicht der Einzige waren«, sagt Pratt. »Das liefert Harriett wertvolle Munition.«

»Das ist gut«, sage ich.

»Und ob das gut ist«, bekräftigt Pratt. »Aber es war auch Halloween, und Reed hatte die Außenbeleuchtung am Haus und am Weg ausgeschaltet, um die Kinder davon abzuhalten, bei ihm zu klingeln. Das heißt, die Videoqualität ist miserabel. Wir versuchen, das Beste daraus zu machen, aber man kann aus den Bildern nichts herausholen, was nicht da ist. Mit etwas Glück hat jemand in seiner Nachbarschaft eine Kamera mit einer höheren Auflösung, die auch Reeds Weg überblickt. Meine Leute kümmern sich schon darum. Aber wirklich interessant finde ich, dass sich bestätigt hat, dass Ihr Vater sich kürzlich mit Reed getroffen hat.«

»Zu Halloween?«, frage ich.

Pratt schüttelt den Kopf. »Nein. Ungefähr eine Woche davor. Aber ich fand es trotzdem merkwürdig genug, um es zu erwähnen. Offenbar war die Polizei derselben Meinung. Sie haben ihn befragt, wie ich von meinem Kumpel vom Revier erfahren habe. Laut Starks Aussage hätten sie nur ein wenig über Architektur geplaudert und er hätte versucht, ihn davon zu überzeugen, Geld in eine seiner Stiftungen zu pumpen.«

Ich nicke, als mir einfällt, dass Evelyn mir einmal erzählt hat, dass Jeremiah im Vorstand des National Historic and Architectural Conservation Project sitzt, einem der Hauptsponsoren des kürzlich erschienenen Dokumentarfilms *Stone and Steele*, der Jacksons Arbeit porträtiert.

Jackson runzelt die Stirn. »Wieso spielt das eine Rolle?«

»Möglicherweise hat es nichts zu bedeuten«, gibt Pratt zu. »Aber es birgt eine Menge Sprengstoff. Denn ich glaube ihm kein Wort.«

Jackson lehnt sich in seinem Stuhl zurück und streckt die Beine aus. »Ich bin ganz Ohr.«

Pratt lässt seine Fingerknöchel knacken, während er auf und ab geht. »Die Sache ist die, Reed war ein Wichtigtuer. Er hatte einen Assistenten, und der hatte einen Assistenten, der wiederum einen Assistenten hatte. Sie kennen diese Art von Leuten. Immer mit einer ganzen Entourage unterwegs. Brauchen jemanden, der ihnen beim Scheißen zuguckt, wenn Sie wissen, was ich meine.«

Ich sage zwar nichts, aber das überrascht mich keineswegs.

»Und weiter?«, fragt Jackson.

»Er ist nicht der Typ, der allein zu einem Treffen geht. Ich habe mit drei seiner ehemaligen Assistenten gesprochen, und alle drei waren sich darin einig. Also entweder hat er für Stark eine Ausnahme gemacht …«

»Oder Stark lügt«, schlussfolgere ich.

»Genau. Die Frage ist nur, weshalb. Und war dieser Grund das Mordmotiv?«

»Wirklich gute Arbeit«, sagt Jackson. »Danke.«

»Hey, dafür werde ich schließlich von Ihnen bezahlt. Und aus diesem Grund werde ich Sie nicht länger behelligen. Es wäre ja Unsinn, wenn Sie mich dafür bezahlen, dass ich Evelyn zuhöre, so interessant das auch sein mag.« Er schüttelt Jackson die Hand, verabschiedet sich mit dem Versprechen, bald wieder vorbeizuschauen, und geht.

»Ich möchte noch einmal auf die Idee zurückkommen, mit Ronnie in der Presse zu punkten«, sagt Evelyn.

»Auf gar keinen Fall«, lehnt Jackson entschieden ab.

Evelyn fährt unbeirrt fort. »Das würde ein gutes Licht auf Sie werfen. Ein Vater, der inmitten der Presseschlacht um seine Tochter kämpft. Das Publikum liebt solche Geschichten, und wir wären einer möglichen Enthüllung zuvorgekommen.«

»Ich habe bereits Nein gesagt, Evelyn.«

Sie hält ihre Hände beschwichtigend hoch. »Und es ist mein Job, immer wieder zu versuchen, Sie davon zu überzeugen. Aber weiter im Text«, sagt sie, als er sie unterbrechen will. »Ich habe ein paar Anfragen von Zeitschriften bekommen. Alle wollen über den Mord reden, nicht über Ihre Bauwerke.«

»Ich nehme an, Sie haben allen Nein gesagt.«

Sie sieht mich an. »Der Junge kennt mich eben noch nicht so gut.«

»Du hast ihnen gesagt, dass sie sich zur Hölle scheren sollen.«

»Sehen Sie? Sylvia kennt mich eben.«

Jackson lacht. »Dann wäre das also auch geklärt.«

»Ja, aber mir gefällt nicht, wie die Mainstream-Medien Sie

sehen. Das ist ein weiterer Punkt, den wir angehen müssen. Und möglicherweise hat sich dazu gerade ganz von selbst eine Gelegenheit ergeben. Ein Journalist des *Architecture in View* hat mich angesprochen. Er will ein Porträt von Ihnen veröffentlichen, aber mit Fokus auf dem Resort, nicht auf dem Mord. Ich finde, Sie sollten das Interview machen.«

»Glauben Sie wirklich, dass sich der Zeitaufwand lohnt?«

Evelyns Mundwinkel zieht sich leicht nach unten. »Ich denke, wir können davon ausgehen, dass man Sie fair behandeln wird. Es ist eine kleine Zeitschrift, die noch ganz am Anfang steht. Die Architekten, die sie bislang für ein Porträt gewinnen konnten, spielen eher in der Liga eines Nathan Dean. Ein Interview mit Ihnen wäre für sie ein echter Coup.«

»Nathan wurde darin vorgestellt?« Er hat mir nie von seinen anderen Projekten erzählt, und jetzt bin ich mehr als neugierig.

»Das hat der Reporter zumindest angegeben«, sagt Evelyn. »Jedenfalls bringt die Zeitschrift eine Serie über konkurrierende Resorts heraus. Diesen Monat geht es um Bergresorts, und in Ihrer Ausgabe geht es um Inselresorts.«

»Konkurrierend?«, frage ich. »Dann sollten sie sich das Cortez und das Lost Tides vornehmen, weil …« Ich breche mitten im Satz ab, denn plötzlich fällt es mir wie Schuppen von den Augen.

»Was?«, fragt Jackson.

»Komm mit«, sage ich. »Ich erkläre es dir unterwegs.«

Ich erzähle Jackson und Evelyn von meiner Theorie, während wir die Stufen zur siebendundzwanzigsten Etage auf dem Weg zu Trents Büro hocheilen, und sobald wir auf dem Stockwerk angekommen sind, stürmt Jackson voraus.

»*Scheiße*«, murmle ich und beeile mich aufzuholen.

Karen, die Rezeptionistin, steht mit weit aufgerissenen Augen da, als wir vorbeieilen. »Was …?«

»Ruf Damien an«, rufe ich ihr zu. »Sag ihm, er soll herkommen. Und Aiden auch.«

Ich sehe hinüber zu Evelyn, die wie ich einen Schritt zulegt. Ich will hören, was Trent zu seiner Verteidigung vorzubringen hat. Vor allem aber habe ich ein wenig die Befürchtung, dass Jackson ihn zu Kleinholz verarbeitet, noch ehe ich eintreffe.

Meine Theorie ist natürlich nur eine Theorie, ausgehend von der Idee, dass die Resorts wirklich miteinander konkurrieren – dass sie sich gegenseitig ausbooten, mit schmutzigen Mitteln kämpfen. Ich wette, dass wer auch immer das Lost Tides baut, es auf Stark International abgesehen hat – und dass sie Maulwürfe angeheuert haben, die die Drecksarbeit erledigen. Trent, der sauer war, weil er die Projektleitung für das Cortez nicht bekommen hat. Und Nathan Dean, der gerne die Chance gehabt hätte, das Resort zu entwerfen, und nicht einmal im Rennen war.

Ein Teil von mir hofft, dass ich mich täusche, selbst wenn das hieße, dass wir weiterhin vor einem Rätsel stehen.

Aber eigentlich bin ich mir ziemlich sicher, dass ich mich nicht täusche.

»Du *Mistschwein.*« Jacksons Knurren hallt durch den Gang, gefolgt von einem lauten Knall. Ich stürme in den Raum und sehe Jackson, der Trent gegen ein Buchregal geknallt hat, wobei Bücher und anderer Krimskrams herausgefallen sind. Jackson hält seinen Arm fest gegen Trents Hals gedrückt, und Trent sieht aus, als ob er sich jeden Moment in die Hose machen würde vor Angst.

»Jackson!«, schreie ich ihn an. Nicht, weil ich Angst habe,

dass er Trent wehtun könnte, sondern weil ich wegen der Mordanklage nervös bin, und jeder Wutausbruch ihm das Genick brechen könnte.

Aiden Ward, der Vizepräsident der Immobilienabteilung und mein und Trents direkter Vorgesetzter, kommt in den Raum geeilt. »Lassen Sie ihn los.« Die Wut lässt seine Worte scharf und seinen britischen Akzent noch markanter erklingen.

Jackson ignoriert ihn. »Ist das wahr?«, fragt er und kommt ganz dicht an Trents Gesicht. »Sabotierst du mein Resort?«

Aiden sieht mich an. »Was zum Teufel?«

Aber ich muss gar nicht antworten. Denn das übernimmt Trent für mich. »Es ist aus dem Ruder gelaufen. Es sollte doch nie ... Und die Verwüstung auf der Insel ... Ich schwöre, dass ich nichts damit zu tun habe.«

»Gütiger Himmel«, entfährt es Aiden. Offenbar hat er ebenfalls eins und eins zusammengezählt.

»Lass ihn los«, sage ich zu Jackson, nur dass meine Stimme etwas sanfter klingt als Aidens. Fast ein wenig traurig.

Jackson zögert, lässt ihn aber los. Trotzdem ist sein gesamter Körper nach wie vor angespannt, und er steht extrem unter Strom. Er würde Trent am liebsten die Seele aus dem Leib prügeln – so viel ist offensichtlich. Ehrlich gesagt kann ich diesen Wunsch gut nachvollziehen.

»Du bist ja vollkommen irre«, knurrt Trent ihn an und reibt sich seinen Hals. »Ich wette, du hast das Arschloch umgebracht. Verdammt, du hättest mich fast umgebracht.«

»Pass bloß auf, dass ich es mir nicht noch mal anders überlege.« Jacksons Stimme ist tief und gefährlich.

Hinter uns im Flur hat sich praktisch die gesamte Immobilienabteilung versammelt. Neben mir tritt Evelyn unruhig auf der Stelle, und ich weiß, dass sie denselben Gedanken hat, der mir auch gerade durch den Kopf ging: Falls irgendjemand, der diese Szene beobachtet hat, der Polizei davon erzählt, sieht es nicht gut aus für Jackson.

Aber ich sage mir, dass sie das nicht tun werden. Die Kollegen stehen hinter Stark. Hinter dem Projekt.

Und ich sage mir, dass ich sowieso nichts dagegen tun kann. Im Moment muss ich mich einfach auf das hier konzentrieren.

Ich atme ein. »Bist du der Bauherr des Lost Tides? Gehört das Lost Tides dir?«

Er schüttelt den Kopf. »Nein – nein, sie haben mich nur angesprochen. Sie wussten, dass ich übergangen wurde, und – na ja, da sind sie auf mich zugekommen.«

»Wer?«, will Aiden wissen.

»Das Projektleitungsteam. Aber Roger Calloway ist der Hauptverantwortliche.«

»Ich kenne diesen Namen«, sagt Jackson und sieht mich an. Aber ich schüttele nur den Kopf. Irgendwie kommt mir der Name auch bekannt vor, aber ich weiß nicht, woher. Ich sehe zu Trent hinüber. »Wer ist Roger Calloway?«

Doch nicht Trent antwortet mir, sondern Damien, der in diesem Moment den Raum betritt. »Calloway war einer der Investoren beim Brighton Consortium«, sagt er, und nun fügt sich ein weiteres Puzzleteil ins Gesamtbild.

Das Brighton Consortium war ein Grundstückerschließungsprojekt, an dem ich für meinen damaligen Chef in Atlanta arbeitete, als Jackson und ich uns zum ersten Mal begegneten. Die ganze Sache war gründlich gescheitert, als Damien einen großen Anteil der Fläche aufkaufte, damit das Projekt nicht realisiert werden konnte. Jackson hatte seinem Halbbruder diese Aktion nie verziehen und erst kürzlich erfahren, dass die Investoren des Konsortiums nur um Haaresbreite einer Anklage wegen Betrug und organisierter Kriminalität entgangen waren. Damiens Hauruck-Aktion hatte Jackson also in Wirklichkeit den Arsch gerettet – und nicht zu vergessen auch all den anderen, die sich beinahe an dem Projekt die Finger verbrannt hätten.

Aber jetzt frage ich mich, ob Calloway vielleicht ebenfalls nie die wahren Hintergründe wusste. Und das Lost Tides vielleicht dazu nutzte, sich an Damien zu rächen. Und die Sabotage dazu, sicherzustellen, dass diesmal das Cortez gründlich scheiterte.

Aber ehrlich gesagt sind mir Calloways Motive scheißegal. Alles, was ich will, ist, dass diese Sabotage aufhört.

»Und jetzt raus mit der Sprache«, fordert ihn Damien auf.

»Ich … Er holte zuerst Nathan an Bord. Er erfuhr, was ich tat, aber er selbst hat nie irgendwelche Aufträge für ihn ausgeführt. Außer an den Plänen für das Resort zu arbeiten, meine ich.«

»Aber du hast Aufträge ausgeführt«, sagt Damien.

Trent nickt. »Calloway wollte Details zu unseren Entwürfen, unseren Lieferanten, unseren Marketingplänen.«

»Er wollte, dass du für sie spionierst«, sage ich.

Er nickt.

»Du solltest die Daten der Überwachungskamera hacken. Interne E-Mails weiterleiten. All das?« Aidens Stimme klingt aufgebracht.

»Das meiste, ja. Aber dann habe ich ihnen vor ein paar Wochen gesagt, dass ich genug davon habe. Und was die Verwüstung auf der Insel betrifft – damit habe ich nichts zu tun, das schwöre ich. Sie müssen jemanden beauftragt haben, der hingefahren ist und …«

»Das reicht«, fährt Damien dazwischen. Er dreht sich zu

mir und Aiden und Jackson um, sowie zu all den anderen, die noch immer hinter uns im Flur stehen. »Gehen Sie wieder an die Arbeit. Ich rede allein mit Mr. Leiter weiter.«

Trent sieht aus, als ob ihm schlecht wird, widerspricht aber nicht.

Ich sehe Jackson an, der nur nickt. Er sieht erschöpft aus, aber irgendwie auch ein klein wenig erleichtert.

Als wir draußen auf dem Flur stehen, die Tür zu Trents Büro hinter uns jetzt geschlossen, bestätigt er meine Vermutung. »Das ist alles eine riesengroße Scheiße«, sagt er. »Aber immerhin haben wir jetzt Gewissheit.« Er fährt sich mit den Fingern durchs Haar. »Mehr Gewissheit als in meinem eigenen Leben herrscht, so viel ist sicher.« Er sieht mich an. »Ich geh jetzt wieder an die Arbeit. Wir sehen uns später.«

Er haucht mir einen Kuss auf die Wange, doch noch ehe er gehen kann, hält ihn Evelyn zurück. »Ich überbringe nur ungern noch mehr schlechte Neuigkeiten, aber durch unsere dramatische Unterbrechung konnte ich Ihnen nicht alles zu Ende erzählen.«

Ich begegne Jacksons Blick, und ich kann sehen, dass ihm genauso unwohl zumute ist wie mir.

»Schlechte Neuigkeiten?«, fragt er.

»Nun ja, zumindest keine guten. Ich habe zwar noch keine Bestätigung, aber es geht das Gerücht um, dass eine andere Produktionsfirma an Graham Elliott herangetreten sein soll, und er scheint immer noch an dem Film interessiert zu sein. Es tut mir leid.«

»Warten Sie mal. Was?«, fragt Jackson, als ob er sie nicht richtig verstanden hätte.

»Der Film«, wiederholt Evelyn. »Reed mag zwar tot sein, aber ich fürchte, das Filmprojekt ist es nicht.«

18

»Ich kann es nicht fassen«, sagt Cass ungläubig. Es ist Freitagmorgen, und Cass ist in die Innenstadt gekommen, um Siobhan zu ihrem Bewerbungsgespräch im Museum of Contemporary Art zu begleiten, das nur einen Katzensprung vom Stark Tower entfernt ist. Jetzt sitzen wir draußen neben dem Kaffeewagen des Java B's, schlürfen einen Caffè Latte und essen Schokocroissants. »Ich habe ihn einmal getroffen, oder? Bei irgendeiner Firmenparty, zu der du mich mitgeschleppt hast, kann das sein?«

Ich habe ihr gerade von dem ganzen Drama um Trent berichtet und nicke jetzt. »Letztes Jahr bei der Weihnachtsfeier. Er hat dich angemacht.«

»Ach, ja, richtig. Ich hab es ihm schonend beigebracht. Hab ihm gesagt, dass es nichts mit ihm persönlich zu tun hat. Aber dass er einfach das falsche Equipment mitbringt.«

Ich verstecke mein Grinsen hinter einem großen Bissen von meinem Croissant. »Ich mochte den Kerl sogar. Wenn das nicht gewesen wäre, hätte ich es vielleicht schon früher erkannt.«

»Sei nicht so streng zu dir. Es ist schwer, das Schlechte in den Menschen zu sehen. Hat Damien ihm den Hals umgedreht?«

»Er hat ihn fristlos entlassen. Ohne Arbeitszeugnis. Und er hat auch Calloway angerufen.«

»Den Typen, dem das Lost Tides gehört und der Trent in den ganzen Schlamassel hineingezogen hat? Wie gern hätte ich bei dem Gespräch Mäuschen gespielt!«

»Ja, nicht?«

»Zwingt Damien ihn, das Lost Tides zu schließen?«

Ich schüttele den Kopf. »Nein. Er meinte, er lässt den Markt entscheiden – was für mich völlig okay ist, denn das Cortez wird der Oberhammer. Aber er hat auch gesagt, falls er auch nur den leisesten Verdacht haben sollte, dass sie wieder schmutzige Tricks abziehen, würde er Calloway an den Eiern aufhängen. Und ich zitiere ihn fast wörtlich.«

»Und Damien wäre dazu auf jeden Fall imstande«, sagt Cass. »Calloway muss sich in die Hosen pissen vor Angst.«

»Das hoffe ich. Die Einzige, für die es mir leidtut, ist Rachel. Sie mochte Trent wirklich gern und ist jetzt am Boden zerstört. Ich habe sie gestern Abend angerufen und ihr alles erzählt. Ich wollte nicht, dass sie ins Büro kommt und völlig unvorbereitet mit dem ganzen Klatsch und Tratsch konfrontiert wird.« Ich verziehe das Gesicht. »Sie hat sich heute freigenommen.«

»Das heißt, deine gute Tat hat dir auch noch zusätzliche Arbeit eingebracht?«

Ich nicke. »Aber das ist okay. Je mehr ich zu tun habe, desto weniger Zeit habe ich, mir Sorgen zu machen.«

»Und Jackson?«

Ich zerknülle die Serviette von meinem Croissant und nehme dann meinen Kaffeebecher in beide Hände, weil ich die Wärme brauche. »Er macht sich so viele Sorgen, dass es für uns beide reicht.«

»Wegen dem, was Evelyn über den Film gesagt hat?«

»Wegen allem«, sage ich. »Aber der Film schwebt gerade wie ein Damoklesschwert über ihm. Seitdem er unter Mordverdacht steht, hat er keine ruhige Minute mehr, aber immerhin war der Vorteil der, dass die Erpressung plötzlich vom Tisch und der ganze Spuk mit dem Film vorbei war.«

»Und nun steht er immer noch unter Mordverdacht und der Film kommt vielleicht trotzdem raus, sodass er sich vom Schicksal echt verarscht fühlt, richtig?«

»Du hast es erfasst«, sage ich. Alles in allem hat er die Neuigkeiten aber ganz gut aufgefasst. Wir sind gestern nach Feierabend noch zu meiner Wohnung gefahren und waren den ganzen Abend spazieren; erst auf der Third Street Promenade und dann bis zum Pier hinunter. Danach haben wir noch ferngesehen und sind anschließend Arm in Arm eingeschlafen. Eigentlich war es total schön, einfach Zeit miteinander zu verbringen. Aber gleichzeitig wurde dieses schöne Gefühl von all der Sorge und Frustration getrübt.

»Ich möchte doch einfach nur ein Leben ohne all das Drama und all diese Unsicherheit.« Ich klinge weinerlich und kläglich, aber ich weiß, dass ich mich bei Cass nicht verstellen und eine glückliche Miene aufsetzen muss.

Cass legt ihren Arm um meine Schulter, und ich lehne mich bei ihr an. »Ich weiß. Das wird schon wieder.«

Ihre Worte klingen bestimmt, aber ich glaube ihr nicht. Jeder Tag nährt meine Angst. Denn jeder Tag scheint ein Beweis für das Sprichwort, dass kein Glück ewig währt. Sondern sich in all dem Drama langsam in nichts auflöst.

Verflucht, war das nicht die Geschichte meines Lebens? Meine Kindheit, die von meinem Vater zerstört wurde.

Meine Beziehung zu Jackson, die von meinen furchtbaren Albträumen durchkreuzt wurde.

Und jedes Mal, wenn wir jetzt in unserer Beziehung einen Schritt nach vorn machen, wirft uns irgendetwas zurück. Sabotage. Mord. Selbst unsere kleinen Erfolgserlebnisse werden zerstört. Wie gestern. Wir haben das Rätsel um die Sabotageakte gelöst, nur um zu erfahren, dass uns dieses verdammte Filmprojekt immer noch verfolgt.

Und was mich wirklich beunruhigt, sind die Muster. Denn wenn auf Gutes immer etwas Schlechtes folgt, ist dann nicht die logische Konsequenz, dass ich Jackson verlieren werde? Entweder weil er hinter Gittern landet. Oder, was ich nicht hoffen will, weil wir das mit uns beiden nicht hinkriegen?

Ich pule mit gerunzelter Stirn an der Pappmanschette an meinem Kaffeebecher herum. »Da ist noch etwas«, sage ich. »Wegen Ronnie, meine ich.«

Cass, die mich gut genug kennt, um zu wissen, dass mich etwas Wichtiges umtreibt, wendet mir ihr Gesicht direkt zu. »Ich höre.«

Ich lecke mir die Lippen. »Jackson will, dass ich Ronnies Vormund werde, falls er ins Gefängnis wandert.«

»Woah«, sagt Cass. »Aber ehrlich gesagt überrascht mich das nicht. Ich meine, er liebt dich. Wem würde er sonst seine Tochter anvertrauen wollen?«

»Ich weiß. Glaub mir. Das verstehe ich. Aber …«

»Aber du hast Angst.«

»Ich habe total Schiss«, gebe ich zu.

»Brauchst du nicht. Er landet nicht im Knast.«

Ich verziehe das Gesicht. Angesichts all der Ereignisse der letzten Zeit ist diese Art von Optimismus nicht mehr als eine hohle Phrase.

»Und falls doch, finde ich es super, dass sie zu dir kommt. Du wirst das ganz hervorragend machen, Syl. Ich kenne dich, weißt du noch? Und ich weiß, wozu du fähig bist.«

Ihre Worte sind ermutigend, und ich klammere mich daran wie an einen Strohhalm. Cass hatte ein gutes Verhältnis zu ihrem Vater, und ihr Vertrauen in mich spendet mir innerlich Wärme. Aber diese Wärme kann nicht meine Zweifel vertreiben.

Cass betrachtet mich aufmerksam. »Du musst dich nicht verstellen.«

Ich runzle die Stirn. »Ich weiß nicht, was du meinst.«

»Du musst nicht die Mom sein, oder Tante Sylvia, oder wie auch immer sie dich nennen mag. Sei einfach Sylvia. Sei einfach du selbst. Der Rest ergibt sich von allein.«

Ich hebe die Schultern. »Vielleicht. Ich weiß auch nicht. Ich habe einfach total Schiss.«

»Ich weiß.« Sie legt einen Arm um mich und drückt mich. »Aber du schaffst das schon. Holt er sie jetzt hierher?«

Ich schüttele den Kopf. »Er denkt darüber nach. Er hat mir gestern Abend gesagt, dass er überlegt hatte, sie dieses Wochenende herzubringen, damit wir Zeit mit ihr verbringen können, falls – na ja, falls er verhaftet wird. Aber dann kam das mit dem Film wieder auf, und nun hat er Angst, sie ungewollt ins Rampenlicht zu zerren.«

»Kann ich nachvollziehen. Armer Jackson.«

Ich nicke, denn ich stimme ihr voll zu. Aber insgeheim fühle ich mich schuldig, denn ich bin auch erleichtert. Und ich hasse mich dafür, weil ich Jackson nicht seiner Tochter berauben will. Aber mich macht die Vorstellung einfach unglaublich nervös, dass ich sie womöglich bald mit aufziehe, dieses kleine zerbrechliche Wesen, für das ich vielleicht am Ende allein verantwortlich sein werde.

Neben mir piept Cass' Handy, und sie wirft einen Blick auf das Display. »Siobhan ist fast fertig. Willst du mich bis zum Museum begleiten?«

Das klingt sehr verlockend, aber ich schüttele den Kopf. »Ich sollte wieder zurückgehen.« Als wir aufstehen, fällt mir ein, was ich die ganze Zeit über vergesse. »Ich habe am Montag mit Ollie gesprochen und soll dir schöne Grüße ausrichten. Und, ohne dich stressen zu wollen, aber er hat sich gefragt, was aus deinen Franchiseplänen geworden ist.«

»Oh.« Sie war schon auf den Füßen, aber jetzt setzt sie sich wieder hin.

Meine Augen weiten sich. »Ärger?«

»Nein. Eigentlich nicht. Aber ich habe mit Siobhan gesprochen und beschlossen, meine Pläne auf Eis zu legen.«

»Echt jetzt?« Ich bin ebenso überrascht wie besorgt. Immerhin hängt ihr Herz an diesem Projekt, und eines der großen Probleme mit ihrer Exfreundin Zee war, dass sie keinerlei Unterstützung für ihre Pläne gezeigt hat. Von Siobhan hätte ich das nicht erwartet.

»Nicht für immer«, ergänzt Cass, die offenbar meine Gedanken gelesen hat. »Aber Siobhan hat mich darauf gebracht, dass im Moment ich das Gesicht der Firma bin. Aber außerhalb der vier Wände meines Studios kennt mich niemand. Also werde ich einen PR-Berater anheuern und Werbung machen. Meinen Namen bekannt machen. Ein Logo kreieren. Eine Marke entwickeln. So was halt. Das brauche ich, um Franchisenehmer anzulocken.«

»Ich finde, das klingt hervorragend.«

»Das war Siobhans Idee«, sagt sie, und ich bin mir sicher, dass man mir die Erleichterung ansieht. »Krass, oder? Zee war so eine Schlange. Aber bei Siobhan und mir passt es einfach.« Sie grinst dreckig. »Und zwar auf jeder Ebene.«

Sie steht auf und streckt eine Hand nach unten, um mir aufzuhelfen und mich zu umarmen. »Bei dir und Jackson passt es auch. Und das ist wichtig. Das hilft euch, all diesen Scheiß durchzustehen.«

»Schon möglich«, sage ich und erwidere ihre Umarmung.

»Vertrau mir«, sagt sie. »Alles wird gut.«

Ich antworte nicht. Ich hoffe natürlich, dass sie recht behält, aber ich kann nicht ganz daran glauben.

Zwei Stunden später wünschte ich, ich wäre mit Cass zum Museum spaziert, denn mein Kopf droht zu explodieren, weil ich mich um acht Millionen Projekte gleichzeitig kümmern muss. »Ich werde das noch irgendwie im Budget unterbringen«, sage ich zu dem störrischen Vorarbeiter. »Arbeiten Sie vierundzwanzig Stunden rund um die Uhr, falls nötig, aber der Hubschrauberlandeplatz und der gesamte Landebereich müssen bis Montag gesäubert und repariert sein.«

Ich lege auf, schließe die Augen und drücke meine Fingerspitzen gegen meinen Nasenrücken. Obwohl ich seit meiner Kaffeepause nonstop gearbeitet habe, bin ich bei den Aufräumarbeiten gerade mal einen Schritt weitergekommen. Und damit leider auch bei meiner gesamten To-do-Liste.

Ich will mich gerade in die nächste Arbeit stürzen, als Ethan anruft. Zumindest steht sein Name auf dem Display. Aber da ich davon ausgehe, dass mein Vater diesen miesen Trick nicht noch einmal ausprobiert, gehe ich das Risiko ein und gehe ran.

»Es tut mir leid«, sagt Ethan. »Ich habe es gerade erst herausgefunden. Ich kann nicht fassen, dass er einfach mein Handy benutzt hat. Es tut mir so, so leid.«

»Es ist nicht deine Schuld. Er ist das Arschloch.« Ich hole Luft. »Tut mir leid, dass ich dich nicht sofort zurückgerufen habe, aber im Büro war die Hölle los.«

»Schon okay. Ich dachte mir schon, dass du sauer bist, weil Dad es mir erzählt hat, und ein bisschen Zeit brauchtest, um wieder herunterzukommen.«

»Ich war nicht sauer«, sage ich, obwohl ich das war. Verdammt, obwohl ich das immer noch bin.

Es entsteht eine lange, unangenehme Pause, bis er plötzlich sagt: »Ich hätte es dir nicht erzählen sollen.«

Scheiße. Ich weiß nicht, was ich sagen soll. Denn ein Teil von mir ist derselben Meinung. Aber der andere Teil findet die Vorstellung unerträglich, dass es noch mehr Geheimnisse zwischen mir und meinem Bruder gibt.

»Nein«, antworte ich schließlich. »Ich war sauer auf Dad, nicht auf dich. Und selbst wenn es mir nicht gefällt, dass du es weißt, fand ich es furchtbar, Geheimnisse vor dir zu haben. Und ich schwöre, das war das einzige von meiner Seite aus.«

Ich warte darauf, dass er dasselbe entgegnet, aber er sagt nichts.

Ich runzle die Stirn und frage mich, ob sein Schweigen ein Zeichen der Erleichterung ist, dass ich nicht wütend auf ihn bin, oder ein Zeichen, dass er mir etwas verheimlicht.

»Also ist zwischen uns alles in Ordnung?«, fragt er nach einer weiteren langen Pause.

»Ja, ist es.« Denn egal welche Probleme und Geheimnisse ich auch habe, werde ich nicht zulassen, dass irgendetwas zwischen meinen Bruder und mich kommt. »Versprochen.«

»Okay. Cool.« Er räuspert sich. »Übrigens, wegen Jacksons kleiner Tochter …«

»Jackson will, dass ich ihr Vormund werde, falls er ins Gefängnis muss.«

»Ach du Scheiße, Sylvia.«

»Ich werde es tun«, sage ich. »Und ich erzähle es dir nur, weil ich keine Geheimnisse vor dir haben will. Aber ich möchte im Moment nicht darüber reden.« Vor allem möchte ich nicht mit Ethan darüber reden. Ich weiß, was er sagen würde, und ehrlich gesagt habe ich mich heute ohnehin schon wegen dieser ganzen Mommy-Sache genug verrückt gemacht.

»Ich … Na schön. Okay. Egal.« Er holt Luft. »Zwischen uns ist wirklich alles gut?«

»Ja, wirklich«, versichere ich ihm. »Ich muss leider los. Im Gegensatz zu dir kann ich nicht faulenzen.«

Er lacht. »Na gut. Ich rufe dich morgen oder so an. Vielleicht bitte ich dich sogar, herzukommen und mir zu helfen, Möbel auszusuchen.«

»Hast du eine Wohnung gefunden?«

»Ja, sie ist winzig, aber am Strand.«

»Klar helfe ich dir.« Während ich spreche, geht die Fahrstuhltür auf und Jackson tritt heraus.

»Cool. Hab dich lieb.«

»Ich hab dich auch lieb«, sage ich, und als ich auflege, lächle ich.

»Ich hoffe, das war Ethan oder Cass«, sagt Jackson, während er durch den Empfangsbereich auf meinen Schreibtisch zugeht. »Ansonsten müssen wir ein Wörtchen miteinander reden.«

»Mein geheimer Liebhaber«, sage ich grinsend. »Aber wenn du dich ins Zeug legst, vergesse ich ihn vielleicht.«

»Ich werde mein Bestes geben.« Er lehnt sich gegen die Wand zwischen Damiens Tür und meinem Schreibtisch. Er hat die Hände in den Hosentaschen und ein Lächeln auf dem Gesicht, das verrät, dass ihm gerade jene Art von Dingen durch den Kopf geht, die nicht einmal im Entferntesten mit der Arbeit zu tun hat. Jene Art von Dingen, die mir einen wohligen kleinen Schauer über den Rücken jagt.

»Wie komme ich zu der Ehre Ihres Besuchs, Mr. Steele?«

»Ich habe über heute Abend nachgedacht.«

»Welch ein Zufall. Ich auch.« Wir wollen morgen Nachmittag zur Insel fahren, um beim Aufräumteam vorbeizuschauen, und über Nacht bleiben. Heute Abend jedoch übernachten wir noch einmal in meiner Wohnung. Ich hatte mich schon auf einen entspannten Abend mit einem Wein auf meinem Balkon gefreut, aber wenn ich ihn mir jetzt so anschaue, wäre mir eine aktivere Abendgestaltung mehr als willkommen.

»Wie wichtig ist es dir, heute Abend zu Hause zu bleiben?«, fragt er.

Ich lege meinen Kopf schräg. »Wieso? Hast du andere Pläne?«

»Erinnerst du dich, dass ich mal das Dominion-Gate-Konzert erwähnt habe?«

»Ja.« Ich lehne mich in meinem Stuhl zurück und verschränke die Arme. »Warum?«

»Ich hatte ganz vergessen, dass die Tickets verlost werden, und heute habe ich erfahren, dass ich vier gewonnen habe. Ich dachte, das wäre vielleicht eine gute Gelegenheit, mal für einen Abend der Realität zu entfliehen.«

»Das stimmt wohl.« Ich runzle die Stirn. »Warte mal. Das Konzert ist heute Abend?

»Im ›The Rafters‹«, sagt er und meint einen relativ neuen Club in Burbank, einer Großstadt rund zwanzig Kilometer von L. A. entfernt.

»So weit ins Valley müssen wir fahren?«

»Tja, dort spielt halt die Musik. Hast du Lust?«

»Klar«, lüge ich. »Immerhin hatte ich schon das Band-T-Shirt an. Dann sollte ich sie auch mal live gesehen haben.«

Er will sich gerade von der Wand wegdrücken und sich aufrichten, doch dann überlegt er es sich anders und bleibt regungslos stehen, den Blick auf mich gerichtet.

»Was?«, frage ich nach einer Weile.

»Du willst eigentlich gar nicht gehen.« Es ist keine Frage.

Ich zögere, lenke dann aber ein. »Eigentlich nicht. Aber du möchtest gehen, und ich liebe dich. Und es wird bestimmt lustig, wenn wir erst mal dort sind.«

»Bist du sicher?«

Ich stehe auf, gehe zu ihm und lege meine Arme um seine Taille. »Ich würde noch viel mehr für dich tun. Klar, bin ich sicher.« Ich küsse ihn zärtlich auf die Lippen. »Und du hast recht, es klingt tatsächlich nach einer hervorragenden Idee, mal für einen Abend der Realität zu entfliehen.«

Er hält meinen Kopf an meinem Kinn fest und blickt mir tief in die Augen. »Hast du eine Vorstellung davon, wie sehr ich dich liebe?«

Ein Glücksgefühl durchströmt mich und hüllt mich ein, warm und weich wie eine Decke, und ich merke, dass ich so breit grinse, dass es wehtut. »Ja«, sage ich schlicht. »Habe ich.«

Ich lege meinen Kopf gegen seine Brust und atme tief ein, während er meinen Rücken streichelt, und in diesem Moment denke ich: So muss es sich im Himmel anfühlen. Geborgen, warm und wunderschön.

Ich seufze glücklich und lehne mich nach einer Weile wieder zurück. »Sagtest du, du hast vier Karten?«

»Ursprünglich hatte ich überlegt, Nikki und Damien einzuladen.«

Meine Augenbrauen heben sich. »Wirklich?«

»Hey, ich bin sehr dafür, unser brüderliches Verhältnis auszubauen. Aber Damien ist heute Abend in Palm Springs, und Nikki hat schon etwas anderes vor.«

»Ein Spa-Wochenende mit Jamie«, sage ich.

»Du bist gut informiert, wie ich sehe.«

»Das ist schließlich mein Job. Außerdem hatte Nikki

mich eingeladen, aber ich habe ihr gesagt, dass ich lieber mit dir Zeit verbringen möchte.« Ich stelle mich auf Zehenspitzen, damit ich in sein Ohr flüstern kann. »Ich hoffe, du verpasst mir eine kräftige Massage. Nachdem ich extra auf einen Spa-Besuch verzichtet habe, meine ich.«

»Darauf kannst du dich verlassen«, sagt er und lässt seine Hand zu meinem Po wandern. Er kneift hinein, und ich quietsche kurz auf und lache dann. »Du wirst auch eine brauchen, nachdem du ein paar Stunden gestanden hast.«

»Gestanden?«

»Im The Rafters gibt es keine Sitzplätze. Aber dafür echt gutes Bier und echt gute Musik.«

Er sieht so aufgeregt aus, dass ich ihm diesen Wunsch schlecht abschlagen kann, insbesondere nach all dem Mist, den er hinter sich hat. »Alles klar. Ich würde sagen, wir haben ein Date.«

»Dann machen wir es aber richtig. Ich hole dich um sieben ab. Das Konzert beginnt um zehn. Wir gehen vorher essen, damit wir gegen neun Uhr dreißig dort sind. Klingt das gut?«

»Klingt perfekt.«

»Soll ich Cass und Siobhan einladen? Ich habe doch noch zwei Extra-Karten.«

Über diese Frage, die er mit einer solchen Leichtigkeit und Aufrichtigkeit vorbringt, freue ich mich riesig.

»Ja«, sage ich. »Das wäre fantastisch.« Und dann schmiege ich mich wieder in seine Arme und küsse ihn zärtlich. »Übrigens bist du auch ziemlich fantastisch.«

19

Als wir vor dem The Rafters eintrafen – einem unscheinbaren Gebäude am Übergang von North Hollywood zu Burbank –, dachte ich zunächst, Edward hätte uns zu der falschen Location gefahren. Von außen sah der Club aus, als hätte sich jemand einen Schuppen in seinen Hinterhof gestellt und schwarz angemalt. Wenn auch einen ziemlich großen Schuppen.

Jackson versicherte uns jedoch, dass wir richtig seien, und bei näherem Hinsehen erkannte ich es auch. Zum einen an dem Klappaufsteller auf dem Parkplatz, der Dominion Gate ankündigte, und zum anderen an der langen Schlange von Konzertbesuchern, die um das Gebäude herum reichte.

Auf meinen zweifelnden Blick hin lachte Jackson nur und versprach, dass es bestimmt ein lustiger Abend werden würde.

Und er sollte recht behalten.

Nun, da wir drin sind, frage ich mich ehrlich gesagt, wie der Club durch all die Sicherheitsprüfungen gekommen ist, denn ich bin mir ziemlich sicher, dass der Bass der Band die Wände jeden Moment zum Einstürzen bringt. Selbst der Betonboden vibriert, aber vielleicht ist das auch nur Einbildung. Oder es liegt an den Hunderten von Leuten, die wie entfesselt zu der ohrenbetäubenden Musik tanzen.

Aber trotz allem ist es ein richtig toller Abend – und wenn man bedenkt, dass wir wie die Sardinen zusammengequetscht in einem kaum klimatisierten Gebäude viel zu nah an den Boxen stehen, sagt das jede Menge aus. Über die Musik, vielleicht. Aber vor allem über Jackson. Denn er genießt es sichtlich und ist völlig sorglos, frei. Ja, fast jungenhaft.

Und ich würde viel über mich ergehen lassen, nur um ihn so glücklich zu sehen.

Der Club ist proppenvoll, und ich stehe eingequetscht zwischen Jackson und Cass, die sich zu mir herüberlehnt, um mir etwas zu sagen. Allerdings weiß ich nicht was, denn man versteht sein eigenes Wort kaum. Als ich meine Hände fragend hochhalte, rollt sie mit den Augen und deutet auf ein Mädchen, das ein paar Meter weiter weg tanzt. Zuerst denke ich, dass sie ein Mädel auscheckt – was ziemlich Cassidy-untypisch wäre, insbesondere, da Siobhan gerade direkt neben ihr steht.

Aber dann sehe ich, dass das Mädchen Fotos mit ihrem Handy schießt. Nicht von der Band, sondern von Jackson.

Ich würde mir gern einreden, dass das daran liegt, dass Jackson so unglaublich heiß aussieht in seiner verwaschenen, abgewetzten Jeans und dem kurzärmligen Henley-Shirt, das so eng an seinem schweißgebadeten Körper klebt, dass ich ganz nervös werde.

Doch leider weiß ich es besser. Als wir hereingekommen sind, hat ihn jemand erkannt – ich habe das Gemurmel gehört, von wegen »der Architekt, der den Regisseur umgelegt hat«, das sich in der Menge ausbreitete, ehe die Vorband auf die Bühne kam.

Allerdings hat uns niemand angesprochen, sodass Jackson das Ganze bislang einfach gekonnt ignoriert hat.

Ich sehe zu Cass und zucke mit den Schultern, um ihr zu signalisieren, dass das nicht unsere Sorge sein soll. Der heutige Abend gehört nur uns, und solange ihm niemand auf die Pelle rückt, können die Leute so viele Fotos machen, wie sie wollen.

Als das Konzert schließlich zu Ende ist, bin ich praktisch taub. Außerdem hat sich ein dünner Schweißfilm auf meiner Haut gebildet, sodass das ärmellose Rollkragenshirt, das ich mit einer dünnen Lederjacke und einem passenden Minirock kombiniert habe, jetzt klitschnass ist. Und trotz des kühlen Novemberabends merke ich, dass das mit dem Lederrock ein großer Fehler war, denn mittlerweile klebt er an meinem Hintern und meinen Oberschenkeln fest.

Was meine Füße betrifft – nun, da bin ich selbst schuld. Jackson hatte mich vorgewarnt, dass wir stundenlang stehen würden. Und wie sich herausstellt, sind meine flachen schwarzen Lieblingssandalen doch nicht für jede Gelegenheit geeignet, wie ich dachte.

Mit anderen Worten, ich kann es kaum erwarten, endlich an die frische Luft zu kommen. Deshalb bin ich heilfroh, als wir auf die Tür zusteuern, selbst wenn das heißt, dass wir in einer Menschenmenge dahintreiben und ich den Leuten so nah komme, dass ich mindestens siebzehn verschiedene Deodorants und Shampoos rieche.

Jackson hat seinen Arm fest um meine Taille gelegt, und Cass läuft dicht an meinen Rücken gepresst, damit wir uns nicht in der Menge verlieren. Der Eingang besteht aus zwei breiten Flügeltüren, die sich direkt zum Parkplatz hin öffnen, sodass sich die Masse ziemlich schnell vorwärtsdrängt, und sobald wir durch die Türen treten und mir der kühle Nachtwind um die Nase weht, seufze ich erleichtert auf. Doch schon im nächsten Augenblick zucke ich zusammen, als rings um uns herum die Kameras zu blitzen beginnen.

Jackson packt sofort meine Hand und Cass legt ihre Hand auf meine Schulter, während ich allmählich realisiere, dass es keine Handykameras sind. Sondern Nikons und Canons und Ricohs, die den Fotografen gehören, die neben Reportern stehen, die Mikrofone mit den Logos von L. A.'s bekanntesten Promi-News-Sendern in der Hand halten.

Mit verwirrter, leicht panischer Miene drehe ich mich zu Jackson, denn das hier ist definitiv eine Gangart härter als die Paparazzi, die uns belagert haben. Ich kann nur inständig hoffen, dass irgendein Filmstar im Club gesichtet wurde. Dieser ganze Auflauf hat doch sicher nichts mit Jackson zu tun.

Aber natürlich hat er das. Was mir spätestens klar wird, als sie seinen Namen rufen. Reed erwähnen. Ihn auf den Film ansprechen. Auf Damien. Auf den tätlichen Angriff. Auf das Fletcher-Anwesen in Santa Fe. Aber ich verstehe das alles nicht, denn schließlich wurde Jackson überhaupt nicht verhaftet, und es hat sich doch nichts geändert, und …

»Ist es wahr, dass Arvin Fletchers Enkelin Ihre Tochter ist?«

»Warum verstecken Sie sie?«

»Ist Veronica der Grund, weshalb Sie den Film stoppen wollten?«

»Stimmt es, dass der Film nun doch gedreht wird? Glauben Sie, dass das Interesse durch Reeds Tod angeheizt wurde?«

Hinter mir zieht Cass scharf Luft ein und holt mich damit aus der merkwürdigen Art Trance, in die ich verfallen war, sobald die Fragen auf uns einprasselten. Ich höre, wie Siobhan etwas murmelt und daraufhin losrennt, an uns vorbei und durch die Menge hindurch.

Ich habe keine Ahnung, was sie vorhat, aber das spielt auch keine Rolle, denn ich bin wie erstarrt. Meine Hände schmerzen, und erst jetzt merke ich, dass Jackson sie fest drückt, was ein gutes Zeichen ist. Denn solange er sich an mir festhält, kann er nicht auf irgendjemanden einschlagen.

Doch als ich ihm ins Gesicht sehe, bin ich mir sicher, dass er kurz davorsteht, genau das zu tun. Und als die nächste Frage ertönt – *Haben Sie Reed umgebracht, um die Existenz Ihrer Tochter geheim zu halten?* –, weiß ich, dass die Paparazzi diesmal zu weit gegangen sind.

Ich spüre, wie er sich neben mir anspannt. Ich sehe, wie sich seine Gesichtszüge vor Wut verhärten.

O Gott, und dann spüre ich das kalte, hilflose Gefühl von Verlust, als er meine Hand loslässt und nach vorne stürzt, zweifellos, um diesen idiotischen Reporter windelweich zu prügeln, der keine Ahnung hat, welche Tür er gerade aufgestoßen hat.

Ich springe nach vorne, kriege Jackson am Hosenbund zu fassen und ziehe ihn zurück.

Er dreht sich zu mir um, sein Gesicht wutentbrannt, und ich denke noch, *Oh, Scheiße. Dieses Foto wird überall in der Klatschpresse zu sehen sein,* und schon wirft er sich erneut mit fliegenden Fäusten nach vorne, und noch ehe ich seinen Namen rufen kann, liegt der Reporter auf seinem Hintern, die Hand auf die Wange gepresst, während Jackson gerade ausholt, um ihm noch eine zu verpassen.

»Nein!«

Ich schreie so laut, dass mir der Hals wehtut, aber es funktioniert. Jackson dreht sich zu mir um, und sein Gesicht wirkt inmitten des Blitzlichtgewitters gespenstisch weiß.

Sein Atem geht schwer und seine Augen funkeln wild, und ich frage mich, wie wir aus diesem Schlamassel herauskommen sollen. Da höre ich, wie jemand Cass ruft, und dann zupft Cass von hinten an meinem Shirt.

Es ist Siobhan, deren Kopf aus der Dachluke der Limousine ragt.

»Komm«, rufe ich Jackson zu, und es scheint, als ob ihn dieses Wort wieder zur Besinnung bringt. Gemeinsam drängeln wir uns durch die Menge, Jackson in der Mitte, Cass und ich links und rechts von ihm, und stolpern durch die Tür, die Siobhan jetzt für uns aufhält, in das Innere der Limousine.

»Los!«, schreit Siobhan, ihre Hand flach auf dem Knopf für die Gegensprechanlage zum Fahrer. Als die Limousine anrollt, dreht sie sich zu uns um. »Ich dachte mir, es wäre gut, wenn ein Fluchtauto bereitsteht.«

»Du bist genial«, sage ich, doch sie antwortet nicht. Aber wie auch, wenn Cass sie gerade leidenschaftlich küsst?

Draußen hört man immer noch das Klicken der Kameras, aber allmählich beginnt sich mein Atem zu normalisieren. Jackson hingegen ist immer noch aufgewühlt, und als ich mich jetzt neben ihn setze, zieht er sein Handy hervor. Er will gerade wählen, als es klingelt. »Evelyn«, sagt er, bevor er auf die Schaltfläche tippt, um das Gespräch anzunehmen.

»Gute Güte, junger Mann. Was genau verstehen Sie eigentlich unter ›Temperament im Zaum halten‹?« Ihre Stimme klingt blechern durch den Lautsprecher, aber ihre Frustration ist klar und deutlich zu hören.

Jackson ignoriert ihre Frage einfach. »Wie zur *Hölle* haben die das herausbekommen?«

»Sie haben einen Sorgerechtsantrag gestellt, Herzchen. Wir wussten, dass es dieses Risiko gab. *Sie* wussten um dieses Risiko. Nun müssen wir uns damit auseinandersetzen. Mit der Enthüllung und mit Ihrer liebreizenden Reaktion gerade eben. Die Presseleute haben das ganze Spektakel natürlich auf Band aufgenommen. Und bombardieren Damien bereits mit Fragen. Wollen alles über seine Nichte wissen.«

Jackson lässt die Hand so hart auf die Holzvertäfelung nach unten sausen, dass Cass, Siobhan und ich hochschrecken.

»Gottverdammte *Scheiße* noch mal.« Er holt Luft und dann noch einmal. Ich will seine Hand nehmen. Doch irgendetwas hält mich zurück. *Noch nicht*, denke ich. *Jetzt noch nicht.*

»Ich habe es verbockt.« Er presst jedes Wort durch die Zähne hindurch, als ob es ihm ein Stück seines Herzens herausschneiden würde. »Ich habe die Beherrschung verloren und dadurch alles nur noch schlimmer gemacht.«

»Möglicherweise haben Sie das«, sagt Evelyn mit fester Stimme. »Ich kann versuchen, es so hinzudrehen, dass Sie um Ihre Tochter besorgt waren, sie aus dem Skandal heraushalten wollten, die ganze PR-Masche eben –, aber Sie haben gerade einem Reporter Ihre Faust ins Gesicht gerammt, Jackson. Und vielleicht beschließen unsere Detectives, mit diesem Film als Beweis in der Tasche, einen kleinen Ausritt zu machen.«

»Du denkst, sie werden ihn verhaften?« Meine Stimme klingt piepsig.

»Ich denke, Harriet kann das besser beurteilen. Aber sie wissen, dass er in Reeds Haus war und dass sie Streit hatten. Sie wissen, dass er ein Motiv hatte. Und nun weiß die ganze Welt, wie schnell er die Beherrschung verliert. Ehrlich gesagt glaube ich, dass ihr auf alles gefasst sein solltet.«

Ich sehe Jackson an, der sich mit den Fingern durchs Haar fährt und wütend und erschöpft aussieht. »Ich weiß«, antwortet er, als die Limousine vor einem Haus vorfährt, das ich nicht kenne. »Ich habe verstanden.«

»Zerbrechen Sie sich nicht den Kopf darüber. Lassen Sie das vorerst meine Sorge sein. Ich werde mich mit Charles und Harriet in Verbindung setzen. Alles, was Sie tun müssen, ist sich von der Presse fernhalten und sich beruhigen. Vergessen Sie den heutigen Abend. Ihrer Tochter wird nichts geschehen. Haben Sie mich verstanden?«

»Ja. Gut. In Ordnung.« Er beendet den Anruf und gibt Evelyn keine Chance weiterzureden, was auch immer sie sagen wollte.

Was mir jedoch auffällt, ist, was sie nicht gesagt hat. Nämlich, dass Jackson nichts geschehen wird.

Ich versuche meine Angst zurückzudrängen, als ich bemerke, wie Siobhan zur Tür rüberrutscht, sie öffnet und aussteigt. Fragend sehe ich zu Cass hoch, die sich zu mir herunterbeugt, um mich zu umarmen. »Siobhans Wohnung«, flüstert sie. »Sie dachte, ihr beide braucht vielleicht ein bisschen Zeit für euch.«

Und noch ehe ich ihr antworten oder ihr danken oder sonst irgendetwas sagen kann, folgt sie Siobhan aus dem Auto.

Nachdem sie die Tür zugeworfen hat, rollt die Limousine wieder auf die Straße, und ich finde mich neben Jackson wieder, der regungslos und gefährlich still dasitzt.

Ich schlucke und spüre, wie meine Haut von der wachsenden Hitze prickelt.

Ich atme schwer, während sich meine Brust hebt und senkt. Meine Haut ist warm, und in meinem Nacken haben sich kleine Schweißperlen gesammelt.

Er dreht seinen Kopf langsam zu mir, und seine Augen, wild und hart, begegnen meinen. Eine feurige Gier lodert darin, und für eine Sekunde fürchte ich, dass er mich in Stücke reißen wird. Dass er mich wirklich stellvertretend für diese Wichser zerfleischen wird, die die Neuigkeit über seine Tochter Ronnie verbreitet haben. Einfach aus der Angst heraus, von der ich weiß, dass sie ihn auffrisst, wie sie mich auch auffrisst.

Aber habe ich ihm nicht mehrfach versichert, dass ich das aushalte, egal, wie schlimm es kommt? Dass ich sein Ventil, sein Sicherheitsnetz sein will?

Dass ich bereitwillig seinen Schmerz auf mich nehme – und wir ihn gemeinsam in Leidenschaft verwandeln werden?

Ich halte immer noch seinen Blick und fühle mich allein durch seine Willenskraft wie gefesselt. Er hat mich nicht berührt, und obwohl wir kein Wort miteinander gewechselt haben, weiß ich, dass er das auch nicht tun wird, solange ich nicht meine Einwilligung gegeben habe. Nicht heute Abend. Nicht, wenn er sich abreagieren muss. So weit gehen muss, wie er es braucht. Und darüber hinaus.

»Ja«, sage ich lediglich.

Ein Muskel zuckt in seiner Wange, doch ansonsten zeigt er keinerlei Bewegung und sagt auch kein Wort zu mir. Stattdessen beobachtet er mich. Eine Sekunde verstreicht, und noch eine. Es ist, als ob er mich auf die Probe stellen, meine Entschlusskraft testen wollte. Ich bleibe völlig ungerührt sitzen und erwidere einfach seinen Blick. Aber langsam, ganz langsam, spreize ich meine Beine.

Jackson atmet schwer ein. Dann dreht er sich in der Hüfte, um die Gegensprechanlage zu erreichen, und haut mit dem Finger auf den Knopf.

»Fahren Sie nicht heim, Edward.« Seine Stimme klingt angespannt, mühevoll kontrolliert. »Fahren Sie einfach. Mir ist egal, wohin. Fahren Sie einfach, bis ich Ihnen sage, dass Sie anhalten sollen.«

20

»Mehr«, sagt er so voller Begierde, dass es mein Höschen dahinschmelzen lassen würde, wenn ich eins tragen würde. »Ich will dich sehen. Ich will sehen, wie feucht du bist.«

Ich lecke mir über die Lippen und hebe meinen Hintern nur so weit hoch, dass ich meinen Rock greifen kann, und schiebe ihn dann mühelos über meine Hüften nach oben, ehe ich mich wieder hinsetze, die Beine noch weiter gespreizt. Das Leder ist wärmer, als ich erwartet hatte, und ich weiß auch, warum – mein ganzer Körper ist heiß, angefeuert durch mein eigenes Verlangen.

»O Gott, Syl.« Die Hitze in seiner Stimme ist unverkennbar, und er lässt seinen Blick über mich gleiten, wobei er seine Aufmerksamkeit auf meine Muschi richtet, die jetzt sehr, sehr entblößt ist. Und sehr, sehr feucht.

»Willst du …?«

»Dich.« Nur dieses eine Wort, aber es birgt alles. Leidenschaft. Schmerz. Angst. Verlangen.

Dies ist eine Flucht. Ein Entkommen. Eine Möglichkeit, den Horror einer bevorstehenden Verhaftung hinter uns zu lassen. Eine Möglichkeit für ihn, zu vergessen, was er eben getan hat – zu vergessen, dass er sich selbst damit vielleicht noch tiefer hineingeritten hat.

»Du hast mich.« Ich begegne seinem Blick und weiß, dass er sehen kann, wie ernst es mir damit ist. »Sag mir einfach, wie du mich haben willst.«

Er schüttelt den Kopf und legt dabei einen Finger auf die

Lippen. Dann geht er vor mir auf die Knie, seine Hände auf meinen nackten Oberschenkeln. Er ergreift sie und hebt meine Beine mit einer Bewegung an, sodass sie über seinen Schultern liegen, während er seinen Mund mit solcher Wucht gegen meine Muschi presst, dass ich in den Sitz gedrückt werde und vor Überraschung und Verlangen aufkreische.

Seine Zunge foltert mich, und als er an meiner Klit saugt, winsele ich und wiege meine Hüften, in dem Versuch, mich seinem wilden, erbarmungslosen Angriff zu entwinden. Doch er kennt keine Gnade und hält mich fest, damit ich diesem überwältigenden Gefühl nicht auch nur einen Zentimeter entfliehen kann, das mich jetzt überfällt, mich immer höher und höher und bis an den Rand trägt.

Und dann – als ich unmittelbar davorstehe zu explodieren – zieht er seinen Kopf zurück und lässt mich keuchend und frustriert und sehnsüchtig auf die Hitze seines Mundes an meiner Klit wartend zurück.

»Jackson«, beginne ich, doch er sieht mich streng an, und ich erinnere mich an seine Ermahnung, nicht zu sprechen.

Er robbt auf den Knien zurück und setzt meine Füße wieder auf den Boden der Limousine. Ich liege mit weit gespreizten Beinen auf dem Sitz, meine Möse entblößt und feucht und pulsierend vor Verlangen, und obwohl er mich nicht dazu aufgefordert hat, ziehe ich mein Shirt aus und streife meinen Rock hinunter, sodass ich nur noch mit meinem schwarzen Spitzen-BH und der Vibratorkette um den Hals dasitze, die ich auf sein Geheiß stets tragen soll. Ich greife nach hinten, um meinen BH zu öffnen, aber Jackson schüttelt den Kopf, mit einem Anflug von einem Lächeln auf den Lippen, und ich frage mich, was er für mich bereithält.

Er kommt auf mich zu und zieht mir langsam die Kette über den Kopf. Er schaltet das Gerät ein, das zu vibrieren beginnt, und schaltet es auf die höchste Intensitätsstufe. Dann gibt er es mir zurück und wandert mit dem Blick zu meinen gespreizten Beinen.

Ich weiß natürlich, was er will. Er will, dass ich zu Ende bringe, was er begonnen hat. Er will mir zusehen, wie ich es mir selbst mit dem Vibrator mache. Und auch wenn ich bei Jackson keinerlei Grenzen kenne, fühlt sich das dennoch irgendwie ungehörig an. Verwegen.

Und ja, ganz schön heiß. Denn im Grunde gibt es nichts, das ich mit ihm nicht tun würde, und allein das Wissen, das er mich beobachtet, heizt mir so was von ein.

Ich fixiere ihn mit meinen Augen und halte den dünnen Zylinder in der Hand, während ich meine Unterlippe verführerisch durch die Zähne ziehe. Erst dann ziehe ich den Anhänger ganz, ganz leicht über meinen Bauch, an meinem Schambein entlang weiter nach unten, um den empfindlichen Bereich um meinen Kitzler herum zu stimulieren.

Ich bin schon jetzt so geil, dass die höchste Vibrationsstufe, die er eingestellt hat, beinahe die Grenze zum Schmerz überschreitet, wenn auch nicht ganz. Doch es ist mir fast zu viel, sodass ich die Augen schließe und ohne darüber nachzudenken kleine Geräusche vor Lust und Schmerz von mir gebe. Ich versuche die richtige Stelle zu finden, den richtigen Druck. Ich bin nah dran, ich kann fühlen, wie der Sturm in mir aufzieht, wie sich gewaltige Kräfte in meiner Körpermitte konzentrieren.

Ich atme schwer. Momentan bin ich nicht einmal sicher, ob ich versuche, dieses Gefühl auszureizen oder mich über die Klippe zu tragen. Ich öffne die Augen und bin erstaunt über den nackten, unverhohlenen Hunger, den ich in seinem Gesicht erblicke. Er kniet vor mir, seine Hand gegen seinen Schwanz gepresst, der sich unter der Jeans abzeichnet, und ich weiß, dass er gegen seine primitiven Bedürfnisse ankämpft; dass er versucht, still dazusitzen und mir zuzuschauen, anstatt hier und jetzt auf der Stelle über mich herzufallen.

Sein Verlangen ist so greifbar, dass es die ganze Limousine auszufüllen und wie ein Blitz auf mich niederzugehen scheint, der die Luft zwischen uns elektrisiert. Ich will dem etwas entgegensetzen – ich will noch weiter gehen. Ihn noch geiler machen. Ihn noch wilder machen.

Ich will ihn brechen. Ihn dazu bringen, dass er an nichts anderes mehr denken kann, als daran, mich zu ficken.

Verführerisch halte ich den Vibrator weiter zwischen meine Beine und stimuliere mich zu meinem und seinem Vergnügen. Doch mit der anderen Hand greife ich nach oben und ziehe das Körbchen meines BHs herunter, sodass eine Brust freiliegt. Ich streichele sie und beschreibe kleine Kreise um meinen Nippel, an dem ich abwechselnd reibe und zwirbele.

Jackson sagt nichts. Und abgesehen von der Anspannung in seinem Gesicht, die mir verrät, dass er sich nur mit Mühe zurückhält, zeigt er keinerlei Reaktion. Zumindest anfangs nicht. Aber dann knöpft er seine Jeans auf, holt seinen Schwanz heraus und beginnt mit langen, schnellen Bewegungen daran zu reiben. Und als ich ihm dabei zusehe, überkommt mich ein solch feuriges Gefühl des Triumphs, dass es ein Wunder ist, dass ich nicht auf der Stelle komme.

Seine Augen begegnen den meinen, und die Hitze scheint ein Loch mitten durch mich hindurch zu brennen. Ich winsele jetzt nicht nur, sondern meine Möse, so offen und entblößt für ihn, beginnt sich bei seinem Anblick zusammenzuziehen. Ich sehe, wie sich seine Augenbrauen heben; offensichtlich ist es ihm nicht entgangen.

Ich sehe ihm in die Augen, und noch ehe ich mich bremsen kann, forme ich mit dem Mund zwei Worte: *Fick mich.*

Ich gehe nicht davon aus, dass er es tut. Dies ist schließlich seine Show, nicht meine.

Und auch wenn ich die ganze Zeit über die Absicht hatte, ihn zu brechen, hätte ich niemals mit der Heftigkeit gerechnet, mit der er jetzt seine Hände nach mir ausstreckt und mich zu sich zieht, sodass ich vor Schreck den Vibrator fallen lasse, der nutzlos auf dem Teppichboden weiterbrummt.

Er steht vom Boden auf, setzt sich auf seinen Platz und zieht mich auf seinen Schoß. Und bevor ich Zeit habe durchzuatmen, dreht er mich um, sodass ich mit dem Rücken zu ihm sitze. Dann hebt er mich hoch, bis meine Möse genau über seinem steinharten Schwanz schwebt. »Los«, fordert er mich auf. »Ein einziger Stoß. Ich will, dass du mich ganz nimmst.«

Diese Herausforderung nehme ich gerne an und lasse mich langsam nach unten sinken, einfach weil ich uns beide auf die Folter spannen will. Dann komme ich wieder hoch und wiederhole das Ganze, denn verdammt, es fühlt sich einfach so was von gut an.

»Mehr«, fordert er und gleitet mit der Hand nach vorn, um meine Brust zu umgreifen.

Ich strecke den Rücken durch, als er meine Nippel so fest drückt, dass es fast schmerzt – und das in Kombination mit dem Gefühl von ihm so tief in mir ist unglaublich erotisch.

»Mehr«, fordert er erneut, und diesmal ist seine Stimme nurmehr ein Brummen. »Härter«, befiehlt er, und ich stemme mich gegen das Autodach, um den Widerstand zu erhöhen, als ich jetzt immer und immer wieder auf ihn herabstoße, während sein Schwanz mich füllt und seine Finger mich foltern, bis ich völlig willenlos bin und mein Körper nur noch aus Empfindungen zu bestehen scheint. Lust. Schmerz. Verlangen. Hunger. In diesem Moment gibt es nur noch das überwältigende primitive Bedürfnis, das alles will. Das den Orgasmus will.

Das Jackson will.

Und als die Limousine, die bislang ruhig dahingerollt ist, plötzlich über einen Huckel fährt, und mich leicht hochwirft, komme ich endlich über den Punkt und komme mit einem so wilden, heftigen Orgasmus, dass ich aufschreie, während sich meine Muschi fest um ihn zusammenkrampft. Er kommt auch und hat seinen Mund auf meine Schulter gepresst, aus dem ein ersticktes Stöhnen ertönt, während seine Hand meine Brust umklammert und sein Schwanz, der tief in mir steckt, mich mit der ganzen Wucht seines Orgasmus' füllt.

Als das Zittern seines Körpers allmählich verebbt und er sich zu mir umdreht, sodass ich die wilde, animalische Begierde in seinem Gesicht sehe, kann ich nur atmen. »Besser?«, frage ich, als ich die Kraft zum Sprechen wiederfinde. »Das will ich doch schwer hoffen, denn ich fühle mich auf höchst befriedigende Weise benutzt. Aber falls nicht, bin ich mehr als gern bereit, das Ganze zu wiederholen. Aus völlig selbstlosen Motiven, versteht sich.«

Er lacht laut auf, und der Widerhall seines Lachens in meinem Körper fühlt sich wunderbar an.

»Wie machst du das nur?«, fragt er.

»Was?«

»Dass du das alles von mir fortfegst. All den Scheiß und Wahnsinn. All die Wut. All die Angst. Du hast dieselbe kathartische Wirkung auf mich, als wenn ich irgendein Arschloch im Ring ausknocke«, und fügt mit einem dreckigen Grinsen hinzu, »Nur dass es mit dir noch mehr Spaß macht.«

»Das freut mich zu hören«, sage ich.

Seine Augen begegnen meinen, und mit einem Mal ist das Lächeln aus seinem Gesicht verschwunden, und als er jetzt spricht, sind seine Worte sanft und bedeutungsschwer. »Du bist mein persönliches Wunder«, sagt er und zieht mich zu sich, um mich an seine Brust zu drücken.

Ich seufze, denn ich empfinde dasselbe für ihn. Und auch wenn ich weiß, dass nichts perfekt ist und unsere Welt immer noch bedrohlich wankt, fühlt sich zumindest in diesem Augenblick alles richtig an.

21

Da wir am nächsten Morgen zur Insel fahren wollen, beschließen wir, den Paparazzi zu trotzen und mit der Limousine zum Jachthafen zu fahren. Doch erstaunlicherweise steht nur ein kleines Grüppchen davor, und wir können mühelos das Tor passieren und auf den Parkplatz fahren.

»Sie haben sich daran gewöhnt, dass ich bei dir übernachte«, sagt er. »Nach dem heutigen Abend warten sie dort bestimmt schon auf mich, damit ich kommentieren kann, weshalb ich den armen, wehrlosen Reporter zusammengeschlagen habe.«

»Mach keine Witze darüber«, ermahne ich ihn, als er mir einen Arm um die Schulter legt.

»Du hast recht. Es tut mir leid.« Er hält kurz an, um mir mit dem Daumen über die Wange zu streicheln. Er ist jetzt ruhiger. Ich weiß, dass er sich immer noch Sorgen macht, aber zumindest für den Moment können wir uns etwas entspannen. Falls uns irgendeine neue Hiobsbotschaft erwartet, kann das verdammt noch mal auch bis morgen früh warten. Und er weiß verdammt noch mal auch, dass er mich nicht daran zu erinnern braucht. »Kommst du mit unter die Dusche?«

»Ich würde Ihnen überallhin folgen, Mr. Steele«, sage ich und werde mit einem Lächeln von ihm belohnt.

»Möchtest du Wein?«, fragt er, als wir das Boot erreicht haben. Er ist mir ein paar Schritte voraus, da ich angehalten habe, um meine Schuhe auszuziehen. »Es ist zwar schon spät, aber ich könnte einen Schluck vertragen.«

Ich antworte nicht. Ehrlich gesagt habe ich die Frage kaum gehört.

Was ich stattdessen gehört habe, waren Schritte, und als ich mich umdrehe, um über die Schulter zu blicken, sehe ich Harriet auf dem Dock stehen, als ob sie auf Erlaubnis warten würde, die Jacht betreten zu dürfen. Ihr Name steht auf der Liste der genehmigten Gäste, die am Tor hinterlegt ist, aber ehrlich gesagt hatte ich gehofft, sie nie hier zu sehen.

Und sie hier zu sehen kann kein gutes Zeichen sein.

Ich strecke meine Hand aus und bekomme Jacksons Shirt zu greifen. Mit einem Stirnrunzeln dreht er sich zu mir um, und als er Harriet entdeckt, erstarrt er augenblicklich.

»Sind Sie wegen des Konzerts hier?«, frage ich. »Denn Evelyn hat Jackson bereits die Leviten gelesen.«

»Nein«, sagt sie und sieht auf den Landungssteg hinunter. »Darf ich?«

Ich blicke zu Jackson hinüber, der steif nickt. »Natürlich.«

Sie betritt den Steg, und ich schaue unbehaglich umher. Meine Nerven liegen blank. Wenn jetzt jemand niesen würde, würde ich vermutlich vor Schreck ins Wasser springen.

Es muss irgendetwas Schlimmes sein. Es ist weit nach Mitternacht – keine Uhrzeit, zu der ein Anwalt normalerweise Hausbesuche macht. Irgendetwas muss passiert sein, und obwohl ich unbedingt wissen will, was, wage ich nicht, die Frage auszusprechen.

Stattdessen frage ich nur dämlich: »Wollen Sie sich hinsetzen?«

Sie schüttelt den Kopf. »Es tut mir leid, Jackson. Sie sollen sich Montag um neun Uhr der Polizei stellen.«

Meine Brust ist so zugeschnürt, dass ich kaum atmen

kann, sodass es mir ein Rätsel ist, wie ich überhaupt ein Wort herausbringe. »Und was, wenn er es nicht tut?«

»Man wird ihn so oder so verhaften. Wenn er sich nicht von allein stellt, wird es ein Medienzirkus. Wenn er sich jedoch stellt, können wir das ganze Tamtam vermeiden.«

»Jackson«, flüstere ich, und er nimmt meine Hand und hält sie fest. Und in diesem Moment weiß ich, dass er sich in mir täuscht. Ich bin nicht stark. Ich bin schwach. Denn in diesem Moment tröstet er mich, wenn doch ich es sein sollte, die ihn tröstet.

Oh, Gott. Oh, Gott. Oh, Gott. Oh, Gott.

Harriet spricht immer noch, und Jackson antwortet ihr. Er klingt beinahe normal. Vielleicht etwas angestrengter als sonst. Ich höre nicht einmal zu, worüber sie reden. Ich glaube, sie geht mit ihm durch, was morgen passieren wird. Wie man mit ihm verfahren wird. Wie sie eine Freilassung auf Kaution beantragen wird, was jedoch aufgrund der kürzlichen Vorfälle möglicherweise abgelehnt wird.

»Und man will Sie befragen, Sylvia«, sagt sie auf einmal zu mir, und ich reiße meinen Kopf hoch. »Ich denke, ich kann den Termin noch um einen Tag oder so verschieben. Ich werde Detective Garrison erklären, dass Sie unter Schock stehen.«

»Das trifft es gut«, sage ich, und sie nickt verständnisvoll.

»Sie beide müssen sich klarmachen, dass das nicht heißt, dass es jetzt aus und vorbei ist.«

Sie sieht Jackson an, während sie das sagt.

»Es ist nicht aus und vorbei, aber es sieht auch nicht gut für mich aus«, sagt er. »Der tätliche Angriff. Die Zeugin, die mich gesehen und den Streit zwischen Reed und mir gehört hat. Der Film und Ronnie. All das«, sagt er abschließend. »All das spricht gegen mich.«

»Ja«, gibt Harriet zu. »Aber jetzt müssen wir uns für den Kampf rüsten.«

Er sagt nichts.

»Ich weiß, dass Sie Angst haben. Ich weiß, dass Sie das alles überfordert. Das ist okay. Dafür haben Sie mich. Das ist meine Aufgabe, Jackson. Das ist es, wofür Sie mich bezahlen. Damit ich jetzt den Kampf übernehme. Vertrauen Sie mir einfach, okay? Ich hole Sie da raus.«

»Rausholen heißt eventuell, dass wir auf schuldig plädieren und auf ein Verfahren verzichten. Dass meine Haftstrafe verkürzt wird, aber ich trotzdem ein paar Jahre absitze.«

»Eventuell, ja«, bestätigt sie, und mein Magen dreht sich um bei dieser Vorstellung.

Er sieht ihr in die Augen. »Ich habe ihn nicht getötet.«

»Ich glaube Ihnen«, sagt sie.

Aber wir wissen alle drei, dass das keine Rolle spielt.

Nachdem Harriet gegangen ist, halte ich Jackson fest umklammert, der geradezu innerlich bebt vor aufgestauter Energie. Vor Bewegungsdrang. Und ja, vor Kampfeslust.

Doch im Moment gibt es nichts und niemanden, mit dem er kämpfen könnte.

Er zieht mich noch näher heran, mit einer solch wilden, ungestümen Bewegung, dass ich kurz denke, dass er mich erneut will. Seine Furcht mit einem Fick bekämpfen will.

Aber das ist es nicht, was er sucht. Nicht jetzt. Stattdessen hält er mich im Arm, ein paar Sekunden ermutigender Solidarität, ehe er mich freigibt und auf und ab zu gehen beginnt. Er durchmisst mit großen Schritten die gesamte Länge des Bootes, und obwohl er nichts sagt, kann ich an seinem Gesicht ablesen, was gerade mit ihm los ist. Er denkt nach. Er plant.

Er geht gedanklich eine Liste durch, um sicherzustellen, dass für alles, was ihm wichtig ist, gesorgt ist oder bis zum Morgen gesorgt wird.

»Chester«, sagt er und sieht mich streng an. »Lass dir von ihm eine Liste aller Architekten geben, mit denen ich gearbeitet habe. Du wirst jemanden dabeihaben wollen, der die Bauarbeiten beaufsichtigt, wie du es ursprünglich mit Dean vorhattest.«

»Jackson. Hör auf. Ich kann damit umgehen.«

Er sieht mich beunruhigt an.

»Ich kann damit umgehen«, wiederhole ich.

»Kannst du? Kannst du das wirklich? Denn ich bin nicht sicher, ob ich es kann.«

Ich gehe auf ihn zu und streiche ihm zärtlich über die Wange. »Ja«, sage ich. »Kannst du. Es ist nur ein Schritt. Ein Schritt des Weges, wie Harriet gesagt hat. Du wirst das hinter dich bringen. Du wirst nicht in den Knast gehen.«

»Glaubst du das wirklich?«

»Ja«, sage ich, denn ich will verflucht sein, wenn ich ihm in diesem Augenblick etwas anderes sagen würde.

Er streicht sich mit beiden Händen durchs Haar. »Ich muss Ronnie anrufen.«

»Es ist bereits nach Mitternacht in Santa Fe.«

»Ich weiß, aber sonst kann ich vielleicht nicht …«

Er beendet den Satz nicht, doch das muss er auch nicht. »Mach ruhig«, sage ich. »Sie findet es bestimmt total aufregend und abenteuerlich, mitten in der Nacht mit dir telefonieren zu dürfen.«

Er schenkt mir ein dankbares Lächeln und verschwindet unter Deck. Ich zögere und weiß nicht recht, was ich tun soll. Ich verspüre ebenso diesen Tatendrang. Diesen Bewegungsdrang. Diesen Drang, irgendetwas zu *tun*.

Tun, aber was? Es gibt überhaupt nichts, das ich tun kann.

Wenn es etwas geben würde, hätte ich es schon längst getan.

Nachdem ich viel zu lange dagestanden und mich hilflos gefühlt habe, nehme ich schließlich eine der Decken aus dem wasserdichten Kasten und kuschle mich auf den Liegestuhl. Ich ziehe mein Handy heraus und rufe Cass an, aber ich erreiche nur ihre Mailbox. Ich hinterlasse keine Nachricht, denn in der Regel ruft sie mich sowieso zurück, sobald sie sieht, dass ich angerufen habe. Aber angesichts der späten Stunde nehme ich an, dass ich erst morgen früh von ihr höre.

Ich schließe meine Augen und überlege, dass ich im Schlaf Zuflucht nehmen könnte, aber das will ich auch nicht. Nicht jetzt. Nicht unmittelbar vor Jacksons Verhaftung. Das ist ein Garant für Albträume, und das kann ich mir heute Abend nicht leisten.

Nicht, weil ich es nicht überleben würde, sondern weil ich nicht möchte, dass Jackson gezwungen ist, mich zu trösten.

Ich hole mein Handy wieder heraus, und diesmal rufe ich Ethan an. Er geht beim ersten Klingeln ran und lallt ins Telefon: »Es ist meine große Schwester! Jungs, es ist Syl!«

Ich höre noch mehr betrunkene Männer im Hintergrund, die »Hey!« und »Yo, Baby!« grölen, und obwohl ein furchtbarer Tag hinter mir liegt, kann ich nicht umhin und muss lächeln.

»Wo bist du?«, frage ich, als sich die Aufregung legt.

»In Mexiko«, antwortet er. »*Gracias, por favor. Arriba!*«

Ich lache. »Dein Spanisch ist miserabel. Bist du wirklich in Mexiko?«

»Nur über das Wochenende. Ich bin mit Larry und Jim unterwegs«, fügt er hinzu und meint zwei Freunde aus Unizeiten. »Ich dachte, wenn ich schon mal Urlaub habe, kann ich auch herfahren. Nicht zum Tauchen. Nur zum Schnorcheln und Trinken. Und natürlich, um das üppige Angebot an weiblicher Gesellschaft auszukosten.«

Ich verdrehe die Augen. »Mein Bruder, der Aufreißer.«

»Und stolz darauf. Was gibt's bei dir?«

»Ich wollte einfach nur deine Stimme hören«, sage ich, woraufhin mein Bruder, der mich kennt, lediglich »Schwachsinn« antwortet.

»Na gut. Es geht um Jackson. Er wird Montag unter Anklage gestellt. Er soll sich um neun Uhr der Polizei stellen.«

»Ach du Scheiße.« Seine Stimme klingt schlagartig nüchtern. »Syl, ich bin – das ist ja total beschissen.«

»Ich weiß.«

»Alles okay mit dir?«

»Nein.« Meine Stimme überschlägt sich ein wenig, doch ich habe mir fest vorgenommen, nicht zu weinen. »Nein, aber ich schätze, ich muss mich zusammenreißen.«

»Willst du, dass ich zurückkomme?«

Ich umklammere die Decke und liebe meinen Bruder in diesem Moment über alles. »Danke, aber nein. Das wird schon.« Ich weiß zwar nicht wie, aber ich muss daran glauben, dass es stimmt. »Aber es ist lieb, dass du das anbietest.«

»Immer doch, Syl. Das weißt du hoffentlich, oder?«

»Ja, das weiß ich.«

»Wie geht Jackson damit um?«

»Stoisch. Ängstlich. Wütend.« Ich schließe meine Augen und seufze. »Ziemlich so, wie man erwarten würde.«

»Was ist mit seiner kleinen Tochter? Ist sie – ich meine, wirst du auf sie aufpassen?«

Ich lecke mir über die Lippen, denn mit einem Mal ist mein Mund wie ausgetrocknet. Diese Möglichkeit war mir gar nicht in den Sinn gekommen. »Ich weiß es nicht«, gebe ich zu. »Sie ist gerade in Santa Fe. Ich weiß nicht, was Jackson vorhat. Er spricht gerade mit ihr. Er wollte …« Meine Stimme überschlägt sich, und ich muss erneut ansetzen. »Er wollte mit ihr reden, bevor er in Untersuchungshaft kommt.«

»Ja, klar.« Ich höre, wie er tief einatmet. »Hör mal, ich sollte dich nicht länger aufhalten. Es ist schon spät.«

»Klar. Schön, dass ich dich erwischt habe. Viel Spaß noch. Ich ruf dich dann …«

»Samantha war schwanger«, platzt er plötzlich heraus.

Ich wiederhole die Worte in meinem Kopf, weil ich nicht sicher bin, ob ich richtig gehört habe. »Sag das noch mal.«

»Das war der Grund, weshalb wir Schluss gemacht haben«, sagt er. »Weshalb ich aus London weggegangen bin. Sie war schwanger. Ich wollte kein Kind – hab mich nicht bereit dafür gefühlt. Wir haben gestritten. Ich bin gegangen.«

»Oh«, sage ich. »Das tut mir leid.«

»Nein, ich bin derjenige, dem es leidtut.«

»Weil du gegangen bist?«

»Nein.« Seine Stimme klingt plötzlich müde. »Nein, ich meine es ernst, wenn ich sage, dass ich nicht dazu gemacht bin, Vater zu sein. Aber es tut mir leid, dass ich dich wegen der ganzen Kindernummer so gestresst habe. Ich habe in diesem Moment meinen ganzen eigenen Scheiß auf dich projiziert.«

»Also glaubst du doch, dass ich das hinkriege?«

»Ja. Nein. Ich weiß nicht.« Ich kann genau vor mir sehen, wie er verzweifelt seinen Kopf zurückwirft, so wie er es immer macht. »Ich weiß es echt nicht. Schau dir mal an, welche Eltern wir zum Vorbild hatten. Andererseits sind aus uns beiden ja auch ganz vernünftige Menschen geworden.«

Bei dieser Bemerkung muss ich dann aber doch lachen. »Ich bin nicht sicher, ob man das Argument gelten lassen kann.«

»Was ich damit sagen will, ist, wenn du denkst, du kriegst das hin, dann solltest du deinem Gefühl vertrauen. Okay?«

»Okay«, sage ich.

»Hat dir das geholfen?«, fragt er.

»Ja«, lüge ich. Denn die Wahrheit ist, dass ich mir ganz und gar nicht sicher bin, ob ich das hinkriege.

Und wenn ich diesem Gefühl vertrauen soll, was heißt das dann in letzter Konsequenz für mich?

Vor allem aber, was heißt das für Jackson und mich?

22

Als ich aufwache, finde ich mich unter strahlendem Sonnenschein und dem wundervollen Anblick von Jacksons blauen Augen wieder, die auf mich herabblicken.

»Hey«, sage ich und versuche blinzelnd wach zu werden. Ich bin immer noch auf Deck, aber in eine warme Decke gehüllt, und stelle überrascht fest, dass ich offenbar allein hier draußen geschlafen habe. »Warst du die ganze Nacht wach?«

Doch anstatt meine Frage zu beantworten, setzt er sich mit einem so ernsten Gesicht auf den Rand des Liegestuhls, dass mir angst und bange wird. »Wir müssen reden.«

Ich schüttele den Kopf, denn egal, was er zu sagen hat, ich will es nicht hören.

»Ich war die ganze Nacht wach, ja«, gesteht er. Er lehnt sich nach vorn und vergräbt sein Gesicht in seinen Händen.

Ich setze mich auf, denn nun verwandelt sich meine Angst in Panik, die ich sofort zurückdränge. Angesichts all der dramatischen Entwicklungen ist das Letzte, was Jackson jetzt braucht, eine Freundin, die auch noch durchdreht.

Mit einiger Mühe nehme ich mich zusammen und lege meine Hand auf seinen Oberschenkel. »Hey«, sage ich. »Ich weiß, dass du Angst hast, aber Harriet hat recht. Das ist der Grund, weshalb du sie angeheuert hast. Es ist nicht vorbei, Jackson, und wir beide müssen fest daran glauben.«

Sein Nicken ist mechanisch, als ob ich bei einer Cocktail-Party über irgendein belangloses Thema plaudern würde. »Ich habe viel nachgedacht«, sagt er. »Und ich glaube, es wird wohl das Beste sein, wenn ich Damien und Nikki darum bitte, die Vormundschaft für Ronnie zu übernehmen.«

»Ich – oh.« Damit hatte ich nicht gerechnet, und ich tue mich ein wenig schwer, mich geistig auf diese neue Situation einzustellen. »Okay.« Ich schlucke. Ich sollte innerlich einen Freudentanz veranstalten. Schließlich hatte mich der Gedanke, für Ronnie zu sorgen, in Panik versetzt. Aber statt Freude fühle ich überwältigende Enttäuschung. »Das wird wohl das Beste sein«, wiederhole ich seine Worte. »Immerhin ist Damien ihr Onkel.«

»Das ist ein Aspekt«, sagt Jackson. »Aber nicht alles.«

Ein merkwürdiges Prickeln entsteht in meinem Nacken und beginnt langsam meinen Rücken hinunterzulaufen. »Du machst mir Angst, Jackson.«

»Ich weiß«, sagt er mit Schmerz in den Augen. »Es tut mir leid. Aber es gibt etwas, worum ich dich bitten muss. Keine Widerrede, Syl. Keine Fragen.«

Ich antworte nichts darauf. Seine Worte ähneln viel zu sehr jenen, die ich damals in Atlanta zu ihm gesagt habe. Und diese Worte hätten uns beide beinahe zerstört.

Er nimmt meine Hand in seine. Sie ist kalt. Sogar ein wenig verschwitzt. Und mir wird plötzlich schlecht.

»Tu es nicht«, flüstere ich. »Sag es nicht.«

»Ich muss es tun.« Seine Worte werden mich umbringen. Er zieht scharf Luft ein, und als er spricht, ist seine Stimme schmerzerfüllt. »Ich will, dass du gehst.«

»Nein.« Ich schüttele den Kopf, merke es aber erst, als ich damit aufhören muss, weil sich die Welt dreht und mir schwindelig ist. »Nein«, wiederhole ich. »Ich weiß nicht, was für ein Spiel du spielst, aber das brauchst du nicht. Du willst das nicht. Und ich mache ganz bestimmt nicht mit.«

»Das ist kein Spiel.« Der Schmerz ist verschwunden und an seine Stelle eine entschiedene Vehemenz getreten. »Ich hätte das schon auf dem Flughafen tun soll. Ich hätte dich nach L. A. zurückschicken sollen in dem Moment, als uns die beiden Kripobeamten in Santa Fe empfangen haben.«

»Das ist so ein Schwachsinn.« Ich suche nach Worten, nach Argumenten, nach einer Erklärung. Aber ich finde nichts dergleichen. »Warum tust du mir das an? Uns?« Tränen strömen mir über das Gesicht, aber ich achte gar nicht darauf.

Jacksons Finger zucken, als ob er sie wegwischen wollte, und es sieht so aus, als ob er innerlich mit sich ringen würde, um mich nicht zu berühren.

»Verflucht, Jackson. Du hast gesagt, du würdest nie etwas tun, wenn der Preis dafür wäre, mich zu brechen.« Meine Stimme überschlägt sich und klingt wie aus weiter Ferne, als würde ich am Ende eines langen Tunnels stehen. »Was zur Hölle glaubst du, machst du in diesem Moment?«

»Ich beschütze dich, Baby. Und zwar auf die einzige Art und Weise, die ich kenne.«

»Einen Scheiß tust du.«

»Ich habe dir einmal gesagt, dass, wenn es um dich geht, ich weder mutig noch stark bin, weil allein der Gedanke, dich zu verlieren, mich zerstört. Und das ist wahr. Aber verdammt, Syl, ich habe diese Stärke gefunden. Und nicht du bist es, die mich zerstört hat, sondern die Welt.«

»Jackson …« Meine Stimme ist voller Schmerz. Und ja, voller Verständnis. Aber er lässt mich nicht weiterreden, sondern schüttelt einfach den Kopf und fährt fort.

»Ich bin stark genug für uns beide, Baby. Es ist vorbei. Es geht nicht anders. Ab sofort sind wir miteinander fertig. Denn ich werde nicht weiterleben in dem Wissen, dass du an einen Mann gebunden bist, der dich nicht einmal berühren kann. Du verdienst ein richtiges Leben, Syl. Ich will dich nicht in einen Käfig sperren, den wir selbst erschaffen haben, nur weil ich in einen gesperrt wurde.«

»Das ist keine Entscheidung, die du für mich treffen kannst«, sage ich.

»Und ob ich das kann. Du hast mir die Kontrolle überlassen, Baby.«

Meine Augenbrauen heben sich. »Kontrolle? Im Bett vielleicht. Aber in dieser Sache? Auf gar keinen Fall.«

»Erinnerst du dich an das Foto, das ich von dir gemacht habe?«

Natürlich weiß ich sofort, was er meint. Das Foto war entstanden, nachdem Reed mir den Erpresserbrief mit den Bildern geschickt hatte. Ich wollte mir etwas von dem zurückzuholen, was mir Reed genommen hat, und hatte Jackson deshalb gebeten, mich zu fotografieren: nackt und gefesselt.

Deshalb, ja. Natürlich erinnere ich mich an das Foto.

Ich sage nichts, denn er weiß genauso gut wie ich, dass ich mich daran erinnere. Wie auch nicht?

»Dieses Foto war der letzte Schritt zur völligen Unterwerfung«, sagt Jackson.

»So ein Quatsch. Ich habe dich darum gebeten.«

»Das hast du«, stimmt er zu. »Aber jetzt gehört es mir. Es ist in meinem Besitz. In meiner Kontrolle. Es ging dabei nicht nur um Sex, Sylvia. In der Minute, als du mich gebeten hast, das Foto von dir zu machen, hast du mir auch die

Kontrolle über dein Leben gegeben. Denn ich könnte dich im Bruchteil einer Sekunde zerstören.«

»Das würdest du niemals tun.« Trotz allem, was er gesagt hat, kann ich zumindest das mit Bestimmtheit sagen.

Sein Lächeln sieht etwas traurig aus. »Nein. Nie. Aber das ändert nichts an der Tatsache, dass du dich mir ausgeliefert hast. Mir dein Leben vollkommen anvertraut hast. Deinen Ruf. Deine Privatsphäre. Und jetzt, Baby, musst du mir bei dieser Sache vertrauen.«

»Aber ich tue es nicht«, sage ich.

Er seufzt. »Na schön, Aber ich weiß, dass ich recht habe. Und wenn du nicht gehen willst, Syl«, sagt er in einem Ton, der mir das Herz bricht, »dann werde ich es tun.«

»Bist du dir da sicher?«, fragte Damien Jackson. Sie befanden sich auf dem Anwesen in Malibu und spazierten über die verschlungenen Pfade, die vom Haus zum Strand hinunterführten. Nun blieben sie neben den Tennisplätzen stehen, und Damien öffnete das Tor.

Jackson folgte ihm auf den grünen Rasen und nahm gegenüber von seinem Bruder an einem Tisch am Rand des Spielfelds Platz. »Glaub mir«, sagte er, »ich habe kaum über irgendetwas anderes nachdenken können.«

Er fühlte sich jetzt bereits seit Stunden vollkommen verloren. Vollkommen leer. *Er hatte sie wirklich verlassen.*

Er würde wirklich ohne Sylvia an seiner Seite weitermachen. Er hatte so hart um sie gekämpft, und jetzt hatte er sie einfach so sitzen gelassen.

Nein.

Nein, so durfte er das nicht sehen. Er hatte sie verflucht noch mal gerettet. Sie hatte mehr verdient als das Leben einer Strohwitwe. Und auch wenn er ihr glaubte, dass sie sich um Ronnie kümmern würde, wie hatte er ihr diese Bürde auferlegen können? Nur indem er ein selbstsüchtiges Arschloch war, so sah das aus.

Ja, er wollte seine Tochter bei der Frau wissen, die er liebt.

Aber mehr noch wollte er Sylvia glücklich und frei wissen. Nicht in einer Falle gefangen.

Deshalb, ja. So schwer es ihm auch fiel, er war sich sicher. So sicher, dass er sie verlassen hatte. So sicher, dass er ihr das Herz aus dem Leib gerissen hatte.

»Ich bin mir sicher«, sagte er noch einmal zu seinem Bruder.

Damien nickte nicht und widersprach auch nicht. Er blickte ihn einfach nur an, und seine zweifarbigen Augen sahen mehr, als Jackson lieb war.

»Sie liebt dich«, sagte Damien schließlich. »Glaubst du wirklich, dass sie dich weniger lieben wird, nur weil du sie verlässt?«

Jackson fuhr sich mit den Fingern durchs Haar. Damiens Worte verletzten ihn mehr, als er wollte. »Ich glaube, dass es ihr die Chance gibt, ihr Leben zu leben.«

Damien hob eine Augenbraue, und sein Gesicht hatte nun fast einen süffisanten Ausdruck. »Wie du damals, als sie dich in Atlanta verlassen hat?«

Jacksons Magen krampfte sich zusammen, während er gegen die Wahrheit in Damiens Worten ankämpfte. Das hier war etwas anderes, verdammt. Er würde verflucht noch mal ins Gefängnis wandern. »Ich muss einfach nur wissen, ob du als Vormund für Ronnie bereitstehst. Der Rest steht nicht zur Diskussion.«

Einen Moment lang erwartete er, dass sein Bruder etwas einwenden würde. Aber dann nickte Damien. »Natürlich. Ich muss mit Nikki darüber reden, aber ich bin mir sicher, dass sie kein Problem damit hat. Immerhin ist Ronnie meine Nichte.«

Jackson nickte erleichtert. »Danke«, sagte er schlicht.

Alles um ihn herum brach zusammen. Aber zumindest wusste er Ronnie in Sicherheit.

»Damien hat mir erzählt, was passiert ist«, sagt Nikki. Sie steht mit einer Flasche Wein vor meiner Wohnungstür. »Es ist zwar erst mittags, aber ich dachte mir, du könntest bestimmt einen Schluck vertragen.«

»Danke.« Ich trete zur Seite und lasse sie herein. Ich bin nicht sicher, ob ich gerade Gesellschaft haben möchte, aber andererseits freut es mich, dass sie an mich gedacht hat. Und ich weiß, dass Nikki versteht, was ich durchmache. Damien hatte sie einst auch einmal verlassen. Und selbst ich, die ich an seinem Empfang arbeitete, wusste nicht, wo er steckte. Und genau wie Jackson hatte er geglaubt, sie damit nur vor Schlimmerem zu bewahren.

Das heißt, wenn ich von jemandem Anteilnahme und Mitgefühl erwarten kann, dann von Nikki.

»Wie geht es dir?«, fragt sie, während ich den Wein öffne und uns zwei Gläser einschenke.

Wir sitzen jetzt draußen auf der Terrasse, ich auf dem Liegestuhl und Nikki auf dem Klappstuhl. Aber im Moment ist mir nicht nach Sitzen zumute und so stehe ich auf, gehe zur Brüstung und lasse meinen Blick über die benachbarten Gebäude und das Meer dahinter schweifen.

»Mir ist, als würde mir die ganze Welt um die Ohren fliegen«, gestehe ich. »Das Resort ist ein einziger Scherbenhaufen. Erst heute Morgen haben wir zwei weitere Investoren verloren, weil es heißt, dass Jackson sich am Montag stellen wird. Und natürlich hat sich die Presse sofort darauf gestürzt und nennt das Resort ›problembehaftet‹. Wie bescheuert ist das eigentlich?«

»Sehr«, sagt sie sanft. »Aber ich meinte eigentlich wegen Jackson.«

»Das hatte ich schon verstanden.« Ich seufze tief und gehe zu meinem Platz zurück. »Ehrlich gesagt weiß ich nicht, ob ich wütend oder verletzt oder alles zusammen bin.«

»Von allem ein bisschen, nehme ich an.«

Ich nicke. »Die Sache ist die, ich weiß, dass ich allein sein *kann*.« Und das ist wahr – denn Jackson hat mir gezeigt, wie ich ohne doppelten Boden zurechtkomme. Wie ich in mir selbst die Kraft finde. »Aber ich will nicht allein sein. Ich will Jackson an meiner Seite.«

»Auch wenn er nicht an deiner Seite sein kann?«, fragt sie. »Er hat recht, weißt du. Damien hat mit Charles und Harriet gesprochen. Angesichts all der Indizien, die gegen Jackson sprechen – insbesondere sein tätlicher Angriff auf Reed, seine Wutausbrüche, der Streit, den eine Zeugin gehört hat –, ist sich Harriet ziemlich sicher, dass der Staatsanwalt mit harten Bandagen kämpfen wird. Und sie ist sich noch sicherer, dass das Gericht auch Beweise für seine illegalen Faustkämpfe finden wird.«

Meine Augen wandern zu ihr. »Du weißt davon?«

»Ich weiß es jetzt. Und das Gericht auch in Kürze.«

»Scheiße.« Sie hat recht. Sein gewalttätiges Verhalten der Vergangenheit wird ihn wie einen Hitzkopf aussehen lassen, der die Beherrschung verloren und den Mann umgebracht hat, der den Film gegen seinen Willen drehen wollte.

»Vielleicht hat er recht.« Ihre Stimme ist sanft. »Vielleicht solltest du ihn wirklich ziehen lassen.«

Meine Antwort kommt ebenso plötzlich wie heftig. »Nein,

verdammt. Ich will Jackson. Ich will Ronnie. Ich will den Mann, den ich liebe, und alles, was damit einhergeht.«

Etwas in ihren Augen funkelt auf, und als sie »Ich weiß« sagt, lasse ich erleichtert über diesen Beweis, dass sie mich wirklich versteht, meine Schultern sacken.

»Also, wie bekomme ich ihn zurück? Wie bringe ich diesen verdammten Sturkopf dazu, seine Meinung zu ändern?«

»Ich weiß es nicht«, gibt sie zu.

»Was hast du damals gemacht?«, frage ich, weil ich weiß, dass sie versteht, dass ich auf Damien anspiele.

Sie hebt die Schultern. »Ich habe viel geweint. Und dann habe ich gekämpft.« Sie sieht mich an und lächelt. »Wenn ich's recht bedenke, wäre das in Jacksons Fall wahrscheinlich auch ein ziemlich guter Ansatz.«

23

Als ich aufwache, werde ich von Jacksons Stimme begrüßt.

Eine Welle der Erleichterung durchflutet mich, die jedoch sehr schnell der Enttäuschung weicht, als ich merke, dass die Stimme nicht aus meiner Wohnung kommt, sondern aus dem Fernseher. Offenbar muss ich auf dem Sofa eingeschlafen sein.

Gerade läuft eine Morgenshow, und auf dem Bildschirm sind Jackson und neben ihm Harriet zu sehen, die auf dem Deck seines Boots stehen.

»Sie werden sich morgen der Polizei stellen?«, fragt der Reporter.

»Ja, das werde ich«, antwortet er.

»Was wird aus dem Cortez-Resort? Geben Sie den Auftrag ab?«

»Nein. Falls ich auf Kaution freikomme, werde ich weiter daran arbeiten. Gesetzt den Fall, dass ich verhaftet werden sollte, werden wir entweder eine Möglichkeit suchen, wie ich in der Haft weiterarbeiten kann, oder aber ich werde die Bemühungen der Projektleitung unterstützen, einen Ersatz für mich zu finden.«

»Die Bemühungen der Projektleitung?«, wiederholt ein anderer Reporter. »Sie meinen Sylvia Brooks? Sie ist doch die Projektmanagerin, oder nicht?«

»Korrekt.«

»Und wo ist sie heute? Sie beide verbindet doch eine persönliche Beziehung. Wie denkt sie über Ihre Verhaftung?«

Seine Gesichtszüge verhärten sich. »Die Beziehung zwischen Miss Brooks und mir ist rein beruflicher Natur. Wir sind kein Paar mehr.«

Diese Nachricht sorgt für neuerliche Aufregung unter den Reportern, aber mir bereitet sie lediglich Magenschmerzen. *Verdammt, Jackson.* Ich weiß, was er da macht. Er will sicherstellen, dass die Nachricht vom Ende unserer Beziehung von allen Seiten auf mich einstürmt.

Er will sichergehen, dass ich verstanden habe, dass es wirklich aus ist.

Tja, mir doch egal.

Nikki hat recht. Wenn ich ihn zurückwill, muss ich kämpfen. Es trifft sich gut, dass Jackson so ein großer Fan von Kämpfen mit bloßer Faust ist. Denn die Zeit, da ich ihn mit Samthandschuhen angefasst habe, ist jetzt vorbei.

Im Nullkommanichts bin ich umgezogen, aber das Problem ist, dass ich nicht weiß, wo ich ihn suchen soll. Zuerst versuche ich es bei seinem Boot, aber da ist er nicht. Dann versuche ich es im Büro, denn vielleicht will er ja noch so viel wie möglich erledigen, bevor er sich der Polizei stellt.

Aber dort fehlt auch jede Spur von ihm.

Ich fahre an seinem Grundstück in Palisades vorbei, für den Fall, dass er melancholisch geworden ist. Aber wieder nichts.

Ich bin immer noch vollkommen ratlos, als ich bei Cass vorbeischaue. Zumindest sie treffe ich zu Hause an.

»Wahrscheinlich haut er gerade irgendjemandem die Fresse ein«, sagt Cass.

Ich verziehe das Gesicht, denn ich befürchte, dass sie recht hat. »Ich hoffe nicht«, sage ich. »Wenn die Presse ihn dabei knipst, hilft ihm das vor Gericht nicht gerade weiter.«

»Hast du Harriet angerufen?«

Habe ich nicht, aber das ist eine gute Idee. Ich rufe sie an, erreiche aber nur ihre Mailbox. Ich will Cass schon weiternerven, als das Handy klingelt, und ich muss sagen, dass Harriets Zuverlässigkeit wirklich beeindruckend ist.

»Geht es Ihnen gut?« Ihre Frage rührt mich. Schließlich bin ich nicht ihre Klientin.

»Nicht wirklich. Ich versuche gerade, ihn zu finden, Harriet. Wissen Sie, wo er ist?«

Ich befürchte, dass sie mir gleich antwortet, dass sie mir darüber keine Auskunft erteilen darf. Oder noch schlimmer, dass sie findet, er habe die richtige Entscheidung getroffen, und dass sie es mir lieber nicht sagen will.

Aber sie überrascht mich mit ihrer Antwort. »Er hat sich ein Zimmer im Biltmore genommen.«

»Danke.« Aus diesem einen Wort spricht meine große Erleichterung. Meine nächsten Worte klingen dafür eher zaghaft. »Ist er … Ich meine, wie geht es ihm?«

»Lassen Sie es mich so sagen: Ich hätte Ihnen nicht gesagt, wo er sich aufhält, wenn ich nicht glauben würde, dass es ihm guttun würde, Sie zu sehen.«

Ich atme erleichtert aus, denn ich hatte unbewusst die Luft angehalten.

»Danke«, sage ich erneut und beende das Gespräch.

Ich schaue Cass an.

»Verlier keine Zeit damit, es mir zu erklären«, sagt sie. »Geh.«

Und das tue ich. Ich habe bestimmt einen neuen Weltrekord aufgestellt, denn so schnell war ich noch nie von Venice Beach in der Innenstadt. Am Hotel angekommen, übergebe ich mein Auto dem Parkdienst und stürme ins Hotel, nur um ausgebremst zu werden, als der Typ an der

Rezeption sich partout weigert, Jacksons Zimmernummer herauszurücken und irgendeinen Quatsch von wegen Datenschutz faselt. Und er stellt sich erst recht stur, als ich sein Angebot ablehne, auf Jacksons Zimmer anrufen zu lassen.

Verdammt.

Es ist noch nicht mal drei Uhr nachmittags, aber ich habe kein Problem damit, mich in der Hotellobby auf die Lauer zu legen und, falls nötig, den ganzen Tag hier auszuharren. Aber bevor ich das tue, gehe ich in die Gallery Bar, einfach weil ich weiß, dass das Jacksons Lieblingsort ist und ich mich ihm dort ein Stückchen näher fühlen kann.

Und in dem Moment, als ich die Bar betrete, sehe ich ihn.

Ich hatte ihn nicht hier erwartet, nicht so früh am Tag. Aber er sitzt an der Bar, und Phil steht vor ihm und plaudert mit ihm, während er sein Glas nachschenkt.

Ich straffe meine Schultern, rede mir gut Mut zu und marschiere in seine Richtung.

Er spürt meine Anwesenheit, noch ehe ich etwas sagen kann. Das erkenne ich daran, wie sich seine Haltung versteift. Daran, wie sein Glas auf dem Weg zum Mund verharrt. »Sylvia.« Er dreht sich auf dem Barhocker zu mir um.

Ich nehme auf dem Hocker neben ihm Platz. »Was für ein Zufall, dich hier zu treffen.«

Er sieht mich an, und das Aufblitzen von Freude, das ich in seinen Augen sehe, macht mir Hoffnung. »Du hättest nicht herkommen sollen.«

»Das ist ein freies Land«, kontere ich.

»Verdammt, Syl.« Er klingt verdrossen, und Phil sucht unauffällig das Weite, um uns allein zu lassen.

»Mach mir nichts vor. Ich habe es in deinen Augen gesehen. Du hast dich gefreut, mich zu sehen.«

»Immer«, sagt er. »Deshalb war es auch so schwer, dich gehen zu lassen.«

»Du hättest das nicht tun sollen.«

Er widerspricht nicht. »Wie hast du mich gefunden?«

»Ich habe nach dir auf dem Boot gesucht. Im Büro. Am Ende habe ich Harriet angerufen. Sei ihr nicht böse deswegen.«

»Bin ich nicht«, sagt er, und der Hoffnungsschimmer in mir beginnt noch heller zu leuchten.

Ich nehme den Scotch, den er immer noch in der Hand hält, und nehme einen großen Schluck, ohne ihn dabei auch nur eine Sekunde aus den Augen zu lassen. Dann stelle ich das Glas herausfordernd auf die Theke. »Ich möchte, dass du dir anhörst, was ich zu sagen habe. Das ist das Mindeste, was du mir schuldig bist, okay?«

Er schweigt kurz und bedeutet mir dann mit einem Nicken sein Einverständnis, was mich überrascht. »In Ordnung.«

»Du bist ein Idiot«, beginne ich. »Du bist ein Idiot, wenn du glaubst, du könntest mich einfach so aus deinem Leben verbannen. Das kannst du nicht, und das weißt du genauso gut wie ich.«

Er sagt nichts, und ich werte das erneut als Zeichen seiner Zustimmung.

»Erinnerst du dich, wie Damien mir aufgetragen hat, dich zu feuern, und ich mich schuldig gefühlt habe, weil ich meinen Job trotzdem weitermachen wollte?«

»Natürlich.«

»Erinnerst du dich, was du mir damals gesagt hast?« Ich warte gar nicht erst seine Antwort ab. »Du hast mir gesagt, dass du nie von mir verlangen würdest, etwas aufzugeben, das ich liebe. Aber verdammt, Jackson, es gibt nichts auf dieser Welt, das ich mehr liebe als dich.«

»Syl …«

»Nein, lass mich ausreden. Du hast mir einmal gesagt, ich müsse dem, was zwischen uns ist, vertrauen. Das habe ich getan. Und Jackson, du hattest recht. Ich vertraue dem jetzt voll und ganz. Und du musst das auch. Gefängnis, hin oder her. Kind, hin oder her. Das zwischen uns ist echt. Es ist richtig. Verflucht, Jackson, du musst an uns glauben.«

Er schließt seine Augen. »Das tue ich.«

Mein Herz setzt für einen Moment aus. »Wirklich? Denn ich werde hier nicht ohne dich rausgehen. Oder ohne Ronnie. Es interessiert mich einen Scheiß, ob Damien ihr Onkel ist. Ich will ihr Vormund sein, Jackson. Ich will ihre Mom sein.«

Er dreht seinen Kopf und sieht mich misstrauisch an. »Was sagst du da?«

»Ich sage, dass ich dich heiraten will, Jackson.« Die Worte sprudeln nur so aus mir heraus und fühlen sich so richtig, so perfekt an. »Ich sage, dass ich keinen Tag mehr ohne das Wissen zubringen will, dass ich deine Frau werde.«

Hochzeit.

Jacksons Herz fühlte sich an, als wollte es gleich platzen.

Er hatte geglaubt, dass er sie verloren hätte. Dass er sie aus seinem Leben verbannt hätte. Und nun war sie wieder da und fest entschlossen, seine Frau zu werden.

Womit hatte er sie überhaupt verdient? Er wusste es nicht, aber wenn er sich einer Sache sicher war, dann, dass er sie nicht abweisen würde. Viel zu lange hatte er sich den Kopf zerbrochen, wie er sie zurückgewinnen konnte. Eigentlich schon seit dem Gespräch mit Damien. Seit ihm klar geworden war, dass der Versuch, sie aus seinem Leben zu verbannen, keine Lösung war.

Nun wusste er, dass der einzige richtige Weg für ihn und Sylvia der war, zusammen zu sein. Denn getrennt zu sein zerstörte sie beide.

»Jackson?« Ihre Stimme war sanft, ihr Gesichtsausdruck zaghaft.

Er drehte sich zu ihr, in dem Wissen, dass sein Lächeln bereits alles sagte. »Und ob du meine Frau wirst.«

Er beobachtete, wie sie die Augen schloss und sich ihre Gesichtszüge vor Erleichterung entspannten, und er hätte sich am liebsten selbst in den Hintern getreten dafür, dass er sie so verletzt hatte.

»Es tut mir leid«, sagte er, doch seine Worte konnten kaum zum Ausdruck bringen, was er fühlte.

»Ich verstehe es. Wirklich.« Sie hob die Schultern. »Du hast Angst.«

»Ich habe Riesenangst«, gab er zu. »Davor, dich zu verlieren. Davor, in den Knast zu wandern. Davor, dass nichts mehr so sein wird wie zuvor.«

»Ich auch.« Ihre Stimme war kaum mehr als ein Flüstern. »Aber wir stehen das jetzt gemeinsam durch, richtig?«

Anstatt zu antworten, rutschte er vom Barhocker und hielt ihr die Hand hin, um ihr herunterzuhelfen. »Ich brauche dich, Syl. Ich brauche dich jetzt sofort.« Er spürte, wie in ihm das Verlangen wuchs. Ein Mangel, der behoben werden musste. Ein Bedürfnis, das befriedigt werden musste.

»Ich muss mir dich einbrennen. Ich will, dass deine Hitze mich versengt. Mich brandmarkt. Denn selbst im Gefängnis will ich nie mehr ohne dich sein. Und Syl«, fügt er mit rauer Stimme hinzu, »Ich muss dich ganz und gar haben. Meine Frau? Du bist so viel mehr als das. Du bist mein Leben, Syl. Du bist das Blut in meinen Adern. Du bist der einzige Mensch, der mich zerstören kann, und der einzige Mensch, der mich retten kann. Und in diesem Augenblick brauche ich dich mehr als die Luft zum Atmen.«

Sein Mund ist auf meinem in der Minute, als die Tür zu seinem Zimmer hinter uns ins Schloss fällt. Der Kuss ist wild und voller Leidenschaft, als würden wir gleichsam die verlorene Zeit aufholen und den Anbruch unserer gemeinsamen Zukunft markieren.

»Weg damit«, sagt er und zerrt an meinem T-Shirt, und innerhalb von Sekunden sind wir beide nackt und haben unsere Kleidung so schnell ausgezogen, dass es ein Wunder ist, dass wir nicht gestolpert sind in all der Eile.

Ich bewege mich auf ihn zu, um mich an ihn zu schmiegen und seine Haut auf meiner zu spüren, doch er überrascht mich, als er mich stattdessen hochhebt und zum Bett trägt. Das Zimmermädchen war da, und das Bett ist frisch bezogen, als wir uns jetzt in die Kissen fallen lassen.

Jackson rollt sich auf den Rücken und sieht mich an. »Küss mich«, fordert er, und ich zögere keine Sekunde. Ich setze mich rittlings auf ihn, sodass seine Schwanzspitze direkt an meine Muschi drängt. Und während ich mich nach vorne beuge, um meinen Mund fest auf seinen zu pressen, senke ich mich auf ihn herab. Ich bin feucht, mein ganzer Körper glüht vor Erregung, und ich nehme ihn tief und hart.

Er stöhnt an meinem Mund und lässt seine Finger nach unten wandern, um meine Klit zu streicheln, ehe er die Hand wegzieht und nach hinten gleiten lässt. Ich stöhne auf, als er jetzt seine Fingerspitze in meinen Hintern steckt, denn das Gefühl, auf beiden Seiten penetriert zu werden, ist unerhört und gleichzeitig unfassbar erotisch.

»Ja«, flüstere ich. »Gott, ja.« Ich sehe ihm in die Augen. »Du kannst mich ruhig so nehmen.«

»Ich nehme dich, wie immer es mir beliebt«, sagt er, und angesichts dieser intensiven Hitze in Kombination mit diesem Ausdruck von Besitz – von Macht – bleibt mir die Spucke weg, und meine Muschi beginnt erneut zu pulsieren. »Aber du musst meinen Geldbeutel für mich holen.«

Ich hebe eine Augenbraue, frage aber nicht nach. Stattdessen gleite ich vorsichtig von ihm herunter und kehre mit seinem Geldbeutel zurück, den ich aus seiner Gesäßtasche gefischt habe. Während ich vor dem Bett knie, zieht er eine kleine Packung daraus hervor, die aussieht wie ein Kondom.

Ich runzle die Stirn, denn eigentlich haben wir das hinter uns gelassen, aber er grinst nur. »Gleitgel. Ich dachte, das wäre vielleicht ganz praktisch.«

Ich schlucke und nicke. Ich will es auch, aber ich bin auch unsicher. Wir haben es noch nie auf diese Art gemacht, und auch wenn das Gefühl von seinem Finger in meinem Hintern zweifelsohne erregend war, bin ich zugegebenermaßen etwas nervös. Aber Jackson zerstreut augenblicklich meine Sorgen, beziehungsweise betäubt sie auf sinnliche Weise. Denn nun zieht er mich zu sich heran, nimmt meine Brust in den Mund und beginnt, zärtlich mit den Zähnen über meine Nippel zu fahren und hineinzubeißen. Ich spüre Schmerz, aber jene Art von Schmerz, der sich als feurige Lava durch meinen Körper ergießt, und ich setze mich erneut im Reitersitz über ihn, und krümme mich stöhnend nach hinten. In diesem Moment spüre ich das kühle Gleitgel an meinem Hintern, das meinen After schön geschmeidig macht, wo er mich noch Sekunden zuvor mit dem Finger für eine tiefere Invasion vorbereitet hat.

Mit seiner anderen Hand reibt er unterdessen an meiner Klit, sodass der Angriff auf meine Sinne von allen Seiten kommt und mein Körper alle Waffen niederstreckt und sich für ihn öffnet, sich ihm ausliefert.

»So ist's gut, Baby. Entspann dich. Lass mich dich langsam heranführen. Lass mich dir zeigen, wie gut es sich anfühlt.«

»Ja«, willige ich ein, denn heute Nacht werde ich ihm geben, was auch immer er braucht, und wie auch immer er es braucht. Und ja, ich will es auch. Ich bin so erregt, dass mein Atem nur noch stoßweise kommt und es zwischen meinen Beinen pocht. Ich habe das dringende Bedürfnis, gefickt zu werden, und als ob er meinen Wunsch erhört hätte, lässt er seine Finger nun gleichzeitig in meine Vagina und meinen After gleiten. Das Gefühl ist so überwältigend, dass ich mich kurz aufbäume, doch dann lege ich mich wieder hin, damit er mir noch mehr geben kann.

Ich halte meine Augen auf Jackson fixiert und sehe, wie sich mein eigenes Verlangen darin spiegelt – welche Lust ihm die Reaktion meines Körpers bereitet. Und ich fühle sie auch, in der Art, wie sein Schwanz an meinem Schenkel reibt, als ob er sich kaum gedulden könne, bis er am Zug ist.

»Jetzt«, bettle ich. »Bitte, Jackson, jetzt.«

Gleichzeitig mache ich Anstalten, von ihm herunterzugleiten, damit ich mich, das Gesicht nach unten, auf dem Bett vornüberbeugen kann, aber er hält mich fest. »Nein«, sagt er. »Genau so. Ich will dich dabei anschauen können.«

»Aber ich … ich meine … ich hab noch nie …«

»Ich will dich dabei anschauen«, wiederholt er. »Außerdem«, fügt er hinzu, während er mich zärtlich auf die Lippen küsst, »hast du so mehr Kontrolle.« Er grinst ein wenig, als ob das hieße, dass er etwas aufgibt. Aber das ist nicht wahr. Ich bin ihm hoffnungslos verfallen, ihm vollkommen ausgeliefert, und das weiß er auch.

»Ich will dich. Genau so.« Seine Stimme ist Begierde und Befehl gleichermaßen, und allein dieser Klang lässt mich noch feuchter werden. »Komm her.«

Ich beuge mich nach vorn, um mich in seinen Kuss zu versenken, und stöhne auf, als er seine Zunge hart in meinen Mund stößt, während seine mit Gleitgel eingeschmierten Finger meinen After reiben, hineingleiten, mich weiten.

Ich höre Jacksons leises, wissendes Glucksen, und spüre, wie er einen zweiten Finger benutzt, um mich vorzubereiten.

»Jetzt, Baby. Denn ich werde dich sonst wirklich einfach umdrehen und dich nehmen, wenn ich dich nicht sofort haben kann.«

Ich komme hoch und lasse mich von ihm über seinen Schwanz führen, und er hat recht, ich habe so wirklich mehr Kontrolle. Ich spüre den Druck seiner Penisspitze an meinem Hintern und lasse meine Hüften verführerisch kreisen und auf- und absinken, während er an meiner Klitoris reibt. Mich entspannter werden lässt. Mutiger. Geiler.

Jackson schließt seine Augen, und sein Stöhnen ist sowohl Ausdruck von Lust als auch Frust, und das macht mich noch mehr an. Ich stoße herab, bis seine Penisspitze in mich eindringt, und beiße mir auf die Unterlippe, um gegen das Brennen anzukämpfen, das sich auf wundersame, wundervolle Weise gut anfühlt. Und als sich meine kehligen, wollüstigen Laute mit dem Flüstern meines Namens vermengen, halte ich es nicht länger aus. Ich stoße hart auf ihn herab, schlucke den Schmerz hinunter und genieße einfach das unglaubliche, überwältigende Gefühl, von diesem Mann erfüllt zu sein.

Als das Brennen nachlässt, komme ich hoch und lasse mich wieder nach unten sinken, lasse mich langsam auf diese neue Empfindung ein. Lasse mich auf die Lust ein, während mein Körper sich allmählich auf die neue Situation einstellt.

»So ist's recht«, sagt er und steckt zwei Finger in meine Möse, massiert aber gleichzeitig weiter mit seinem Daumen meine Klit. »Komm schon, Baby. Fick mich hart.«

»Ich hatte mir das immer anders vorgestellt«, gebe ich zu, und als er daraufhin lacht, fühle ich mich ihm noch näher.

»Aber es gefällt dir.«

»Ja«, sage ich ernst.

Während wir miteinander sprechen, tue ich, wie er mir befohlen hatte und reite ihn, und ich bin bereits so geil, dass der Druck an meiner Klit in Kombination mit diesem neuen, unfassbar betörenden Gefühl, von zwei Seiten penetriert zu werden, mich viel zu schnell kommen lässt.

Das macht aber nichts, denn Jackson denkt noch lange nicht daran aufzuhören und übernimmt die Kontrolle über meinen Körper. Er packt mich an den Hüften und fickt mich nun auch von der anderen Seite, indem er tief in meine Muschi stößt, während sich mein Körper um ihn zusammenzieht, ihn umklammert, um ihn noch tiefer, noch intensiver zu spüren.

Und obwohl er nicht mehr meine Klit bearbeitet, ist der wachsende Druck so groß, dass der erste Orgasmus nun durch einen noch wilderen, noch gewaltigeren in den Schatten gestellt wird, während Jackson zeitgleich in mir explodiert.

Erschöpft sinke ich auf seine Brust. Unsere Körper sind

noch immer miteinander verbunden, und während er mir zärtlich über den Rücken streichelt, finden wir beide langsam wieder in die Realität zurück.

Als wir uns etwas erholt haben, drückt er mir einen Kuss auf die Stirn. Ich weiß, wir sollten aufstehen und uns trockenreiben, aber ich fühle mich noch nicht bereit, mich zu bewegen. Ich genieße es, meinen Hintern an seinem erschlafften Schwanz zu spüren, und denke darüber nach, dass wir einen Kreis bilden. Irgendetwas an diesem Gedanken beruhigt mich. Als ob es völlig egal ist, wo ich bin – egal, wie weit wir uns voneinander entfernen –, denn am Ende finden wir immer zusammen. Und ich muss nur ein kleines Stücken weitergehen, um wieder bei Jackson anzukommen.

Das laute Pochen an der Hoteltür reißt mich aus einem tiefen Schlaf. »Was zum …?«

»Ist schon okay«, sagt Jackson. »Ich geh schon.«

Ich nicke und schlummere wieder ein, als er zurückkehrt. Ich will gerade etwas sagen, als er mir einen Finger auf die Lippen legt und mir seine Hand entgegenstreckt, um mir hoch zu helfen. »Ich weiß, es ist schon spät, aber wir müssen noch wohin fahren. Begleitest du mich?«

»Natürlich.« Er weiß, dass ich ihm heute Abend keinen Wunsch abschlagen würde.

Der Junge vom Parkdienst fährt seinen Wagen vor, und als wir in Richtung Norden auf dem Pacific Coast Highway unterwegs sind, glaube ich ziemlich sicher zu wissen, wohin wir fahren, und meine Vermutung wird bestätigt, als er rechts abbiegt und nach Pacific Palisades fährt. Ein paar Minuten später parken wir vor einem atemberaubend schönen Doppelgrundstück mit Blick übers Meer. Es ist das Grundstück, das ihm gehört. Das er vor Jahren gekauft, aber noch nicht bebaut hat. Aber ich weiß, dass er mindestens schon so lange, wie er das Grundstück besitzt, gedanklich das Haus entwirft, das hier einmal stehen soll.

Er hat mir nicht gesagt, weshalb er heute Nacht hier rausfahren wollte, aber ich kann mir denken, weshalb. Er hatte immer davon geträumt, an dieser Stelle ein Haus zu bauen. Für sich. Für seine kleine Tochter.

Und jetzt ist er gekommen, um sich von seinem Traum zu verabschieden.

Und das ist nichts, was ich hören will, auch wenn ich befürchte, dass es so kommen wird.

Ich ergreife seine Hand, ehe er aus dem Wagen steigen kann. »Nicht«, sage ich.

»Was nicht?«

»Fang nicht an zu glauben, dass du es nie verwirklichen können wirst.«

Sein Lächeln ist so sanft, dass es beinahe schmerzt. »Komm schon.«

Er steigt aus dem Auto aus, und ich folge ihm. Er geht zum Kofferraum, holt eine kleine Tüte heraus und geht dann über das Grundstück in die Dunkelheit, die vor uns liegt. Ich weiß, dass es nur das Meer ist, aber in dieser Nacht erscheint es mir wie das Nichts, wie ein leerer Raum, in dem wir beide gleich verschwinden.

Nach einer Weile fällt das Gelände beinahe terrassenförmig ab, sodass man hier besonders unbeobachtet ist.

»Genau hier«, sagt er und deutet auf eine Einbuchtung in der Baumreihe, die einen Halbkreis bildet. »Hier will ich ihren Spielplatz hinbauen.«

Überrascht sehe ich zu ihm hoch. Er hat *will* gesagt. Nicht *wollte*. Und ein kleiner Funken Hoffnung stiebt in mir auf.

Ich kommentiere seine Wortwahl jedoch nicht, sondern sage lediglich: »Der Platz ist perfekt.«

Er dreht sich um und sieht auf das Meer hinaus, das sich direkt unter uns, jenseits der schlangenförmigen Küstenstraße, die diesen Hügel von den tosenden Wellen trennt, bis zum Horizont erstreckt.

»Ich habe lange gezögert und nicht gewagt, mit dem Planen zu beginnen«, sagt er. »Weil ich Angst hatte, dass all meine Pläne zunichtegemacht würden.«

Ich sage nichts; seine Worte spiegeln meine Gedanken von vorhin wider, und ich bin gespannt, wie er darüber denkt.

»Ich habe gezögert, Ronnie zu mir zu holen. Gezögert, es offiziell zu machen, dass sie meine Tochter ist, obwohl ich das schon längst hätte tun sollen. Ich habe mein Leben auf Eis gelegt, weil jemand anderes einen Mann umgebracht hat. Ich, Sylvia. Ausgerechnet ich, der ich mich zeit meines Lebens von nichts und niemandem von meinem Weg habe abbringen lassen. Aber in dieser Sache habe ich genau das getan. Ich habe aufgehört, mein Leben voranzutreiben, weil ich Angst hatte, dass mir dieses Leben genommen würde.«

»Und nun hast du keine Angst mehr?«

»Ich habe furchtbare Angst«, sagt er. »Aber das ist eine lausige Ausrede.«

Ich schlucke; mich treiben so viele Gedanken und Gefühle um, dass ich sie nicht richtig einordnen kann. »Worum geht es hier eigentlich, Jackson?«

Doch er antwortet mir nicht. Stattdessen nimmt er meine Hand und haucht einen Kuss auf meine Finger, und so süß diese Geste auch ist, so traurig ist sie auch. Und das Gefühl, nicht zu wissen, ob ich bangen oder hoffen soll, lastet so schwer auf mir, dass ich dieses Gewicht beinahe physisch spüren kann.

»Erzähl mir von den Fotos.« Er hat einen einfühlsamen Ton angeschlagen, und ich habe keine Ahnung, wovon er spricht. »Von den Häusern, die du fotografierst.«

»Das habe ich dir doch schon erzählt.« Fotografie ist mein Hobby, und seit ich denken kann, habe ich diese besondere Vorliebe für Aufnahmen von Gebäuden. Und zwar nicht nur von majestätischen Wolkenkratzern und brillant designten Bürokomplexen. Sondern auch von Wohnhäusern. Manche schlicht. Manche atemberaubend. Manche in Vororten. Manche versteckt gelegen auf einem riesigen Anwesen.

»Erzähl es mir noch mal«, beharrt er.

Ich runzle die Stirn und bin etwas verunsichert. Ich habe keinen Schimmer, wie er jetzt darauf kommt, aber ich frage auch nicht nach. Nicht heute Nacht. »Ich mache das schon mein ganzes Leben lang. Wahrscheinlich hat mich einfach die Vorstellung fasziniert, was in diesen Häusern vor sich geht. In all diesen unterschiedlichen Gebäuden. Ob klein oder groß, schick oder schäbig. Ich habe mich immer gefragt, ob diese Leute ein schöneres Leben haben. Einen Vater, der auf sie aufpasst. Eine Mutter, die sie wahrnimmt.« Ich zucke mit den Achseln. »Also habe ich sie gesammelt. Kleine Ausschnitte eines Lebens, wie ich es eines Tages vielleicht selbst einmal führen wollte.«

»Und wenn du dieses Grundstück mit einem Haus darauf betrachten würdest, was würdest du sehen?«

»Mmh, ein flaches Ranch-Style-Haus. Das Grundstück bietet genug Platz dafür. Aber mit zwei erhöhten Anbauten auf jeder Seite. Auf einer Seite ist das Heimkino und auf der anderen Seite das Hauptschlafzimmer. Und beide

Anbauten sind durch einen Balkon miteinander verbunden, der aufs Meer blickt.«

»Klingt gut. Und wo wäre die Küche?«

»Auf der Rückseite, mit einer Fensterfront. Damit man draußen frühstücken kann, wenn man möchte.«

»Und die Fensterfront öffnet sich direkt zum Pool«, sagt er.

»Selbstverständlich. Ideal für Partys. Und es gibt drei, nein vier, Schlafzimmer zusätzlich zum Hauptschlafzimmer.«

Er nickt. »Nicht schlecht. Ziemlich nah an dem, was mir selbst vorschwebte. Ich muss nur ein paar kleinere Änderungen vornehmen, um deine Ideen einzuarbeiten.«

Er nimmt meine Hand und führt mich zum nördlichen Ende des Grundstücks. »Hier kommt das Hauptschlafzimmer hin – das sich jetzt im zweiten Stock befindet. Dadurch wird hier unten Platz frei, der sich perfekt für dein Arbeitszimmer eignen würde.«

Ich hebe eine Augenbraue. »Ach ja? Und wo ist deins?«

»Direkt neben deinem natürlich. Mit einer Verbindungstür.«

»Mir gefällt dieses Spiel«, sage ich. Aber als ich ihm in die Augen sehe, bin ich verwirrt. »Jackson, das ist doch nur ein Spiel, oder?«

Seine Augen sind voller Wärme, mit einem Anflug von Belustigung. »Tja, das kommt darauf an. Wenn am Ende des Spiels jemand gewinnt, dann ist es vielleicht eins. Ich baue dieses Haus für dich, Baby. Dein Haus mit Meerblick. Selbst wenn ich es im Gefängnis entwerfen und eine Firma mit dem Bau beauftragen muss, werde ich dafür sorgen, dass meine Frau und meine Tochter ein Zuhause haben.«

»Oh.« Mein Ausruf ist kaum mehr als ein Flüstern. Ein

Atmen. Ich bin vollkommen sprachlos vor Freude und kann nur mit dem Kopf nicken. Denn das hier fühlt sich so echt, so richtig an – wie hätten Ronnie und ich irgendwo anders leben können als in einem Haus, das Jackson gebaut hat?

»Okay?«

»Ja. Natürlich.« Meine Stimme ist belegt. Ich bin ganz aufgewühlt und kann meine Gefühle noch gar nicht ordnen. Alles, was ich weiß, ist, dass ich vollkommen überwältigt bin. So sehr, dass meine Angst davon beinahe – aber nur beinahe – überlagert wird.

»Ich habe etwas für dich.« Er greift in seine Tasche und holt eine kleine Ringschachtel hervor.

Ich öffne sie beinahe zögerlich und erblicke einen Diamantring, dessen Brillant so edel ist, dass er selbst im schwachen Mondlicht funkelt. Die Fassung ist eindeutig antik, wie man an den Weinranken erkennt, die in das Weißgold graviert sind.

»Der gehörte einst meiner Großmutter. Ich habe Lauren angerufen, nachdem du eingeschlafen warst«, sagt er und meint seine Assistentin. »Ich habe sie gebeten, zum Boot zu fahren und ihn aus meinem Schreibtisch zu holen.«

Ich nicke, und mir wird klar, dass es Lauren gewesen sein muss, die vorhin an der Hoteltür geklopft hat.

Er nimmt den Ring aus der Schachtel und streift ihn mir über den Finger. Erstaunlicherweise passt er mir. »Meine Mutter hat nie geheiratet«, fährt Jackson fort, »deshalb hat sie ihn nie getragen. Ich möchte, dass du ihn trägst.«

Ich schlucke und habe so einen dicken Kloß im Hals, dass ich fast nicht sprechen kann. Denn auch wenn wir alles zwischen uns geklärt hatten, besiegelt es dieser Ring jetzt noch einmal symbolisch. Ich gehöre zu Jackson. Er gehört zu mir. Und zwar für immer.

Ich sehe hoch, direkt in seine Augen. »Er ist wunderschön.«

»Falls er nicht deinem Stil entspricht, bin ich nicht gekränkt.«

Ich hatte erneut auf den Ring gestarrt, völlig versunken in sein Funkeln. Nun sehe ich wieder hoch zu Jackson. »Nein«, sage ich mit tränenerfüllten Augen. »Er ist perfekt.«

24

Jackson und ich haben die ganze Nacht eng aneindergekuschelt im Bett des Biltmore-Hotels geschlafen und vor lauter Erschöpfung sogar unsere Angst vergessen, zumindest ein paar wenige glückliche Stunden lang.

Ich bin froh um den Schlaf. Froh um die Chance, ihm noch einmal ganz nahe gewesen zu sein – hoffentlich nicht zum letzten Mal. Und als wir jetzt von Santa Monica nach Beverly Hills fahren, sage ich mir, dass ich auch froh sein sollte, dass wir diesen Moment gemeinsam erleben.

Das ist natürlich alles eine große Selbstlüge. Denn ich will nicht nur diesen einen Moment. Ich will jeden einzelnen Moment. Ich will ihn nicht zum letzten Mal im Arm gehalten haben. Ich will ihn jede Nacht im Arm halten.

Aber hier geht es nicht um meine Hoffnungen und Wünsche, und so sitze ich einfach still im Auto und versuche stark zu sein, denn ich glaube, das braucht er jetzt am meisten. Und Gott weiß, ich auch.

»Stella und Ronnie kommen um zwei an«, sagt er.

»Ich weiß. Das hast du mir gestern Abend schon erzählt.« Nachdem Damien eingewilligt hatte, sich um Ronnie zu kümmern, hatte Jackson alles veranlasst, um sie herzuholen. Aber natürlich übernehme ich jetzt die Vormundschaft.

Ich beuge mich zu ihm und lege ihm eine Hand auf den Oberschenkel. »Ich kümmere mich darum. Versprochen.«

Er nickt und setzt ein Gesicht auf, das zugleich Dankbarkeit und Traurigkeit ausdrückt.

»Jackson …« Ich bremse mich selbst, weil ich nicht sicher bin, ob ich dieses Thema anschneiden sollte.

Ich hätte allerdings wissen müssen, dass er mich nicht so einfach davonkommen lässt.

»Was?«

Ich überlege, ob ich einfach sagen sollte, dass ich Angst habe. Das wäre immerhin nicht gelogen. Aber ich schulde ihm eine ehrliche Antwort, also wage ich den Sprung. »Bist du sicher, dass du sie hierherbringen willst? Nun, da wir wissen, dass der Film möglicherweise doch herauskommt und die Presse alles über sie weiß …«

Ich lasse den Satz unvollendet, denn ich hasse es, ihn an den ganzen Skandal erinnern zu müssen, der ihm so viel Sorge bereitet.

»Ich weiß«, sagt er. »Ich darf gar nicht darüber nachdenken. Aber wir haben darüber doch schon gesprochen, auch wenn es nicht ideal ist, so können wir sie zumindest beschützen.« Er wirft mir einen Blick von der Seite zu. »Außer natürlich, ich bin nicht mehr da. Möchtest du, dass ich die Vormundschaft doch auf Damien und Nikki übertrage? Denkst du, ich sollte sie besser bei Betty in New Mexico lassen?«

»Nein. Ich möchte sie bei mir haben.« Die Worte kommen automatisch, auch wenn ich nicht ganz sicher bin, ob sie der Wahrheit entsprechen. Aber es ist nur insofern eine Lüge, als ich Angst habe, der Aufgabe, auf ein Kind aufzupassen, nicht gewachsen zu sein. Was den Presserummel betrifft, so bin ich ganz seiner Meinung. Das kriegen wir hin. Es wird bestimmt nicht lustig und auch nicht einfach, aber es ist machbar. Stars müssen sich auch jeden Tag damit herumschlagen, und was einen guten PR-Berater betrifft, so könnte ich wohl kaum ein besseres Angebot finden als in Los Angeles.

Ich nicke, und allein diese kleine Geste bringt mich wieder ins Gleichgewicht. »Wirklich, das ist in Ordnung. Skandale können mich nicht schrecken.«

Er sieht mich an, und schweigt eine Sekunde zu lang, ehe er sagt: »Du wirst eine tolle Mama.«

Ich spüre, wie ich erröte, und meine Wangen glühen. »Ich glaube, du überschätzt mich, Jackson.«

Er nimmt meine Hand. »Ich sehe Kompetenz. Ich sehe Stärke. Ich sehe dich, Sylvia. Im Ernst. Du kriegst das hin.«

Ich schüttele den Kopf, nicht aus Protest gegen seine Worte – auch wenn er mich tatsächlich nicht überzeugen konnte –, sondern aus Verwunderung, dass er mich in diesem Moment tröstet und nicht andersherum.

Zärtlich drücke ich ihm die Hand. »Du musst dir um mich keine Sorgen machen. Mir geht es mehr als gut. Wirklich.«

Ich erwarte, dass er gleich etwas entgegnet, doch da plingt mein Handy und zeigt an, dass ich eine E-Mail erhalten habe. Als ich sie anklicke, entdecke ich, dass mir außerdem gestern Abend jemand auf die Mailbox gesprochen hat. Ich rufe die Liste auf und fluche, als ich sehe, wer der Anrufer war – mein Vater.

Jackson sieht mich an. »Wirst du sie dir anhören?«

»Nein. Egal, was er zu sagen hat, ich will es nicht hören.« Aber noch während ich das sage, drücke ich auf die Taste, um die Nachricht abzuspielen. Ich habe keine Ahnung, weshalb. Wahrscheinlich denke ich einfach, dass es heute ohnehin nicht mehr schlimmer kommen kann.

»Liebes, hier ist Dad. Ich wollte dir nur noch ein letztes Mal sagen, dass ich dich liebe, und dass es mir leidtut. Ich werde dich künftig nicht mehr anrufen. Ich hoffe nur – na ja, ich hoffe, dass wir eines Tages wieder miteinander reden können.«

Dann endet die Nachricht, und das war's.

Ich runzle die Stirn, denn ich habe aufrichtiges Bedauern in seiner Stimme gehört, und ich möchte jetzt kein Mitleid für diesen Mann empfinden. Nicht jetzt. Nicht in Zukunft.

Scheiße.

Ich drehe mich weg und schaue zum Beifahrerfenster hinaus, weil ich nicht will, dass Jackson mein Gesicht sieht. Dass er sieht, dass mich etwas in der Stimme meines Vaters tatsächlich gerührt hat.

Nach einer Weile streichelt er mir mit der Hand ganz leicht über den Rücken. »Das ist okay, weißt du.«

»Was meinst du?«

»Dass du nicht nur Hass für ihn empfindest. Das heißt nicht, dass du irgendetwas akzeptierst oder ihm vergibst.«

Ich schließe meine Augen und sage nichts.

»Dass er dich verkauft hat, um Ethan zu retten, war schrecklich. Und ich schwöre bei Gott, ich könnte ihn umbringen für das, was er dir angetan hat. Aber gleichzeitig frage ich mich, ob er nicht schon innerlich tot ist. Ob ihn nicht diese Entscheidung bereits umgebracht hat.«

Ich schüttele den Kopf. Es spielt keine Rolle. Ich will und kann mir keine Gedanken über diesen Mann machen. »Vielleicht hat es ihn umgebracht«, sage ich, weil ich entschlossen bin, an meiner Wut festzuhalten. »Gott weiß, für mich ist er längst gestorben. Und«, füge ich hinzu und drehe mich um, damit ich Jackson wieder ins Gesicht sehen kann, »im Moment möchte ich nur an einen Menschen denken, und das bist du.«

Ich greife nach seiner Hand. »Wir beide schaffen das schon.« Wenn ich es noch mal sage, wird es vielleicht wahr. Oder vielleicht fange ich wenigstens an, selbst daran zu glauben.

Wir erreichen das Polizeirevier und parken dort, wo Harriet uns angewiesen hatte, und gehen dann zur Anmeldung. Von dort werden wir in einen Konferenzraum geführt, wo Charles bereits auf uns wartet, zusammen mit Damien und Nikki. Sobald wir den Raum betreten, kommt Damien auf uns zu und gibt Jackson die Hand.

»Sie sollten doch auf dem Weg nach China sein«, sage ich zu ihm, ein wenig in Panik angesichts der Tatsache, dass mein Chef, für dessen Reiseorganisation ich zuständig bin, gerade einen wichtigen Termin verpasst hat. »Ihr Flug von Los Angeles sollte gestern Abend gehen. Herrgott noch mal, Damien, wie soll ich das jetzt …?«

Er hält seine Hände hoch, um mich zu bremsen. »Das ist alles abgesprochen. Rachel kümmert sich um alles. Aber mein Bruder wird verhaftet, und meine Nichte trifft bald ein. Also bleibe ich hier, zumindest während der Anklageverlesung und der Kautionsanhörung. Nur für den Fall, dass du irgendetwas brauchst«, sagt er jetzt an Jackson gewandt.

Und Damien meint damit kein Geld – selbst wenn das Gericht eine astronomisch hohe Kaution veranschlagen sollte, könnte Jackson die Summe aufbringen –, sondern Unterstützung. In Jacksons Gesicht kann ich ablesen, dass ihm das ebenfalls bewusst ist, und sehe, wie er das Angebot seines Bruders mit einem Lächeln und einem dankbaren Nicken quittiert.

»Wo ist Harriet?«, fragt Jackson.

»Bei Detective Garrison«, antwortet Charles. »Sie werden Sie hier abholen.«

Darauf nickt Jackson nur stoisch. Was mich selbst betrifft, so kann ich beinahe fühlen, wie ich bleich werde.

»Können wir etwas für dich tun?«, fragt Nikki Jackson. »Wenn du irgendetwas brauchst, sag Bescheid.«

»Kannst du mit Syl zum Flughafen fahren? Stella bringt Ronnie her. Vielleicht könnt ihr ihr helfen, damit sie sich zurechtfindet?«

»Klar«, antwortet Nikki, und ich erhebe keine Einwände, auch wenn ich das auch allein hinbekommen würde. Aber die Wahrheit ist, so gerne ich auch behaupten möchte, dass ich es allein hinbekomme, glaube ich nicht, dass ich es schaffe.

»Ich muss auch einen Schlafplatz für sie finden«, sage ich. »Auf dem Boot ist zwar noch ein Zimmer frei, aber das ist nicht der richtige Ort für ein kleines Mädchen. Und meine Wohnung hat nur ein Schlafzimmer. Selbst wenn ich ihr das überlasse, muss ich mit Stella in einem Zimmer übernachten, solange sie hierbleibt.« Nicht, dass ich mit ihr ein Problem hätte. Im Gegenteil, in meinen Augen ist Stella ein wahrer Engel. Sie bleibt mindestens eine Woche hier, damit Ronnie und ich uns besser kennenlernen können – und damit Stella mir alle Tipps und Tricks zeigen kann, was man bei einem Kleinkind beachten muss.

Jackson wollte eigentlich eine Wohnung mieten, hatte aber nicht viel Zeit, und bei den wenigen Wohnungen, die er angeschaut hatte, war nichts Passendes dabei.

Ich sehe zu Jackson hinüber. »Ich wünschte …« Aber ich lasse den Gedanken unvollendet. Er weiß ohnehin, was ich sagen will, denn ich habe es heute Morgen schon fünfmal gesagt.

»Ich weiß«, sagt er. »Du wünschtest, sie hätten schon eher hier sein können. Glaub mir, ich auch.«

»Harriet wird dich auf Kaution freikriegen«, sagt Damien überzeugt. »Du wirst deine Tochter noch früh genug sehen.«

Ich begegne Jacksons Blick. Wir beide hoffen, dass er recht behält. Doch wir fürchten, dass dem nicht so ist.

»Ihr solltet im Stark Tower übernachten«, sagt Nikki und sieht Damien an, wie um bei ihm Bestätigung einzuholen.

»Sie hat recht«, sagt Damien. »Übernachtet doch im Tower-Apartment. Nikki und ich können zu unserem Haus in Malibu fahren. Gar kein Problem. Dann ist Syl auch tagsüber in Ronnies Nähe. Und du auch, sobald du wieder an deinem Zeichentisch sitzt. Du wirst leider einige Überstunden machen müssen«, fügt er ironisch an. »Ich will schließlich, dass mein Resort rechtzeitig fertig wird.«

»*Dein* Resort?«, wiederholt Jackson, und Damien grinst nur.

Einen Moment lang ist alles unbeschwert, und es fühlt sich fast so an, als würden wir einfach herumstehen und miteinander plaudern. Und nicht, als würden wir auf dem Revier darauf warten, dass Jackson sich der Polizei stellt und verhaftet wird.

Jackson begegnet meinem Blick, und ich nicke zustimmend. Das Apartment ist mit allem Komfort ausgestattet. Und das Beste daran ist, dass es sich direkt im Stark Tower befindet.

»In Ordnung«, sagt er zu Damien und dreht sich auch zu Nikki um. »Danke, euch beiden.«

»Tja«, sagt Damien. »Dazu ist die Familie ja schließlich da, oder nicht?«

»Wahrscheinlich schon«, sagt Jackson. »Ich habe das nur nie gekannt.«

Das Gespräch gerät ins Stocken, und ich will die unangenehme Stille gerade dadurch füllen, indem ich Nikki frage, welches Gästezimmer sie für eine Dreijährige empfehlen würde, als die Konferenzraumtür aufgeht. Ich umklammere Jacksons Hand, als Harriet mit Detective Garrison hereinkommt.

»Mr. Steele«, sagt der Kripobeamte. »Danke, dass Sie gekommen sind.«

Jackson hebt eine Augenbraue. »Ich wüsste zwar nicht, dass ich eine andere Wahl gehabt hätte, aber gern geschehen.« Seine Schultern heben und senken sich, während er sich sammelt. »Okay, dann wollen wir mal loslegen.«

»Es gibt nichts zu tun, Jackson«, sagt Harriet sanft. Auf ihrem Gesicht erscheint ein breites Lächeln. »Sie sind frei.«

Er verstärkt den Griff um meine Hand, aber ansonsten bewegt er nicht einen einzigen Muskel. Was mich anbelangt, so scheint es mir nicht möglich zu sein, ihre Worte zu verarbeiten, denn was sie gerade gesagt hat, ergibt für mich keinerlei Sinn.

Langsam fragt Jackson: »Was sagen Sie da?«

»Wir haben einen Verdächtigen festgenommen, Mr. Steele«, sagt Detective Garrison. »Er hat ein umfassendes Geständnis abgelegt.«

Jacksons andere Hand greift nach dem Tisch, und er lässt sich langsam auf einen der Stühle sinken. Sein Mund öffnet sich, doch es kommen keine Worte heraus. Stattdessen bin ich es, die sagt: »O Gott, heißt das, es ist vorbei? Es ist wirklich vorbei?«

Ich drücke seine Hand, während Harriet bestätigt, was Detective Garrison gesagt hat, und Jackson sieht zu mir hoch und sucht mit den Augen mein Gesicht ab, als ob er immer noch auf die Pointe warten würde.

»Es ist vorbei«, wiederhole ich, und einen Moment lang sehen wir uns einfach nur an und genießen den Moment. Und ich frage mich, ob das Universum vielleicht – aber nur vielleicht – entschieden hat, dass es sich genug Scherze mit uns erlaubt hat. Dass der Spaß jetzt vorbei ist und wir unser Leben weiterleben können, anstatt eine Art kosmische Variante von Mensch-ärgere-dich-nicht zu spielen.

»Gott sei Dank«, flüstert Jackson. »Gott sei Dank.«

»Wer hat gestanden?«, fragt Damien, und erst jetzt merke ich, dass Harriets Lächeln nicht so breit ist, wie ich es erwarten würde.

»Was?«, frage ich, plötzlich misstrauisch.

»Es tut mir leid«, sagt sie, und ich wundere mich, weshalb sie mich dabei ansieht. »Sylvia, es ist dein Vater. Er hat sich selbst angezeigt.«

25

»Hier«, sagt Jackson und reicht mir ein Glas Wein, obwohl es noch nicht einmal Mittag ist. »Trink das.«

Wir sind in meiner Wohnung, hauptsächlich, um ein paar Dinge einzupacken, um sie mit in das Tower-Apartment mitzunehmen, wenn wir Ronnie abgeholt haben. Im Moment mache ich jedoch wenig mehr, als mich in Gedanken zu verlieren.

»Mir geht's gut«, sage ich und ziehe meine Füße auf der Couch unter meinen Körper. »Wirklich.« Aber ich nehme den Wein trotzdem, denn in Wirklichkeit geht es mir nicht gut. Ehrlich gesagt weiß ich selbst nicht, was ich empfinde, außer dass ich mich wie betäubt fühle.

Ich glaube, ich bin wie betäubt, seit uns die Kripobeamten am Flugzeug in Santa Fe abgefangen haben. Zuerst war ich ganz betäubt vor Schreck, weil Jackson unter Mordverdacht stand. Dann wegen seiner drohenden Verhaftung. Dann war ich angenehm betäubt, als wir herausfanden, dass er ein freier Mann ist.

Und das hätte das Ende des Ganzen sein sollen.

Ich sollte nicht dieses Gefühl ertragen müssen – dieser tief sitzende Schmerz irgendeines Gefühls, mit dem ich mich überhaupt nicht auseinandersetzen will. Nicht für ihn. Nicht für meinen Vater.

Aber es ist da, in mir drin, und nagt an mir. Und alles, was ich will, ist, aufhören zu fühlen. Und die einzige Möglichkeit besteht darin, das Taubheitsgefühl noch ein wenig länger zuzulassen, in der Hoffnung, dass das Gefühl von ganz allein wieder verschwindet.

Ich habe noch nicht mit meinem Vater gesprochen. Ich weiß auch nicht, ob ich das will. Laut Harriet wird es sowieso noch eine Weile dauern, ehe ich das kann, weil man ihm zuerst den Prozess machen muss, und es ist Wochenende, und die Mühlen der Justiz mahlen langsam. Alles, was ich weiß, ist, dass er es war – dass es wahr ist. Offenbar hat die Polizei ein paar Details über die Tat zurückgehalten. Ein Zitat, das in die Elfenbeinstatue eingraviert war, mit der Reed niedergeknüppelt wurde.

Mein Vater hat es gegenüber Detective Garrison rezitiert.

Er hat gegenüber dem Detective auch ausgesagt, dass er sich gestellt habe, um Jackson zu schützen – jenen Mann, den seine Tochter liebt.

Aber ich glaube ihm nicht. Oder, beziehungsweise, ich glaube ihm nicht ganz.

Ich glaube, dass mein Vater Reed umgebracht hat, nachdem Jackson ihm von den Erpresserfotos erzählt hat.

Ich glaube, dass mein Vater Reed umgebracht hat, um mich zu beschützen; damit die Sache mit den Fotos nie herauskommen würde. Ich glaube, mein Vater hat versucht, mich zu retten.

Aber es ist eben auch mein Vater – jener Mann, den ich jahrelang gehasst habe. Und ehrlich gesagt weiß ich nicht, wie ich darüber denken soll, dass er mich jetzt gerettet hat. Immerhin hat er Jackson bis zur letzten Minute zappeln lassen. Er hat sich zurückgelehnt und dabei zugesehen, wie wir von den Paparazzi belagert wurden. Er hat sich im Hintergrund gehalten und dabei zugesehen, wie Jackson und ich leiden, wo er doch den Schlüssel dafür in der Hand hielt, den ganzen Spuk zu beenden.

Ich erschaudere und will im Moment lieber gar nicht darüber nachdenken. Alles, was ich will, ist, mich an dem Wissen erfreuen, dass Jackson frei ist. Dass er in Sicherheit ist.

Dass er mein ist.

Jackson sitzt neben mir und zieht meine Füße auf seinen Schoß. Ich habe meine Schuhe abgestreift, trage aber immer noch den Rock, den ich heute Morgen angezogen habe. Ich schließe meine Augen und genieße das Gefühl, als er mir jetzt mit den Fingern über meine Wade streicht.

»Es tut mir leid«, sage ich.

»Was denn?«

Ich öffne die Augen und sehe, wie er so voller Zärtlichkeit auf mich herablächelt, dass es mir schier das Herz bricht. »Dass ich so melancholisch bin. Wir sollten Konfetti kaufen und es von den Dächern werfen.«

»Ich bin mir ziemlich sicher, dass das gegen irgendeine städtische Verordnung verstoßen würde, und ich würde nur ungern verhaftet werden«, sagt er mit verschmitztem Blick.

Ich lache.

»Mal im Ernst«, sagt er. »Du kannst dich für mich freuen und trotzdem traurig sein wegen deines Vaters. Oder verwirrt oder was auch immer«, eilt er sich hinzuzufügen, als er offenbar in meinem Gesicht sieht, dass ich noch nicht weiß, wie ich über die Sache mit meinem Vater denke.

»Ich bin so froh, dass du frei bist«, sage ich. »Und ich bin meinem Vater dankbar, weil er der Grund dafür ist. Aber gleichzeitig …« Ich zucke unentschlossen und unsicher mit den Schultern. »Was er getan hat – und was er dann dir angetan hat, indem er nicht früher mit der Sprache herausgerückt ist.«

»Ich weiß, Baby. Aber darüber musst du dir jetzt nicht den Kopf zerbrechen. Lass das alles erst mal sacken.«

»Ich weiß nicht einmal, ob ich ihn sehen will.« Ich flüstere nurmehr, aus Scham, weil er immerhin den Mann getötet hat, der mich gequält hat. Und auch wenn es in letzter Minute kam, hat sein Geständnis den Mann gerettet, den ich liebe.

Und dennoch will ich mich nicht in sciner Schuld fühlen. Nicht, wenn mir dieser Mann so viel schuldet, dass er seine Schulden unmöglich jemals begleichen kann.

»Das musst du auch nicht sofort entscheiden.« Seine Finger streicheln mich immer noch, gleiten zart über meine Haut. Die Berührung ist federleicht, und ich schließe meine Augen und lasse mich fallen, gebe mich völlig dem Bedürfnis hin, umhegt und getröstet zu werden.

Seine Finger gleiten höher, liebkosen meine Haut. Die Berührung ist so sanft, dass ich einen Moment lang nicht einmal sicher bin, ob ich ihn spüre. Aber wie könnte ich ihn nicht spüren? Schließlich ist es Jackson, der mich berührt. Jackson, der sich um mich kümmert.

Jackson, der mich liebt.

Ich weiß nicht, wie lange er mich streichelt, aber ich weiß, dass ich es mit jeder Streicheleinheit mehr und mehr fühle. Als ob er mich polieren, meinen Körper in einem sinnlichen Glanz erstrahlen lassen würde. Sodass, als er schließlich mit den Fingern unter meinen Rock schlüpft, um die weiche Haut an meinen Innenschenkeln zu streicheln, ich mich bereits nach ihm verzehre. Und als er die Nahtstelle zwischen meinen Schenkeln erreicht und mich nackt und feucht vorfindet, zieht sich meine Möse in Vorfreude auf das Gefühl seiner Finger tief in mir zusammen.

Mein Atem geht flach, mein Körper ist warm, meine Brüste sind schwer, und ich drücke meinen Rücken lustvoll durch.

Doch er dringt nicht in mich ein. Ganz im Gegenteil, und ich winsele, weil unser Körperkontakt plötzlich abreißt. Ich fühle, wie sich die Couchkissen bewegen, und öffne die Augen. Er steht über mir und sieht mit einer solchen Leidenschaft und Lust auf mich herab, dass mein ganzer Körper zu zittern beginnt.

Er hatte vorhin seinen Anzug gegen ein Paar Jeans getauscht, die er in meiner Wohnung gelassen hat, und ich kann jetzt sehen, wie sein Schwanz gegen den Stoff drängt. Das bringt mich zum Lächeln. Ich mag, dass er eingezwängt ist. Dass ihn das ein klein wenig rasend macht. Ich mag es, weil dadurch die Explosion, wenn er befreit wird, umso gewaltiger ist.

»Komm mit«, sagt er, wartet aber gar nicht erst darauf, dass ich aufstehe, sondern hebt mich hoch und drückt mich zärtlich an seine Brust, während ich meine Arme hinter seinem Hals verschränke. Diese Position vermittelt Zärtlichkeit und Geborgenheit, aber als er mich ins Bett legt und zurücktritt, sehe ich eine lodernde Glut in seinen Augen, die etwas ganz anderes vermittelt.

»Verschränk deine Knöchel hinter mir. Jetzt«, befiehlt er, als ob ich mich sonst widersetzt hätte. »Kein Wort. Keine Fragen.«

Ich gehorche.

In dieser Position sind meine Knie nach außen gedreht, sodass meine Beine, von meinen Füßen bis zu meiner Muschi, einen Diamant formen, und zwischen seinem und meinem Becken nur noch ein winziger Abstand besteht. Gerade genug Platz, damit seine Hand mich auf höchst verführerische Weise quälen kann.

Und genau das tut er. Sein Finger beginnt aufs Neue, träge an den Innenseiten meiner Schenkel hoch und runter zu streichen, während ich mich winde und meine Hüften begierig wiege.

»Das gefällt mir«, raunt Jackson so leise, dass ich ihn kaum hören kann. »Es gefällt mir, wie du mich stumm anflehst. Wie deine Muschi feucht und heiß für mich ist.«

Ich schließe meine Augen und ziehe meine Zähne über meine Unterlippe. »Jackson. Bitte.«

»Bitte, was? Bitte tu das?« Seine Fingerspitze streicht federleicht über meine Klit, und diese winzige Berührung ist wie ein Schock, der meinen ganzen Körper erschüttert.

»Oder das hier?« Er schiebt zwei Finger in mich hinein und drückt mit dem Daumen auf meine Klitoris, sodass ich lustvoll meinen Rücken krümme, um mehr einzufordern.

Mein Verstand setzt aus, als seine Finger immer weiter in mich hineindrängen, während er gleichzeitig den Druck auf meine Klit konstant hält.

»Ich will, dass du kommst, Baby. Am besten du lehnst dich einfach zurück und genießt es.«

Ich versuche zu antworten, aber jetzt nimmt er einen weiteren Finger hinzu und stößt tief in meine Muschi, und ich merke, dass ich nicht mehr imstande bin, Worte zu formen.

Meine Möse zieht sich fest um seine Finger zusammen. Ich will es noch härter. Noch tiefer.

»Schließ deine Augen«, befiehlt er mir. »Gleite mit einer Hand unter dein Shirt.«

Ich tue es und spüre meine Haut heiß unter meiner Hand.

»Bis hoch zu deinen Brüsten, und dann kneif dir in die Nippel. Härter, Baby. Ich weiß, dass du es hart magst.«

Da hat er vollkommen recht, und ich beiße mir genüsslich auf die Unterlippe, als ich jetzt meine Brüste knete, und stöhne überrascht auf, als er meine andere Hand nimmt und zwischen meine Beine schiebt. »Streichel dich für mich, Baby«, sagt er, während er seine Finger weiter in mich rammt, mich mit den Fingern fickt, während ich seinen Befehl befolge. Während meine Ängste und Sorgen schwinden. Während meine Erregung wächst. Dieser Moment ist eine Hommage an das Jetzt. An die Freiheit. An das Leben.

An uns.

»Komm für mich, Baby.« Seine Stimme ist tief und monoton und fährt mir durch Mark und Bein, so sinnlich wie die Berührung seiner Hände. »Komm für mich, und sag mir, dass du mein bist.«

»Das bin ich«, flüstere ich. »O Gott, Jackson.« Die letzten Worte schreie ich heraus, als ich mit einem Mal explodiere und meine Muskeln sich so fest um seine Finger krampfen, dass ich sie wahrscheinlich gequetscht habe.

Ich lasse den Sturm über mich hinwegfegen und seufze, als er flüstert: »Und bald wirst du meine Frau.«

»Ja«, sage ich. »Und ob ich das werde.«

26

»Daddy! Stella! Sylvie! Da kommt noch jemand!« Ronnie rennt durch das Apartment in Richtung des Eingangsbereichs, wo gerade der Fahrstuhl geplingt hat.

Ich stehe mit Nikki und Stella an der Bar, aber meine ganze Aufmerksamkeit richtet sich jetzt auf Jacksons Gesicht, in dem ich einen Ausdruck von solch überbordender Liebe sehe, dass ich ernsthaft überlege, wie ich für Betty und Stella die Heiligsprechung beantragen kann.

Nicht nur hatte Stella bei ihrer Ankunft ein Notizbuch im Gepäck, in dem sie alle erdenklichen Details über Ronnie aufgeführt hat, sondern vor allen Dingen hatte Betty, sobald Jackson beschlossen hatte, seine Tochter zu sich zu holen, Ronnie erklärt, dass er nicht ihr Onkel, sondern ihr Vater ist, und dass das Gericht ihm bald ein Dokument gibt, um es ganz offiziell zu machen. Außerdem hatte Betty ihr vorgeschwärmt, dass sie bis dahin in einer Stadt leben würde, in der es sogar einen Strand gab.

Sie hatte es geschafft, diese große Veränderung in Ronnies Leben nicht bedrohlich, sondern wie ein großes Abenteuer erscheinen zu lassen, und dafür werde ich ihr auf immer und ewig dankbar sein.

Wir wollten die Kleine nicht zu sehr überfordern, aber da wir ihre Ankunft trotzdem gerne feiern wollten, haben wir ein Buffet mit Hähnchensticks und Pizza vorbereitet und ein paar Freunde eingeladen. Charles und Harriet waren bereits kurz da, sind aber schon wieder weg, und ich nehme an, dass es sich bei den Neuankömmlingen um Cass und Siobhan handelt.

Ich folge Ronnie zur Eingangshalle und sehe, dass ich recht hatte mit meiner Vermutung.

»Ich bin Ronnie«, stellt sie sich Cass vor. »Und das ist mein Daddy, und das ist Tante Sylvia.«

»Ich weiß«, sagt Cass. »Deine Tante ist meine beste Freundin. Das macht uns beide wohl auch zu Freunden, was?« Sie sieht zu Ronnie hinunter und geht mir ihr so selbstverständlich und natürlich um, dass ich beeindruckt und auch ein wenig eingeschüchtert bin. Ich habe immer noch das Gefühl, als ob ich die Tante oder Mama nur spielen würde, aber der Rolle eigentlich gar nicht gewachsen bin.

»Ich bin übrigens Cass. Und das ist Siobhan.«

Ronnie betrachtet Cass, ihre geschwungenen Lippen zu einem Schmollmund geformt, und sieht zu Siobhan hoch. »Magst du Hunde?«

»Machst du Witze?«, fragt Siobhan. »Ich liebe Hunde.«

»Deine Tante Sylvia hat mir erzählt, dass du einen Hund hast«, sagt Cass. »Kannst du uns den mal zeigen?«

Ronnie sieht zu mir hoch, und als ich nicke, rennt sie los. »Kommt mit!«

Cass wirft mir einen amüsierten Blick zu. »Wir sind gleich wieder da«, sagt sie und eilt mit Siobhan in Ronnies Zimmer. Dort liegt zusammengerollt in seinem Körbchen Fred, der heimliche König von Ronnies neu eingerichtetem Prinzessinnen-Kinderzimmer, das mit freundlicher Unterstützung von Damien und Nikki innerhalb weniger Stunden umgestaltet wurde.

»Alles klar bei dir?«, fragt mich Jackson und legt seinen Arm um meine Taille, als wir zurück ins Wohnzimmer gehen, um uns zu Damien und Nikki zu gesellen.

Ich bin nicht sicher, ob er die Situation mit meinem Vater meint oder die Umstellung, weil nun Ronnie bei uns ist, aber im Moment gilt für beides dieselbe Antwort.

»Mir geht's hervorragend«, sage ich und beuge mich hinunter, um ein Stück Pepperoni-Pizza aus der Schachtel zu stibitzen, dic auf dem Couchtisch steht. »Du bist frei. Ronnie ist hier und überglücklich. Fred ist stubenrein. Und mein Resort ist gesichert, weil sich mein Architekt wieder an die Arbeit machen kann.« Ich werfe abwechselnd Jackson und Damien ein Lächeln zu. »Ich mache mir nicht einmal mehr Sorgen wegen der Investoren, die abgesprungen sind, weil ich gleich am Montag die Drähte heißlaufen lassen und solange herumtelefonieren werde, bis ich neue Investoren habe.«

»Musst du gar nicht«, sagt Damien, der mich mittlerweile privat ebenso selbstverständlich duzt wie Jackson. Damien wirft Jackson einen Blick zu. »Das ist bereits geregelt.«

Verdutzt schaue ich zwischen beiden Männern hin und her.

»Ich habe vorhin mit Damien gesprochen«, erklärt Jackson. »Wie kann ich jemanden darum bitten, sein Geld auf ein Projekt zu setzen, wenn ich selbst nicht bereit bin, darauf zu setzen? Aber ehrlich gesagt glaube ich nicht, dass irgendein Risiko besteht. Ich glaube, am Ende werden wir alle stinkreich sein.«

»Du bist doch schon reich«, sage ich. »Aber ich weiß, wie viel die Anteile kosten, und Jackson, das ist eine ganz schöne Stange Geld. Bist du denn so flüssig?«

»Mittlerweile sind wir das«, sagt er, und angesichts der Tatsache, dass er mich miteinbezieht, wird mir ganz warm ums Herz. »Ich werde mit Isaac Winn sprechen und ihm meine dreißig Prozent am Winn Building verkaufen – den

Anteil, der nicht in Ronnies Treuhandfonds fließt – und damit die restlichen Anteile am Cortez aufkaufen.«

»Jackson! Bist du dir da sicher?« Das Winn Building markiert einen Meilenstein in seiner Karriere. Ich kann nicht glauben, dass er einfach so darauf verzichten will.

Er zuckt mit den Schultern, als wäre diese Entscheidung nicht weiter von Bedeutung. »Ich kenne alle beteiligten Akteure und glaube, dass es eine solide Investition ist.«

»Das ist sie«, sage ich. »Das Resort wird im Freizeit- und Tourismusbereich einschlagen wie eine Bombe und uns einen Riesenprofit einbringen. Aber, Jackson, das war das erste Gebäude, an dem du Anteile einbehalten hast. Willst du dich wirklich einfach so komplett daraus zurückziehen?«

»Sylvia hat recht«, sagt Damien. »Und dreißig Prozent sind ein großes Opfer. Insbesondere bei einem Gebäude wie dem Winn Building, das enormes Wachstumspotenzial hat.«

Jacksons Augen sind auf mich gerichtet. »Ich glaube, dass das Cortez ein ähnlich großes Potenzial besitzt.«

»Da stimme ich dir zu«, sagt Damien. »Und deshalb habe ich einen Vorschlag.«

Wir beide drehen uns zu ihm.

»Verkauf Isaac einen Anteil von fünfzehn Prozent am Winn. Die Differenz zahle ich aus eigener Tasche.«

Ich starre ihn mit offenem Mund an. »Aber das machst du sonst nie.« Damien ist enorm vorsichtig, was sein privates Vermögen betrifft. Ich erinnere mich sogar, dass Damien es explizit abgelehnt hatte, Eigenkapital zu investieren, als es unter den Investoren rumorte und die ersten auszusteigen drohten, weil unser ursprünglicher Architekt das Handtuch geworfen hatte.

»Nie ist eine sehr lange Zeit«, sagt Damien und sieht Jackson direkt in die Augen. »Und ich glaube, diesmal ist es das Risiko wert.«

»Ehrlich gesagt ist so viel passiert, dass mir der Kopf schwirrt«, sagt Cass. Wir befinden uns in dem riesigen Gästezimmer, in dem Jackson und ich übernachten werden. Wir haben uns von der Feier zu einem Beste-Freundinnen-Gespräch zurückgezogen, um uns gegenseitig auf den neuesten Stand der Dinge bringen zu können. »Ich bin überrascht, dass du nicht längst völlig gaga bist.« Sie verengt ihre Augen. »Du bist doch noch bei Verstand, oder?«

Ich rolle mit den Augen und hocke mich auf die Bettkante. »So sehr bei Verstand wie zuvor auch. Aber das heißt nicht viel.«

Cass grinst nur und beginnt dann an den Fingern abzuzählen. »Verlobt. Kleines Kind. Nicht verurteilter künftiger Ehemann. Und ein Vater, der einen Mord gestanden hat. Das ist bestimmt nicht einmal alles, aber ich würde sagen, das deckt die Highlights ab. Mal im Ernst«, sagt sie nun sanfter, »ist mit dir wirklich alles in Ordnung?«

»Ja«, sage ich. »Jacksons Freiheit übertrumpft alles andere.«

»Das schon. Aber …« Sie rümpft die Nase, als ob irgendein Gestank in der Luft läge. »Ich meine, dein Vater. Schon irgendwie abgefahren. Hast du schon mit Ethan geredet?«

Ich schüttele den Kopf. »Ich habe ihm auf die Mailbox gesprochen, dass er mich zurückrufen soll. Ich glaube, er kommt heute aus Mexiko zurück. Und da er Dad sowieso nicht sehen kann, wollte ich ihn nicht unnötig beunruhigen.«

»Wirst du denn deinen Dad sehen?«

»Ich weiß es nicht. Und ehrlich gesagt möchte ich auch nicht darüber nachdenken. Oder darüber reden. Das soll nicht heißen, für immer. Aber zumindest heute nicht. Im Augenblick kann ich sowieso nichts tun, und heute Abend will ich einfach nur feiern, dass Jackson frei und Ronnie bei uns ist. Okay?«

»Du rufst mich an, wenn irgendetwas ist, ja?«

»Logo«, stöhne ich.

Sie lacht. »Na schön. Für heute lass ich dich damit davonkommen. Aber …« Sie verstummt und macht erneut ein besorgtes Gesicht.

Ich schüttele den Kopf und zwinge mich, nicht zu lächeln. »Was?«

»Ronnie ist echt ein Schatz. Und du scheinst echt gut mit ihr zurechtzukommen.«

Ich schaue sie ernst an. »Ich hätte dir nie etwas sagen sollen. Ich bin total in sie vernarrt, und Jackson ist gar nicht mehr zu bremsen.« Das stimmt natürlich. Aber was ich nicht sage, ist, dass ich das Gefühl nicht loswerde, als wäre ich ein Charakter aus *Barney und seine Freunde* oder irgendeiner anderen Kindersendung und würde den Part des Erwachsenen nur spielen. Und so gern ich diese Rolle abstreifen würde, kann ich es nicht. Denn welche Person käme dann zum Vorschein? Das Mädchen, das mit solchen Eltern aufwuchs? Ohne Skript bin ich aufgeschmissen. Aber mit Skript fühlt es sich irgendwie unecht an.

Aber ich sage mir, dass das normal ist, schließlich ist das alles noch neu für mich. Und da ich Jackson und Ronnie wirklich liebe, kriege ich das schon irgendwie hin.

Das sage ich mir immer wieder, aber ich weiß nicht, ob ich selbst daran glaube.

»Wann findet eigentlich die Vaterschaftsanhörung statt?«

Cass steht auf und steuert auf die Tür zu. Ich habe verstanden, dass das ihre Art war, dezent das Thema zu wechseln, und ich folge ihr dankbar.

»Nächste Woche«, sage ich. »Wir müssen dafür nach Santa Fe rausfahren, aber wir sind nur zwei Tage oder so weg.«

»Und die Hochzeit?«

»Das ist noch länger hin. Nächsten Sommer erst. Ich möchte, dass die Hochzeit auf dem Resort stattfindet.«

»Klar, wie sollte es anders sein? Und ich werde Trauzeugin?«

Ich lache. »Logo.«

Wir sind im Wohnzimmer angekommen, und auf den ersten Blick sehe ich Nikki, die sich in der Ecke mit Stella und Siobhan unterhält, aber erst als ich zur anderen Seite des Raumes blicke, entdecke ich Jackson. Er steht Hand in Hand mit Ronnie vor dem Fenster, beide mit dem Rücken zu mir. Die Nacht ist hereingebrochen, und beide schauen auf die Lichter der Stadt hinaus, die sich vor ihnen ausbreitet.

»Wow«, sagt Ronnie, und ich höre Jackson leise lachen.

»Ja«, sagt er. »Ganz schön wow.«

Dann lässt sie seine Hand los und umarmt fest sein Bein. »Ich hab dich lieb, Daddy.«

Und in diesem Moment glaube ich tatsächlich, dass letztendlich alles gut wird.

Dieses Gefühl hält ungefähr sieben Stunden an.

Denn zu diesem Zeitpunkt sind alle gegangen, und ich bleibe als Einzige im Apartment zurück.

Wir hatten Ronnie um sieben ins Bett gebracht, nachdem sie allen Gute Nacht gesagt und sich mit feuchten Küsschen für »meine Cassy« und »Onkel Damien« verabschiedet hatte.

Stella war bereits zu Bett gegangen, da sie sich etwas verschnupft fühlte.

Cass und Siobhan waren ungefähr zehn Minuten nach Nikki und Damien gegangen, und obwohl ich mich schon darauf gefreut hatte, gemeinsam mit Jackson den Abend ausklingen zu lassen, wurde schnell klar, dass er dafür heute Abend nicht mehr zu haben war. Zumindest nicht in wachem Zustand.

Er hatte mir gesagt, er würde sich schon mal hinlegen, und dass ich ja mit einer Flasche Wein nachkommen könnte.

Doch als ich eintraf, lag er, immer noch in seiner Kleidung und die Decke nicht zurückgeschlagen, auf dem Bett und schlief bereits tief und fest.

Ich hatte ihm die Schuhe, nicht aber die restliche Kleidung, ausgezogen, und ihn sanft mit einer Decke zugedeckt. Weiß Gott, er musste furchtbar erschöpft sein, und ich wollte auf keinen Fall riskieren, ihn aufzuwecken, wenn er den Schlaf so dringend nötig hatte.

Ich hatte ebenfalls versucht einzuschlafen, doch es wollte mir nicht recht gelingen. Ich wollte mich gerade mit einem Glas von dem Wein, den ich mitgebracht hatte, in den Schlaf wiegen, als mich die durchdringenden Schreie einer Mädchenstimme aufspringen ließen, und ich war sofort durch das Apartment in ihr Zimmer gesprintet.

Und hier bin ich nun und versuche krampfhaft, sie zu beruhigen. Ich halte sie in meinen Armen, dieses kleine Bündel, das halb wach ist und halb schläft. Das schreit und ganz rot ist vom vielen Schluchzen und von der Anstrengung, die es kostet, durch die Tränen hindurch Luft zu bekommen. Das jetzt nach seiner Oma schreit, aber Betty ist nicht da, und vor lauter Aufregung weiß ich nicht, was ich tun soll. Ich, die ihr ganzes Leben lang mit Albträumen leben musste und trotzdem nicht die Kraft besitzt, dieses arme Kind zu trösten.

Ich habe das Gefühl, als müssten Stunden vergangen sein, und meine Ohren dröhnen von ihren Schreien, und Jackson ist immer noch nicht gekommen, und mein Körper schmerzt unter der Last ihres Gewichts. Aber sie weint immer noch, und nun weine ich auch und bin kurz davor, selbst zu schreien, so verloren und verängstigt und ohnmächtig fühle ich mich.

Und just in diesem Moment kommt Stella hereingestürmt, ihr Bademantel halb geöffnet über einem langen Baumwollnachthemd, und ihr Haar, das sie normalerweise zu einem lockeren Dutt zusammengebunden trägt, fällt ihr jetzt lose ins Gesicht.

»Oh, Baby«, sagt sie, und sofort versetzt mir meine Selbstverachtung einen Stich, als ich merke, dass ihre Worte an mich gerichtet sind. Offenbar muss ich vollkommen verunsichert und hilflos aussehen. »Komm, gib sie mal her.«

Sie nimmt mir Ronnie ab und beginnt sie auf ihrer Hüfte auf- und abzuwippen. »Ist schon okay, Schätzchen. Stella ist hier. Hast du schlecht geträumt?«

Während Stella ihr gut zuredet und sie schaukelt, geht das Schluchzen des kleinen Mädchens in einen Schluckauf über, bis sie schließlich auf wundersame Weise ganz ruhig wird. Ihr Körper ist ganz schlapp vor Erschöpfung, und sie steckt sich den Daumen in den Mund.

»Ich kümmere mich schon, Miss Sylvia«, sagt Stella und sieht mich jetzt an. Und erst jetzt merke ich, dass ich die ganze Zeit wie erstarrt dagestanden und über ihre magischen Kräfte gestaunt haben muss, die ich nicht besitze.

»In Ordnung«, sage ich. »Danke.«

Und als ich jetzt den Raum verlasse und zurück ins Schlafzimmer gehe, fühle ich mich ein wenig verloren, ein wenig nutzlos und habe jede Menge Angst.

27

»Also, was denkst du?«, frage ich Ronnie, die neben mir steht, während wir beide in den Kühlschrank starren. Nikki hat ihn für uns mit Joghurt, Milch und Säften befüllt und in der Vorratskammer Kinder-Klassiker wie Spaghetti-mit-Tomatensoße-Fertiggerichte, Cornflakes mit Comicfiguren auf der Verpackung sowie eine riesige Packung mit Goldfisch-Crackern hinterlegt.

An Essen für Erwachsene ist jedoch nicht viel vorhanden.

Da muss ich wohl selbst noch mal einkaufen gehen.

Es ist Sonntagvormittag, und Jackson, Ronnie und ich sind bereits seit ein paar Stunden wach, in denen wir zusammen auf der Couch gelümmelt, Frühstücksfernsehen geschaut und nebenher Cornflakes gegessen haben. Soweit ich das beurteilen kann, hat Ronnies Albtraum von gestern Nacht keine Spuren hinterlassen.

Dasselbe kann ich von mir leider nicht behaupten. Ich fühle mich ein wenig so, als würde ich über Glasscherben laufen, aber ich habe beschlossen, es hinter mir zu lassen und es darauf zurückzuführen, dass ich einfach überrascht und unvorbereitet war. Ich habe Jackson nichts davon erzählt, und auch Stella hat heute Morgen kein Wort darüber verloren. Jetzt schaut sie sich auf Jacksons Drängen hin ein wenig die Stadt an.

»Apfelsaft«, fordert Ronnie und streckt ihre Hand nach der Packung aus. Ich reiche sie ihr, helfe ihr den Trinkhalm durch das Loch zu stecken und schaue stirnrunzelnd wieder zum Kühlschrank.

»Was hältst du davon, wenn wir für Daddy ein tolles Abendessen zubereiten? Wir könnten etwas Leckeres mitbringen, wenn wir einkaufen gehen.»

»Habe ich da meinen Namen gehört?«, fragt Jackson und kommt aus dem anderen Zimmer, wo er am Laptop gearbeitet hat.

»Wir planen gerade das Abendessen«, sage ich, nehme seinen Kuss entgegen und beuge mich zu ihm, um mir noch einen abzuholen.

»Eis?«, schlägt Ronnie mit völlig ernster Miene vor.

»Ich glaube, wir brauchen etwas, das kein Nachtisch ist«, sagt Jackson.

Mit gespitzten Lippen denkt sie angestrengt nach. »Wieso?«

Ich werfe Jackson einen Blick zu. »Das hast du davon.« Und an Ronnie gewandt, sage ich: »Was hältst du von Hackbraten?« Ich weiß, wie man Hackbraten macht, und laut Stellas Notizbuch, das ich zu meiner persönlichen Bibel erhoben habe, gehört Hackbraten zu den Gerichten, die Ronnie isst. Die Palette an kulinarischen Vorlieben ist bei Dreijährigen offenbar relativ begrenzt.

»Mit Eis?«, fragt sie. Ganz offensichtlich hat sie die Sturheit ihres Vaters geerbt.

Ich sehe zu Jackson hinüber, der sich ein Grinsen verkneift. Dann wende ich mich wieder seiner Tochter zu. »Wunderbar«, sage ich. »Und vielleicht ein paar grüne Bohnen dazu?«

Sie streckt ihre Zunge heraus und rümpft ihre Nase. Jackson schnappt sich das Geschirrtuch und gibt vor, sich die Nase zu schnäuzen, aber ich weiß genau, dass er lacht.

»Bommes!«, ruft Ronnie begeistert. »Bidde, Sylvie!« Sie legt ihre Hände wie im Gebet aneinander und sieht mich mit so blauen, so vertraut wirkenden Augen an, dass sie mein Herz erweicht. »Bidde, bidde.«

Ich hocke mich hin, damit wir auf Augenhöhe sind, und setze ein ernstes Wir-müssen-verhandeln-Gesicht auf. In Wirklichkeit habe ich keine Ahnung, was ich da tue. Vermutlich sollte ich ihr Grenzen setzen. Strenge Regeln zum Verzehr von Eiscreme aufstellen. Bei jeder Gelegenheit ein Loblied auf Gemüse singen.

Aber ich kann nur das tun, was ich für richtig halte, und so tippe ich ihr leicht auf die Nase. »Ich sag dir was. Wenn du mir versprichst, wenigstens ein paar grüne Bohnen zu essen, bekommst du auch Pommes. Abgemacht?«

»Abgemacht.« Sie hält mir ihre Hand hin, die von der Schokolade, die ihr Vater ihr vorhin heimlich zugesteckt hat, immer noch klebt. Nachdem wir einander geschäftsmäßig die Hände geschüttelt haben, drehe ich mich zu Jackson um und halte meine verschmierte Handfläche in die Höhe. Doch er zuckt nur kleinlaut mit den Schultern.

»Früher oder später musst du aufhören, sie so zu verwöhnen.«

»Das ist mir durchaus bewusst. Noch zehn oder elf Jahre, dann hab ich es geschafft.«

Ich lache. Ehrlich gesagt glaube ich, dass das eine sehr optimistische Schätzung ist. Ich lehne mich gegen die Küchentheke und schaue zu, wie Ronnie ihre Arme nach oben streckt, damit er sie hochhebt, woraufhin er sie von seiner Hüfte herunterbaumeln lässt wie ein Affe. Und wie er so mit ihr herumalbert, sieht er unglaublich glücklich und erfüllt aus. Ganz zu schweigen davon, dass er kompetent und vollkommen hingerissen aussieht, und ich glaube, ich habe ihn nie so sexy empfunden wie in diesem Moment.

»Na gut, ihr zwei. Ich muss jetzt los zum Supermarkt, um alles einzukaufen. Bis gleich!«

»Ich will mit! Ich will mit!«

Ich sehe zu Jackson hinüber. »Was meinst du? Kannst du mitkommen?«

Er schüttelt den Kopf. »Ich erwarte einen Anruf. Es geht um dein Resort«, fügt er hinzu, und seine Augenwinkel kräuseln sich amüsiert. »Aber geht ihr beiden doch ohne mich.« Er grinst. »Euer erster Mutter-Tochter-Ausflug.«

Allein bei dieser Vorstellung bekomme ich Herzrasen, und ich will gerade Einwände erheben, als ich sehe, wie sehr sich dieses kleine Mädchen darauf freut, die Welt da draußen zu erkunden. »Na gut«, sage ich nach einer Weile. »Warum nicht?« Ganz ehrlich, so schwer kann es nicht sein.

Offenbar hat sich ausgerechnet heute ganz L. A. dazu verabredet, im Ralphs in der West 9th Street einkaufen zu gehen. Zumindest fühlt es sich so an, als ich mich jetzt durch die überfüllten Gänge quetsche, eine Hand am Einkaufswagen und die andere fest um Ronnies kleine Hand geklammert.

»Komm schon, Kleines«, sage ich. »Willst du nicht mit dem Wagen fahren?« Schon bei unserer Ankunft hatte ich versucht sie in den Einkaufswagen zu setzen, aber sie scheint fest entschlossen, mir beim Einkauf helfen zu wollen, und offenbar bedeutet helfen, neben mir herzulaufen, während ich uns einen Weg durch die Menge bahne und überlege, was wir an Lebensmitteln brauchen.

Stur schüttelt sie den Kopf. »Will laufen, Sylvie. Will Wagen schieben.«

»Du bist viel zu klein, um den Wagen zu schieben«, wende ich ein. »Aber gut. Dann gehst du eben.«

Ich habe bereits Rinderhackfleisch, Eier, Tomatensoße und Eis eingepackt. Jetzt brauche ich nur noch Kartoffeln, Zwiebeln und die grünen Bohnen, die ich bei unserem Eis-Gemüse-Deal ausgehandelt habe.

Ich kenne diesen Supermarkt ziemlich gut, da er nur ein paar Minuten zu Fuß vom Stark Tower entfernt ist und ich gelegentlich hier vorbeikomme, um mir etwas zum Mittagessen zu holen. Deshalb finde ich mühelos zurück zur Obst- und Gemüseabteilung, um das fehlende Gemüse für das Abendessen einzupacken. »Das ist alles«, sage ich zu ihr. »Ich muss das nur noch wiegen, und dann können wir zur Kasse gehen, okay?«

Fasziniert starrt sie auf die Waage und beobachtet, wie eine Frau vor uns den Code eingibt und kurz darauf ein weißes Etikett erhält.

»Ich! Ich!«, ruft sie, als die Frau vor uns weggeht.

»Kannst du denn schon zählen?«, frage ich, woraufhin sie mit eifrigem Ernst bis zehn zählt, wenngleich sie die Reihenfolge nach sechs durcheinanderbringt. Ich beschließe aber, ihr das durchgehen zu lassen. »Okay«, sage ich und lege die Tüte mit den Zwiebeln auf die Waage. Ich hebe sie hoch, setze sie auf meiner Hüfte ab und spreche ihr langsam vor: »Vier, drei, zwei, sieben.«

Bei der Sieben geht es beinahe schief, aber ich lenke sie noch rechtzeitig zur richtigen Zahl, und am Ende kommt das Etikett für Zwiebeln heraus, das sie begeistert auf die Tüte pappt.

Das Ganze hat nur ungefähr achtmal so lange gedauert wie normalerweise.

»Das hast du toll gemacht«, sage ich. »Die anderen beiden mache ich schnell allein, ja? Magst du zuschauen?«

Sie nickt so heftig, dass ihre Locken auf und ab hüpfen.

Ich gehe zurück zur Waage und sage die Zahlen laut vor mich hin, während ich sie eingebe, und fühle mich ein bisschen wie eine Parodie auf die *Sesamstraße*.

Als ich fertig bin, nehme ich die Tüten herunter und drehe mich um, um sie in den Wagen zu legen.

Sie ist weg.

Ich spüre, wie ich panisch werde, und versuche mich in den Griff zu bekommen. *Sie kann nicht weg sein.* Sie ist bestimmt nur im nächsten Gang. Bestimmt steht sie direkt hinter diesen Leuten.

Aber dort ist sie nicht, und die Realität holt mich mit einem Schlag ein. Ich habe sie verloren. Ich habe Jacksons kleine Tochter verloren.

Mein Magen dreht sich um, und ich schlucke meine Wut und meine Furcht hinunter. Dafür habe ich jetzt keine Zeit. Ich muss sie finden.

»Haben Sie das kleine Mädchen gesehen, das bei mir war?« Ich schleudere die Frage den beiden Damen, die in dem Gang vor den Tomaten miteinander plaudern, regelrecht entgegen. Aber beide sehen mich nur mit ausdrucksloser Miene an. Die eine mit einem Ausdruck, als ob ich sie belästigen würde, während die andere mit einem entschuldigenden Lächeln erklärt: »Tut mir leid, ich habe nichts gesehen.«

O Gott, bitte lass das nicht wahr sein.

»Ronnie!« Mir sind die Blicke der anderen Leute völlig egal, als ich ihren Namen aus voller Kehle schreie, während ich an der Rückwand der Abteilung entlanghaste, um einen Blick in alle Gänge werfen zu können, die im rechten Winkel zu dieser Wand verlaufen. »Veronica!«

Nichts. Ich habe keinen Schimmer, was ich tun soll. Ich will diese Abteilung nicht verlassen, aber ich muss auch den

Filialleiter rufen. Ich brauche Hilfe, und ich bin kurz davor zu schreien, dass mir jemand helfen soll, als eine kleine Frau mit einem freundlichen Gesicht mich am Ellenbogen zupft und sagt: »Ist das Ihre Tochter?«

Ich sehe nach unten und erblicke Ronnie unter einem frei stehenden Bodendisplay für Rosenkohl und Blumenkohl.

»Gott sei Dank!«, rufe ich aus und spüre, wie die Anspannung von mir abfällt. »Ronnie! Ronnie, komm her, Süße.«

Sie krabbelt hervor und zeigt mir den kleinen roten Flummi, den sie unter der Auslage entdeckt hatte.

»Kann ich das behalten?«, fragt sie, aber ich antworte ihr nicht, sondern drücke sie fest an meine Brust, während ich versuche, durchzuatmen und meinen Herzschlag zu beruhigen.

Ich drehe mich um, um nach der Frau Ausschau zu halten, die sie gefunden hat, denn wer weiß, was passiert wäre, wenn sie mir nicht geholfen hätte. Aber sie ist nirgends mehr zu sehen.

Und mit Ronnie in meinen Armen lasse ich den Einkaufswagen stehen und eile zur Tür.

Ich kann jetzt nicht an das Abendessen, das Eis oder den Hackbraten denken.

Alles, was ich denken kann, ist, dass ich versagt habe.

Alles, was ich tun kann, ist, nach Hause zu rennen.

»Beruhige dich«, sagt Jackson, als ich im Schlafzimmer auf und ab gehe und versuche, eine erneute Tränenflut zurückzuhalten. »Baby, beruhige dich. Es ist alles okay. Sie ist in Sicherheit. Du hast sie nicht verloren. Und du hast ihr auch nicht wehgetan.«

Ronnie macht ein Nickerchen, und ich glaube, im Gegensatz zu mir ist sie überhaupt nicht beunruhigt. Sie hat zwar im Auto geweint, aber ich bin mir ziemlich sicher, dass das nur daran lag, dass ich die Tränen zurückhalten musste und völlig verkrampft mit beiden Händen am Lenkrad saß.

»Ich *habe* sie verloren«, fahre ich ihn an. »Auch wenn sie nur ein paar Meter weg war, das heißt noch lange nichts. Das heißt nur, dass ich Glück hatte. Was, wenn ich zum Filialleiter gerannt wäre, ehe die Frau sie gefunden hat? Vielleicht wäre sie unter dem Aufsteller hervorgekrochen und aus dem Laden spaziert. Die Obst- und Gemüseabteilung ist direkt neben den elektrischen Schiebetüren, und dort ist gleich der Parkplatz. Hast du mal gesehen, wie schnell die Autos da entlangpreschen, obwohl nur Schritttempo erlaubt ist?«

Ich bin atemlos, und meine Worte – meine Ängste – platzen nur so aus mir heraus. Und ich weiß, dass er recht hat. Es *geht* ihr gut. Und ich bin nicht die Erste, die im Laden ein Kind aus den Augen verliert. Aber das ist nicht der Punkt. Dieser Moment war nur der Katalysator, der all meine Ängste und Zweifel mit einem Mal zur Explosion gebracht hat.

Ich weiß, was ich tun muss – und das macht mich fertig. Denn das wird der schwierigste Schritt meines Lebens. Aber ich muss es tun. Für Jackson. Für Ronnie. Und sogar für mich.

Jackson stellt sich mir in den Weg und nimmt mich in die Arme. »Süße, du hattest Angst. Das verstehe ich. Aber du musst dich davon freimachen. Tief durchatmen.«

Ich reiße mich aus seiner Umarmung los. »*Angst?* Ich hatte keine Angst, Jackson. Ich war völlig panisch. Genau wie letzte Nacht. Ronnie hatte einen Albtraum und …«

»Ich weiß. Stella hat es mir erzählt. Aber Sylvia, du

machst deine Sache gut. Die Tatsache, dass du dich damit schwertust, heißt nicht, dass du irgendetwas schlecht machst.«

Ich erkenne meine eigenen Worte wieder, die ich bei unserem Streit am Flughafen zu ihm gesagt hatte.

»Hältst du mir jetzt meine eigenen Worte vor? Na schön. Ich habe damals zu dir gesagt, dass ich dich liebe. Dass ich dir alles geben würde, was du brauchst. Und das meine ich ernst, Jackson. Aber was du brauchst, ist eine enge Bindung zu deiner Tochter. Eine starke, eine solide Bindung. Und ich stehe dem nur im Wege. Ich hätte das nie gedacht – als ich dich zurückgewinnen wollte, meine ich. Ich dachte nicht …«

»Du hast Angst«, sagt er erneut. »Aber, Süße, das ist okay. Glaubst du, man übernimmt die Verantwortung für ein Kind und sofort sind alle Ängste verschwunden?«

»Ich weiß es nicht«, sage ich. »Und das ist der Punkt.« Ich lasse mich auf die Bettkante sinken. »Ich kann nicht ein Testlauf für das Leben eines kleinen Mädchens sein. Ich meine, verdammt, Jackson, ich bin eine Katastrophe. Ich weiß nicht einmal, wie ich meine eigenen Albträume bekämpfen soll, geschweige denn Ronnies.«

»Doch, das weißt du. Trotz allem. Deinem Vater. Meiner Verhaftung. Allem, was zuvor war. Trotz all dem hattest du lange keinen Albtraum mehr.«

Er legt mir seine Hand fest auf die Schulter. »Du bist stärker, und das weißt du auch.«

»Das bin ich, ja. Aber nicht in dieser Sache.«

»Dann lass mich dir helfen.«

Aber ich schüttele nur den Kopf. »Verstehst du das nicht? Das ist genau der Punkt. Wenn ich deine Frau werde, sollte ich dir eine Hilfe sein und nicht eine Bürde.«

»Syl …« Ich höre Angst in seiner Stimme, und ich weiß, dass er ebenso gut wie ich weiß, worauf das hinausläuft.

»Ich habe dir einmal gesagt, dass ich jeden Preis zu zahlen bereit wäre, um mit dir zusammen sein zu können. Und ich weiß, dass ich es war, die dich zurückhaben wollte. Dass ich um dich gekämpft habe. Um Ronnie. Und es war mir ernst damit. Aber ich habe mich getäuscht, Jackson. Denn ich will das Leben dieses kleinen Mädchens nicht aufs Spiel setzen. Und ich weiß nicht, wie ich das schaffen soll. Ich hätte nie Ja sagen dürfen. Das war falsch von mir. Selbstsüchtig sogar. Ich war so überwältigt von deinem Vertrauen in mich und von meiner Angst, dich zu verlieren, dass ich vergessen habe, dass Vertrauen nicht genug ist, und dass Angst immer ein schlechter Ratgeber ist.«

Ich stehe auf, weil ich mich bewegen muss. Mehr noch, ich muss gehen.

»Süße, bitte. So warte doch.«

»Ich kann nicht. Es tut mir leid, Jackson. Ich brauche …« Aber ich lasse den Satz unvollendet in der Luft hängen. Die Wahrheit ist, ich brauche ihn. Doch als ich jetzt auf die Tür zustrebe – und meinen Verlobungsring auf der Kommode hinterlasse –, glaube ich nicht mehr daran, dass ich ihn haben kann.

28

Ich verbringe den restlichen Sonntag damit, zu Hause auf meiner Couch Wiederholungen von *How I met your mother* anzuschauen und lache nicht ein einziges Mal. Ehrlich gesagt frage ich mich, wozu ich den Fernseher überhaupt eingeschaltet habe, denn meine Gedanken sind ganz woanders.

Am Montag ruft Cass mich an, um nachzufragen, wie es mir geht, und ich versichere ihr, dass es mir gut gehe, was, wie wir beide wissen, natürlich eine große, fette Lüge ist. Schließlich war ich gestern mit den Nerven völlig am Ende, als ich sie angerufen hatte, um ihr die ganze Geschichte zu erzählen, angefangen bei Ronnies Albtraum über den Schreckmoment im Supermarkt bis hin zu meinem Entschluss, Jackson zu verlassen. Daher ist es völlig unglaubwürdig, dass ich gestern noch ein völliges Wrack und heute schon wieder gefasst bin.

»Ich komme nach der Arbeit zu dir«, sagt sie. »Zum Reden.«

»Nein. Bitte. Ich will einfach nur allein sein. Ich will … Ich glaube, ich muss das allein mit mir ausmachen.«

Ich kann ihr Zögern durch das Telefon hindurch spüren, und ich verstehe sie. Cass hat mir bei fast allen Krisen in meinem Leben beigestanden. Und wenn sie nicht da war, war Jackson für mich da.

Und genau das ist ehrlich gesagt auch der Grund, weshalb ich allein sein will. Ich muss mir selbst beweisen, dass ich damit klarkomme – mit diesem schrecklichen Gefühlschaos aus Angst und Wut und Unsicherheit. Die Begriffe *Vater* und *Jackson* und *Ronnie* und *Eltern* und *Entscheidungen* schwirren in meinem Kopf durcheinander.

»Du weißt, dass ich immer für dich da bin.«

»Darauf zähle ich.«

»Brauchst du ein neues Tattoo?«

Ich verstehe ihre Frage. Sie fragt mich, ob sie mir eine Tätowierung stechen muss – eine sichtbare Mahnung, die mir Kraft geben soll. Die mir helfen soll, darüber hinwegzukommen. »Ich weiß es nicht«, sage ich ehrlich.

»Okay.« Ich höre sie seufzen. »Was immer du brauchst.«

»Ich weiß. Wirklich. Im Ernst, mach dir um mich keine Sorgen.« Doch bevor sie auflegt, rufe ich: »Cass!«

»Ja?«

Ich will schon fragen, ob Jackson angerufen hat, verkneife mir die Frage aber. Ich habe mich noch nicht an den Gedanken gewöhnt, dass wir nicht mehr zusammen sind, auch wenn ich immer noch sicher bin, dass es die richtige Entscheidung war. Und es würde mir einfach zu sehr wehtun, zu hören, dass er sich Sorgen um mich macht oder mich vermisst oder selbst dass er total sauer auf mich ist. »Schon gut.«

Es entsteht eine lange Pause, und wie als Zeichen, dass sie meinen zuvor geäußerten Wunsch respektiert, sagt sie nur: »Alles klar. Dann bis bald, wir hören uns.«

Ich gehe heute nicht zur Arbeit. Nicht nur, weil ich mich nicht bereit fühle, Jackson im Büro zu begegnen, sondern auch, weil der Anwalt meines Vaters einen Besuchstermin vereinbart hat. Der Termin ist jedoch erst um vier, sodass ich bis dahin noch viel Zeit habe. Und da ich die Zeit nicht mit Grübeln verbringen will, lenke ich mich erneut mit Fernsehen ab. Allerdings bringen mich auch die Wiederholungsfolgen von *Friends* nicht zum Lachen.

Mein Handy klingelt, und ich greife schon danach, verlangsame aber die Bewegung, als ein einziges Wort in meinem Kopf aufleuchtet – *Jackson*.

Doch nicht er ruft mich an. Sondern Ethan.

»Hey«, begrüßt er mich. »Hast du Dad schon gesehen?«

»Noch nicht. Ich gehe in einer Stunde zu ihm. Kommst du morgen vorbei?«

»Ja. Ich wollte gegen Mittag vorbeischauen. Sagst du ihm Bescheid?«

»Klar.«

»Sag mal, hat Mom dich angerufen?«

Mein Gesicht verfinstert sich. »Nein.« Zu sagen, dass meine Mutter und ich ein angespanntes Verhältnis haben, ist, wie wenn man sagt, dass Schwarz eine dunkle Farbe ist. Es ist einfach offensichtlich. Ich bin seit Jahren für sie inexistent, und ich weiß nicht einmal, ob sie gemerkt hat, was man mir angetan hat – was ihr Ehemann seiner Tochter angetan hat. Seit Ethans Erkrankung hat sie mich ziemlich abgeschrieben und ihre gesamte Aufmerksamkeit meinem Bruder zugewandt, sodass ich im Grunde mir selbst überlassen war. Aber wenn ich mir meine Eltern so anschaue, war das vielleicht auch besser so.

»Verdammt, ich hatte ihr gesagt, sie soll dich anrufen. Ich meine, unser Vater sitzt im Gefängnis. Da ist es doch nur normal, dass eine Mutter sich bei ihrem Kind meldet, oder?«

Nicht bei unserer Mutter, denke ich. Aber ich frage nur: »Und, was hat sie gesagt?«

»Dass sie nicht wüsste, weshalb sie das sollte.«

Ich seufze. Warum erzählt er mir das überhaupt? Es hat sich ja doch nichts geändert.

»Ich wollte nur … Sie hat als Mutter versagt, Syl. Sie haben beide versagt. Aber das heißt nicht, dass du das wirst.«

Ich lecke mir über die Lippen, sage aber nichts. Ich will nicht darüber reden, und ich bereue, in meiner Nachricht überhaupt erwähnt zu haben, dass ich Jackson und Ronnie verlassen habe.

»Ich weiß, dass wir uns immer geschworen hatten, niemals selbst Kinder zu haben, weil es nur ein Teufelskreis wäre, aber das muss es nicht sein. Du kannst ihn anhalten.«

»Das habe ich getan«, sage ich.

»Du weißt, was ich meine«, sagt er.

Das stimmt, aber ich will nicht darüber reden. »Du, ich muss mich langsam anziehen.«

»Scheiße, tut mir leid. Sorry. Ich hätte nicht …«

»Ist schon okay«, sage ich schnell.

»Nein«, sagt er mit fester Stimme, »ist es nicht. Hör mal, ich habe nachgedacht. Die Sache ist die, du liebst ihn.«

»Ethan, bitte.« Meine Stimme überschlägt sich.

»Verdammt, Syl, hör mir bitte zu. Du denkst, du wirst bestimmt keine gute Mutter. Du denkst, du hast schließlich kein Vorbild. Aber das hast du. Siehst du das denn nicht? *Du* bist dein Vorbild.«

Ich fahre mir mit den Fingern durchs Haar und fühle mich innerlich viel zu aufgewühlt, um zu versuchen zu verstehen, was er mir damit sagen will. »Ethan …«

»*Du selbst.* Ich meine, wenn Elternsein bedeutet, für jemanden Sorge zu tragen – bereit zu sein, für jemanden Opfer zu bringen und schwere Entscheidungen zu treffen –, dann weißt du doch bereits, wie das geht. Verstehst du das denn nicht, Syl? Genau das hast du bereits für mich getan.«

Ich ziehe scharf Luft ein, denn seine Worte treffen mich völlig unvorbereitet, und Tränen schießen mir in die Augen.

»Als ich klein war, hast du für mich genauso gesorgt wie unsere Eltern. Wenn nicht sogar mehr. Es tut mir leid, wenn ich es dir noch schwerer gemacht habe. Wenn ich dir Zweifel eingeredet habe. Das hätte ich nicht tun dürfen. Du kriegst das hin, Syl. Glaub mir – du weißt längst, wie das geht.«

»Ich …« Durch die Tränen kann ich nicht sprechen. Ich schniefe und versuche zu atmen, und schaffe es dann, ihm zu sagen, dass ich los muss. Denn im Moment kann ich nicht damit umgehen, was er sagt. Ich kann nicht beurteilen, ob es stimmt oder nicht, weil es einfach zu viel für mich ist. »Es tut mir leid, aber ich muss zu dem Termin.«

Ich lege auf, ohne seine Verabschiedung abzuwarten.

Könnte es sein, dass er recht hat? Ich möchte ihm glauben, aber ich habe immer noch Angst. Und da hier das Leben eines Kindes auf dem Spiel steht, kann ich nicht riskieren, mich zu täuschen.

Zwei Stunden später sitze ich im Besucherraum im Bezirksgefängnis, in dem mein Vater einsitzt. Das Gebäude ist karg und kalt, und so sehr ich meinen Vater auch dafür hasse, was er mir angetan hat, kann ich doch den Gedanken nicht ertragen, dass er den Rest seines Lebens hier verbringen muss.

Die Tür öffnet sich, und ein Wärter bringt meinen Vater herein, in Handschellen und bekleidet mit einem orangenen Häftlingsoverall.

Ich stehe auf und beginne auf ihn zuzugehen.

»Kein Körperkontakt«, warnt der uniformierte Wärter, und ich merke, dass ich meinen Vater tatsächlich umarmen wollte, etwas, das ich nicht mehr getan habe, seit ich dreizehn war.

»Oh«, sage ich. »Richtig.«

»Ich warte draußen«, sagt der Wärter. »Ich kann Sie nicht hören, aber falls Sie etwas brauchen, können Sie mir ein Zeichen geben.«

Ich nicke und nehme gegenüber von meinem Vater Platz, der sich jetzt an den Tisch setzt. Der Beamte öffnet eine Handschelle und kettet sie an eine Stange am Tisch. Dann dreht er sich um, verlässt den Raum und zieht die Tür mit einem ziemlich endgültig klingenden Klicken hinter sich zu.

»Du hast Reed umgebracht«, sage ich ohne Umschweife, und ich merke, dass ich mich zum ersten Mal seit meiner Kindheit von meinem Vater beschützt fühle. »Du hast es wirklich getan.«

Er sieht mich unverwandt an, und ich sehe eine aufrichtige Wärme in seinen Augen. »Das hätte ich schon vor langer Zeit tun sollen.«

Ich schaue hinab auf die Tischplatte, weil ich nicht will, dass er sieht, wie sehr ich ihm zustimme. Als ich mich wieder gesammelt habe, hebe ich meinen Kopf und blicke ihn vorwurfsvoll an. »Du hast Jackson einfach seinem Schicksal überlassen. Die ganze Zeit über. Er wäre beinahe verhaftet worden. Er wäre beinahe verurteilt worden, verdammt noch mal.«

»Ich weiß. Es tut mir leid. Ich dachte … Ach, verflucht. Ich hatte einfach Angst. Ich dachte, es würde Gras über die Sache wachsen. Ich dachte, sie würden ihn irgendwann in Ruhe lassen, denn, verflucht noch mal, er hatte mit dem Mord ja gar nichts zu tun. Und als es schlecht um ihn stand, hatte ich Angst, was mir drohen würde, und ich habe einfach gehofft, dass das alles irgendwann ein Ende hat.«

Ich erschaudere ein wenig. Ich bin zwar nicht einverstanden mit dem, was er getan hat, aber ich verstehe ihn.

»Bist du mit dem Vorsatz hingefahren, ihn umzubringen?«

»Nein. Ich bin hingefahren, um ihn wegen der Erpresserfotos zur Rede zu stellen. Die Fotos von dir, von denen mir Jackson erzählt hat. Dieser Mistkerl hat mich nur verhöhnt. Hat sogar eins rausgeholt, um es mir zu zeigen.« Er zuckt mit den Schultern. »Da hat es bei mir ausgesetzt. Ich habe diese verdammte Statue gegriffen und auf ihn eingeschlagen.«

»Hast du das deinem Anwalt gesagt?«, frage ich. »Dass er dir das Foto unter die Nase gehalten hat? Denn aus dem, was wir nach deinem Geständnis erfahren haben, klang heraus, dass du ihn quasi umgebracht hast, um Jackson das Leben zu erleichtern. Aber wenn er dich provoziert hat, fällt das bestimmt ins Gewicht, wenn es um die Schuldfrage geht.«

»Ich werde kein Wort über die Fotos verlieren. Glaubst du, ich will, dass das an die Öffentlichkeit gelangt? Im Moment weiß doch sonst niemand davon, oder nicht?«

Ich nicke. Harriet weiß von der Erpressung, aber sie hat es im Zuge ihrer Arbeit für einen Mandanten erfahren, also wird sie Stillschweigen bewahren. Nicht nur das, soweit sie weiß, sind auch sämtliche Kopien der Fotos verschwunden.

»Ich werde schweigen wie ein Grab«, sagt mein Vater. »Ich will es dir nicht noch schwerer machen, als es ohnehin schon ist.«

»Daddy.« Ich blinzle und merke, dass meine Augen tränenerfüllt sind.

Er will seine Hände nach mir ausstrecken, doch die Handschellen halten ihn zurück. »O Gott, Süße. Habe ich so großen Schaden angerichtet? Habe ich dein Leben zerstört?«

»Ich …« Ich schließe den Mund, weil ich nicht weiß, was

ich antworten soll. Ja? Nein? Manchmal fühle ich mich innerlich völlig zerrissen. Manchmal geht es mir prima.

Ich beschließe zu schweigen, und er seufzt nur.

»Ich habe versagt, Sylvia, auf ganzer Linie. Und ich weiß, ich habe dir wehgetan, aber schau dich an. Du bist wahnsinnig stark. Schau dir an, was aus dir geworden ist. Du bist klug und selbstbewusst und verfolgst deine Ziele. Und ich glaube, das ist momentan der einzige Gedanke, der mich am Leben erhält. Denn egal, was ich dir angetan habe, du warst stark genug, dich nicht von mir zerstören zu lassen.«

Er holt tief Luft. »Jackson ist ein guter Mann. Ich hätte dem Wichser am liebsten eine reingehauen dafür, dass er mich mit der Nase auf die Wahrheit gestoßen hat. Aber ich bin froh, dass er es getan hat. Du verdienst einen Mann, der dich beschützt. Weiß Gott, dein Vater hat es nicht getan. Zumindest nicht bis zu dem Tag, an dem ich diesen Mistkerl umgebracht habe.«

Erst als jetzt eine dicke Träne auf den Metalltisch tropft, merke ich, dass ich weine. »Daddy«, sage ich, aber dann muss ich abbrechen, denn ich bekomme kein Wort mehr heraus. Nachdem ich mich beruhigt und meinen Atem wiedergefunden habe, mache ich einen neuen Versuch. »Daddy, du musst ihnen von der Erpressung erzählen. Sie müssen wissen, dass du im Affekt gehandelt hast. Das ist von Bedeutung.«

»Auf gar keinen Fall.«

»Dann gebe ich die Bilder eben an die Presse und erzähle es selbst der Polizei.« Und das ist mein voller Ernst. Jahrelang habe ich mich vor diesen dämlichen Fotos gefürchtet. Vor den Erinnerungen, die sie wachrufen. Vor der Scham. Aber ich bin es leid, diesen Fotos so viel Macht einzuräumen. Und verflucht, Reed so viel Macht einzuräumen.

Jackson hat recht – ich weiß, wie ich meine Dämonen bekämpfen kann. Und zwar, indem ich Reed auch das letzte bisschen Macht über mich entreiße.

»Nein, Liebes, nein. Ich habe bereits einen prima Deal ausgehandelt. Einen guten Deal. Das Strafmaß wurde herabgesetzt. Kein Vorsatz. Höchstens drei Jahre.«

Ich weiß, dass er recht hat. Das ist ein guter Deal. Aber die Strafe könnte noch geringer ausfallen, wenn ich die Fotos als Beweismittel ins Spiel bringe.

Aber als ich das vorschlage, schüttelt mein Vater vehement den Kopf. »Nein«, beharrt er und sieht mir in die Augen.

»Warum nicht? Ich halte das aus. Und wenn wir sie nur dem Staatsanwalt übergeben, kommen sie vielleicht sogar unter Verschluss.«

»Das mag alles sein, aber diesmal bin ich am Zug.«

Ich blinzle verwirrt. »Bitte was? Wieso?«

»Ich bin es dir schuldig, Elle«, sagt er sanft und nennt mich bei dem Namen, den ich abgelegt habe, nachdem Reed mich so abscheulich benutzt hat.

»Im Gefängnis zu sitzen ändert auch nichts daran.«

Sein Lächeln ist unendlich traurig. »Das vielleicht nicht. Aber ich fühle mich dadurch besser.«

Der Wärter klopft gegen das Fenster, um mich auf die Zeit hinzuweisen.

»Ich weiß nicht, ob ich dir je wirklich vergeben kann, Daddy«, sage ich, als der Wärter die Tür öffnet und auf meinen Vater zugeht. »Aber vielleicht möchte ich es gern versuchen.«

29

Das Einzige, was Jackson den restlichen Sonntag überleben ließ, war, dass er sich um Ronnie kümmern musste. Und das Einzige, was ihn den Montagmorgen überleben ließ, war, dass Stella sich um Ronnie kümmerte und Jackson sich in die Arbeit stürzen konnte.

Aber schon gegen Nachmittag war das Resort nicht mehr genug, um ihn abzulenken. Er war angespannt. Durcheinander. Wütend.

Er hatte das Bedürfnis, auf irgendetwas einzuschlagen, und mehr als einmal am Vormittag erwog er, Sutter anzurufen und ihn dazu zu bringen, das Fitnessstudio für ihn zu öffnen. Vielleicht sogar in den Ring zu steigen. Aber die Vorstellung, sich im Tänzeln und Trippeln zu verlieren, im Schweiß und Schmerz, im Muskelbrennen und Adrenalinschub, war ihm heute nicht genug.

Nein, er wusste, was das Gegenmittel für sein Leiden war – und sie war einfach auf und davon.

Verflucht noch mal.

Dieser verfluchte Dickschädel. Er wollte geduldig sein. Er wollte ihr helfen. Aber gleichzeitig wollte er sie an den Schultern schütteln und sie zur Vernunft bringen. Und es frustrierte ihn wahnsinnig, dass er zwar im Bett die Kontrolle über sie übernehmen konnte, sie aber im echten Leben ihre eigenen Entscheidungen treffen musste.

Er konnte nur hoffen, dass es die richtige war. Denn er liebte sie, und er wusste, dass sie ihn auch liebte. Er wollte mit ihr eine Familie, eine gemeinsame Zukunft. Und er hatte aus ganzem Herzen geglaubt, dass sie dasselbe wollte. Aber die Angst war stärker gewesen. Und er konnte nur hoffen, dass ihre innere Stärke sie wieder zu ihm zurückbringen würde. Denn sie besaß große Stärke. War sie es nicht schließlich gewesen, die ihn immer wieder zur Vernunft gebracht hatte?

Mist.

Er warf einen Blick auf die Uhr, sah, dass es Zeit für Ronnies Nachmittagssnack war, und beschloss, sich gemeinsam mit seiner Tochter und dem Kindermädchen ein Erdnussbutter-Marmeladen-Sandwich zu genehmigen. Er war beinahe am Fahrstuhl, als seine Assistentin Lauren nach ihm rief. »Mr. Steele? Rachel hat gerade angerufen. Sie sagt, auf der fünfunddreißigsten Etage wartet jemand auf Sie.«

Sylvia? Wahrscheinlich nicht. Dennoch gab er sich der Fantasie hin, dass sie auf ihn an ihrem Schreibtisch wartete, aber als er eintraf, war er enttäuscht, als sie nicht da war – und verwirrt darüber, dass ihm stattdessen Graham Elliott gegenüberstand.

»Mr. Steele«, sagte Graham, kam auf ihn zu und streckte ihm die Hand entgegen. »Es tut mir leid, Sie hier im Büro zu behelligen. Ich habe Evelyn Dodge ein- oder zweimal privat getroffen, und sie meinte, wenn ich mit Ihnen reden wolle, sollte ich am besten hierherkommen.« Er warf ein strahlendes Hollywood-Lächeln in Rachels Richtung, die aussah, als ob sie gleich vom Stuhl fallen würde. »Miss Peters war so nett, mich derweil zu unterhalten.«

»Ich, ähm, Wasser? Kann ich Ihnen Wasser anbieten? Oder Kaffee? Oder …?«

Graham schüttelte den Kopf. »Danke.«

Jackson vergrub seine Hände in den Hosentaschen. »Was

kann ich für Sie tun?« Er versuchte, höflich zu klingen, aber er war nicht sicher, ob es ihm gelang. Das war immerhin der Mann, der ihn in dem Film über das Fletcher-Anwesen verkörpern sollte. Das war der Mann, der bereit war, einen Skandal anzuheizen, der seine Tochter beschmutzen würde.

»Zwei Dinge führen mich zu Ihnen. Erstens wollte ich Ihnen gratulieren, dass Sie freigesprochen wurden. Und zweitens wollte ich Ihnen mitteilen, dass ich raus aus dem Film bin.«

Jackson trat von einem Bein aufs andere. Nicht entspannt – noch nicht –, sondern neugierig. Und zweifelnd. »Ach ja?«

Graham schrumpfte ein wenig. »Hören Sie. Das ist eigentlich vertraulich, aber Sie sollten wissen, dass Ihr Vater mit Reed unter einer Decke steckte. Er wollte unbedingt, dass der Film gedreht wird. Hat wohl schon das große Geld gewittert. Er hat auch die Bombe über Sie und Ihren Bruder platzen lassen, als das Interesse nachließ. Offenbar hatte er geglaubt, da ein bisschen nachhelfen zu müssen.«

Jackson stand vollkommen regungslos da. »Und Sie? Warum waren Sie in den Film involviert?«

»Die Story ist der Hammer, Mann. Und es ist nicht einmal gelogen. All der Scheiß, der Ihnen zugestoßen ist – und den Fletchers –, bietet reichlich Stoff für einen Film.«

»Und trotzdem wollen Sie nicht mehr mitmachen.«

Graham begegnete seinem Blick. »Nein«, sagte er. »Das Drehbuch ist gut, aber meine Sichtweise hat sich geändert. Meine Freundin ist schwanger, und wenn irgendjemand mein Kind in so eine Geschichte hineinziehen würde, würde ich ihm persönlich die Eier abreißen. Aber ich schätze, das Gefühl kennen Sie, nicht wahr? Das war der Grund, weshalb Sie den Film stoppen wollten.«

Jackson nickte. »Ja, das war der Grund.«

»War Ihr Vater die undichte Stelle? Was Ihre Tochter betrifft, meine ich.«

»Das weiß ich nicht, aber ich glaube es nicht. Ich glaube, die Presse hat einfach nur ihre Arbeit gemacht und ist dabei auf die Gerichtsunterlagen in New Mexico gestoßen.«

Graham nickte. »Also ich kann Ihnen natürlich nicht versprechen, dass niemand anderes für mich einspringt, aber ich kann Ihnen versichern, dass ich für den Film nicht mehr zur Verfügung stehe. Und nun, da Sie nicht mehr unter Mordverdacht stehen, gehe ich davon aus, dass auch die Boulevardpresse das Interesse verlieren und sich zurückziehen wird.«

»Danke«, sagte Jackson, aber die schlichte Förmlichkeit seiner Worte konnte nicht zum Ausdruck bringen, wie erleichtert er war. »Und Glückwunsch.«

Grahams Gesicht zeigte jetzt jenes strahlende Lächeln, für das er berühmt war. »Danke. Das ist schon wirklich ein Wunder, finden Sie nicht?«

»Was?«

»Vater zu werden. Das ändert einfach komplett alles.«

»Ja«, sagte Jackson sanft. »Tut es.«

Ein paar Minuten später schlossen sich die Fahrstuhltüren hinter Graham, und Rachel seufzte schwer auf. »Wow.«

Jackson lächelte nachsichtig. Da sie erst vor Kurzem von Trent so bitter enttäuscht worden war, gönnte er ihr dieses Star-Erlebnis von ganzem Herzen. »Ist Damien da?«

»Leider nein. Soll ich ihm eine Nachricht hinterlassen?«

Jackson schüttelte den Kopf. »Nein. Ich sage es ihm später.« Er ging zurück zu den Aufzügen, in der festen Absicht, mit dem Express-Fahrstuhl zum Apartment hochzufahren. Doch stattdessen nahm er den anderen Fahrstuhl und fuhr nach unten in die Tiefgarage. Sein Kopf schwirrte ihm, während er auf seinen Porsche zusteuerte. Sie waren aus demselben Holz geschnitzt, Sylvias Vater und Jeremiah Stark. Aber zumindest hatte Sylvias Vater versucht, wiedergutzumachen, was er kaputt gemacht hatte, wenngleich Mord ein ziemlich drastisches Mittel dafür war.

Nicht so jedoch Jeremiah. Er hackte weiter in Damiens und seinem Leben herum, als ob sie Edelsteine seien und er ohne Rücksicht auf Verluste solange schürfen würde, bis er sich seinen Anteil gesichert hätte.

Das war etwas, da war sich Jackson sicher, dass er als Vater niemals tun würde. Er würde bestimmt auch nicht alles richtig machen. Aber er würde nicht die Fehler seines Vaters wiederholen. Sylvia wusste das – er war sich absolut sicher, dass sie daran glaubte, dass er ein Kind großziehen konnte.

Also wieso konnte sie dasselbe nicht in sich erkennen?

Er war bereits aus der Tiefgarage herausgefahren, als ihm klar wurde, welches Ziel er hatte: Santa Monica. Er hatte versucht, ihr Freiraum zu lassen, aber seine Geduld war am Ende. Er wollte sie. Er brauchte sie.

Und er war sich verdammt sicher, dass sie ihn auch brauchte.

Es wurde Zeit, dass er die Frau zurückholte, die er heiraten würde.

Es wurde Zeit, sie davon zu überzeugen, dass sie bei ihm bleiben sollte. Dass sie das gemeinsam hinkriegen würden.

Denn verflucht, er würde sie nicht noch einmal verlieren.

30

Ich weiß nicht, wie ich hier gelandet bin, aber anstatt nach dem Besuch bei meinem Vater nach Hause zu fahren, bin ich nach Van Nuys und zu den Lagerhallen gefahren, wo Reed eines der Studios betrieb, in denen er mich oft fotografierte.

Jetzt sitze ich in meinem Nissan auf dem Parkplatz und starre einfach nur auf die nichtssagenden, verwitterten Mauern, die vollkommen öde wirken. Und ich komme nicht umhin, mich zu fragen, was wohl hinter diesen Mauern vor sich geht. Wobei man bei jeder Mauer fragen könnte, was wirklich dahinter vor sich geht. Oder in den Köpfen der Menschen.

Ich weiß nicht, was sich mein Vater damals gedacht hat, aber ich glaube ihm jetzt. Seine Reue ist echt, sein Versöhnungsangebot ernst gemeint. Ich werde ihm nie so nahestehen wie Jackson Ronnie nahesteht, aber auch wenn ich das vorher nie selbst geglaubt hätte, möchte ich gern versuchen, von vorne anzufangen. Seine Entschuldigung und seinen Sinneswandel annehmen, alles in eine Kiste packen und das Ganze hinter mir lassen.

Ich lasse den Motor wieder anlaufen und weiß immer noch nicht recht, weshalb ich hierhergekommen bin. Um damit abzuschließen? Vielleicht. Oder vielleicht, um mir selbst zu beweisen, dass dieser Ort nicht die Hölle ist. Dass hier nicht Feuer und Schwefel aus der Erde aufsteigen, dass all die Dämonen, die hier leben, nur in meinem Kopf existieren – und dass ich sie besiegen kann.

Ich fahre zurück auf den Highway in Richtung Santa Monica und mache einen Abstecher nach Brentwood zu dem Haus meiner Kindheit. Hier habe ich mit meinem Hobby, Häuser zu fotografieren, begonnen, weil ich einfach nicht glauben konnte, dass sich hinter einem solch perfekten Haus solch schreckliche Geheimnisse verbergen konnten. Es war nichts weiter als eine Fassade, und ich fragte mich, ob es sich bei den restlichen Häusern der Stadt ebenso verhielt.

Das Haus, das Jackson in Palisades bauen wird, wird all das nicht sein. Dieses Haus wird von Liebe – von einer aufrichtigen Atmosphäre – erfüllt sein. Und ich glaube, das ist das Wichtigste.

Ich stelle mir vor, wie ich dort neben Jackson aufwache. Wie Ronnie ins Zimmer gerannt kommt und zu uns aufs Bett springt. Wie wir morgens mit einem Kaffee auf dem langen Balkon sitzen und abends mit einem Wein unter dem Sternenhimmel verweilen und auf das Meer hinausschauen, das sich bis in die Unendlichkeit erstreckt.

Ich denke an dieses kleine Mädchen, ihren Welpen und den Mann, den ich liebe.

Genau das wünsche ich mir. Gott, wie sehr ich mir das wünsche.

Ich habe immer noch Angst, aber ich werde hinzulernen. Ich werde nicht wie meine Mom sein, die sich einfach ausklinkt, wenn es ihr zu viel wird. Oder wie mein Dad, der Jahrzehnte wartet, ehe er einen Fehler wiedergutmacht und sein Kind beschützt.

Es wird sicher nicht einfach. Ich werde sicher hier und da straucheln.

Aber solange Jackson mich auffängt, wird alles gut.

Jackson.

Plötzlich halte ich es keine Sekunde mehr länger ohne ihn aus, und ich wende mit dem Auto und fahre in die entgegengesetzte Richtung, zurück in die Innenstadt zum Tower-Apartment.

Der Verkehr ist zäh, und jede Minute wird zur Tortur. Aber schließlich biege ich endlich auf meinen Parkplatz ein und eile hinauf zum Penthouse. Ich poltere aus dem Aufzug und rufe nach ihm, nach Ronnie, nach Stella.

Doch mich empfängt nur Stille. Und in diesem Moment bin ich mir sicher, dass ich alles kaputt gemacht habe. Dass ich ihn davon überzeugt habe, dass ich das Risiko nicht wert bin. Dass meine vergeblichen Bemühungen nur einen Keil zwischen ihn und seine Tochter treiben würden.

Dass es das Beste war für Ronnie, wenn die beiden ohne mich weiterleben würden.

O Gott, was zum Teufel habe ich da getan?

Ich schaue mich verzweifelt im Apartment um und frage mich, wo sie nur sein können. Ich rufe ihn auf dem Handy an, aber er geht nicht ran, und ich fühle mich noch verlorener. Noch einsamer.

Ganz tief in meinem Innersten weiß ich, dass ein leeres Apartment noch nichts zu sagen hat. Aber ich bin so müde. Und ich habe so hart mit mir gekämpft, um mich von ihm loszusagen, dass ich nicht glauben kann, dass sich nun, da ich meine Fehler einsehe, alles zum Guten wendet. Aus Erfahrung weiß ich, dass eher das Gegenteil der Fall ist.

Aber ich sage mir, dass ich darüber jetzt nicht nachdenken sollte. Dass ich einfach ein wenig schlafen sollte.

Auf dem Weg nach Hause mache ich mir gar nicht erst die Mühe, auf die linke Spur zu wechseln. Ich fahre so langsam, als wäre ich betrunken und dürfte eigentlich gar nicht hinter dem Steuer sitzen, weshalb ich mich höllisch auf die

Straße konzentrieren muss. Ich schlafwandele die Treppe zu meiner Wohnung hinauf und will nur noch in mein Bett kriechen. Morgen werde ich noch einmal einen Versuch starten. Und falls Jackson dann immer noch unauffindbar ist, werde ich zu Cass gehen und mir ein neues Tattoo abholen, um diesen Schmerz zu bekämpfen und ihn gleichzeitig niemals zu vergessen.

Meine Wohnung ist dunkel, als ich sie betrete, und ich schelte mich selbst dafür, dass ich nicht wie sonst das Licht im Flur angelassen habe. Ich ziehe meine Schuhe aus und taumele durch die Dunkelheit in Richtung Schlafzimmer. Unterwegs ziehe ich mein T-Shirt und meinen BH aus und werfe meine Jeans über die Rücklehne der Couch, bis ich schließlich an meiner Schlafzimmertür ankomme.

Dort bleibe ich kurz stehen, als ich plötzlich seine Stimme höre. Es ist nur ein Wort – nur mein Name –, aber es sagt alles.

»Sylvia.«

Ich halte in der Tür inne, komplett nackt, und auch wenn ich mich nie vor Jackson entblößt gefühlt habe, tue ich es in diesem Moment. Meine Augen gewöhnen sich langsam an die Dunkelheit, und ich sehe, wie er vom Bett aufsteht und zu mir kommt. Er steht nur Zentimeter vor mir, und plötzlich nehme ich meinen Atem ganz bewusst wahr. Jedes Haar meines Körpers. Seine Nähe. Und ja, mein Verlangen.

Ich lecke mir über die Lippen. »Ich habe im Apartment nach dir gesucht.«

»Lustig«, sagt er sanft. »Denn ich habe hier nach dir gesucht.«

Er geht ein paar Schritte nach links zu dem Stuhl, der neben der Tür steht. Mein Bademantel liegt dort, und er hebt ihn auf und reicht ihn mir. Und diese einfache, scheinbar höfliche Geste, macht mir furchtbare Angst.

Mein Atem stockt, und ich ringe ein wenig nach Luft. Ich halte den Bademantel fest an meinen Körper gedrückt, aber ziehe ihn nicht an. »Jackson … Es tut mir leid.« Ich versuche den Ausdruck in seinem Gesicht zu deuten, aber es gelingt mir nicht. »Habe ich alles kaputt gemacht, als ich weggegangen bin? Ich will dich und Ronnie nicht verlieren, nur weil ich Angst hatte.«

»Hatte? Heißt das, du hast keine Angst mehr?«

Ich schaue zu Boden. »Nein«, sage ich. »Ich habe immer noch Angst. Aber es ist eine Angst vor dem Was-wäre-wenn, und so will ich nicht leben. Ich habe immer noch Angst zu versagen, aber ich möchte lieber riskieren, dass es schiefläuft, als es überhaupt nicht versucht zu haben.« Ich hebe den Kopf und sehe ihm in die Augen. »Ich liebe dich, Jackson, und ich habe furchtbare Angst, dich verloren zu haben.«

Ich sehe die Veränderung in seinem Gesicht. Das Aufscheinen von Zärtlichkeit und Erleichterung. Und als er einen Schritt auf mich zumacht, entgeht mir nicht, wie sich unter seiner hautengen Jeans seine Erektion abzeichnet.

»Weißt du denn nicht, dass du mich niemals verlieren kannst?« Er streichelt mir über die Wange. »Glaubst du, ich wüsste nicht, wie es ist, Angst zu haben? Wenn man ein Kind hat – verflucht, selbst wenn man liebt –, muss man beängstigende Entscheidungen treffen. Aber die Entscheidung für dich – für uns? Die ist überhaupt nicht beängstigend.«

Mein Herz schäumt über bei seinen Worten, und ich kann nicht länger abwarten. Ich brauche seine Berührung als Bestätigung seiner Worte. Ich muss wissen, dass wir wirklich wieder zusammen sind, dass alles wieder seine Ordnung hat.

Ich lasse den Bademantel fallen und ziehe ihn ohne Vorwarnung dicht an mich, bestürme seinen Mund und presse meine Brüste fest an ihn.

Ich gleite mit der Hand nach unten, über die feste Wölbung seines Hinterns, und ziehe ihn an mich, bis ich ihn unter dem Jeansstoff spüren kann. Sein Stöhnen ist so voller Begierde, dass es mich wie ein Beben erschüttert und meine Sinne aufwühlt. Ich bin vollkommen nackt, meine Haut ist wie elektrisiert, und die Reaktion meines Körpers, als er sein Becken an mich drängt, ist unmissverständlich.

Er hat eine Hand auf meine Hüfte gelegt, und ich ergreife sie jetzt und trete ein Stück zurück, damit ich seine und meine Hand zwischen meine Beine führen kann. Ich bin ganz feucht.

»Ich bin dein«, sage ich mit belegter Stimme und stocke, als mich ein kleiner, unerwarteter Orgasmus erfasst und Stromschläge durch mich hindurch sendet. »Und du bist mein.«

»Verflucht, und ob ich das bin.«

Er hält meinen Blick lang genug, dass ich darin Verlangen und ein Versprechen sehe. Und ja, auch Verständnis. Dann zieht er seine Hand weg und leckt sich seine Finger, und sofort beginnt meine Muschi angesichts dieser so simplen, so erotischen Geste heftig zu pulsieren.

Er macht einen Schritt nach hinten und streift sich sein T-Shirt über den Kopf. Dann greift er nach seiner Jeans.

»Nein«, sage ich und gehe zu ihm. Ich knöpfe seine Jeans auf, streife sie ihm herunter und nehme dabei seine Unterhose mit. Dabei wird sein Schwanz steif, und ich verkneife mir ein genüssliches Lächeln.

Ich gleite an ihm herunter auf meine Knie, und sein Schwanz steht nun hart und prachtvoll vor mir. Ich schaue hoch, direkt in seine Augen, und kann darin sehen, dass er genau weiß, was das hier ist. Es ist mehr als nur Lust und Begierde. Es ist meine Entschuldigung, meine Unterwerfung, mein Versprechen.

Zuerst beginne ich spielerisch ihn über die gesamte Länge zu lecken und seine Penisspitze zu kitzeln. Aber ich will mehr. Ich will ihn zum Höhepunkt bringen. Ich will ihn an jenen Punkt bringen, an dem er alles ausblendet und sich allein seinen Empfindungen hingibt. Ich will all den Schmerz hinfortwischen, den ich ihm verursacht habe.

Ich umschließe seine Eier mit einer Hand und nehme seinen Lustkolben in meinen Mund, und sein markanter Geschmack, so überaus männlich, so überaus *Jackson*, macht mich so scharf, dass meine Nippel steif werden und mein eigener Körper um Aufmerksamkeit bettelt. Aber ich konzentriere mich ganz auf Jackson. Darauf, wie er einen Arm nach vorne hält, um das Gleichgewicht nicht zu verlieren. Darauf, wie er leise stöhnt, während sich seine Erregung steigert.

Und – oh, ja – darauf, wie er meinen Kopf festhält und mich dirigiert, während es immer näher und näher kommt, bis er schließlich in meinem Mund explodiert.

Er hält mich fest, und ich habe keine andere Wahl als alles herunterzuschlucken. Dann stehe ich auf und küsse ihn und lasse ihn seine Erregung schmecken, während er seine Hand zwischen meine Beine steckt und meine feuchte Klit streichelt. »Jetzt bist du dran.«

Ich quietsche, als er mich plötzlich hochhebt und aufs Bett legt. Dann beginnt er, mich ganz langsam zu streicheln. Es gibt nicht einen Zentimeter meiner Haut, den er dabei auslässt, und ich werde fast wahnsinnig unter seiner Berührung und winde und räkele mich, so empfindlich ist meine Haut, so begierig ist mein Körper. Doch er kennt keine Gnade. Nicht, ehe nicht jeder Nerv meines Körpers direkt zwischen meinen Beinen zusammenzulaufen scheint. Und als er in mich hineinstößt – als er an meinem Kitzler reibt und mich in ungeahnte Höhen katapultiert –, ist es, als würde die Sonne in mir aufgehen, die meinen ganzen Körper immer heller und heller erstrahlen lässt, bis ich es nicht mehr länger zurückhalten kann und ich in einen Kranz aus goldenen Strahlen zerberste.

Zitternd komme ich langsam wieder zu mir und rolle mich in seinen Armen zusammen. »Ob es bei allen so ist?«, frage ich. »Diese Intensität. Dieses Gefühl, als würde ich jämmerlich eingehen, wenn ich dich nicht berühren kann?« Ich lege meinen Kopf in den Nacken, um ihn anzuschauen. »Du weißt, was ich meine, oder?«

»Natürlich, das weißt du doch.«

»Liegt das daran, dass wir beide uns ein wenig verloren vorkommen?«

Er drückt mir einen Kuss auf die Kopfmitte. »Verloren? Nicht doch, Süße. Nicht mehr. Wir haben uns gefunden.«

Nach einem Augenblick zieht er die Decke hoch, damit wir beide darunter schlüpfen können. Als wir wieder daliegen, dreht er sich zur Seite, um etwas vom Nachttisch zu nehmen. Ich erkenne es sofort – es ist der Ring seiner Großmutter. *Mein* Ring. Der Ring, den ich zurückgelassen hatte.

»Du hast mich bereits gefragt, ob ich dich heiraten will. Jetzt bin ich an der Reihe.«

Er steigt aus dem Bett und sinkt, sehr zu meiner Freude, auf ein Knie, während er mir den Ring entgegenstreckt. »Sylvia Brooks, willst du mich heiraten?«

Ich sehe ihn an und kann mir ein Lächeln nicht verkneifen.

Eine zweite Chance. Irgendwie scheint sich das bei mir und Jackson wie ein roter Faden durchzuziehen.

Und ich werde auf gar keinen Fall zulassen, dass ich es diesmal vermassele.

»Ja«, sage ich, und während ich ihn zurück ins Bett ziehe und ihn zärtlich küsse, geht mir nur eine Sache durch den Kopf. *Ich werde heiraten*, denke ich. *Ich werde seine Frau.*

Der Gedanke ist ebenso unglaublich wie überwältigend, und ich kann es kaum erwarten.

EPILOG

Ich stehe an einem langen Sandstrand auf Santa Cortez mit Jackson neben mir, während hinter uns eine Welt aufragt, die wir selbst erschaffen haben, so strahlend und neu und so natürlich in die Landschaft eingebettet, dass es nur schwer vorstellbar ist, dass sich die Gebäude nicht direkt bei der Entstehung der Insel herausgebildet haben.

Alles ist bereit für die Eröffnung. Die Gästezimmer sind ausgestattet und ausstaffiert und die Betten frisch bezogen. Die Vorratskammern der Restaurants sind gefüllt. Die Regale der Souvenirshops quillen über vor Waren. Die Armaturen der Swimmingpools funkeln. Jedes Detail stimmt, und alle Zeitschriften, Zeitungen und Blogs, die bereits über das Resort berichtet haben, sind sich darin einig, dass Stark Real Estate Development ein wahres Glanzstück gelungen ist.

Die Liste der Reservierungen ist ellenlang, und wir sind bereits für die nächsten zwei Jahre komplett ausgebucht.

Die offizielle Eröffnung ist erst in über einem Monat, aber schon jetzt ist auf der Insel das Verwaltungs-, Wartungs- und Servicepersonal emsig am Werk. Die meisten haben ihre Quartiere auf der Insel fest bezogen, aber heute ist noch ein weiteres Dutzend Leute auf der Insel, die nicht hier wohnen.

Denn sie sind extra für unsere Hochzeit hier.

Der Standesbeamte, der vor uns steht, hat bereits den Großteil unseres Eheversprechens verlesen, aber ich habe so gut wie nichts davon gehört. Es ist schwierig, etwas zu verstehen, wenn man hoch oben über den Wolken schwebt.

Aber als er mich fragt, ob wir die Ringe haben, und Ronnie auf und ab hüpft und kreischt: »Ich hab sie! Ich hab sie!«, weiß ich, dass das alles real ist.

Ich nehme Jacksons Ring von dem kleinen Kissen, das sie mir hinhält, und während ich den Ring sanft über seinen Finger streife, lässt er mich keine Sekunde aus den Augen.

Dann ist er an der Reihe, und ich kann tatsächlich den Schock dieses Moments spüren, diesen Übertritt in ein neues Leben, als der Ring sich fest an meinen Finger schmiegt, so wie Jackson nun mein Leben bestimmt.

»Sie dürfen die Braut jetzt küssen«, sagt der Standesbeamte, und Jackson verliert keine Zeit. Er zieht mich heran, beugt mich nach hinten und küsst mich leidenschaftlich, alles unter dem Applaus und dem Johlen unserer kleinen Hochzeitsgesellschaft.

»Tja, hallo, Ehefrau«, sagt Jackson, als er mich aufrichtet.

»Hallo, Ehemann«, antworte ich und lege ihm seufzend meine Arme um den Hals.

»Wir lassen euch beide bald allein«, verspricht Nikki, als sie sich mit Damien nähert. »Aber wir haben einen kleinen Empfang im Hauptrestaurant vorbereitet.«

Ich blicke zu Jackson, der nur den Kopf schüttelt. Wir wollten keinen Empfang. Nur eine Hochzeit in ganz kleinem Kreis, die wir noch kurz eingeschoben haben, bevor der ganze Trubel mit der Eröffnung auf mich hereinbricht.

Und natürlich haben wir uns ein verlängertes Wochenende für unsere Flitterwochen freigenommen.

Das Resort wurde so entwickelt, dass ein Dutzend Bungalows auf der Nordseite der Insel zum Verkauf stehen. Und Nikki und Damien – oder sollte ich sagen, meine Schwägerin und mein Schwager – haben uns einen Bungalow zur Hochzeit geschenkt.

»Nur eine kleine Aufmerksamkeit für das glückliche Brautpaar«, hatte Damien zu Jackson gesagt und musste sich sichtlich ein Lächeln verkneifen. »Ich dachte mir, wenn du es entworfen hast, entspricht es wohl deinem Geschmack.«

Jackson hatte gelacht. Und während ich befürchtet hatte, dass er das Geschenk als zu extravagant ablehnen würde, hatte er lediglich geantwortet: »Absolut.«

Nun beugt er sich hinunter, damit er Ronnie – jetzt offiziell Veronica Amelia Steele – Huckepack nehmen kann, während wir händchenhaltend zum Empfang gehen.

Er ist barfuß, um dem Sand Rechnung zu tragen, aber er hatte fest darauf bestanden, nur in einem Anzug vor den Traualtar zu treten. Deshalb trägt er jetzt einen schwarzen, edlen Maßanzug, dessen feines glänzendes Material in der Sonne schimmert. Sein einziges Zugeständnis an den ungezwungenen Rahmen unserer Hochzeit ist die Tatsache, dass er keine Krawatte trägt. Stattdessen steht sein Kragen offen, und als er sich jetzt zu mir umdreht und mich breit und glücklich angrinst, sehe ich die sexy Grube an seinem Halsansatz.

Ich fühle das überwältigende Bedürfnis, ihn dort zu küssen. Ihn zu lecken und zu schmecken. Denn nun ist er wirklich mein. Jeder köstliche Zentimeter von ihm.

Ich kann mich aber zurückhalten; schließlich haben wir alle Zeit der Welt.

Anders als mein Mann habe ich meine Kleidung passend zu unserer Hochzeit am Strand gewählt. Ich trage ein weißes ärmelloses Seidenhemd, das von feinem Silberzwirn durchwirkt ist. Dazu einen luftigen weißen Rock, der aus mehreren hauchdünnen Lagen besteht, sodass er beinahe durchsichtig wirkt, und während wir durch den Sand laufen, fliegt er mir federleicht um die Beine.

Als wir im Restaurant ankommen, spielt eine der Bands des Resorts auf, und in der Mitte der Tanzfläche steht eine wunderschöne dreistöckige Hochzeitstorte. Ronnie rennt sofort darauf zu und kommt mit weit aufgerissenen Augen zurückgerannt: »Mama! Papa! Kuchen!« Sie klatscht entzückt in die Hände, und alle beginnen zu lachen. Nur ich bin kurz davor, in Tränen auszubrechen.

Denn vom heutigen Tag an bin ich wirklich Mama. Und nächsten Monat wird es sogar noch offizieller, denn dann wird meine Adoption von Ronnie amtlich vollzogen.

Ich weiß, dass ich keine perfekte Mom bin, und es gibt immer noch Momente, in denen ich Ronnie anschaue und mich frage, was zur Hölle ich hier eigentlich mache, aber gleichzeitig weiß ich, dass ich mein Bestes tue. Und ich weiß, dass Jackson mich unterstützt.

Mehr noch, ich habe keine Angst mehr, weil ich weiß, dass Ronnie gesund und glücklich aufwächst und geliebt wird, und das ist das Wichtigste.

Ich nehme Jacksons Hand und drücke sie. Er sieht zu mir hinab und küsst dann zärtlich meine Stirn. »Ich weiß«, sagt er sanft. »Ich auch.«

Wir tanzen, erst Jackson und ich, dann Jackson und Ronnie, dann ich und Ethan, der die ganz Hochzeitszeremonie über dämlich gegrinst hat. Er übergibt mich an Cass, die mir zuflüstert, dass ich sie auf Ideen gebracht hätte, während sie zu Siobhan hinüberschielt, die an einem der Tische sitzt und offenbar ein überaus ernstes Gespräch mit Ronnie führt. Später tanze ich sogar einmal mit Damien, während Jackson Nikki auf dem Parkett Pirouetten drehen lässt.

Betty und Stella sind ebenfalls da, zusammen mit Megan, die glücklich und gesund aussieht in ihrem luftigen gelben Sommerkleid. Als die Band »The Twist« spielt, zieht er sie und Ronnie auf die Tanzfläche. Doch wirklich zum Tanzen kommen sie nicht, denn schon nach kurzer Zeit bricht Ronnie in Gekicher aus und ruft: »Papa! Meggie! Ich twist!«

Von all den Menschen in unserem Leben glänzen eigentlich nur unsere Väter und meine Mutter durch ihre Abwesenheit. Mein Vater, weil er noch einige Monate seiner Haftstrafe verbüßen muss. Meine Mutter, weil sie ist, wie sie ist, aber mittlerweile habe ich das akzeptiert. Und Jeremiah, weil er nicht willkommen ist.

Jackson hat mir natürlich von seinem Gespräch mit Graham Elliott erzählt. Und auch wenn Jeremiah Jackson gegenüber später geschworen hat, dass er den Film nie vorangetrieben hätte, wenn er von Ronnie gewusst hätte, kam dieses Bekenntnis für Jacksons Geschmack ein bisschen zu spät.

Denn der Verrat, den Jeremiah begangen hatte, hatte nichts mit Ronnie zu tun. Nicht einmal mit dem Film. Sondern damit, dass Jeremiah zu seinem eigenen Vorteil in Jacksons Leben herumgepfuscht hatte. Und Jackson hatte seinem Vater klipp und klar gesagt, dass er sich ein für allemal aus seinem Leben heraushalten und auch von unserer Hochzeit fernhalten sollte.

Aber heute denke ich nicht an Jeremiah Stark. Nicht an meinem Hochzeitstag, wenn ich von Lachen und Lebensfreude umgeben bin. Und vor allem von Liebe. Und als die Feier endet – als Damien und Nikki Ronnie in den Arm hochnehmen, um sie für ein verlängertes Wochenende mit in ihr Haus in Malibu zu nehmen –, halte ich Jackson dicht bei mir, während wir unsere Freunde verabschieden und unserem kleinen Mädchen einen Abschiedskuss geben.

»Mir ist bewusst, dass die Flitterwochen kein Ort für ein Kleinkind sind«, sagt Jackson, während wir Hand in Hand zu unserem Bungalow spazieren. »Aber ich habe mich so daran gewöhnt, sie immer um mich zu haben, dass es sich merkwürdig anfühlt, wenn sie nicht da ist.«

Der Sonnenuntergang hat gerade eingesetzt, und der Himmel leuchtet orange und violett. »Gut. Aber merkwürdig.«

»Vielleicht kann ich dazu beitragen, dass es sich ein bisschen weniger merkwürdig anfühlt.« Ich ziehe ihn am Arm und bringe ihn neben mir auf dem Weg zum Stehen. Dann nehme ich seine Hand und lege sie auf meinen Unterleib.

Ich zögere einen Moment und lege dann den Kopf in den Nacken, um ihn anzusehen. »Es ist noch ein Kind mit uns auf der Insel, Jackson.«

Der Ausdruck von Überraschung und Verwunderung und – Gott sei Dank – Freude, den ich in seinen Augen sehe, rührt mich zu Tränen.

»Du bist schwanger?«, fragt er, aber ich komme nicht mehr dazu zu antworten, denn mein »Ja« geht in einem Quietschen unter, als er mich plötzlich hochhebt und mich dann eng an seine Brust drückt. »Ich liebe dich«, sagt er schlicht, und ich spüre, wie sich ein warmes Licht in mir ausbreitet. Ein warmes Licht, das von der Vorfreude auf dieses Wunder kündet. Denn für Jackson und mich – für unsere Familie – hat unser gemeinsames Leben gerade erst begonnen. Und dieses Leben wird sensationell.

Die Geschichte von Nikki und Damien –
die New-York-Times- und SPIEGEL-Bestsellerserie
von J. Kenner

J. KENNER

Dir VERFALLEN

Leseprobe

1 Eine kühle Ozeanbrise streichelt meine nackten Schultern, und ich fröstle. Hätte ich doch nur auf den Rat meiner Mitbewohnerin gehört und eine Stola mitgenommen. Ich bin erst vor vier Tagen in Los Angeles angekommen und noch nicht daran gewöhnt, dass die hiesigen Sommertemperaturen vom Sonnenstand abhängen. In Dallas ist der Juni heiß, der Juli heißer und der August die Hölle.

Nicht so in Kalifornien, zumindest nicht am Strand. L. A.-Lektion Nummer eins: Immer einen Pulli dabeihaben, wenn man nach Einbruch der Dunkelheit noch draußen sein will.

Natürlich könnte ich den Balkon verlassen und wieder auf die Party zurückkehren. Mich unter die Millionäre mischen. Mit den Promis plaudern. Mir pflichtbewusst die Bilder anschauen. Schließlich ist das hier eine Vernissage, und mein Chef hat mich mitgenommen, damit ich Charme versprühe und Kontakte knüpfe – und nicht, damit ich mich an der Aussicht berausche: blutrote Wolken, die vor einem blassorangen Himmel explodieren. Blaugraue Wellen, die golden glitzern.

Ich umfasse das Balkongeländer und beuge mich vor, fühle mich von der gewaltigen, unerreichbaren Schönheit der untergehenden Sonne wie magisch angezogen. Zu schade, dass ich meine alte Nikon nicht dabeihabe, die ich seit Highschool-Zeiten besitze. Aber sie hätte nicht in mein perlenbesetztes Abendhandtäschchen gepasst, und eine Riesenkameratasche zu einem kleinen Schwarzen geht nun gar nicht.

Aber das ist mein erster Sonnenuntergang am Pazifik, und ich will diesen Moment unbedingt festhalten. Ich zücke mein iPhone und knipse ein Bild.

»Da werden die Gemälde da drin fast überflüssig, nicht wahr?« Ich erkenne die heisere Frauenstimme und drehe mich zu Evelyn Dodge um, einer ehemaligen Schauspielerin und Agentin, die sich jetzt als Kunstmäzenin betätigt und die Gastgeberin des heutigen Abends ist.

»Entschuldigen Sie, ich benehme mich wie eine Touristin, aber bei uns in Dallas gibt es keine solchen Sonnenuntergänge.«

»Sie brauchen sich nicht zu entschuldigen«, sagt sie. »Ich zahle jeden Monat eine stolze Summe für diese Aussicht, und da sollte sie verdammt noch mal echt spektakulär sein!«

Ich lache und fühle mich sofort wohler.

»Verstecken Sie sich?«

»Wie bitte?«

»Sie sind Carls neue Assistentin, nicht wahr?« Sie zeigt auf den Mann, der seit drei Tagen mein Chef ist.

»Nikki Fairchild.«

»Ah, jetzt weiß ich es wieder: Nikki aus Texas.« Sie mustert mich von Kopf bis Fuß, und ich frage mich, ob sie enttäuscht ist, weil ich weder auftoupierte Haare habe noch Cowboystiefel trage. »Und, wen sollen Sie bezirzen?«

»Bezirzen?«, wiederhole ich, weil ich nicht genau weiß, was sie damit meint.

Sie zieht eine Braue hoch. »Schätzchen, der Mann läuft lieber über glühende Kohlen, als sich Kunst anzusehen. Er sucht nach Investoren, und Sie sind der Köder.« Sie stößt einen heiseren, kehligen Laut aus. »Keine Sorge. Ich werde Sie nicht weiter aushorchen. Und ich kann es Ihnen auch nicht verübeln, dass Sie sich hier verstecken.

Carl ist brillant, aber er kann auch ein ziemliches Arschloch sein.«

»Ich habe eigentlich bei dem brillanten Carl unterschrieben«, sage ich, und sie stößt ein bellendes Gelächter aus.

Aber sie hat recht, ich bin tatsächlich ein Köder. »Ziehen Sie ein Cocktailkleid an«, hatte Carl gesagt. »Etwas Verführerisches.«

Tragen Sie Ihr blödes Cocktailkleid doch selbst!, hätte ich sagen sollen. Habe ich aber nicht. Weil ich diesen Job unbedingt will. Ich habe hart dafür gekämpft. Carls Firma, C-Squared-Technologies, hat in den letzten anderthalb Jahren erfolgreich drei webbasierte Produkte lanciert. Eine Leistung, die in der Branche nicht unbemerkt blieb, und alle sind schon gespannt, was er als Nächstes vorhat.

Für mich hieß das vor allem, dass ich viel von ihm lernen kann, und so hatte ich mich mit einer fast krankhaften Besessenheit auf das Vorstellungsgespräch vorbereitet. Dass ich die Stelle dann bekommen habe, war ein Riesenerfolg für mich. Was ist also schon dabei, wenn er will, dass ich was Verführerisches anziehe? Diesen unbedeutenden Preis zahle ich doch gerne.

Mist.

»Ich muss wieder rein und den Köder spielen«, sage ich.

»Oje, jetzt habe ich Ihnen entweder ein schlechtes Gewissen gemacht oder Sie in Verlegenheit gebracht. Dabei war das gar nicht meine Absicht. Warten Sie lieber, bis die sich da drin einen angetrunken haben. Mit Alkohol fängt man mehr Fliegen – glauben Sie mir, damit kenne ich mich aus!«

Sie hat ein Päckchen Zigaretten in der Hand, klopft eine heraus und hält mir die Schachtel hin. Ich schüttle den Kopf. Ich liebe Tabakgeruch – er erinnert mich an meinen

Großvater, aber den Rauch inhalieren? Das ist nichts für mich.

»Ich bin zu alt, um es mir abzugewöhnen, und außerdem ein viel zu großes Gewohnheitstier. Aber in meinem eigenen Haus rauchen? Da würden die mich glatt kreuzigen! Sie halten mir doch jetzt hoffentlich keinen Vortrag über das Passivrauchen, oder?«

»Nein«, verspreche ich.

»Wie wär's dann mit Feuer?«

Ich halte das winzige Täschchen hoch. »Ein Lippenstift, eine Kreditkarte, mein Führerschein und mein Handy.«

»Kein Kondom?«

»Ich hatte ja keine Ahnung, dass das *so* eine Party ist«, erwidere ich trocken.

»Wusste ich doch gleich, dass Sie mir gefallen.« Evelyn sieht sich auf dem Balkon um. »Was für eine Party ist das eigentlich, wenn nicht eine einzige Kerze auf einem gottverdammten Tisch steht? Na ja, was soll's.« Sie steckt sich die unangezündete Zigarette in den Mund, inhaliert selbstvergessen und mit geschlossenen Augen. Man muss sie einfach mögen. Anders als die meisten Frauen hier – mich eingeschlossen – ist sie kaum geschminkt, und ihr Kleid ist eher eine Art Kaftan. Das Batikmuster ist genauso interessant wie die Frau, die es trägt.

Meine Mutter würde sie als vulgär bezeichnen, denn sie ist laut, groß, rechthaberisch und selbstbewusst. Meine Mutter würde sie hassen. Aber ich finde sie fantastisch.

Sie lässt die unangezündete Zigarette auf die Bodenfliesen fallen und tritt mit ihrer Schuhspitze darauf. Dann gibt sie einer ganz in Schwarz gekleideten jungen Kellnerin mit einem Tablett voller Champagnergläser ein Zeichen.

Die Frau kämpft kurz mit der Balkonschiebetür, und ich

sehe vor meinem geistigen Auge, wie die Champagnerflöten auf den harten Fliesen zerschellen und ihre Scherben glitzern wie Diamanten.

Ich stelle mir vor, wie ich mich vorbeuge und nach einem zerborstenen Stiel greife, wie die spitze Kante in das weiche Fleisch meines Daumens schneidet, während ich zudrücke. Ich beobachte mich dabei, wie ich den Druck noch erhöhe und der Schmerz mir Kraft verleiht wie anderen Leuten eine Hasenpfote Glück.

Diese Fantasie verschwimmt mit meinen Erinnerungen und überfällt mich so plötzlich und mit einer Heftigkeit, dass ich ganz verstört bin. Zum einen, weil ich schon seit Langem keinen Schmerz mehr gebraucht habe, zum anderen, weil ich nicht weiß, warum ich ausgerechnet jetzt daran denke, wo ich mich doch ausgeglichen und der Situation gewachsen fühle.

Es geht mir gut, denke ich. *Es geht mir gut, es geht mir gut, es geht mir gut.*

»Nehmen Sie sich ein Glas, meine Liebe«, sagt Evelyn und reicht mir eine Champagnerflöte.

Ich zögere, suche in ihrem Gesicht nach einem Zeichen dafür, dass meine Maske verrutscht ist und sie einen Blick auf mein wahres Ich erhaschen konnte. Aber ihre Miene ist offen und freundlich.

»Nein, keine Widerrede«, fügt sie hinzu. Offensichtlich hat sie mein Zögern missverstanden. »Ich habe ein Dutzend Kisten gekauft und fände es schrecklich, den guten Tropfen umkommen zu lassen. Um Gottes willen, nein!«, sagt sie, als das Mädchen versucht, ihr ein Glas zu reichen. »Ich hasse das Zeug. Bringen Sie mir einen Wodka pur. Eisgekühlt und mit vier Oliven. Und jetzt beeilen Sie sich bitte, oder soll ich hier draußen verdursten?« Die junge

Frau schüttelt den Kopf. Sie erinnert mich an ein nervöses, verängstigtes Häschen. Wahrscheinlich eines, das seine Pfote für das Glück eines anderen opfern musste.

Evelyn wendet sich erneut an mich. »Und, wie gefällt Ihnen L. A.? Was haben Sie schon gesehen? Wo sind Sie gewesen? Haben Sie schon einen Stadtplan gekauft, in dem die Häuser der Stars verzeichnet sind? Und jetzt erzählen Sie mir bitte nicht, dass Sie immun gegen den ganzen Touristenscheiß sind!«

»Ich habe bisher vor allem den Freeway und meine eigenen vier Wände gesehen.«

»Oh, das ist aber schade. Umso besser, dass Carl Ihren dürren Hintern heute Abend hierhergeschleift hat.«

Ich habe acht hochwillkommene Kilos zugelegt, seit meine Mutter nicht mehr wie früher jeden winzigen Bissen, den ich mir in den Mund stecke, überwacht. Mit Größe 36 bin ich sehr zufrieden, und meinen Hintern würde ich nicht gerade als dürr bezeichnen. Aber weil ich weiß, dass Evelyn das als Kompliment gemeint hat, lächle ich. »Ich freue mich auch darüber. Die Bilder sind wirklich fantastisch!«

»Ach, hören Sie doch mit dem Small Talk auf! Nein, nein«, sagt sie, noch bevor ich protestieren kann. »Ich weiß, das war ernst gemeint. Heilige Scheiße – die Bilder sind wirklich überwältigend. Aber Sie hatten gerade diesen leeren Blick einer wohlerzogenen jungen Dame, und das darf ich auf keinen Fall zulassen. Nicht jetzt, wo ich gerade dabei war, Ihr wahres Ich kennenzulernen.«

»Tut mir leid«, sage ich. »Aber ich verstelle mich nicht, das schwöre ich!«

Weil ich sie wirklich mag, sage ich ihr nicht, dass sie sich täuscht – dass sie die eigentliche Nikki Fairchild noch kein bisschen kennengelernt hat. Sondern nur ihre perfekte Fassade, die es wie ein Barbie-Accessoire mit dazu gibt. Wobei es sich in meinem Fall eben nicht um einen Bikini oder ein Cabrio handelt, sondern um die *Elizabeth-Fairchild-Benimmregeln für geselliges Beisammensein.*

Meine Mutter legt großen Wert auf Benimm, angeblich liegt das an ihrer Südstaatenerziehung. In meinen schwächeren Momenten pflichte ich ihr bei. Doch in der Regel halte ich sie für einen durchgeknallten Kontrollfreak. Seit sie mich als Dreijährige zum ersten Mal ins Rosewood Mansion in Turtle Creek – das beste Hotel von ganz Dallas – mitgenommen hat, wurde mir eingebläut, wie ich mich zu benehmen habe: Wie ich gehen, wie ich reden, wie ich mich anziehen soll. Was ich essen, wie viel ich trinken und welche Witze ich erzählen darf.

Jetzt beherrsche ich jeden Trick und jeden Kniff. Ich hülle mich in mein einstudiertes Schönheitsköniginnenlächeln wie in einen Schutzpanzer. Mit dem Ergebnis, dass ich auf keiner Party mehr ich selbst sein kann – selbst wenn mein Leben davon abhinge.

Aber all das muss Evelyn gar nicht wissen.

»Wo genau wohnen Sie?«, fragt sie.

»In Studio City. Ich teile mir die Wohnung mit meiner besten Freundin von der Highschool.«

»Dann müssen Sie auf Ihrem Arbeitsweg die 101 immer nur geradeaus fahren. Kein Wunder, dass Sie bisher nur Beton zu Gesicht bekommen haben! Hat Ihnen denn niemand gesagt, dass Sie sich eine Wohnung an der Westside nehmen müssen?«

»Für mich allein ist das zu teuer«, gestehe ich, was sie offenbar überrascht. Wenn ich die perfekte Fassade aufrechterhalte, wirkt es automatisch so, als käme ich aus einer reichen Familie. Vermutlich, weil dem auch so ist. Aber das heißt noch lange nicht, dass ich selbst reich bin.

»Wie alt sind Sie?«

»Vierundzwanzig.«

Evelyn nickt weise, so als hätte ich ihr mit meinem Alter ein Geheimnis über mich verraten. »Sie werden schon bald allein wohnen wollen. Wenn es so weit ist, rufen Sie mich bitte an, dann suchen wir etwas mit einer schönen Aussicht für Sie. Es wird natürlich nicht ganz so spektakulär sein wie das hier, aber etwas Besseres als eine Bude am Freeway finden wir allemal.«

»So schlimm ist es auch wieder nicht, wirklich nicht!«

»Natürlich nicht«, sagt sie in einem Ton, der das genaue Gegenteil bedeutet. »Apropos schöne Aussicht«, fährt sie fort und zeigt auf den inzwischen dunklen Ozean und den sternenübersäten Nachthimmel. »Sie sind hier jederzeit willkommen, um die meine zu genießen.«

»Passen Sie auf, was Sie da sagen, sonst nehme ich Sie noch beim Wort! Ich würde gern mal mit meiner Kamera hierherkommen und ein, zwei Schnappschüsse machen.«

»Die Einladung gilt. Ich sorge für Wein und Sie für gute Unterhaltung. Eine junge Frau, die allein auf diese Stadt losgelassen wird: Ist das Stoff für ein Drama oder für eine romantische Komödie? Hoffentlich nicht für eine Tragödie! Ich vergieße ja auch gern mal ein paar Tränchen, aber ich mag Sie. Sie haben ein Happy End verdient!«

Ich verkrampfe mich. Evelyn weiß natürlich nicht, dass sie damit einen wunden Punkt getroffen hat. Deshalb bin ich tatsächlich nach L. A. gezogen: Um ein neues Leben anzufangen, ein neues Kapitel aufzuschlagen. Mich neu zu erfinden.

Ich setze mein einstudiertes Lächeln auf und proste ihr

mit meinem Champagnerglas zu. »Auf ein Happy End! Und auf diese fantastische Party. Ich glaube, ich habe mich jetzt lange genug hier draußen versteckt.«

»Quatsch!«, sagt sie. »Ich habe Sie hier festgehalten, und das wissen Sie ganz genau.«

Wir schlüpfen wieder ins Haus. Alkoholbeschwingte Gespräche ersetzen das leise Ozeanrauschen.

»In Wahrheit bin ich eine entsetzliche Gastgeberin. Ich tue, was ich will, rede, mit wem ich will, und wenn das meinen Gästen nicht passt, müssen sie eben woandershin gehen.«

Ich starre sie an. Ich kann den Entsetzensschrei meiner Mutter beinahe von Dallas bis hierher hören.

»Andererseits geht es auf dieser Party gar nicht um mich«, fährt sie fort. »Ich habe diese kleine Feier nur organisiert, um Blaine und seine Kunst bekannt zu machen. Er ist derjenige, der die Honneurs machen muss, nicht ich. Ich gehe zwar mit ihm ins Bett, muss ihn aber deswegen noch lange nicht bemuttern.«

Evelyn ist wirklich das Gegenteil einer klassischen Gastgeberin. Und dafür könnte ich ihr glatt um den Hals fallen.

»Ich habe Blaine noch gar nicht kennengelernt. Das ist er, nicht wahr?« Ich zeige auf einen langen Lulatsch mit Glatze und einem roten Ziegenbart. Ich bin mir ziemlich sicher, dass das nicht seine natürliche Haarfarbe ist. Diverse Leute umschwirren ihn wie Bienen, die Nektar aus einer Blüte saugen wollen. Sein Outfit ist jedenfalls entsprechend farbenfroh.

»Ja, das ist mein kleiner Publikumsmagnet«, sagt Evelyn. »Der Mann der Stunde. Er ist sehr talentiert, nicht wahr?« Sie macht eine weit ausholende Geste, die ihr gesamtes Wohnzimmer einschließt. Jede Wand ist mit Gemälden bedeckt. Bis auf ein paar Bänke wurden sämtliche Möbel weggeräumt und durch Staffeleien ersetzt, die mit weiteren Bildern bestückt sind.

Man könnte sie wohl als Porträts bezeichnen. Oder Aktbilder, aber nicht im klassischen Sinne. Sie sind äußerst gewagt. Ich kann sehen, dass sie gekonnt gemalt sind, und trotzdem verstören sie mich, so als sagten sie mehr über den Betrachter aus als über Maler und Modell.

Soweit ich das beurteilen kann, bin ich mit dieser Meinung die Einzige. Die Menge, die sich um Blaine schart, strahlt. Ich kann die Lobeshymnen bis zu mir herüber hören.

»Da habe ich mir wohl einen echten Siegertypen ausgesucht«, sagt Evelyn. »Hm, mal sehen – wen möchten Sie kennenlernen? Rip Carrington und Lyle Tarpin? Die beiden sorgen immer für Aufregung, und Ihre Mitbewohnerin wird bestimmt grün vor Neid, wenn sie hört, dass Sie mit ihnen gesprochen haben.«

»Tatsächlich?«

Evelyn zieht die Brauen hoch. »Rip und Lyle? Die kabbeln sich schon seit Wochen.« Sie sieht mich mit zusammengekniffenen Augen an. »Die neue Staffel ihrer Sitcom war ein Fiasko, haben Sie das denn nicht mitbekommen? Das steht doch überall im Internet. Sie kennen die beiden wirklich nicht?«

»Tut mir leid«, sage ich aus dem Bedürfnis heraus, mich zu entschuldigen. »Mein Studium war ziemlich zeitintensiv. Und Sie können sich sicherlich vorstellen, wie es ist, für Carl zu arbeiten.«

Wenn man vom Teufel spricht …

Ich sehe mich um, kann meinen Chef aber nirgendwo entdecken.

»Das ist eine schwere Bildungslücke«, sagt Evelyn. »Kultur – und dazu gehört auch die Popkultur, meine Liebe – ist genauso wichtig wie … Was, sagten Sie, haben Sie gleich wieder studiert?«

»Ich glaube, das habe ich noch gar nicht erwähnt. Aber ich habe einen Abschluss in Elektrotechnik und einen in Informatik.«

»Sie sind also schlau und schön. Sehen Sie? Das haben wir schon mal gemeinsam. Aber bei so einer Ausbildung verstehe ich ehrlich gesagt nicht ganz, warum Sie als Sekretärin für Carl arbeiten.«

Ich lache. »Das tue ich auch gar nicht, wirklich! Carl hat nach jemandem mit Informatik-Erfahrung gesucht, der sich gemeinsam mit ihm um die geschäftliche Seite der Firma kümmert. Und ich habe nach einer Stelle Ausschau gehalten, in der ich etwas über die wirtschaftlichen Aspekte lernen und praktische Erfahrungen sammeln kann. Ich glaube, er hat kurz gezögert, bevor er mich eingestellt hat, denn meine Kenntnisse liegen eindeutig mehr auf technischem Gebiet. Aber ich konnte ihn davon überzeugen, dass ich eine schnelle Auffassungsgabe habe.«

Sie sieht mich an. »Das klingt ganz so, als wollten Sie Karriere machen.«

Ich zucke die Achseln. »Wir sind hier in Los Angeles. Geht es in dieser Stadt nicht genau darum?«

»Ha! Carl kann von Glück sagen, dass er Sie hat. Mal sehen, wie lange er Sie behält. Trotzdem … Welche Gäste hier könnten Sie interessieren?«

Sie sieht sich im Raum um und zeigt schließlich auf einen Mann über fünfzig, der in einer Ecke Hof hält. »Das ist Charles Maynard«, sagt sie. »Ich kenne Charlie schon seit Jahren. Er kann einen ziemlich einschüchtern, bis man ihn näher kennenlernt. Und das lohnt sich. Seine Kunden sind entweder Promis oder Broker mit mehr Geld als Gott. Wie dem auch sei, er hat die besten Geschichten auf Lager.«

»Ist er Anwalt?«

»Ja, bei Bender, Twain & McGuire. Eine sehr angesehene Kanzlei.«

»Ich weiß«, sage ich erfreut. Endlich kann ich zeigen, dass ich nicht vollkommen ahnungslos bin, obwohl ich weder Rip noch Lyle kenne. »Ein guter Freund arbeitet für sie. Er hat hier angefangen, ist aber jetzt in der Niederlassung in New York.«

»Nun, Texas, kommen Sie, ich stelle Sie vor.« Wir machen einen Schritt in seine Richtung, als Evelyn mich plötzlich zurückhält. Maynard hat sein Handy herausgezogen und brüllt Anweisungen hinein. Ich bekomme ein paar deftige Flüche mit und schaue Evelyn verstohlen an. Sie bleibt unbeeindruckt. »Er hat einen weichen Kern. Glauben Sie mir, ich habe schon öfter mit ihm gearbeitet. Damals, als ich noch Agentin war, haben wir unzählige Biopic-Deals für unsere Kunden an Land gezogen. Und darum gekämpft, so einige verräterische Details geheim zu halten.« Sie schüttelt bei der Erinnerung an diese glorreichen Zeiten den Kopf und tätschelt dann meinen Arm. »Trotzdem, warten wir lieber, bis er sich ein wenig beruhigt hat. Und in der Zwischenzeit …«

Sie verstummt, und ihre Mundwinkel zeigen immer weiter nach unten, als sie sich erneut im Raum umsieht. »Ich glaube nicht, dass er schon da ist, aber – o ja! *Das* ist jemand, den Sie kennenlernen sollten. Und apropos schöne Aussichten: Im Vergleich zu dem Haus, das er gerade bauen lässt, nimmt sich meine Aussicht aus wie – na ja, die Ihre.« Sie zeigt in den Flur, aber ich kann nur wackelnde Köpfe und Haute Couture erkennen. »Er nimmt nur selten Einladungen an, aber wir kennen uns schon eine Ewigkeit«, sagt sie.

Ich weiß immer noch nicht, von wem sie spricht, aber dann teilt sich die Menge, und ich sehe den Mann im Profil. Ich bekomme Gänsehaut, ohne zu frieren – im Gegenteil, mir ist auf einmal wahnsinnig warm.

Er ist groß und so gut aussehend, dass diese Beschreibung fast eine Beleidigung ist. Aber er ist so viel mehr als nur attraktiv: Er hat *Präsenz*. Er beherrscht den Raum, indem er sich einfach nur darin aufhält, und mir fällt auf, dass Evelyn und ich nicht die Einzigen sind, die ihn anstarren. Sämtliche Gäste haben sein Eintreffen bemerkt. Er muss die Blicke spüren, die auf ihn gerichtet sind, doch die allgemeine Aufmerksamkeit schüchtert ihn nicht im Geringsten ein. Er lächelt die junge Serviererin mit dem Champagnertablett an, nimmt sich ein Glas und beginnt mit einer Frau zu plaudern, die dümmlich lächelnd auf ihn zukommt.

»Dumme Nuss!«, beschwert sich Evelyn. »Mir hat sie immer noch keinen Wodka gebracht.«

Aber ich bekomme kaum mit, was sie redet. »Damien Stark«, sage ich. Erstaunlicherweise bringe ich kaum mehr als ein Flüstern zustande.

Evelyn zieht die Brauen so weit hoch, dass ich es selbst aus den Augenwinkeln bemerke. »Nun, wie wär's mit ihm?«, sagt sie wissend. »Da scheine ich wohl einen Treffer gelandet zu haben.«

»O ja«, gebe ich zu. »Mr. Stark ist genau der Mann, den ich kennenlernen möchte.«

Lesen Sie weiter in:

J. KENNER

Dir VERFALLEN

ISBN 978-3-453-35758-7
Auch als E-Book